全面解读一生不容错过的古典名著



名家解读古典名著

# 历史小说（上）

侯忠义　主编

解读

《三国演义》

两汉系列小说

上古神话系列小说

列国志系列小说

辽宁教育出版社

图书在版编目（CIP）数据

名家解读古典名著．历史小说．上 / 侯忠义主编．—沈阳：辽宁教育出版社，2013．1（2015．7 重印）

ISBN 978－7－5382－9958－8

Ⅰ．①名…　Ⅱ．①侯…　Ⅲ．①历史小说—小说研究—中国—古代　Ⅳ．①I207.41

中国版本图书馆 CIP 数据核字（2013）第 018429 号

辽宁教育出版社出版、发行
（沈阳市和平区十一纬路 25 号　邮政编码 110003）
三河市冠宏印刷装订有限公司印刷

开本：710 毫米 ×1010 毫米　1/16　字数：260 千字　印张：15.25
2013 年 1 月第 1 版　2015 年 7 月第 6 次印刷

责任编辑：徐　悦　严中联　责任校对：王　静
封面设计：谭慧丽　张　瑞　版式设计：王　萌

ISBN 978－7－5382－9958－8

定　价：25.00 元

# 目　录

**解读上古神话系列小说** ········· 1

一　三皇五帝夏商周——五部神话小说简介 ········· 2

二　同一神话各千秋——同样的神话在各书中的不同写法 ········· 19

结　语 ········· 52

**解读列国志系列小说** ········· 53

一　血与火铸就的时空——春秋战国时代历史背景简述 ········· 54

二　历史狂飙的文学叙述——列国志小说的演变轨迹勾勒 ········· 58

三　盛衰兴亡的表象与哲思——列国志小说的思想蕴含探析 ········· 65

四　羽翼信史的审美意趣——列国志小说的艺术得失评说 ········· 90

结　语 ········· 112

**解读两汉系列小说** ········· 113

一　以两汉史事为题材的早期小说 ········· 114

二　瓦舍艺人的汉书平话 ········· 122

三　通俗演义的佳构——《西汉演义》 ········· 135

四　两部意趣迥异的《东汉演义》 ········· 162

**解读《三国演义》** …… 183

一　汉末三国的历史 …… 184

二　成书过程和作者 …… 185

三　明君仁政的理想 …… 193

四　忠义智勇的颂歌 …… 205

五　历史演义的典范 …… 231

名家解读古典名著

# 历史小说(上)

## 解读上古神话系列小说

竺少华　著

作者以其丰富的神话知识，解读了三部用优美的神话连缀成的上古断代神话史——《盘古至唐虞传》《有夏志传》和《有商志传》，两部上古神话通史——《开辟演义》和《上古神话演义》，既展现了神话般的历史，又评说了作品的得失，特别是评说了同一神话在各书中的不同，资料丰富，生动有趣。

# 一　三皇五帝夏商周——五部神话小说简介

自明朝中叶以来，随着生产力的提高，社会经济趋向繁荣，开始孕育着资本主义生产关系的萌芽。这种社会的经济繁荣和社会新思潮的传播，为戏曲和小说的发展创造了良好条件。汤显祖的《牡丹亭》的出现，标志着明代中叶戏剧发展到了一个高峰。而长篇小说《三国演义》《水浒传》《西游记》《金瓶梅》等又把小说的发展推向了新的阶段。这时，在历史演义小说中，也出现了一个朝代接一个朝代的历史系列化的趋向。于是，一些书商为使本坊梓行的书籍畅销肆市，便采取了两种手段。一是在书上冠以名人的大名，借助名人以扩大出版物的影响，如卷首署上“钟惺”“冯梦龙”之名，借助他们的声望以提高本书“身价”。另一个手段是以“按鉴参订”去诱引读者——这是把“以小说为纲鉴”的小说理论具体化。书商们要以小说的形式写一套远自上古、下迄明代的系列化全史演义，使之“通俗喻人”，普及历史知识。这便产生了《开辟演义》等四部小说，这四部小说，哪一部是先写成的，现在还说不太清楚，这里只好按照传说的历史顺序作评介。

先介绍上古断代小说。

## (一)《盘古至唐虞传》

《盘古至唐虞传》，全称《按鉴演义帝王御世盘古至唐虞传》，分上下两卷，上卷三则，下卷四则。全书近三万字，书较为单薄。卷首有钟惺序，自称：“以今而见古，由此而知，千古之前，万世之后，无以异也。则予是编，不几与庐陵（指宋罗泌撰《路史》）而志不朽乎！”并有“历代统系图”“历代帝王歌”“附历数歌”。正文前题“景陵钟惺伯敬父编辑”，“古吴冯梦龙犹龙父鉴定”，这可能是伪托的。

书中所叙故事，从首卷“盘古氏开天辟地”，至末卷“浚井老狐救大舜”，其中虽有作者自撰的神怪荒诞的东西，但主要还是根据有关盘古、有巢、燧人氏、仓颉、伏羲、共工、神农、黄帝、蚩尤、颛顼、帝尧、后羿、大舜等众多的上古神话故事编写的。

盘古氏在天地将分未分的时节，生于大荒之野。这时，世界混混沌沌，所以又叫他浑沌氏。他在西方得到了金精化成的神奇石斧和椎，用来凿开混沌，于是奠定了两仪，混混沌沌的天地开始分为阴阳。后又凿开日、月二宫，二十八宿星辰布列天空。从此，天清了，地厚了，于是在天地空清之处，渐渐风生氤氲之气。

盘古氏见天地已经形成，他又为大地创造山河万物。遂把头化为四岳，两目送进日月里，把自己的血肉化为江海，全身毛发变成山林树木。就这样，朗朗青天，蓁蓁大地，被开天辟地的英雄盘古创造出来了。新创造的大地便由天皇来管理。

天皇氏由兄弟十三人出来掌管天下，他们首先立干支，定岁月四季，百姓们经过一度暑往寒来，便知是一年。在天皇以后，由地皇氏兄弟十一人来管理天下，他使百姓认识日、月、星三辰，又教导百姓分别昼和夜。于是定立了怎样算一日，多少天算一月。再以后由人皇氏出来管理天下，他把天下分为九区，每区令一兄弟治理，自己在中区管理天下。

据说，从这时开始，就有了君臣之分，人皇便是君，他的兄弟便是臣。再以后，又有五龙氏兄弟五人分治在五方，分受金、木、水、火、土五行，分在东、西、南、北、中央五方的山岳。接着相继而出的首领，有分天下为五十九处的摄提氏五十九姓，有教民穴居的合雒氏，有连通氏、叙命氏、循蜚氏，他们率领着百姓上山采食物，在穴洞里安身，活得快活，相安无事。若干年后，出现了善变化、有大神通的巨灵氏，他因喜巴蜀地方的山水风土，收服了蜀中五丁氏，相继又有句强氏、谯明氏、次民氏、元皇氏……共二十一氏。不知距今有多少年了。

到了辰放氏出世的时候，也许是天气发生了变化吧，风雨霜雪，百姓苦不堪言。于是，辰放氏教民剥树皮、觅藤萝裹身御寒，称作“衣皮之民”。从此，经历了蜀山氏、豗隗氏、东尸氏、启统氏、吉夷氏，直传到几蘧氏出，百姓成群相邀同行，无一个常居住处，男女相爱，自行交媾，儿女识其母而不知有父。

到了有巢氏治世，他见人兽相搏，人多有受害者，遂教民在树上架木为巢，以避兽害；剥兽皮蔽体，食兽肉充饥，人类由是进入了发展的新阶段。燧人氏游于不周之山，见那里有棵大树，啄木鸟用尖嘴向那树身上啄个不停，那口啄之处粲然有火出，燧人氏从中得到启示，悟出摩擦能生火的道理，便教给人们以钻木取火之法。从此人类开始用火来烧烤食物，学会了熟食。这就改变了人们茹毛饮血式的生活，死者遂少，人类益繁。

燧人氏又教民结绳记事，入水捉鱼，百姓莫不称心满意，称呼他为“燧皇”。燧人氏见人类杂交群婚，既时常引起人群的骚动，又损伤人的精神，遂规定了一夫一妻制度，日间同食、夜间同宿，不许任意交欢。自此民间始有婚姻之礼，生下子女也知生父生母了。这时，乾坤粗成了，有仓颉史皇氏，创造了文字，人类逐步地向着文明社会前进。

又经过了不知多少年，有中皇氏的子孙大庭氏，治曲阜，以火为纪，号炎帝。炎帝的继承人栗陆氏管理天下，和从前的人群领袖大不相同了，暴虐下民，自专自用，贤臣东里子因谏被杀。百姓群起而攻之，栗陆派兵镇压，士兵们都怨他杀害忠良不肯卖命，栗陆终于被民众所杀。

人类在不断地发展着，进步着，由天、地、人“三皇”时代进入传说的“五帝”（五帝是传说中的五位皇帝。五帝是谁，有三种说法：一是根据《礼记·月令》说，是太皞（伏羲）、炎帝（神农）、黄帝、少皞、颛顼五人，二是根据《史记·五帝本纪》说，是黄帝、颛顼、帝喾、唐尧、虞舜五人，三是根据《尚书序》说，是少皞、颛顼、帝喾、唐尧、虞舜五人。《盘古至唐虞传》作者取第一种说法。此外，也有称伏羲氏为三皇之首的。都是传说，各取其说罢了）时代，由伏羲氏统领天下百姓。

传说伏羲氏的母亲，暮游郊外，因与虹交孕，所以伏羲氏生得人首蛇身。伏羲氏当了人群的领袖后，建都于宛丘。他为人类社会的进步，做出了重要的贡献。如用刻木记事以代结绳记事；制订历法，使人民能掌握四时运行的规律；实行媒妁嫁娶之礼，进一步完善婚姻制度；画八卦，定方位，教导民众掌握自然规律。因为他深受人民的尊敬，故称伏羲氏为五帝之首。

在伏羲氏的时代，有共工氏名康回者，窃据冀方，残虐百姓作乐，淫纵女色不休。伏羲氏的大臣祝融氏出兵驱除，共工氏力怯败阵，逃至不周山下，怒而触山，天柱折，地维缺。西北天倾陷了，百姓难以生存，于是伏羲氏之妹女娲氏炼五色石，将天补就。可是，怒触不周山的共工氏不知悔过，反而兴水以祸天下，女娲将他杀死，水害遂息，百姓大悦，女娲被尊为女皇。

五帝的第二帝是神农氏，传说他的母亲因梦见龙神而有孕，把儿子诞生在姜水之上，所以神农生得牛首而人身，并以姜为姓。他教民制作耒耜等原始农具，耘土耕田，又教民种桑养蚕，纺绩御寒。民多有因疾病死，神农氏亲尝百草，一日遇十二毒，吸解毒之药得解，遂作医书，有病者按方服药调治，病者得生，天下大悦。这时，北方诸侯夙沙氏叛乱，神农氏并不以武力去镇压，只是以德行去感化。夙沙氏以为神农可欺，变本加厉，民众怨恨夙沙氏暴虐，集数万之众，杀死暴君，相率来归神农氏，称神农氏为炎帝。

炎帝传八世至榆罔，榆罔自以为智力过人，任意胡为，诸侯皆生叛心。

其中有姜姓名蚩尤者，也是炎帝后裔，兴兵作乱。榆罔抵敌不过，放弃都城空桑，出奔涿鹿。蚩尤兵围涿鹿，诸侯轩辕氏率各路诸侯来救，两军对垒。蚩尤依仗妖法，作起弥天大雾，轩辕急收兵回营，由风后、力牧二贤相助，困蚩尤于八门阵，轩辕氏遂生擒了蚩尤，并将其杀掉。于是诸侯都归顺于轩辕氏，轩辕氏乃代榆罔为帝，这就是黄帝。黄帝至翠沩川，有一大鲈鱼送给他一幅《图箓》，黄帝根据《图箓》中的五要，设立五官，分管天下五事。黄帝善于用人，他命令容成作浑天仪、隶首作九草算法、伶伦制五音十二律、岐伯作《内经》，又命元妃嫘祖教民育蚕，将茧丝织成绢帛。

某日，轩辕出游空桑，见大风吹着，蓬叶旋转，忽东忽西。他根据这种圆叶能转动的道理来制造车轮。并且用横木做轩，直木做辕，所以号为轩辕氏。他又教民以火焙铸铜铁为钱刀，便于民间兑换金玉币帛之货。人民大悦，天下大治。于是凤凰巢于阿阁，麒麟游于苑囿。帝将要逝世了，有龙来迎接，他骑在龙背上升天去了。黄帝把天下传给他的儿子玄嚣，这就是少皞金天氏。当时黎氏兄弟九人为诸侯，兴兵作乱，民间又多鬼怪，天下不得安宁。少皞氏崩，群臣拥立高阳氏为帝，这就是颛顼。颛顼传位给少皞的孙子帝喾。

当帝喾称帝时，房王作乱。帝喾便募集天下机智勇猛之士去杀叛贼。有一只名叫槃瓠的狗，不出三月便咬下房王的头，帝喾为了不失信于民，便封犬为会稽侯，赐美女五人，食千户，其后子孙繁盛，号犬戎国。在帝喾的宫中，怪端异事，接连不断，元妃姜嫄一夕出野，践踏巨人足迹，怀孕而生子，以为不祥，扔出去三次而不死，抱回宫中收养，取名为弃。弃为孩童时，有大人之志，以种麻种菽为游戏。及长大成人，好耕农田，教民稼穑之事。帝喾的次妃广都，被黄云覆身而有孕，怀孕十四个月生下帝尧。妃简狄，误吞紫燕遗卵，孕而生契。妃常仪生子挚。帝喾崩，子挚嗣立，他荒淫无度，不修善政，居位九年被众诸侯废去。

众诸侯尊尧为天子。这时，天上十日并出，禾稼干熇，草木焦枯。尧命羿射下九日。又有大风吹坏民舍，大兽猰貐、大猪封豨、大蟒修蛇食人食畜，广为民害。尧再命羿除去三害，万民大悦，击壤而歌功颂德。不料甲辰年间，天下洪水泛滥，淹死百姓无数。民众推举鲧去治水，鲧抗洪九载，劳而无功。帝尧年岁大了，而他的儿子丹朱又愚昧无知，不能继位，帝尧欲求贤自代，让位给许由。但许由不肯为帝，逃往颍水之滨隐避去了，让来让去，没有人愿意继承帝位，于是群臣推荐舜。

舜父瞽叟。在舜母逝世后，续妻生象。继母溺爱自己生的儿子，时常在瞽叟面前挑唆，欲置舜于死地。舜乃尽孝悌之道，事父母、待兄弟尤加恭顺。年二十，以孝闻于朝野。躬耕历山，农夫、渔民见舜孝德，无不感戴。尧召舜入朝，以娥皇、女英二女妻之。舜携妻归，乃务农事亲。继母益发妒嫉，百般谋害舜，舜每死里逃生。帝尧日感精力不济，命舜代行天子事。舜任用八元八恺和贤德有才干的人，帮助他治理天下，将朝中横暴无才无德之人流放到远方，把治水无功的鲧殛死在羽山。鲧化为黄熊入于羽水。禹继父业治水。

帝尧正式禅位于舜后，舜设九官：命禹为司空，总管国家大事；弃为后稷，主管稼穑农事；契为司徒；皋陶为士师；垂为共工；益为虞侯；伯夷为秩宗；夔典乐；龙作纳言。九人各管自己分工之事，天下悦服，四海拥戴。唯有苗不服王化，便大布文德，苗民感格来降。舜子商均，也是无所作为的庸人，舜荐举禹代己摄位。后舜巡南狩，死于苍梧山。娥皇、女英同往哭舜，泪沾修竹，竹上留下点点斑痕，转而有纹，人称湘妃竹。二女悲伤过度，自沉于江，遂为湘水之灵，世称湘君、湘夫人两神，立庙祭祀。

大凡评价一部作品的好坏，不外乎思想性和艺术性两个方面。《盘古至唐虞传》最突出的是民本思想。臣可以不受君臣纲纪的约束，废除或讨伐君王；民可以举兵犯上，杀死其主。如帝挚荒淫无度，不修仁政，众诸侯入朝废帝，拥立夏禹；榆罔不仁少德，臣民怨恨，蚩尤趁时造反，黄帝统兵平息叛乱后，因榆罔不改前非，上表劝又不听，便兴兵攻打，榆罔自刎而亡。如栗陆苦虐下民，滥杀谏臣，百姓起而攻之，杀死暴君；北方诸侯夙沙氏凶狠作乱，民集数万之众，杀主除害。作者没有按照封建的纲常标准把这一切看成是“大逆不道”的行动，反加以肯定与赞赏，这在某种程度上较为客观地反映了氏族社会的政治生活。此外，如帝尧子丹朱不肖，尧以天下为重，求贤自代，禅位于舜。帝舜子商均也不肖，舜不计较家室，禅位于禹。这种以贤为重的思想，保存了先民的古朴风貌。

从开辟浑沌的盘古起，至虞舜止，中经许许多多“朝代”，出了不少“明主贤君”，如地皇氏、有巢氏、燧人氏、伏羲、女娲、神农、黄帝、尧、舜，小说对他们为民造福备加赞美。但在讴歌这些“英明君主”的同时，也无情地揭露、鞭挞和讽刺那些昏聩残暴的统治者，如栗陆氏、共工氏、夙沙氏、榆罔、蚩尤、帝挚等。作者爱憎的态度是十分鲜明的。

谈到这部作品的思想性，我们必须正确对待那些今天看来已是很荒诞的情节，如伏羲、神农、弃、尧等的出世，其母或与虹交，或感神龙，或践巨人足迹，或黄云覆身，都蒙上了一层奇异的色彩。这些取材于典籍所载的神话故事，要从神话的特征方面去认识，要区别神话与迷信。

再看艺术方面。它虽是一部神话小说，却是以神话故事来再现历史，这就给作者在创作上造成很大的困难。因为从盘古氏至夏禹，时间跨度相当大，中间经历几十万年，要把全部历史串连一起，做到以短短的篇幅（约三万字）把它表现出来，又能给人一种完整的感觉；把散见于史籍、民间流传的神话传说融会贯通，使其脉络清楚，有条不紊，这是本书的两大艺术特色。

作者在塑造人物时，能把握好主次关系，对一些重要人物，着墨较多，在一定程度上增强了人物的艺术形象。其中羿射日灭怪和舜耕历山等，都给人留下了深刻的印象。当然，从总体说来，书中的人物形象大都是苍白无力的，这就不必苛求于古人了。

## （二）《有夏志传》

《有夏志传》，全称《按鉴演义帝王御世有夏志传》。署“景陵钟惺题”。刊于明末，四卷十九则（清刻本改四卷为六卷），双回目，不标回次。上图下文。卷首署“景陵钟惺伯敬父编辑”，“古吴冯梦龙犹龙父鉴定”，这个题署和《盘古至唐虞传》相同，也是伪托的。到了清嘉庆甲戌（1814）年间，出现把《有夏志传》和《有商志传》合为一书的《夏商合传》，世称稽古堂刊本。

书从“禹王伊水捉蛇怪”写起，至“桀败三㚇终南巢”结束，虽然也描写了一些重大历史事件，但主要还是记叙远古的神话传说。全书的故事梗概如下：

禹王是黄帝的玄孙，姓姒氏，鲧的儿子。他母亲脩己见流星贯昴，有感而怀孕，十四个月，折断肋骨从胸中生出禹来。父亲鲧，治水失败，被舜杀了。禹对父亲被杀很悲伤，决心继承父业。禹娶涂山氏为妻，娶妻不到四天，就告别了妻子前往治水。

禹使伯益掌火，朱虎和熊罴随行，又用方道彰、宋无忌二人为风火二将，冯迟、冯修、江婓、江妃为水将，禺强、庚辰为左右将，章亥、竖亥为步将。开始治洪水的时候，先去进行考察，河精送给禹一张河图。他照着河图行动，每到一地，大战神鬼精灵、毒蛇猛兽，一一擒杀。如解螫毒，收橐驼，杀长蛇，除相柳等等。来到衡山，夜梦玄夷苍水使者赠简书，书中详细地记载着疏导洪水的方法。又从南荒到海外，经历了结匈国、羽民国。到了三苗国，国君款待禹王。来到玉山，西王母派人迎接禹王，在瑶台宴请禹王。

禹王治水成功后，先去祭祀泰山，然后回到羽山去祭他的父亲鲧。祭祀完毕拜见帝舜，禹王被任命为大司空，居九官之首。舜见禹既有能力又贤德，把帝位让给禹。禹接受了禅位，改国号为有夏，自以为德能不如尧舜，不称帝而称王。禹王命禺强、庚辰收天下精铜，铸成九鼎；一鼎像一州，分天下为九州。在涂山会见天下诸侯，统一国家。但防风氏不服，不按期到会，于是便发兵征讨，杀了防风氏。

禹王在位八年，东巡时死在会稽，葬于会稽山上，这就是现今的禹穴。禹王死后，伯益率臣民共推禹子启即夏王位，从此帝王不再禅让，开始世袭，始为家天下。启王增修德政，三年天下大治。有扈国君敖奇，不遵守国法，不修身正己，不关心人民，启王兴六师讨伐。敖奇驱毒兽以拒王师，王师先败后胜，遂灭有扈之国。武观作乱，彭伯寿奉命平乱，武观兵败被擒。于是，风调雨顺，五谷丰收，政清民安，天下太平。

启王在位九年，死后他的儿子太康不理朝事，不治国政，辞去了大半忠臣贤士，重用叛臣武观和佞臣共工柦，终日沉湎酒色。太康为了保护自己，召有穷国君主后羿进朝当他的扈从。这后羿身长丈五、手举千斤、射无不中，因见太康昏庸无道，迷于酒色，骑神马私逃。他游于三岛，食庞眉仙人所赠仙枣后，竟终岁不饥，在玉山遇西王母，经她指点，到不死国采得不死之药。后羿回国后，太康重用后羿，让他辅佐国政。但武观等奸谀小人，怕自己失宠，日夜向太康进谗言，太康偏听偏信，又把后羿放回有穷国。后羿回到自己的国家，采纳武罗伯的建议，修德政，关心人民，受到北方诸侯的信赖和拥护。

武观因害后羿未遂，便又生奸计，他听说后羿之妻嫦娥非常美丽，便奏请太康，用幽州之地和后羿换嫦娥。后羿听从了武罗伯的话，接受了用幽州换嫦娥的条件；嫦娥怨恨丈夫贪地忘情，偷得不死之药，飞奔月宫去了。后羿悲愤交加，乘太康会猎四月不归的机会，遂占据夏都。太康闻变，使武观率师渡河，被后羿射杀。共工柦闻武观兵败被杀，劫太康西奔夏阳。太康居夏阳九年而崩，前后在位二十九年。

后羿迎太康之弟仲康继承王位，仲康命后羿为相，子昭民为大司徒，大廉为大宗伯，这叫三公佐政。后羿不能独揽大权，心中不快。这时，羲和连结四夷作乱，派人联络后羿做内应。仲康的王师很快就平定了叛军，后羿正心中惊惶不安，仲康却在平叛后不久便死去了，由仲康之子相即位。于是后羿便开始阴谋夺取王位。

后羿逐渐控制了大权，他鼓动夏王相，大兴土木，起楼台，广妃嫔，日夜消沉于声色女乐之中，使相不问朝政。羿一面排斥勋旧老臣，起用心腹之人；一面使人抚恤饥苦，收买民心，以作后图。后羿假借王命东征九夷。羿喜得勇士神射手逄蒙和奇奸诡智的寒浞二人相助，终于篡夺了有夏国的大权，自立为王。但不久寒浞又勾结逄蒙射死了后羿，寒浞又以弑君之罪擒杀逄蒙，遂代羿为王。

相被害时，他的王后已怀孕了，当时逃回了娘家，后生子少康。少康长大后，母子二人又逃亡到虞国。虞君把两个女儿嫁给少康为妻。少康时刻想着复兴祖业，奋发自励。到隃山访贤，秘密联络仲康和相的旧臣姒靡等，招兵买马，训练军队。三年后，利用反间计，使寒浞父子、君臣自相残杀，遂灭了逆贼寒浞，即夏王位，大封功臣，立季杼为世子，夏朝中兴。

少康在位二十二年，死后季杼继位。自季杼以后，继夏王位的有槐、芒、泄、不降、扃、廑、孔甲、皋、发诸王，传位至履癸——这就到了夏桀之世。

夏桀二十五岁得天下，为人奸诈暴虐，贪财重色，力大勇猛，天下诸侯都惧怕他，纷纷归顺。诸侯之中，唯有商侯天乙最忠最贤，亲自访请大贤人伊尹出来辅佐夏王。但夏王桀昏庸无道，他听说有施氏国君之女妹喜貌美，派大兵压境索取妹喜。有施氏惊慌万状，献出妹喜。

桀自得妹喜，朝政尽废，由太师赵良摄理国事。为了讨好妹喜，削去元妃的尊号，送回母家，册立妹喜为元妃。妹喜一味献媚持宠，蛊惑桀修筑长夜宫，昼夜取乐；又开酒池，置肉林，日夕追欢。修筑这些苑囿，化费民力民财，无计其数，百姓大怨。

大臣关龙逄等忠言直谏，先后被杀。商侯派人吊唁，劝桀听信忠臣之言，桀不但不听，反而杀了商侯的使臣，把商侯囚禁起来。商侯深得民心，国力日益强盛。伊尹见桀如此，知天命在商，遂离开了夏桀，帮助商侯兴井田之法，设学校育人，建军旅并授战阵之法。

诸侯见桀昏蒙暴霸，劝商侯举义旗，平暴伐桀，救民于水火之中。商侯于是兴师，先伐助桀为虐的葛国，得其民为内应，擒斩葛伯氏及狎客宠臣。接着征服豕韦氏、昆吾氏，聚集天下诸侯，誓师攻夏。桀亲自统兵迎战，虽有两万猛士相随，终因寡不敌众，猛士尽死，只身脱围逃回夏城，但见城门已闭，城上皆是商侯的旗帜。桀不得入城，又见妹喜被杀，遂投奔妹喜父母之国，醉酒被擒，被商侯流放南巢，三年而死。天下诸侯共推商侯为天子。

是为汤王。商朝国结束了夏王朝的统治。

《有夏志传》的主题思想是提倡君仁臣良，为君要爱民，为臣要忠君。作者运用神话，编写了一部“君仁则兴国，君昏则民叛”的夏王朝兴衰史。

《有夏志传》在艺术上也取得了一定的成功。开卷一首七律“治水功高继世贤，九州鼎铸怪神平。后王兴发谁长计，明德巍巍万古传”引出故事，逐步展开，步步深入，最后以夏亡商立作为结局。

在塑造人物方面，能分清主次，在几个重要人物身上多费笔墨，如夏禹、商侯、伊尹、关龙逄、桀王、妹喜、武观、寒浞，特别对桀王的暴戾好色、妹喜的狐媚淫乱，写得十分深刻，使人物形象栩栩如生。但多数人物的形象是模糊不清的。

在布局上，做到主次分明，条理清晰，上下衔接，形成一个结构严密的艺术整体。

在语言运用方面，倒也简练明快，只是不够生动，尤其人物的语言千篇一律，枯燥无味。

### (三)《有商志传》

《有商志传》，全称《按鉴演义帝王御世有商志传》。成书于明末，但现今已不见明刊本了。共四卷十二则，双回目，不标回次。上图下文。卷首也署“景陵钟惺伯敬父编辑”“古吴冯梦龙犹龙父鉴定”，与《盘古至唐虞传》《有夏志传》情况类似，同样是伪托。到了清嘉庆甲戌（1814）年间，出现《有夏志传》和《有商志传》合为一书，易名《夏商合传》的稽古堂刊本。这个“合传”的“有夏”部分，与明刻本文字相同，推而论之，其“有商”部分当是直接翻刻的明刊本。

《有商志传》，其实是《有夏志传》的续集。是按照夏商周的历史朝代排列的。所以，《有商志传》便是一部商朝兴衰史。其内容梗概如下：

商朝开国，汤王称帝，以伊尹、莱朱二人为相，为政宽厚，省刑薄敛，人民大悦。时值大旱，六七年滴水不见，草木尽凋，溪涧绝流。汤王斋戒沐浴，剪去头发，剪断指甲，乘素车白马，抬着祭品到桑林之野祭天，自责未毕，天雨千里，数日方止。汤王闻民间贫苦百姓多有卖子女者，便铸币赐民，赎回了千万子女。穷民好不快活，天下大治。

汤王在位十三年，寿百岁而终。嫡孙太甲嗣位。他初登天子位，不知创业艰难，废除了汤王所立的许多典章制度。伊尹为了开导太甲，把他送到汤王坟墓旁的桐宫思过。将近三年，太甲已经悔悟过来，存圣贤之心，行仁义之事，伊尹把他迎回，重践天子大位。太甲一心保护庶民，赈恤鳏寡。在位三十三年，死后其子沃丁即位，事事都照伊尹的主张行事，不敢自专自为。伊尹卒，沃丁亲自主持伊尹的丧事，按照天子的规格举行了葬礼。沃丁在位二十九年，经过太庚、小甲、雍己三朝，传位到太戊时，商朝的国力递渐衰弱，国家不断出现种种不祥的事件。太戊向伊尹的儿子伊陟求教。伊陟告诉太戊，要像先王那样尊老爱幼，抚恤百姓，太戊于是勤修德政，养老求贤，关心人民疾苦，商朝又开始复兴起来。

太戊在位七十五年，传位给仲丁。仲丁刚刚登基，京城亳都发大水，淹没了无数民房，宫殿也被浸毁坏。正计划迁都，邻邦蓝夷听说商朝旧都被水淹，新都刚建成，为掠夺金银宝器、宫妃彩女，趁机出兵侵犯。伊陟设计伏击蓝夷贼徒，夷寇败逃。仲丁乘胜征讨，夷兵伤亡惨重，蓝主甘愿朝贡纳罪。

仲丁以后，再传八代，到阳甲为王时，商朝的皇族发生内讧，兄弟之间争夺帝位，各诸侯国见商争位，朝中内乱，也都各自扩展势力。这时，后稷的子孙周太王、古公亶父在西戎边远地区建设了周国，教民耕种，丰衣足食，日益强盛。而商朝由于内乱加水害，国家动荡不安，传位至盘庚时，改国号为殷。

殷王武丁，为使国家复兴，尊贤任能，勤修德政，励精图治。国家刚刚得到恢复，武丁去世，子祖庚立。祖庚崩，由其弟祖甲继位。祖甲好色无度，丝毫不理政事，在武丁手上中兴的殷朝天下，到他手上却又衰微了。祖甲以后，经廪辛、庚丁，传至武乙。这武乙无道，激怒上帝，被雷神殛死。从此殷朝走上了衰败的道路。

经过太丁、帝乙，传至受辛即位，这就是殷纣王。纣王为人聪明，但刚勇好色，心狠奸险。刚登帝位，便命令四方侯国各献美女五十名选入后宫。北伯侯崇侯虎，奏说冀侯的女儿仪容绝世，纣王立即降诏苏护，送女入朝。苏护不得已，送女妲己进宫。

在驿站中，女被九尾狐狸魅死，九尾狐化成妲己进宫。

纣王见妲己仪容妖艳，花貌绝群，不胜欢喜，立为贵妃，朝夕欢歌，不理政事。终南山炼气士云中子，游至朝歌，发现妖气出于宫掖，向纣王献木剑斩妖。妲己见剑恐惧成疾，纣王不仅烧毁了木剑，并杀了引见云中子的太史令。纣王朝夕与妲己游宴在摘星楼上，姜后苦谏，纣王不但不听，反而将她投于楼下摔死，册立妲己为正宫皇后。纣王唯恐姜后的父亲东方侯伯姜桓楚为女儿复仇，诈称国家有大政，宣四侯伯入朝议事，待桓楚至，即行斩首，以绝后患。西伯姬昌听说纣王失德，早就想入朝进谏，如今见宣诏他们进京，便急速赶来。谁知进京便被囚禁起来。

姬昌被囚禁了七年，周国选良马八匹、美女二名及金宝八车送进朝中，纣王遂释放了姬昌。姬昌回国，广行仁政，厚恤下民，四方诸侯有三十余国亲近西周，疏远殷朝。这时，在商都朝歌城中，有一姓姜名尚字子牙的人，年过七十，有经天纬地之才，排兵布阵之术，闻纣王恣行暴虐，殄灭人伦，乃携家属潜居东海之滨，以钓鱼为生。后闻姬昌仁政施于四方，鳏寡各得其所，便挈妻孥西奔，经潼关入岐州，钓于磻溪。姬昌夜梦飞熊入殿，以出猎为名寻觅贤人，两访磻溪，始见子牙。

姬昌病重，临终托孤，请子牙辅佐他的儿子。姬昌死后，子姬发嗣位，号称武王，尊姜太公为尚父，与周公旦共同辅政。这时纣王暴虐滋甚，制虿盆、炮烙酷刑，设酒池、肉林享乐，听信妲己妖言，剖妇胎斩人胫取乐。于是周武王应民众之请，兴兵东伐殷纣，筑坛拜尚父为东征大军师，辛甲为先锋，南宫适为副将。出兵三日，有雷震前来助战。纣王的儿子殷郊也随军东伐。大军过黄河，一路势如破竹，攻克渑池，夺取汜水关，兵至孟津河，与八百诸侯会合，计议进军首都朝歌。

周武王东征，殷纣王拜崇侯虎之子崇应彪为征西大总兵，飞廉为左中帐护将军，率精兵八十万迎敌，全军覆没。败报传到朝歌，纣王孤注一掷，再发精兵八十万，由费仲统帅，更是不堪一击，负伤奔入皇城。周武王兵临城下，兵数十万，殷朝士兵，人人怨恨纣王残虐无道，倒戈起义。周兵入城，朝歌百姓牵牛担酒，争来相劳。纣王知大事已去，不能保身，乃举火焚烧宫室，投火而死。殷郊擒住妲己，雷震拿获费仲，武王、太公数两人之罪，命推到法场斩首。至此，商朝自成汤传至纣王，历二十八代，共六百四十四年而亡。

本书在思想方面，显然与《盘古至唐虞传》《有夏志传》不同，它较为突出地宣扬封建的伦理关系，如“父有不慈，子不可以不孝；君不明，臣不可以不忠”“商虽无道，吾之家祖称臣，必当尽守其职”等，即封建的“君君臣臣父父子子”的纲纪说教，时有所见。

从艺术上说，与《有夏志传》的开局一样，也是以一首七律作为引子，随即紧接前书交代过“汤王即位”，逐渐铺开故事，不断引向深入。至武王东征，把故事推向高潮，以纣王兵败身亡，妲己显露狐狸原形为结局。最后引用钟伯敬一首七律，全书结束。有条有理，上下紧扣，联缀成篇。

在塑造人物上，似比《有夏志传》更胜一筹。对一些主要人物，通过一系列具体事件，不惜笔墨地加以描绘，使人物形象鲜明而生动。如姬昌、太公、纣王，都给人留下较深刻的印象。但作者也没有忽视那些次要人物，笔墨有浓有淡，如伊尹的善教，太甲的知过，太戊的勤政，伊陟的才智，武丁的求贤，古公亶父的爱民，祖甲的重色，微子的佯狂，比干的刚烈，箕子的应变，崇侯虎的阴险，费仲的阿谀，飞廉的贪婪，姬发的果断，殷郊的明理，辛甲的神武，南宫适的勇猛等，写出了各自的特征。

至于语言运用，朴素流畅犹可，生动尚且不足。也犯了《有夏志传》同样的毛病，人物的语言不分各自的身份、地位、年龄、性格，毫无特色，削弱了人物形象。

### （四）《开辟演义》

《开辟演义》，全称《新刻按鉴编纂开辟衍绎通俗志传》，后刻本简称《开辟演义》。全书凡六卷八十回，约九万字。作者周游，字仰止，号五岳山人，居住地及生卒年代不详，大致为明万历至崇祯年间人。这部以上古为题材的神话小说，成书于明崇祯年间，卷前有王黉崇祯八年（1635）的序和王黉的释疑及回评。

本书主要演说盘古开天辟地、三皇五帝化民成俗至周武王伐纣灭商的远古历史故事。但作者为了借上古神话宣扬佛法，有意编造了菩萨开天说：

西方世尊释迦牟尼佛大放光明，照见天下万国，发现四大部洲鸿蒙久闭，天昏地暗，而南赡部洲历劫已满。世尊救济普度，令弟子毗多崩娑那菩萨去开辟天地。毗多离了西方佛境，来至南赡部洲洪荒处，化成一人，“身长三丈六尺”，将身一伸，“天即渐高，地便坠下，而天地更有相连者”。他凭着神力，或用斧劈，或以凿开，终将天地分开。他又立一石碑为念，自镌“吾乃盘古氏，开天辟地基”。功成行满，由世尊大弟子观音大士救度回西方佛境，复为毗多崩娑那菩萨。

自盘古氏返西方之后，天皇氏兄弟十三人降世，治理天下。天皇氏立六十甲子，又立十干以定岁次，立十二支以定四时。天皇氏兄弟共治天下一万八千年。

继之地皇氏与十弟共治天下，安布日、月、星辰，昼夜自分，有了光明。也是统治天下一万八千年。

接着是人皇氏居位，使兄弟八人各居一方镇守，划天下为九区。人皇氏兄弟治世最长，共四万一千六百年。

又不知过了多少年，到了有巢氏治理天下时，教民架木为巢，掘地为营，既可防止恶兽伤人，又可蔽风遮雨，避炎热寒冷。

有巢氏为诸侯五百九十年而崩，人民拥立其子燧人氏治国。燧人氏教民“钻燧取火”，使民以食熟物，少受疾病毒伤之害。他又实施结绳记事之法，推行日中设市的交易之道。流光匆匆，又过去了多少万年。

燧人氏之女踏巨人足迹生伏羲。伏羲身若蛇形，长三丈六尺，能仰观星象，俯察山川。他用仓颉制成的文字，代替了结绳记事；得《河图》《洛书》，画八卦，定年、月、日、时；教人民制网捕鱼，饲养六畜，以赡民用和享神祇；命木匠削桐木制琴瑟，与民修身养性。伏羲氏在位一千一百一十五年，寿一千一百五十岁而崩。

伏羲氏死后，其妹女娲即位，号女皇。她生而神灵，身长二丈五尺，曾佐兄正婚姻、媒妁、嫁娶之礼，叫做神媒。共工氏康回，原为伏羲的上相，后封为诸侯，因不服女娲管辖，兴兵作乱，女娲亲征不胜。祝融氏奉命出征，用土灰破了康回的水淹之法。康回在战斗中负伤，落荒而逃，逃到不周山下，被重兵围困，自知不免一死，头触不周山，撞折天柱。于是女娲炼石补天，使不周山百姓重见光明，得免凄风冷雨之苦。自此天下无事，女娲大封列国。在位八百年，寿九百岁而终。其子孙由各地诸侯辅佐，王室得以代代相传，共治天下一万零八百年。

炎帝神农氏，身长一丈九尺，牛首人身。他初得王位，即存救民之心，忧民之食，悯民之病，创造了耒耜等原始农具，亲耕田，教民播种五谷，又亲尝药草，治人疾病。神农女儿精卫公主在御花园游玩见到西王母，西王母让她渡海去蓬莱仙境访仙求道。公主去仙山的途中，见一美少年，不觉动了尘念，想在成仙回来后招为驸马，便令侍女上前询问，不巧被东王公看见，怕她亵渎了仙境，让东海龙王大兴波涛，沉船溺于万丈深潭。龙王见色起意，把公主拉入龙宫水晶殿，求其配偶。公主宁死不舍少年，但欲回不能，怨气不散，遂化成小鸟，衔南山木石填塞东海。北方诸侯夙沙氏贪财好色，重敛百姓，百姓约期举事，把他杀死，神农厚赏众民。神农在位一百四十年，寿一百八十一岁。

神农既崩，传至八世榆罔，政治腐败，人民不满，群臣怨望，蚩尤乘机叛乱，兼并诸侯，兵围皇城空桑。榆罔出奔涿鹿。轩辕起兵救驾，用指南车破了蚩尤的兴雾之术，把他枭首示众。榆罔返都空桑，仍是不仁，轩辕上表不听，兴兵讨君，榆罔战败自刎。榆罔在位五十五年。

诸侯拥立轩辕为君，这就是著名的黄帝。他被诸侯拥戴为天子后，在六相辅佐下，修德治兵，创建制度，修筑道路，制造舟车，缝制衣服，营建房屋，应用臼杵，制作弓箭，创作《内经》，传世《图篆》，以及在历法、度量衡、音乐诸方面都得以应用和推广。他的妃子嫘祖又教百姓养蚕，织而成绢帛缎匹。黄帝勤劳焦思，祥瑞时现，后学道于广成子，修炼飞升成仙。

黄帝长子少皞金天氏，名玄嚣，即位后能修太皞之政，故曰少皞。不久蜀中诸侯九黎妄动刀兵，天下不安。少皞命重臣勾龙率九路诸侯讨伐平乱，大败九黎兄弟，使之逃回本国。自此天下稍平，四方无事。少皞在位八十四年，寿一百岁。

少皞无嗣，群臣立其兄昌意之子高阳氏，是为颛顼帝。九黎兄弟卷土重来，勾龙向帝保举九位太子出征。九太子与九黎展开大战，勾龙用“退围计”破了九黎的“九宫阵法”，先后擒杀七黎，两黎自刎而死。颛顼帝在位七十八年，寿九十一岁。

少皞之孙帝喾登位，知天下财用不足，令军士去峒山开采银矿，又冶炼铜、锡、铅、铁。在位七十五年，寿一百零五岁。

帝喾妃子常仪所生之子挚嗣位。挚贪财好色，不理国政，其弟尧及众贤臣劝谏不听，由旸谷侯会同十九路诸侯兴兵入朝，废挚立尧。

尧为君，仁德如天，富而不骄，轻车茅屋，志在为民。这一年天上出现十个太阳，草木焦枯，禾稼干熇。尧命护驾大将军平羿射落九日，民得以生存。羿又率领兵马为民缴大风，除兽害。羿之妻遇西王母，得长生药，夫妻一同飞入月宫。妻为嫦娥，羿为蟾蜍。天下洪水泛滥成灾，四岳首领共举鲧治洪水，但他唯知搜括民财，接受贿赂；又无治水之法，只是挑土以堵洪水，治水九年未见寸功，被尧斩于羽山。

黄帝八世孙舜，孝名闻于朝野。尧见儿子丹朱不肖，欲以天下让贤，经臣荐举，召舜入朝，委以重职，将两个女儿许配给舜，最后让位与他。舜继位后，求贤自辅，广开言路，无日不以民众为念。对拒绝使命的诸侯，削去其职。三苗反叛作乱，遣将征伐。水患又起，舜命鲧的儿子禹治水。禹相度地势，先除水怪，再疏通九州河道，开三峡七百余里；三过家门而不入，唯治水为急务，历经十三年终于制伏洪水。

舜出外巡狩。一病不起，传贤不传子，立下遗嘱由禹承继帝位。禹自谦德薄才疏，难为人主，举家避于阳城。众臣力劝，禹无词以对，遂受舜禅，建都安邑，去帝号称王，分天下为九州，铸九鼎。禹与南方各镇诸侯相会于涂山，被推为盟主，从此南方皆依王化。禹的臣子仪狄用曲米酿制成酒，禹连饮数杯，不觉大醉，醒后误了设朝时刻，即贬仪狄为民，禁止造酒。但仪狄仍暗地制酒发卖，众臣得到他的制酒方，也私自造酿饮，造酒日兴。禹在位八年，寿百岁。

禹亡，其子启贤明，被诸侯拥立为王。启在位九年，死后由太子太康正位。太康荒淫无度，不恤国政，朝野怨愤。握有重兵的后羿废太康，又毒死新君帝相，自立为王，后丧于心腹寒浞之手。十六年后，帝相遗腹子少康在各镇诸侯协助下，灭寒浞复位，夏道中兴。

从夏道中兴，历经九帝，共治天下二百零四年。传至末代君主桀承位，荒淫贪戾，宠美女妹喜，造琼宫瑶台，建肉林酒池，杀谏臣关龙逄。汤闻关龙逄死，为之大恸，被佞臣诬陷，囚于夏台。群臣不服力保，桀放汤。汤回商国，广政施仁，任用贤士伊尹，联合天下诸侯，发布除暴去佞文告，起兵伐桀，用十面埋伏计轮番战桀，灭夏建商。

商朝汤王即位，立三公、九卿、士大夫、列士之官，又以庄山之金铸币，赈贫苦之民。时值大旱，汤王亲自祭天，引咎自责，大雨顿降，五谷丰收，民安乐业。在位十三年，寿百岁。

太子太丁早卒，次子太甲登基。自太甲中经数传，到了盘庚时代，商朝国运开始衰微。又经武丁、太丁、帝乙传至受辛。受辛就是历史上有名的昏君殷纣王。

纣王自登基之后，奢华不息，贪色无厌。南伯侯崇侯虎与冀州侯苏护有隙，向纣王进言，说苏护有一个天姿国色的女儿名妲己，蛊惑他娶来为妃。妲己在途中被九尾狐摄换了魂灵，到了朝中迷惑纣王，使他昏昧日甚，淫乐益炽，奢华尤重，暴虐更烈，百姓怨望，诸侯多叛。

周武王姬发自父亲姬昌病薨继位后，重用姜子牙众臣，国势日强。见纣王无道，众叛亲离，便兴吊民伐罪之师，会八百诸侯于孟津，战败殷兵。纣王投火自焚，商灭周建，天下统一。

《开辟演义》的作者，把盘古开辟天地这个古朴而美丽的神话，纳入宗教迷信的宣教，他把盘古说成是西方佛祖释迦牟尼座下一员菩萨，是奉佛祖的旨意来到“南赡部洲大洪荒处”开辟天地的，使神话失去了本意。同样出自这种宗教观念，唯心主义的天命论在书中时现，如商郊一战，周军以戎车二百辆，虎贲三千人，大败殷兵七十万，名将千员，作者感叹道："呜呼！非周之败也，天败之也！"如此种种，作者的思想局限性比较明显。

但在艺术上，《开辟演义》的成功之处是把横跨几十万年的人类发展史，通过大量的神话传说，有条不紊地穿在一起，捋成一线，而且主次分明，疏密有致，上下又环环勾连，首尾贯穿，构成一个艺术整体。

《开辟演义》与上述三种神话小说相比，有一个明显不同的地方，就是穿插了一些人所熟知的小故事，又经过一定改造，使之别具一番魅力。如原见于《山海经》的精卫填海故事，作者引用时增加了她欲成仙又想招驸马，龙王求其配偶的情节。当然，这种做法的得失，还很值得研究。又如把后代东施效颦之事移到妺喜身上，说妺喜"有心痛之病，发时以两手捧在胸前，眉蹙不悦"。于是，城中妇女以为捧心皱眉是一种俏美，纷纷仿效。这未免过于随心篡改古代神话，弄巧成拙了。

**（五）《上古神话演义》**

这是一部现代人历时八年撰写而成的神话小说，四卷，每卷四十回，共一百六十回。作者钟毓龙（1880—1970 年），字郁云，别号庸翁，浙江杭州人，清光绪癸卯举人。据钟肇恒的介绍，作者历任浙江省高等学堂、杭州府中学堂、嘉兴府中学堂、杭州市安定中学、宗文中学、女子师范等校教师，宗文中学校长、浙江通志馆副总编纂等职。全国解放后任杭州市政协常委、副主席。一生从事教育工作，致力于中国古代文学、历史、地理的研究，并工篆书。其他著述有《说杭州》《科场回忆录》《古今中外地名释义》《浙江疆域考》《浙江地理考》等。

本书长达百万字，故事从地球毁坏及开辟原因说起，逐渐铺开，历经帝喾、唐尧、虞舜、夏禹四个朝代，中间穿插大量的神话故事，至禹子启登基，灭"不肯臣服"的有扈国统一天下结束。可以说本书是一部用神话故事编纂的上古通史演义。

卷一第一回是个序幕，未知出于什么原因，作者把序幕拉开后，跃入人们眼中的是明朝末年天遣两个魔星下凡：一个是"天杀星"，叫张献忠，另一个是"破军星"，叫李自成，和张献忠同年生，同造反。

小说由四大部分组成，但不是以"卷"来划分，而是以朝代的人物来区分。每个人物都有他的侧重面，给人们留下较为深刻的印象。帝喾以仁德治世，当他巡狩至醴陵，被房王的蛮兵围困，情况非常危急，幸义犬槃瓠咬死房王和吴将军，化险为夷。帝尧因洪水泛滥，百兽横行，百姓遭殃，引咎自责，求贤自代，便三让天下于许由、巢父、子州支父，三位贤士不肯接受，终禅位给虞舜。舜三次被逐出家门，九耕历山，勤侍父母，友爱兄弟，尽孝悌之道。尧闻舜孝德，以娥皇、女英二女妻之，又禅位于他。禹继父业，总结鲧治水失败的教训，实行以疏导为主、堙塞为辅的治水方针，足涉四方，抗洪除怪，居外十三年，三过家门而不入，完成了父亲未竟的壮丽事业，功盖天下。舜崩，禹受禅，国号有夏。其子启，建立了中国历史上第一个奴隶制国家，即夏朝。

介绍了各个人物的侧重面，只是为了加深读者的印象，并不是去概括他们的一切。作者对这四个古代传说中的英明贤主，通过一系列具体的事件，尽情的歌颂，百般的赞美。在作者看来，古代圣君勤理朝政、亲贤远佞、行德施仁、改赋省刑、秉公断事、平暴除害、公而忘私、求贤禅位的那种精神和品质，可作后世执政者的借鉴。

作品对上古圣贤的歌颂着力宣扬了“仁政”思想。仁政的实施，是建立在君主的贤明基础上的。推行仁政是为了教育和感化人民，共同治理好国家。所以推崇老子谓之“食者民之本也，民者国之基也”的思想。在这个指导思想下，作者写帝挚被立为嗣君时，帝喾告诫他道：“百姓和水一般，君主和舟一般；水可以载舟，亦可以覆舟；民可以戴君，亦可以逐君。”又教育他要“处处以天下为重，以百姓为心”。

帝尧出巡至三苗国，见那里不少人民有缺耳、少鼻、断臂、刖足的，向苗王正色道：“汝真太不仁了。汝要知道，天生万民，立之司牧，是要叫他治百姓的，不是叫他暴虐百姓的。百姓果有不好，应该以德去化他，应该以礼去教他，不应该动辄就拿了刑罚去残杀他。……君主和父母一样，百姓和子女一样。子女不好，做父母的，或去其耳，或截其鼻，或断其足，世界上有这种忍心的父母么?”并强调说：“但是治国之道，应该从根本着想，用道德教育去感化他，不应该严刑峻罚地蛮干。”

作者在本书中还极力推行任人唯贤、不问贵贱的用人原则。帝尧要让位于舜，三凶之一的孔壬问道：“帝历来是极圣明的，这次为什么要将天下来传给匹夫?”帝尧回答说：“天下者，乃天下之公器。只要问他这个人的才德是否能胜天下之重任；如其果能胜任，即使是个匹夫，有什么妨碍?如其不能胜任，即使是个贵胄，亦万万无以天下传给他的道理。”鲧也发问：“自古以来，没有这种办法。请问帝拿了天下传给匹夫，取法于何朝何帝?”帝尧却说："不必问前朝有无成例，只要问做天下君主的人，是应该以才德为重呢，还是应该以贵贱为重呢?"帝尧虽为人君，不问人之贵贱，却重人的才德，可见他的贤明之处，这种注重才德的用人标准，有它的积极意义。

反之，小说对残酷暴虐的康回、共工、房王、苗王以及昏愚不明的帝挚，蛊惑君王的三凶等暴君佞臣，都从不同角度揭露了他们的罪行，进行无情的抨击。至于对中国神话故事里的共工、蚩尤、刑天等应作如何评价，尚有分歧，这里我们且不去多作说明。

《上古神话演义》作为一部上古通史性的演义小说，其内容多与前述各书相重复，所以这里只介绍其特点。另外，从艺术上说，本书最大的特点是汲取了许许多多神话故事和民间传说，正如作者在"叙言"中所说"以期综集上古神话之大成"。作者为实现这个目标而作的努力，从他引用的五百多种书目中便可以得到印证。书中广引博采的神话传说有：盘古开天辟地、共工怒触不周山、女娲炼石补天、稷遭三弃、嫦娥奔月、神犬槃瓠、兄弟参商、羿射十日、逢蒙杀羿、王母燕客献图来朝、短小人、巨人国、华封三祝、仓颉造字、罔水行舟、禹坼背生、鲧禹治水、禹凿龙门、鲤鱼跳龙门、天上革命、五老游河、凤凰献图、夸父逐日、禹游昆仑、血泪染竹等。其中有不少神话，经过作者的加工，变得比较完美了。

其次，刻画人物方面也有成功之处。如写舜与母弟，一仁一毒；后羿与逢蒙，一善一恶，通过人物的对比，形成强烈的对照，加强细节描绘。如尧三次访贤、禹治水三过家门而不入、羿蒙比射、夸父逐日、血泪染竹等故事，都能注意揭示人物的心理状态。尤其是姜嫄踏巨人足迹有孕而生稷，三弃亲生骨肉时所表现出来的羞愧、恼怒与痛苦的错综复杂的心情，十分感人。作品对那些原本神话人物，加以一定改造，成为现实生活中的人物形象，有血有肉，增强了艺术感染力。

在结构安排上也颇有章法，做到了首尾照应，层次分明，脉络清晰，又时而插叙，时而倒叙，使情节多变，引人入胜。文词通俗晓畅，朴素精炼。这些都是《上古神话演义》可取的优点。但篇幅拉得太长，加之总体上写得不够生动，未免给人一种琐屑冗长之感觉，实在是美中不足之处。

## 二　同一神话各千秋——同样的神话在各书中的不同写法

如上，我们把五部写上古神话的小说作了简要的介绍。这五部小说，有一个共同的特点，即把神话传说当做上古历史来写。这样，由于追求“历史”的连续性和完整性，难免忽视或者破坏了神话的原貌，又由于许多上古神话原来就存在着不同的传说，再加上各书作者各有自己的选择和不同的理解，因此，同样的一个神话，在各书中却出现了不同的说法，这就必然会在青年读者中产生疑问和误解。

为了解释可能产生的误解和疑问，同时也为了进一步说明上述五部小说是怎么选取上古神话当做历史的，这里对一些主要的神话，略作分析，说明这些神话的来源和原貌，说明各书作者选用的角度及其得失，也可以增加读者的神话知识。

**(一) 开天辟地第一人**

天地是怎样形成的？生活在上古时代的我们的祖先，无法解释天地的起源，只能展开想象的翅膀，去推演诸如宇宙的开创，于是就编造出“开天辟地”的神话。这个神话，在先秦的典籍中，在辑录我国古代神话最多的《山海经》里，都是只言片字也未曾提及，只有屈原在《天问》中对天地的形成提出了一连串的疑问：“遂古之初，谁传道之？上下未形，何由考之？”大意是远古刚一开始，是谁传说下来的？那时天地尚未形成，依据什么去考察它？到了三国时期，东吴的势力扩展到岭南一带，在五岭南北的苗、瑶、侗等少数民族中流传的盘瓠的传说传播到吴国（“盘瓠”和“盘古”是谐音字，为了简便把“盘瓠”音转为“盘古”）。由当时的文人徐整进行搜集整理，形成了盘古开天辟地的神话：

天地浑沌如鸡子，盘古生其中。万八千岁，天地开辟，阳清为天，阴浊为地。盘古在其中，一日九变，神于天，圣于地。天日高一丈，地日厚一丈，盘古日长一丈。如此万八千岁，天数极高，地数极深，盘古极长。后乃有三皇。

明末周游在他所著的《开辟演义》里，进而完善了这个故事：

（盘古）将身一伸，天即渐高，地便坠下。而天地更有相连者，左手执凿，右手持斧，或用斧劈，或以凿开，自是神力。久而天地乃分，二气升降，清者上为天，浊者下为地，自此而混沌开矣。

与《开辟演义》同时期问世的《盘古至唐虞传》，进一步使这则神话的内容丰富了。上卷第一则的标题就是“盘古氏开天辟地，定日月星辰风雨”，大意是：盘古氏在天地将分未分的时节，生于大荒之野。这时天地有半轻清在上的，有半重浊坠下的，清的渐渐成天，浊的渐渐成地。而轻清在上的被那重浊的粘带住，盘结着不得上升。于是盘古氏便去西方觅了一块尖利如斧的石，和一个上粗下细、能大能小的椎，“把斧一凿，滑喇喇的一声响，天拔上去，地坠下来，于是两仪始奠，阴阳分矣”。过了几百年，两仪生出太阳和月亮来，但又都被东、西方两座高山岩石草木壅塞不通，盘古氏便分别凿开通道，现出了一轮红日和一轮明月，世界不再混混沌沌，分出昼夜来了。

《盘古至唐虞传》同徐整的《三王历纪》和周游的《开辟演义》相比，两者有一个根本的不同处，即《盘古至唐虞传》明确地说，在天地还没有形成之前，盘古便出世了，这样较为合理，也更有现实意义。此外，小说所描绘的盘古在开天辟地时用斧劈、椎凿的壮丽情景，正是象征着劳动创造世界的意义。

关于开天辟地的神话，还另有一种说法，见之于《上古神话演义》第一回。作者说，开天辟地，就是“地球的死而复生”。地球亦和“人类一样，有生有死”。地球的死，“不必一定是地球全体的毁坏，只要是住在地球上的生物统统死了，那便是地球死了”。地球因何死去？“从古书考起来，当初毁坏地球的，是阴神一派中之混沌氏”。为使已经死尽的人类能够滋生起来，已死之地球重新建设起来，阳神一派中之盘古氏和混沌氏经过一场大战，战胜了混沌氏，将其尸体解剖，“拿了他的肉补充从前损失的领土，拿了他的骨补充从前毁坏的石，拿了他的血液补充从前消耗的水，又拿他的肢节竖起来，恢复从前崩坏的山岳，又拿他的肠胃铺起来，恢复从前湮没的江河，又慢慢地滋长万物，诞生人类”。

从上所述中不难看出，由徐整的搜集加工，到《开辟演义》《盘古至唐虞传》，开天辟地的神话是在健康地向前发展着。而《上古神话演义》则面目全非了，虽然也可算是一说，却失去了神话的本义。

### （二）造人配婚补青天

或许读者会提出这样一个疑问：盘古开天辟地这则神话，为什么产生在女娲补天这则神话之后呢？这个疑问提得有理。在先秦的一些典籍里，从未有记载开天辟地的神话，只是屈原在他的《楚辞·天问》中对天地的形成提出了疑问。

女娲神话，由三个部分组成：造人、女娲伏羲兄妹婚配和补天。

1. 造人

造人的说法，众说纷纭，说什么鸟卵所生、人龙梦交所生、精气所生、履仙人足迹而生等。但流传最广的，莫过于女娲抟土为人之说了。这不是凭空胡编的，而是由现实基础构想而成的。因为在远古母系氏族社会，妇女起着举足轻重的作用，男子的社会地位和作用都是次要的。人类还在群婚时代，子女只知哺乳抚育的母亲，不识其父。女娲是人群中的女性首领，人们爱戴她，敬重她，推崇她，自然而然地把她敬奉为造人之神。

最早记有女娲造人神话的是屈原。他在《楚辞·天问》中说："女娲有体，孰制匠之?"这是说人是女娲造出来的，而女娲的身体又是谁创造出来呢?尽管屈原所提出的疑问他自己还无法解答，但至少可以说明在他生活的时代，荆楚一带地方已流传女娲造人的神话了。后汉应劭在《风俗通义》里说：

俗说天地开辟，未有人民。女娲抟黄土作人，剧务，力不暇供，乃引绳于絙泥中，举以为人。故富贵者，黄土人也；贫贱凡庸者，絙人也。

女娲造人无贫富之分，而汉代人应劭所处的时代已进入封建社会，每个人无不打上阶级烙印，所以在他的著作中有贵贱之说了。

用泥土造人的神话，不单是中国，世界各国大致相同。如希腊神话中的普罗米修斯用泥土混和水造人；《圣经》中记载着上帝用地上的尘土造人；古埃及也有类似的神话。在我国少数民族——彝族支系阿细族的史诗中也有大同小异的说法。这便产生一个问题：为什么在不同的地区、不同的民族都不约而同地出现用泥土造人的神话呢?这可能与当时制陶业的发展有着密切的关系。根据各国地下的发掘，新石器时代晚期的人类已经能制造彩陶和黑陶。泥土既可制造陶器，促进人们联想泥土也能造人，于是产生了女娲抟人的神话。泥土又有黄、黑、白各种颜色之分，世界各民族造出来的人的肤色也就不同了。

在《上古神话演义》里，女娲造人传说，被作者变成另一回事了。作品中写道：伏羲氏死后，女娲代立，号叫女希氏。后因年迈退居在陕西蓝田县女娲谷，不参与政事。霸有九州的共工国君主康回贪得无厌，东侵西掠，又来攻打空桑地方，空桑百姓被他用决水灌水的方法淹死无数。女娲闻说本国人民屡遭水淹，便毅然出谷，组织和指挥百姓迎战，一面"取些泥土，将它捏成人形……陆续已捏有几千个了"。康回的兵将拥来，女娲运用神力，使滔滔洪水倒灌康回的军队。康回败了一仗，但他欺空桑“百姓只有三千人，我们的百姓有几万人”，企图以多胜少，进行反扑。这时“几千个土偶个个都长大起来，而且都已变为活人，手执兵器，迈步向前迎敌”。共工氏的百姓“陡然看到几千个又长又大的人冲杀过来”，以为神兵下凡，惊慌万分，拔腿逃跑。女娲率众乘胜追击，生擒康回，斩首示众，班师而回。这里女娲造人与典籍所载截然不同，缺乏神话气息，带有神魔味儿了。

2. 婚配

据《风俗通义》记载：“女娲祷祠神，祈而为女媒，因置婚姻。”就是说，女娲在神庙祷告，请求上天允许她做媒，使男女能自由婚配，繁殖后代。

《路史·后纪二》：“以其（指女娲）载媒（意即做媒人），是以后世有国，是祀为皋禖（也即“高媒”，或曰“神媒”。“皋禖之神”可译为婚姻神）之神。”因为女娲做了媒神，男女得以婚配，繁衍后代，才把国家建立起来，人们便奉祀她为婚姻之神。这在《周礼·地官》篇中讲得更明确：古时，人们选择了“以仲春二月”每年春暖花开的季节，让男女自由择偶，谓之“奔者不禁”，任何人无权过问。

《上古神话演义》的作者钟毓龙，依据典籍史料和民间传说，作了推测性的发挥，说在婚配问题上，女娲在同她的兄长伏羲氏讨论时，提出了若干办法：第一要正姓氏，凡是同姓的，一概禁止他们相配，否则“生下来的子女，不是聋，就是哑，或者带残疾，或者成白痴”。第二是通媒妁，由年高德劭、靠得住的人出来做个媒人，这样“可以避免男女情欲的刺激”，“可以避免奸诈鬼蜮的行为”。第三需行聘礼，男子要拿两张皮送到女家去，表明一种诚心求恳的意思，又表明一种尊重礼貌的意思。

《上古神话演义》的这种推测，和《盘古至唐虞传》大体相近似：“燧人氏虽则立个男子三十而娶，女人二十而嫁的法”，伏羲氏以为“男女还是无别的”，于是他“分个以女从夫，曰这名唤作嫁；取女为妻，曰这名唤作娶”。并说“两家必须有个从中说合、斟酌停当的，唤作媒人”。又规定“礼用俪皮，取成双之义”。还说“人的姓氏须要正”，这样“可以重人伦的本，民间男女，不至如前相亵渎”。这里却从未提及作为婚姻之神的女娲。两书毕竟都是文艺作品，也不知其根据是什么。

### 3. 补天

这个神话反映了上古时代自然灾害对人类的严重威胁和人类对自然进行的艰苦斗争。造成这次深重灾难的原因，典籍中有各自的记载：《三皇本纪》《论衡》诸书说是共工战败，怒而触倒不周山，造成天地一片混乱，女娲挺身而出，进行修补。《列子·汤问》认为女娲补天在共工触倒不周山之前，因为这是盘古开天辟地时留下的缺陷："天地亦物也，物有不足，故昔者女娲炼五色石以补其缺，断鳌（海中的大龟）之足以立四极（天穹的四边）。其后共工氏与颛顼争帝，怒而触不周山。"鲁迅的小说《补天》采取前一种说法，郭沫若的诗剧《女神之再生》采用后一种意见。就是共工触倒不周山之说，起因也不相同：《列子·汤问》和《淮南子》说成是共工与颛顼争帝引起的，而《三皇本纪》却道起端是共工与祝融水火两神权力之争。《淮南子·览冥训》中描述的最详细：上古时候，支撑天空的四根柱子不知出于什么原因，忽然倾倒，天空出现一个大洞，大地也出现了深不可测的裂缝。从此，天不能覆盖九州大地，地也不能普载万物。这时熊熊的大火燃烧不灭，滔滔的洪水泛滥不息，猛兽吞噬善良的人民，凶禽捕食老弱和妇孺。在人类即将遭到覆灭的危急时刻，造人之神的女娲熔炼了五色石子去补天穹；又斩断大龟的四足来代替原来四根天柱，将天空支撑起来；并除去凶禽猛兽，堙塞洪水，使垂死的人民得救……

几部神话小说虽都说是共工触倒不周山之故，但对这场战争的起因又各有其说，而且在炼石补天上的笔触也有深有浅了。

《盘古至唐虞传》说：伏羲氏的臣祝融氏，见共工氏在冀方地面"日夕残虐百姓作乐，兼淫纵女色不休"，便兴师讨伐。共工氏战败逃到不周山，大吼一声，把头将那不周山乱触，"触下不周山一角，地维缺了一角，天柱折将下来"。时有太皞同母生的一个亲妹女娲氏，"乘云往不周山下，聚起五色石，炼就五行之气。五行气升，结成天体，将天补就"。谁知共工氏又不悔过，一发暴虐，为报战败之仇，壅防百川，以祸天下。女娲氏知了，即时乘风云赶去，来诛共工。两家交战，"共工威力不敌，被女娲氏一刀杀了，水害遂息。百姓大悦，遂尊女娲氏为女皇，都于中皇之山，天下太平"。

《开辟演义》说：共工氏原为伏羲上相，后封为诸侯，镇守孟河。伏羲氏崩，群臣推其妹女娲氏即位，号为女皇，建都于中皇之山。共工氏心怀不满，兴兵作乱，欲夺取皇位。女皇率精兵十万，御驾亲征，被共工氏水淹众军，损兵折将，兵败回朝。经大臣举荐，由神通广大的祝融氏领兵讨伐，旗开得胜。共工氏负伤而逃，到了不周山脚下，“料不能免，又带重伤，大吼一声，头触不周山崩，天柱折，地维缺，天不满西北，地不足东南，遂死此处”。后来不周山百姓进奏，那里“昼夜不分，只是黑暗，阴风凛冽，不似人世”。女皇便命侍臣找来青、黄、赤、白、黑五色石，杂七宝于中，放入八卦炉内用火炼了七七四十九夜，就“祷于上下神祇，将炼石怀袖……升在空中，遂将天缺随处补之，七昼夜补完全，复断大鳌足四个，立东、西、南、北四天柱”。

《上古神话演义》第四回写共工氏兵败被擒，斩首后从颈里冒出一股黑气结成一条龙形，作者说“后人传说女娲氏抟土为人，又有四句叫做‘炼五色石以补苍天，断鳌足以立四极，杀黑龙以济冀州，积芦灰以止淫水’，就是指这回事而言”，把补天一笔带过，只字不提共工撞不周山的细节。小说第五回所说的共工氏触不周山而亡，完全是另一回事了。它把时间推迟七百年，说共工国“又出了一个异人，生得力大无穷，因此大家推他做了君主。他没有姓名，就以共工氏为号”。他听信了奸臣浮游的谗言，要与颛顼氏争天下，便兴师动众，大动干戈，兵败后被颛顼兵层层围困在不周山上，自知插翅难逃，“举头向山峰的石壁撞去，只听得天崩地裂之声，原来共工氏固然脑裂而死，那山峰亦坍了一半，这亦可见他力大了”。

女娲在完成了造人、婚配、补天这些丰功伟绩后，“登九天，朝帝于灵门”（《淮南子·览冥训》），向天帝汇报自己的工作，然后宁静地在天廷里休息下来，不夸耀自己的功业，不显扬自己的名声。人们没有忘记她对人类作出的贡献，顶礼膜拜，尊为人类的始祖大神。

### （三）架木为巢避百兽

相传远古时代，民无栖身之处，大众聚居在野外的土穴中，随时会受到野兽的袭击，葬身兽腹。那时出了一位有聪明才智的圣人，利用自然环境，教民在树上搭建房屋，居住其中，既能防止野兽侵害，又可避暑御寒。民众为了感激和纪念这位巢居的发明者，尊称他为有巢氏。这就是传说中的有巢氏“构木为巢”故事。不少史籍有录，如《韩非子·五蠹》说道：

上古之世，人民少而禽兽众，人民不胜禽兽虫蛇。有圣人作，构木为巢以避群害，而民悦之，使王天下，号之曰有巢氏。

有巢氏教民架屋，被拥立为王，他所统辖的地区在琅邪的石楼山，《遁甲开山图》说“昔有巢氏治此山南”。后来因乱臣发动兵变，政权遂亡。《周书·史记篇》为此作文：

昔者有巢氏有乱臣而贵，任之以国，假之以权，擅国而主断。君已而夺之，臣怒而生变，有巢以亡。

有巢氏自创造了房屋，给人民带来了无穷的好处，人民感戴他的恩德，奉以为神。《路史·禅通记》中的有巢氏，已不再是人而是神了，或者说他已被神化了，说他“驾六龙，从日月，曰古皇”。

史书的记载不尽相同，再来看看小说是怎样写的吧。《盘古至唐虞传》说：

“大古时节，那些人民不过居在土穴，处在郊野，与物类相为友，人也无心去害那鸟兽鱼虫等物，鸟兽鱼虫等物也无有害人的意思。到得稀韦氏，百姓渐有机智了，见那兽良畜类，赶去几拳几脚，抓来打死。物畜怕人害他，也不觉地展出爪牙，与众人格斗，人也多少被物爪害的，咬伤的。……有巢氏呼集众民，教民折下树梢，从矮枝架高枝，层层搭成如梯一般，可扳缘至大树末，架成一个巢窠，上蔽得风雨，下又栖得身，教民居在其中。……自是撞着猛虎豺狼之类，大众与之格斗，斗得过便罢，斗不过便一层一层地爬上树来，果然猛兽无奈人何，百姓大悦。”

这段引文，形象地展现了人类最初的生活状况及如何逐渐演变的。《开辟演义》说：

“有巢氏为诸侯，见禽兽尚与人同宿共食者，恐禽兽之性不常，民受其害，教民架木为巢，掘地为营。架木营室，暑夏则居之，以避炎热；掘地穴居，寒冬则住之，以避洌冷，又备避禽兽之不测。……后有恶兽伤人，民皆相告，而避架木之所，得远其害，不致所伤。”

比较前面引文，虽无《盘古至唐虞传》写得细腻生动，倒也简明扼要，自成一格。从文中也不难看出诸书有若干不同：有巢氏不是“圣人”或“古皇”，而是一位“发政施仁，无日不以天下为念”的人君。有巢氏恐民受禽兽之害，除教民“架木为巢”，并教民“掘地穴居”，又多了一招，更有利于民众。有巢氏发明巢居的传说，各书中的记述，没有太大的分歧。这一传说反映了原始时代人类穴居而巢居的情况。

### （四）钻燧取火食熟物

火的利用，如同人类制造、使用工具一样，既是向自然界斗争的另一项重要武器，也是人类在发展道路上的又一个转折阶段。从举世闻名的北京猿人居住过的山洞里，发现被烧过的石块、兽骨、树木炭块等，还有很厚的灰烬堆，有的已成层。这表明了北京猿人经常在这里烧烤兽肉，他们不仅会使用与管理火，而且能够保存火种。在这以前，“未有火化，食草木之实、鸟兽之肉，饮其血，茹其毛”（《礼记·礼运》），“腥臊恶臭，而伤害腹胃，民多疾病”（《韩非子·五蠹》），人的寿命十分短。由于火的使用，使人类能够吃到熟食，还能用它御寒、照明、驱逐野兽等，大大增强了人类征服自然的能力。

但是，人工取火，人学会使用火，是经过了漫长的时期的。据历史典籍记载，有《河图始开图》中“错木作穴，天乃大流火”的伏羲，有《管子·禁藏》中“钻燧易火，所去兹毒也”的黄帝，最为人知的还是燧人氏“钻木取火”（《王子年拾遗记》）和“钻燧取火，以化腥臊”（《韩非子·五蠹》）。

“钻木取火”说，最早见于汉儒注释《礼记》《论语》等典籍中，后来由东晋王嘉撰著、南朝梁萧绮曾加以整理的志怪小说集《拾遗记》，载有披着神话色彩的燧人氏“钻木取火”的故事。《拾遗记》云：

遂明国不识四时昼夜，有火树名遂木，屈盘万顷。后世有圣人，游日月之外，至于其国，息此树下。有鸟若鸮（猫头鹰一类的鸟），啄树则灿然火出。圣人感焉，因用小枝钻火，号燧人。

这是说有一个叫遂明国的，那里没有春夏秋冬，不分白天黑夜。国中有棵火树名叫遂木，屈盘起来，大到所占的面积有一万顷。人们从它发出的火光才能见到光亮，国家便取名遂明。后世有一个大贤圣人，漫游到了日月照射不到的远方，来至该国，在大树下休息。忽然见有无数类似鸮般的鸟，用嘴啄木，迸发出灿然的火光。圣人顿时省悟，回去就试用小树枝来钻火，竟钻出火来。后人为了纪念他“钻木取火”的成功，便称其为燧人。（需要说明一下，《拾遗记》里“遂明国”的“遂”、“遂木”的“遂”，在他书中引作“燧”，古时两字是通用的。）

这个神话故事形象而完整，在后人的著作中多沿袭引用。和“钻木取火”同时流传的还有“钻燧取火”，燧是火石，又名燧石，以金属撞击能发出火星。不论是“钻木”还是“钻燧”，核心都是人工制火，使人类彻底摆脱生吃草木果实及生鱼生肉的禽兽生活，比人类只会使用和保存天然火种，又前进了一步，是人类进化史上的一个重大成就。

小说《盘古至唐虞传》，因袭《拾遗记》的痕迹十分明显：说不周山之巅有个地方叫作宜城，那里“日月所照不到处，没有春夏秋冬，也没有昼夜分明”，一片黑暗混沌。当时燧人氏“从不周山游于日月所都（居）的去处，行至南垂地方，见南垂有一大树，树上有个鸟儿，今时叫啄木鸟，把尖尖的嘴，向那树身上当当而啄。只见那口啄处，粲然有火出”。燧人氏见了，就教民钻木燧以取火，果然火光迸出。待到制火成功，小说扩展开去，说谓“当时未有烹炮”，燧人氏“教民将那木薪来烧，灼烤那鸟兽之肉”，百姓吃了这些熟肉，肉香味美，“至是无腥臊之疾，死者遂少，人民益繁”。

小说《开辟演义》，在有关“钻燧取火”的故事上，作者剪去了或许在他看来是多余的支条，开门见山，直写其事，说燧人氏因思“今之民不得熟食”，坐朝忧闷，至夜便“仰观列宿，俯察五行”，悟出“空中有火，丽木则明”的道理，就教民“用金钻木”取火，再教民煮熟食物的办法。笔墨不多，倒也简略明白。

### （五）初造文字鬼夜哭

文字是记录和传达语言的书写符号，它对人类的文明起着极大的促进作用，如同恩格斯所说“由于文字的发明及其应用于文献记录而过渡到文明时代”。中国是世界创造文字最早的国家之一，它的起源传说很多，有庖牺氏“始作八卦”、神农氏“作卦”、伏羲氏“画卦结绳”等传说，但流传最广的则是“仓颉造字”说。《荀子·解蔽》篇云：“好书者众矣，而仓颉独传者壹也。”

仓颉，也作苍颉，生着四只眼睛，“实有睿德，生而能书”（见《汉学堂丛书》辑《春秋元命苞》），是黄帝的史官。他应命造字（《黄帝内传》曰：“帝煞蚩尤，因命苍颉造文以变质。”），“见鸟兽蹄迒之迹，知分理之可相别异也”，便进行模仿，“写仿鸟迹，以造文字”。《春秋元命苞》说仓颉“穷天地之变，仰观奎星圆曲之势，俯察龟文鸟羽山川，指掌而创文字”，更形象而具体地描述了他“初造书契”的艰巨过程；因为有了文字，将大大促进和推动人类的文明，使人类社会发生极大的变革，这就惊动了天地鬼神，以至“天为雨粟，鬼为夜哭，龙乃潜藏”。但所造之字是象形字，许慎在《说文解字序》中作了评述：“仓颉之初作书，盖依类象形，故谓之文。其后形声相益，即谓之字。”随着社会的发展，文字也在演变着。《经解入门·字学源流》阐明了演变过程：“文字之源，肇于上古，五帝三王，代有更别，至秦为一大变，汉则各体竞出，魏秦而下，俗书纷行矣。”

有关仓颉造字，小说与典籍有同有不同，就是每部小说也详略不一，时疏时密，时简时繁，各有千秋。

《盘古至唐虞传》说称仓颉“生得龙颜侈哆，四目灵光有聪明睿智之德，生而能书”，与《春秋元命苞》仅个别文字上的差别。但对仓颉造字的过程，有所发挥，说他一日“临于玄扈之水，忽然间有洛汭灵龟，负书一册而来。这龟生得丹甲青文，以授仓颉，遂识天地之理，穷天地之变幻”。于是仓颉仰观天文，下察地理，见龟文鸟羽，山川之形，就要给它“标个名头”，“在上的名君，其次的名臣”，“生我的叫作父，我生的叫作子”，“那没形没影时或獠牙露齿的叫做鬼”，“那在云中兴云作雨，头有角像鬼头的叫做龙”……凡此种种，“都因形着出一个字，以字传后世”，所以“鬼神逃不得形，蛟龙掩不得迹”，结果“天为雨粟，夜来鬼哭神号，蛟龙潜藏，怕人识破，呼他名头”，道出了鬼神蛟龙害怕的原因。《春秋元命苞》中并没有这一段解释。

《开辟演义》从仓颉的形状到他得丹书、造文字、惊鬼神的经过，与《盘古至唐虞传》并无多大的区别，都剪材于《春秋元命苞》。不同的是《开辟演义》说仓颉从丹书中悟出“以书制六体之式”，向伏羲帝解释了何谓六体：一曰象形；二曰假借；三曰指事；四曰会意；五曰转注；六曰谐声。并说“他日天下仪礼必归于文字，文字必归于六书矣”。帝听了满心欢喜，说道：“卿可将此六书更加详解，朕着臣下抄写，传之教台，命布教天下，民得文字，如眼重明，此卿万世之功也。”仓颉“即日增补六书，以代（燧人氏）结绳之政”。这里为仓颉造字增添了新的内容，更突出了他对人类文明所作出的贡献。

《上古神话演义》里说，在没有文字以前，起初是用绳子做记号，“大事打一个大结，小事打一个小结，特别的事则打一个特别的结，相联之事则打一个连环之结”。后来文明渐进，人事越繁，结绳的记号远远不够用，便用刀“在木上或竹上刻一种形状，以为符号。这种符号，大概都是象形的，就是现在图画的创始。到了后来，人事越繁，名物越多，有些可以画得出，有些万万画不出，那么单靠这象形的符号又不够用了”，这便引起仓颉的思索。有一年，他去南方巡守，在玄扈洛汭之水看见一个大龟，“龟背的颜色是丹的，上面却有许多花纹”，经过细细研究，悟出这“不是花纹，是文字，有意义可通的”，于是产生了创造文字的宏愿。这里的说法不同于《盘古至唐虞传》和《开辟演义》的“灵龟负书”之说。

至于对仓颉“初造书契”之时，“天雨粟，鬼夜哭”的解释，作者认为造字“有利有害”，利在“增进文明”，所以“天要雨粟了。天雨粟，是庆贺的意思”；害在有了文字之后，“民智日开，民德日漓，欺伪狡诈，种种以起，争夺杀戮，由此而生，大同之世，不能复见于天下，世界永无宁日，所以鬼要夜哭。鬼夜哭，是悲伤的意思”。这种解释未免画蛇添足了。

在第六十五回中，作者钟毓龙又延伸开去，说那时创造文字的人除了仓颉，还有佉卢和梵两人，只因他们的字是后造成的，自知在中国已无推行的可能了，便跑到国外去，后来听说“梵字在虞舜时通行于印度”，“佉卢的字传播到西方”，突破了旧的造字说的框框，但不知何所依据。

## （六）稷神教民种五谷

稷神又叫农神，在中国神话系统里，发明农业的大神不止一人，有神农、柱、后稷、叔均。最主要的两人是神农和后稷。神农故事另有专述，这里只介绍后稷。

后稷名弃，是农业部落周民族的祖先。名叫“弃”，有一段有趣的故事。《史记·周本纪》、《列女传》第一、《太平御览》卷一三五引《春秋元命苞》、《吴越春秋》、《黄氏逸书考》辑《春秋元命苞》、《论衡》等，都有载录。因大同小异，只引《史记·周本纪》的原文如下：

周后稷，名弃。其母有邰氏女，曰姜嫄。姜嫄为帝喾元妃。姜嫄出野，见巨人迹，心忻然说，欲践之。践之而身动，如孕者。居期而生子，以为不祥，弃之隘巷，马牛过者，皆辟不践。徙置之林中，适会山林多人。迁之，而弃渠中冰上，飞鸟以其翼覆荐之。姜嫄以为神，遂收养长之，初欲弃之，因名曰弃。

这是说周民族的祖先后稷，名叫弃，他的母亲本是有邰国君的女儿，名叫姜嫄，作了帝喾的元妃。有一天，姜嫄去郊野游玩，偶然踩上巨大的足迹，顿时觉得身体产生一种感应，像是怀了孕的光景。这使姜嫄十分困恼，又不好向人言明。孕期一满，居然生了一个儿子来。

姜嫄十分害怕，以为不祥，于是把婴孩扔在一条狭窄的巷子里。说也奇怪，那些经过巷子的马呀牛呀，都躲开不去踩他。后来又想把孩子抛到树林里去，正巧那天有许多人在林中伐木，无法下手。最后把他丢到沟渠中的寒冰上面，天上的鸟儿居然会飞下来用翅膀盖着孩子，使他的身体不受寒冻。孩子几经大难，每次都神奇般地活下来，姜嫄以为这必是有神明相助，便回心转意，收回来把他扶养长大成人。因为孩子有多次被弃这段经历，就给他起名叫“弃”。

在《上古神话演义》里介绍这个故事时，增加了姜嫄弃儿时的复杂心理，使之更艺术化了。

后稷在出世时经过百般磨难，以后的情况又如何呢？《史记·周本纪》曰：

弃为儿时，屹如巨人之志。其游戏，好种树麻菽，麻菽美。及为成人，遂好耕农。相地之宜，宜谷者稼穑焉。民皆法则之。帝尧闻之，举弃为农师，天下得其利，有功。帝舜曰：“弃，黎民始饥，尔后稷播时百谷。”封弃于邰，号曰后稷，别姓姬氏。

这段记载的大意是：弃在童年时代就有大志向，做游戏的时候，总是学着种植麻、豆这些农作物，使麻和豆生长得十分茂盛。到了长大成人，尤喜农耕，时常研究土地的性能，凡是宜种五谷的不失时播种。人民见他耕耘有方，纷纷效法，卓有成效。帝尧闻讯，召弃到京城，推举他为“农师”。从此他东奔西走，把耕种和收获的技艺传授给四方人民。尧禅位于舜，正值灾害严重，农业歉收，舜向他说：“弃啊，百姓又挨饿了，你还是下去指导百姓播种百谷吧。”弃不负帝命和众望，施展他天生的农艺才华，教导人民栽种的技术，战胜了自然灾害，振兴了农业。帝舜为了表彰弃的辛劳和辉煌业绩，将他母亲氏族所在的邰这个地方赐给他，号称后稷，别姓姬氏。人民从弃那儿学会了栽种五谷，为了感谢他，在弃死后尊他为稷神，祭祀不绝。《山海经·海内经》记他死后葬在西南黑水之间，那儿从此百谷自生、鸾鸟自歌，成了人间向往的乐土。

《上古神话演义》写弃长大成人，因精通农事，被帝尧任命为主管农业的大司农，后水患严重，民受其害，作为帝尧的使节去昆仑朝拜西王母，请西王母“即速设法，弭此巨灾，拯救万民”。西王母认为还没有到时候，待“时间到了，我一定遣人来帮助”。这一段情节的增加，作者大概是依据《吴越春秋·吴太伯传》的记载“尧遭洪水，人民泛滥，遂高而居”。

## （七）人日竞走比高低

火球似的太阳那样有规律地在广阔的天空中运转：从东海冉冉升起，开始一天的工作，给人类带来光明和温暖，滋润万物生长；由西山降落，回去休息，日复一日，终年如此。太阳东升西落，循环往复，途中要经过哪些地方，路程多少，凡此种种，都引起初民极大的兴趣，作出众多设想。这种设想又历经后人的充实变得较为完整：太阳每天由旸谷出发，先在咸池沐浴一番，擦去污垢，旋即抓着扶桑那棵大树上去，黎明开始了。太阳乘坐着由一个名叫羲和御者（太阳的母亲）驾驭的天车，向西行走，经过曲阿、桑野、昆吾、女纪、连石等地，到达崦嵫山下，天色已黑，羲和就车休整，太阳跃进虞渊休息。次日起身，按时开始一天新的行程。

希腊的神话里也有太阳神赫里阿斯日日坐车运转的类似说法。在中国的典籍中，最早的是《山海经·大荒东经》的乌鸦载日说。最完整的是《淮南子·天文训》，记载太阳乘车在空中行驶说。虽然传说不同，但有主有次，屈原在《天问》中的发问："出自汤谷，次于蒙汜。自明及晦，所行几里？"在《淮南子·天文训》里得到了发挥，并且回答着屈原的问话，说太阳每天"行九州七舍，有五亿七千三百零九里"。

《山海经·大荒北经》：

大荒之中，有山名曰成都载天。有人珥两黄蛇，把两黄蛇，名曰夸父。后土生信，信生夸父。夸父不量力，欲追日景，逮之于禺谷，将饮河而不足也，将走大泽，未至，死于此。

《山海经·海外北经》：

夸父与日逐走，入日，渴欲得饮，饮于河渭，河渭不足，北饮大泽，未至，道渴而死。弃其杖，化为邓林。

《山海经·中山经》：

夸父之山，……其北有林焉，名曰桃林，是广员三百里。

《列子·汤问》：

夸父……弃其杖，尸膏肉所浸，生邓林。邓林弥广数千里焉。

以上古籍所载，把这个神话的全貌勾画出来了：北方大荒之中，有一座高耸入云、能载负苍昊的大山，故名"成都载天"。在这座叫"成都"的大山里，居住着一个力大无比名叫夸父的巨人，他身高力大，十分勇猛。双耳各贯穿着一条黄蛇，两手又各握一条黄蛇。他和太阳赛跑，累得精疲力尽，口渴难熬，急忙来到黄河、渭水边，一口气喝干两条河流之水，还不解渴，又去北边的大泽饮水，还未走到，便渴得在途中倒下了。这个巨人在临死前，抛掉手里的拄杖，那手杖变成一片绵延数千里的桃林。

夸父的死是积极的、悲壮的。所以东晋诗人陶渊明对夸父的勇往直前、不屈不挠的英雄气概和为人类谋求幸福的高贵品质大加赞赏：

夸父诞宏志，乃与日竞走；

俱至虞渊下，似若无胜负。

神力既殊妙，倾河焉足有；

余迹寄邓林，功竟在身后。

唐代文人柳宗元也由衷讴歌道：“君不见夸父逐日窥虞渊，跳踉北海超昆仑。”

但《上古神话演义》对夸父这个英雄形象却基本是否定的。小说作者说夸父投靠帝喾的昏庸之子丹朱，因在丹朱面前夸下能追及日影的海口，追到虞渊竟追上了。因渴得厉害，归途经过黄河、渭水，喝干两河之水还不满足，想到北面大泽其广千里，足以解渴，不料去大泽途中与应龙相遇，被挡住去路，厮杀起来。夸父燥渴难斗，让龙爪透入腹中，临死前叹口气道：“我真渴极了，没有气力和它厮杀，否则，不要说一条孽龙，就是再添两条我亦不怕。现在竟给它弄死在此，真是命也！”一个与日竞走的高大形象被严重扭曲了，失去了这个神话的本义。

**（八）小鸟衔石填大海**

精卫是一只很小的鸟，立志要把浩瀚的大海填平，实在使人难以想象出精卫填海的神话。这个故事见于《山海经·北山经》：

发鸠之山，其上多柘木，有鸟焉。其状如乌，文首，白喙，赤足，名曰“精卫”，其鸣自詨。是炎帝之少女，名曰女娃。女娃游于东海，溺而不返，故为精卫。常衔西山之木石，以堙东海。

大意是说，北方的发鸠山上，生长着许多柘桑树。桑树上栖息着一只小鸟，形状如同乌鸦，头上有斑斓的花纹，嘴壳是白的，足爪呈红色，美丽极了。它的名字叫“精卫”，叫声奇特，声音就像在叫它自己的名字。原来这是炎帝——神农氏的女儿，本名叫“女娃”。因为到东海游玩，不幸被巨浪吞没，葬身海底，她冤恨难消，死后便化为精卫小鸟，不停地从西山衔来树枝和碎石投入东海，决心把它填平。

南朝人任昉在《述异记》中有了新的补充：

昔炎帝女溺死东海中，化为精卫，其名自呼。每衔西山木石填东海。偶海燕而生子，生雌状如精卫，生雄性如海燕。今东海精卫誓水处，曾溺于此川，誓不饮其水。一名鸟誓，一名冤禽，又名志鸟，俗呼帝玉雀。

而《开辟演义》则又有所突破。在第十七回中叙述道：神农帝有女名精卫公主，往东海访仙游览胜景。一日到东莱，见一少年，“仪容绝世，丰采俊雅，不觉动了尘念”，事被往西昆仑探视西王母归来的东王公探知，以为她“凡心不净”，于是召东海龙王，命其“大兴波涛，覆溺其舟”。龙王领命，果覆精卫所乘之舟沉于万丈深渊。那龙王见“一个娇貌女子，即拉入龙宫水晶殿，求其配偶”。公主见其“面蓝如鬼，肉若粗沙，回想东莱少年，忽忽如有所失，欲死不舍，欲回不能，怨气感充，遂化成小鸟，衔南山木石填塞东海，至今尚然，人因呼曰‘精卫’”。

这里把一个与大自然斗争的神话，扩展到一个复杂的婚事矛盾中来。经过这样的改写，可以说，给这个古老的神话注入了新的血液，使之具有浓厚的生活气息和深刻的社会意义；但也可以说是破坏了原始神话的本来面目。是也非也，各执一词。

**(九) 射下九日天帝怒**

相传在帝尧时期，十个太阳同时高挂天空，禾苗被晒焦了。草木也烤死了，人民无物可食，又渴又饿，奄奄一息。就在人类濒于死亡的千钧一发之际，东方的天帝帝俊，将红色的弓、白色的箭授予一个名叫羿的天神，叫他去扶助下方的人民，把人类从绝境中拯救出来。(《山海经·内海经》)但是天空为何会十日并出的呢？据《山海经·大荒南经》记载，因为天帝的妻子羲和生了十个孩子，也就是十个太阳。这十个太阳居住在大海中央的一棵名叫扶桑的大桑树上，其中九个居于下边的树枝，一个居于上边的树枝。它们并不在天空中同时出现，只有一个去照耀大地，其余九个在树上休息，总是轮番替换。不知出于什么原因，一天忽然十个太阳一起高悬在苍穹，“焦禾稼，杀草木”，还把人们请来求雨的女巫也晒死了。就在大地即将毁灭的重要关头，羿奉天帝之命来到人间，拈弓搭箭，一连射下了九个太阳，连背着太阳运行的三足乌，也被射死了，羽毛纷纷飘落下来。大地顿时凉爽，初民们仍然“日出而作，日入而息”。

太阳运行由三足乌载负，早在先秦已有“日中之乌”说了。屈原曾在《天问》中提出：羿是怎样射落太阳的？日中哪来的乌？日中箭时乌鸦的羽翼怎样会飘落四散呢？唐朝韩愈《李花赠张十一署》作诗云：“金乌海底初飞来，朱辉散射青霞开。”

《开辟演义》在表现后羿射日这个神话时，没有新的发展，只在细节描写上有所加强。如第三十八回，写后羿在射日时，“左行三转，右走三遭，指定一箭射去，只见天上光闪闪落下一日于水中，大响一声”。羿见“射下一日，精神倍增，东走西驰，连射八矢，八日皆落水中，只存一个日光”。

《上古神话演义》同样如此，除交代了后羿射日的细节，又敷衍“乌鸦载日”的传说：“只见天空中一个极大的火球直向东方掉了下来，火焰熊熊，倏忽不见。但见无数乌羽似的东西，飘飘扬扬，四散飞开，想来是太阳里面的三足乌了。”古籍的载录与小说的叙述也有不同的地方。典籍说后羿是奉天帝之命，下凡拯救人类的神，但小说都改为他是帝尧的臣子，是人不是神，这就突出了人的力量，给人民敬仰的英雄增添了光辉。

### （十）嫦娥应悔偷灵药

羿为人类立下了不朽的功业，成为万民崇仰的英雄，而本人的结局是十分悲凉凄惨的。羿来到人间射日除害，本是奉天帝之命，所以在完成使命后，又特地把射杀的一只野猪制成肉膏，回天廷奉献给天帝。岂知帝俊听了羿的汇报勃然大怒，贬谪他和他的妻子嫦娥下凡间居住。这个故事，在屈原的《天问》里就提出质疑了：“何献蒸肉之膏，而后帝不若?”

嫦娥受到牵连，同丈夫羿一起贬入尘世，后因吃了长生不死药，飞往月宫。这是一个优美的神话，流传几千年，很多诗人也不断歌颂。李白的诗中写道：“白兔捣药秋复春，姮娥孤栖与谁邻?”李商隐感叹尤深：“嫦娥应悔偷灵药，碧海青天夜夜心。”杜甫也发出了“斟酌嫦娥寡，天寒奈九秋”的感慨。

但小说对嫦娥奔月有各自不同的表现，各行其是，而且大相径庭：

《有夏志传》说：后羿原为有穷国君，能手举千斤，射无不中，应召扈从君王太康。后见太康终日饮酒，专于淫乐，国事尽废，便悄悄出走，不敢回归有穷国，四处飘游，经西王母乔扮的庞眉人指点，至三苗国，采得不死之药。三年后回国，又被太康召至京都，使辅国政，却遭太康原宠臣武观之谮，失去权柄，回归有穷国。太康命选美女入宫。武观说色绝天下的是嫦娥，太康从计，诏旨发往有穷国取嫦娥，后羿经侍臣的规劝，同意遣送嫦娥。嫦娥“恶太康之鸠拙”，恨“后羿贪地忘情”，窃得不死之药、不饥之珠而逃。至半路，忽然身轻体健，过苍梧之山，遇人身豹尾的西王母，告诉嫦娥曰：“我教羿采不死之药，正助汝今日成仙之资。”于是嫦娥升天，为“月宫之神”。

《开辟演义》说：羿射落九日，平定大风，立功受赏，喜气洋洋回家，见妻手执药丸一颗，光焰闪闪，香气袭人，问是何物。妻对曰：“此长生不死药也。”羿问从何处得来，妻曰：“自君奉差去后，仙人西王母怜我孤身独宿，夜夜到此相伴。遇月明时，则呼侍女捣药……三日前捣得一丸在此，命我收起……至半月后到此讨取。我见今晚月明如昼，取出试一展玩耳。”羿曰：“卿何不吞之?”妻曰：“他来讨取，我何词以对？是欲求长生，先得短命也!”羿曰：“汝试吞之，亦自有说。”妻依夫之言，一口吞下，身轻入云，遂奔入月宫之内。羿紧揽其衣，随之而去。妻为嫦娥，羿为蟾蜍。

《上古神话演义》说：老将羿为求长生不死，四处打听，希望得到一个方法。后经人指点，决定上昆仑山向西王母求取长生之药。其妻得知，缠着要去，羿无法，只好带她前往。两人经过长途跋涉，历尽千辛万苦，终于登上昆仑山，见了西王母，说明来意。西王母给他们两包药，并且要到稷泽寻取白玉膏作药引子，方才有效。夫妻两人致谢后下山，直奔稷泽地方住下。羿叫妻子守住灵药，自己去寻找白玉膏。寻了一日，空手回来。第二天羿依旧出门去觅取白玉膏，好不容易获得了，不料回到住处，两包灵药不见，妻子亦不知所往。羿急向西方赶去，追了一个月，不见踪影，却收到了书信。拆开一看，上面写道：

妾此次窃药奔窜，实属负君。然前日西王母有言，服食灵药，须视福命。……无福命而妄求，纵使得之，亦未必有福。妾不忍君之终罹于祸，故窃药而去，迹虽近于不义，实亦区区爱君之心也。妾现已寄居月窟……颇足自适，所不能忘者君耳！每当三五良宵，君但矫首遐观，或亦能鉴此苦衷耳！……倘果念妾，或有志成仙，可再向西王母处请求灵药。如有福命，讵难如愿？……

### (十一) 恶徒负义射恩师

羿最大的悲剧，还在于被他的徒弟逢蒙射杀。《孟子·离娄下》说：

逢蒙学射于羿，尽羿之道，思天下惟羿为愈己，于是杀羿。

这是说逢蒙从师于羿，当他学得了一手射技之后，认为天下只有一人的箭艺超过自己，于是就设法把羿杀害了。羿死于非命，故事十分简单。

而小说《上古神话演义》里，便被作者铺张开来：羿自嫦娥奔月后，虽则怨恨妻子，仍不忘旧情，求仙之心尤切了。一日对月独酌，遥望凝思，惊动月宫嫦娥，下凡与羿相见，重温昔日情谊，并劝羿打消求仙念头，不无感触地说：“当时我初入月宫，道行浅，不知道什么，所以劝你求仙。如今在天上久了，稍稍知道一些，所以特地劝你不要求仙。”羿产生误会，以为嫦娥又在骗人，十分恼怒，不求其帮助，决心再去找西王母讨取仙药。嫦娥有口难言，唯说“总以不去为是”。帝尧派遣后羿去昆仑，求见西王母，行至山海之边，在草丛中窜出一只白兔，羿不想把它射死，只图捉来取乐，一箭射中左腿装在柙中。夜间，梦见一个白冕白衣、俨然王者模样的人，自称是这里山上的神祇，叫鵷扶君，因昨日化形出来游玩，中箭被捉，指责羿不该伤害于他，扬言要借逢蒙之手报仇。早晨起身上路，行不数里，树林中一支快箭直向羿的咽喉射来。“老将因昨夜少眠，加以忧疑，朦朦胧胧，精神不济，猛不及防，被它射中穿过，登时倒地身死”。众人急忙追捉凶手，见一人慌乱逃跑中坠崖而死，近前一看，正是逢蒙。

后羿篡位杀身故事，在《左传·襄公四年》有记载：夏朝日见衰落，有穷国主后羿在一次兵变中取代夏朝太康的君位。他自恃箭技独冠天下，淫游田猎，不理朝政；又宠用奸佞，罢黜贤良，滥杀无辜，成为一个万民痛恨的暴君，终被奸小寒浞推翻，身首异处。小说《开辟演义》从其说，但把后羿射死于非命，改成后羿窃据君位，国内怪事层出不穷，寒浞料必有变，暗中联络另一佞臣逢蒙，先灌醉羿，由逢蒙趁机把他射死。《有夏志传》如出一辙，只改后羿为穷羿。传说虽有不同，但后羿的悲剧结局却是相同的。

### （十二）壮志未酬身先死

相传在唐尧为君之时，曾出现一个“洪水时代”。那时随着气候转暖，冰雪融解，导致了大小百川泛滥成灾，淹没了地田，使五谷不生，而草木却长得浓郁茂盛，禽兽大量繁殖；冲垮了房屋，人或爬到树上筑窠，或入山掘穴藏身，生命受到严重威胁。《孟子·滕文公上》作了这样的记录：

当尧之时，天下犹未平，洪水横流，泛滥于天下，草木畅茂，禽兽繁殖，五谷不登，禽兽逼人。

又《孟子·滕文公下》：

当尧之时，水逆行，泛滥于中国，蛇龙居之，民无所定，下者为巢，上者为营窟。

这次洪水灾害，据说是天帝为了惩罚、儆戒违拗了上命而降旨水神共工制造的。无独有偶，希伯来人所流传下来的《旧约·创世纪》也有雷同的记载，在其第六章曾道：

耶和华见人在地上罪恶很大，就后悔造人于凡间，便使洪水泛滥在地上，毁灭天下。

这种类似的解释，还可见于希腊洪水神话、古巴比伦洪水神话等。这说明了两个问题：其一，各民族的人类祖先，无法解释洪水的成因，于是以种种的幻想去猜测这种自然现象，最后归结为天帝或大神对人们的惩罚。其二，洪水带来了空前浩劫，给世上初民留下了不可泯灭的回念。

正当人类在死亡线上挣扎之际，惊动了一位叫鲧的天神，他就是威灵煊赫、主宰万物的黄帝的子孙。《山海经·海内经》说是孙子，郭璞注引《世本》却谓曾孙。这位中央天帝的后代生了恻隐之心，请求天帝召回水神共工，使人类得以生存下去，不料竟遭到拒绝。鲧救民心切，从屈原的《天问》中"鸱龟曳衔，鲧何听焉"推测，他听了猫头鹰和乌龟的话，到天帝那儿偷取了密藏的神土"息壤"。据说息壤是一种无限生长的土壤，只要投上小小一块，它就会越长越大，长成像一座高山那么大，用来填塞洪水。对鲧窃取息壤，《山海经·海内经》云：

洪水滔天，鲧窃帝之息壤以堙洪水，不待帝命。（郭璞注："息壤者言土自长自息无限，故可以塞洪水也。"）

鲧窃得神土息壤后，来下界治水，他采用"堙""堵"的抗洪办法，花了九年时间，使水患有所缓解，百姓有一个喘息的机会。由于没有一个积极的根治方法，只是东补西堵的，不久水患又起。虽用神土堵塞了这边，那里却被汹涌的洪水冲垮，大地上仍然成了浩浩渺渺的汪洋一片。

鲧没有气馁，继续与洪水搏斗，但是盗窃息壤的事被天帝发觉了。天帝气得火冒三丈，命祝融在羽山的荒郊杀死了为民消灾除害的鲧。

鲧死犹不屈，躺在羽山三年不肯瞑目。天帝再次派祝融拿一把名叫"吴刀"的兵器，剖开鲧的肚子。离奇的事情发生了，从肚子里跳出一个人来，这就是日后治水的禹。而鲧的身躯则化作一条黄龙，潜沉在羽山旁侧的深渊下，成为羽渊的水神。《山海经·海内经》云：

帝令祝融杀鲧于羽郊，鲧复生禹。（郭璞注引《开筮》："鲧死三岁不腐，剖之以吴刀，化为黄龙也。"）

也有鲧死后化作黄熊之说，如《国语·晋语》记载：

昔者鲧违帝命，殛之于羽山，化为黄熊以入于羽渊。

无论是龙或熊，都反映了初民对这位"壮志未酬身先死"的英雄的怀念与崇敬。

鲧为了解除民众的苦难而作出的自我牺牲，用自己的鲜血谱写了一曲悲壮的颂歌，这同希腊神话中的普罗米修斯为了造福人类去盗取火，让天帝宙斯锁在高加索的悬崖绝壁上，每天派鹫鹰去啄食他的肝脏一样，可说是异曲同工，相差无几。然而普罗米修斯的英名早已载入古希腊、古罗马的文学作品中，马克思在《博士论文序》中也大加赞扬他为“哲学的日历中最高尚的圣者和殉道者”。可悲的是，鲧的爱民献身精神，在中国古代正统史学家笔下被扭曲成一个反面人物。《国语·晋语》所说的鲧“化为黄熊”，已有贬义。《吕氏春秋·行论》则把鲧涂抹得更一无是处了。其曰：

尧以天下让舜，鲧为诸侯，怒于尧曰：“得天下之道者为帝，得帝之道者为三公。今我得帝之道，而不以我为三公。”以尧为失论，欲得三公，怒甚猛兽，欲以为乱。……舜于是殛之于羽山，副之以吴刀。

小说《开辟演义》的作者受到典籍的影响，也对鲧痛加鞭挞，予以全盘否定。如第四十一回，把一位治水英雄写成为“无谋匹夫，唯知贪财爱货，害了国家大事”“凶顽嗜酒忘工”的殃民祸国的暴虐者，因而“推出朝门外，殛之于羽山”。

《上古神话演义》中的崇伯侯鲧，作者虽然仍称他为蛊惑帝挚的“三凶”之一，但作者笔下的鲧，还是一位关心国事，能劝君过，一心治水，失败后又能认真总结经验教训的人物。

鲧是神话中的悲剧英雄，但在这两部小说中却很少有神话气息，作者凭自己认识事物的方法与态度去描写神话中的人物。

## （十三）劈山引水谱新曲

鲧被杀害于羽山郊外，但他没有屈服，他的未竟事业由他的儿子禹来完成。

自鲧腹中跳出一个禹来，随着祝融回禀天帝。禹要求去完成父亲未竟的宏伟事业。天帝满口答应，并正式把息壤交给了禹，让他到下界治水，拯救人类。

禹治水虽然得到天助，但也困难重重，历尽艰辛。第一个大敌就是水神共工。共工是奉天帝之命制造水患的，他见禹前来平治洪水，乃在黄河掀涛作浪。那时黄河的龙门尚未打开，吕梁山也挡着黄河的去路，汹涌的洪水没有出路，冲向陆地，淹没了房屋、田地，人民或登上丘陵，或爬上树梢。《淮南子·本经训》：

……共工振滔洪水，以薄空桑，龙门未开，吕梁未发，江淮通流，四流溟涬，民皆上丘陵，赴树木。

要让洪水不再肆虐，先要制伏共工，禹就把天下众神都召到会稽山来，共商讨伐共工的大计。所有的神都到了，唯独防风氏迟到。禹十分恼怒，为整肃纪律，严明号令，将防风氏斩首示众，埋葬在会稽山的山脚下。

禹有众神相助，又有严明的纪律，威振天下。共工势薄力单，自知孤掌难鸣，若战必败，不待大军到来，已逃窜他方。禹不动一刀一枪，赶走了共工，使下方的洪水得到了抑制，立下了第一功。《荀子·成相》篇说道：

禹有功，抑下鸿，为民除害逐共工。

禹吸取了父亲失败的教训，战胜了共工后，立即巡视水势，考察地形，求教于民，集思广益，制订治水的方略。据《吕氏春秋·求人》篇记载，禹不辞辛劳，所有闹水灾地区，都留有他的足印：东至扶桑，是太阳升起的地方；南至交趾、孙朴、续满这些国家，那里气温甚高，是我国南方最炎热的地区；西方到过三危国和巫山，其人民不食五谷，单以喝露水、吸空气为生；还涉足奇肱人和三面一臂人的乡土；北方到过令正国，一直走到大冥穷极之地，那里一年四季很少见到阳光；又到过衡山顶上，经过犬戎国、夸父野及北海海神禺强居住的地方，还有积冰和积石的山原。每到一处，禹和他的助手益、稷从不懈怠懒惰，不顾风吹雨打，酷暑严寒，终日跋山涉水，考察地形，测量水位，树立标记，访问百姓。由于过分劳累，众人的七窍和五脏都因病而不能畅通，步履艰难到后步跨不过前步，仍不退缩，忘我工作。

禹会同益、稷诸人，吸取了鲧单纯采用堵塞而导致失败的沉痛的教训，改用导堙结合，以导为主的新的治水办法。应龙在前，它用尾巴划地，立即形成河道，洪水滔滔流入河道；玄龟随后，背着息壤，遇到洪水泛滥的地方，投下息壤堙塞，又平垫了洼地。那息壤越涨越高，成为各处的名山大岳。《淮南子·地形训》曰：

禹乃以息土填洪水，以为名山，掘昆仑虚以下地。

在黄河以东的地界，有一座大山横在那儿，挡住水路，奔腾的黄河之水无法通过。划地成河的应龙见状，一筹莫展，禹运用神力，把山劈为两半，激流从中滚滚而下，不再横溢成灾。为了纪念禹劈山导水的功绩，从此称这座山叫龙门山，被劈开的缺口命名为禹门口。

在治水的过程中，禹还得到河精的帮助。传说禹一次在黄河边观察水情，一个白脸鱼身的长人冒出水面，他自称是河精，特来进献治水用的“河图”。《尸子》卷下记道：

禹理水，观于河。见白面长人鱼身出，曰：“吾河精也。”授禹河图，而还于渊中。

不仅河精献图，伏羲氏也赠送给禹一把丈量土地用的尺子。《拾遗记》卷二：

……乃探玉简授禹，长一尺二寸，以合十二时之数，使度量天地。禹即执持此简，以平定水土。蛇身之神，即羲皇也。

正当禹平治了一处又一处的洪水、胜利在望的时刻，居住在北方的共工旧臣相柳，在那里兴风作浪。禹闻悉甚怒，带领部分人马北上，围剿相柳。这相柳十分凶恶，生着蛇的身子，长有九个头，每一个头到一座山上觅食，可以吃尽九座山上的所有食物，是个贪婪无比的怪物。更可怕的是，凡是他接触到的地方，立刻变做水乡泽国，而且此水其毒无比，人喝了马上送命。尽管这怪物凶狠无比，毕竟孤不敌众，又邪难克正，被禹杀死。但他身上流出巨量的血，又腥又臭，污染了大批土地，五谷不生。禹就命部下把这些地方深挖几尺，将有污血的泥土翻到底层，上面层层覆盖新土，再加以填实。哪知道翻掘三次，总是塌陷下去。禹忽然想出一个办法，索性在此筑起几座为各方天帝降临的高台，这才镇压住相柳这个邪魔。《山海经·海外北经》记得十分详细：

共工之臣曰相柳氏，九首，以食于九山。相柳之所抵，厥为泽溪。禹杀相柳，其血腥，不可以树五谷种。禹厥之，三仞三沮，乃以为众帝之台，在昆仑之北。

禹除了相柳，又接到桐柏山一带变成一片汪洋的警报，便迅速前往。禹是第三次到桐柏山了，前两次因这里治水困难，其他地方水患尤其严重，只得暂时停顿下来。这次重返旧地，仍是狂风大作，雷鸣震耳，岩石啸叫，树木哀号，土地神用泥土壅塞了河川，天神又陈兵耀武扬威，治水工程仍旧无法开展。禹暗忖必有妖孽在推波助澜，便召集群神商量对策，由夔龙去擒拿怪物。于是桐柏山附近的神纷纷求饶。禹囚禁了几个和怪物有来往的神，如鸿蒙氏、商章氏、兜卢氏、犁娄氏等，他们道出了实情，果然在淮水躲藏着一个叫做无支祁的水怪，他连年作祟，大兴水灾。这怪与众不同，善于言辞，还能目测长江和淮水的深浅以及陆地的距离。他的形状像猿猴，低鼻梁，高前额，身体发青，脑袋白色，双目金光闪闪，一副牙齿雪白，颈子一伸，长达百尺。他力大无穷，胜过九头大象，搏斗时腾跳飞奔，轻快敏捷。

禹先后派天神童律、乌木由去擒捉无支祁，都无功而返；再命令天神庚辰前往，终于把他制服。正在这时，赶来了众多山妖水灵、石怪木魅，企图救走无支祁，被庚辰挥舞长戟，把数以千计的灵怪赶跑。为防日后这些孽畜又来营救，禹叫人用大绳索锁住无支祁的颈脖，鼻孔里穿上金铃，镇压在淮阴的龟山脚下。自此淮水不再泛滥横溢，顺道流入大海。

禹治水抗洪，非常辛苦，身先士卒，为大家作出表率。他手操橐耜等工具，长年累月沐雨栉风，没有片刻休息，忙得蓬头垢面，衣衫破烂，连修饰、缝补的时间都没有，脸孔消瘦了，两眼熬红了，手脚长满了老茧，腿上的汗毛掉光了。《庄子·天下》篇对禹的劳苦形象作了这样的描绘：

禹亲自操橐耜，而九杂天下之川，腓无胈，胫无毛，沐甚雨，栉疾风，置万国。

禹忙于治水历尽艰辛，直至三十岁尚未成亲。后来南行到涂山，他怕年纪大了得不到子嗣，便向天祷告道：“如果我应婚娶，必有神物应验吧?”果然有一只九尾白狐狸来造访，禹想“九条尾巴，是王者的象征”，于是娶白狐狸为妻，称呼涂山氏，又叫女娇。《吴越春秋·越王无余外传》：

禹三十未娶，恐时之暮，失其制度。乃辞云：“吾娶也，必有应矣。”乃有白狐九尾，造于禹。禹曰：“白者吾之服也，其九尾者，王者之证也。”……禹因娶涂山，谓之女娇。

结婚才四天，禹公而忘私，不留恋新婚燕尔的甜蜜生活，拿起治水工具，告别爱妻涂山氏，又治水去了。禹关心的是治水大计，从不去想个人私事，经过自己的家门也不进去。涂山氏十分热爱丈夫，支持他的工作，寻到丈夫所在地，为他照料衣食。禹提醒她说：“如果给我送饭，必须听到鼓声再送来。”涂山氏唯命是从，从不违例。某日，要打通轘辕山，急切间想不出办法，禹变化为一头大熊，奋力凿石开山，不小心踩在一块石头上，石头滚下山去，打中了鼓，发出了“咚”的一声响。

涂山氏闻到鼓声，以为丈夫肚子饿了，忙不迭把饭送去，岂知走到山边，不见丈夫的踪影，唯有一头白熊在凿山导水。她一切都明白了，羞得满脸通红，扔下了饭篮子，返身飞跑，直至嵩高山的山脚下，化为石人，正要生子。禹发现妻子的行动奇特，旋即恢复人形，在后紧追不舍。追到嵩高山下，瞧见即将分娩的妻子已变石人，禹急得情不自禁地大呼：“还我的儿子来!”喊声刚落，石人的肚子应声破裂，生下了启。启，亦即“裂开”的意思。

禹拜谢了石人，将儿子送回家里，安排好一切，继续治水去了。他转辗南北，赶东奔西，凿山导水，疏河决江，平填洼地，堙塞洪水，足涉殊方异域，遍及名山大川，又曾经过家门也不进去看看无母的儿子。《孟子·滕文公》称：

当是时也，禹八年于外，三过其门而不入。

《史记·夏本纪》则云：

禹伤先人父鲧功之不成受诛，乃劳身焦思，居外十三年，过家门不敢入。

这都说明了禹克己奉公的精神。经过多年的努力，禹终于制服了横行天下、肆虐百姓的洪水，完成了父亲鲧未竟的壮丽事业，人民从此安居乐业。

禹战胜了多少年来的洪水灾害，并不认为就此大功告成，可以衣锦还乡，享受天伦之乐了，继续造福于人民，在昔日长满杂草的丘陵低洼地带，除草播种。天帝为了表彰禹治水的功绩，降下金雨和稻谷。人民适时收割，丰衣足食。《史记·禹本纪》有此记载：

大禹平治水土，功齐天地，是时天雨金三日，雨稻三日三夜。

千百年来，鲧、禹治水的神话广为流传，人们对鲧这位失败的英雄寄予无比的同情和怀念，而对禹这位在吸取前人血的教训后，采取以“疏”为主、以“堙”为辅的决策，又历尽千辛万苦才取得治水成功的英雄，充满了感激和崇敬。所以在中国神州大地，多处都有禹庙、禹祠、禹陵、禹穴、禹井、禹碑、禹像等关于禹的纪念物，可见禹是如何深入人心，受到民众的尊敬与怀念。我国许许多多的典籍著作中从不同的角度记述了禹身先士卒、刻苦耐劳、公而忘私的优秀品质，在他身上集中了人类的美德，成了我们民族的精神象征。

《有夏志传》《开辟演义》《上古神话演义》三部神话小说所敷衍的夏禹治水故事，是从不少史籍所载这个神话加以选取、提炼而发展起来的，内容并无多大的差别，只在某些方面作了艺术加工，又注重细节的描写。

如《有夏志传》共六卷，叙述禹治水有一卷多，占全书五分之一。《上古神话演义》所占的篇幅尤多，从八十五回至一百三十九回，用了整整四十四回，占全书四分之一强，计三十余万字。如作者依据《孟子·滕文公》“三过其门而不入”这一句话，对每一次“过家门不敢入”都作了较为详细的交代，充实了故事内容，使得英雄人物的形象变得更加丰满和高大。对这一情节的描写，《有夏志传》就简单多了，只说“禹始娶涂氏之女，名憍，生子启。生四日，禹往治水，别涂山氏而女。启呱呱而泣。禹弗视而去”。写禹治水仅用了一回。《开辟演义》也是写得十分简略：“涂山氏自夫离后，生子四岁，名曰启。闻夫治水过其家，抱启出视，启呱呱而泣。禹皆不顾，弗以妻子挠乱其心，惟相度治水为急务也。”

### (十四) 千尾鲤鱼跳龙门

“禹凿龙门”“禹入龙门穴”“鲤鱼跳龙门”这三个神话故事，其中“鲤鱼跳龙门”尤为著名，说它“妇孺尽知”，并不夸张。

龙门山，在黄河以东的地界，阻挡住滚滚而下的河水，形成水流倒灌，向两边泛滥，造成灾害。禹采用凿山导水的方法，率领大众把山从中凿断，成为一扇门的形状，约一里左右。河水从此畅通无阻，水患消除。传说每到暮春三月，总有数以千计的黄颜色的鲤鱼，从各大河小川争先恐后游到龙门来。一年当中，能够跳上龙门的，不过七十二尾。当一登上龙门，即有云和雨相随，天火又自后烧去它的尾巴，鱼就真个变成龙了。《太平广记》引《三秦记》是这样叙述的：

龙门山，在河东界。禹凿山断门一里余，黄河自中流下，两岸不通车马。每岁季春，有黄鲤鱼，自海及诸川，争来赴之。一岁中，登龙门者，不过七十二。初登龙门，即有云雨随之，天火自后烧其尾，乃化为龙矣。

清人张澍所辑的《三秦记》这段文字有些变化：

龙门水县（悬）船而行，两旁有山，水陆不通。鱼鳖集龙门不下数千，不得上，上则为龙。故曰“暴腮点额龙门下”。

《上古神话演义》对这个神话作了描述，且写得形象而生动，场面壮观。不妨节录如下：

时当三月，一路桃花盛开。……过了一回，已到孟门山下，只见水中一条大鲤鱼，骤然跃起，如同生翼翅的一般，凌空直上，几乎到了孟门山缺口、河水流出的地方了。但是终觉力量不及，跌在水中，依旧被河水冲了下来。接连又是一条、二条、三条、四条大鱼，跃上去，或则落在水中，或则竟落在岸上……忽然看见一条大鱼，跃得很高，竟给它跃到龙门山之上。只听得一声霹雳，电火通红，烧在鱼尾上，陡然看见一条长龙，舞爪张牙，擎空而立，四面云气氤氲围绕，停了片时，飞向下面，将头向孟门山点了几点，像个行礼致谢的意思，倏尔掉转身躯，径向东方飞舞而去，其长总在十丈以上，想来到东海去了。这里水中之鱼，仍旧穿梭似的不住地跃，跃得上的，都如前式，化龙而去，但是总以跃不上的为多。须臾之间，停止不跃了，众人看那些鱼，衔尾连接，往下流而去。细看那些鱼的额上，都有焦点，仿佛为火灼伤似的。再看那跌在岸上的鱼，额上也是如此，而多一种暴鳃之苦。文命叫人仍旧投之水中。总计上跃之鱼，何止千数，然而得化龙者，不过数尾，余皆点额而还。……文命等看完这一出大戏，无不心满意足，个个称奇，就将这孟门山改为龙门山。

唐朝大诗人李白用一首五言四句的律诗概括了这个神话故事的全部内容：

黄河三尺鲤，本在孟津居；

点额不成龙，归来伴凡鱼。

## （十五）血泪染成湘妃竹

斑竹，就是吴地称为湘妃竹的，上面点点斑斑，如同泪痕一般，漂亮极了。这种竹也有一段辛酸故事，且看《独异志》卷上的记载：

娥皇、女英从舜巡狩，行及湘川，闻舜崩于苍梧，泣下，泪洒湘川之竹，皆成斑纹。

这是说舜的两位妃子到南方去巡视，行至湘水江畔，听到舜考察苍梧山时身亡的消息，泣不成声，悲痛至极，眼泪挥洒在江畔的竹林里，竹上就留下了斑斑点点的泪痕。

《博物志·史补》《群芳谱·竹谱》《述异记》卷上诸书，所记大同小异。

自舜崩后，两妃不愿独生，随夫而去。但对两妃之死，各书各说。《金楼子》卷二称“二女死于江、湘之间也”，没有交代死因。《列女传》本此。《水经注·湘水》说是“二妃从征，溺于湘江”，因江面起了风浪，翻船淹死的。《群芳谱·竹谱》则谓“世传二妃将沉湘水”，是因夫妇情笃，过度悲伤，自沉于江的。何说为是，权且不论了。在两妃死后，成了湘君、湘夫人两神，“神游洞庭之渊，出入潇湘之浦”。后人在湘水边给她们立了一个庙，叫黄陵庙，春秋祭祀。

《上古神话演义》的作者认为“湘君、湘夫人就是尧的女儿娥皇、女英，那竟是大错而特错了”。他的理由是“娥皇早经去世，即便不死，这个时候年纪已在百岁以上，白发老妪哭其夫婿，血泪斑竹，至以自殉，于人情上亦不大说得过去”。那么究竟是谁呢？他道是舜的两个女儿，一叫宵明，一叫烛光，为登北氏所生。她们母女三人闻得帝舜南巡时在那里升仙，未知真假，匆忙赶去，果如人言，只是睹物思人，母女见了遗弃在地上的衣冠，不禁号啕大哭起来。两女哭得尤惨，情切感物了。作者写道：

这番哭，却哭得凄惨极了，足足哭了一个时辰。二位帝女泪尽继之以血，连鼻涕都是猩红的，有时挥在地上，有时挥在竹上。那挥在竹上的，竹的颜色就因之大变，后来别成一种，斑痕点点，大家就叫它湘妃竹，亦叫斑皮竹。

这段写得形象、生动，“泪尽继之以血”，至诚感物，染在竹上的血泪形成“斑痕点点”的湘妃竹。

料理好一切，母女一行登舟回朝。其时适值九月望后，一轮明月荡漾中天，两女不能安寝，忽听空中一片音乐之声，急出船舱观望，“不知如何，立足不稳，径向水中双双跌了下去”。兹后托梦给母亲涂山氏，说她们本来是此水之神，偶然谪堕尘世，现在蒙父亲救度，已经复归原位了。从死后为神，有“神游洞庭之渊，出入潇湘之浦”作凭依，并非无中生有，又道出前因，虽不脱俗套，倒也顺理顺章的。

当地的人民“景仰二女的孝行”，立庙祭祀，又给“宵明上一个尊号，叫湘君；给烛光上一个尊号，叫湘夫人”。这也有所依托，与《水经注·湘水》的“湖水西流，径二妃庙南，世谓之黄陵庙也”也是合拍的，仅不过改“二妃”为“二女”，变得符合情理了。

**（十六）变幻莫测西王母**

读过《西游记》的人，不会忘记王母瑶池做“蟠桃盛会”，被孙悟空偷吃三千年一熟的蟠桃和玉液琼浆的故事。这个王母，就是西王母，又称金母、西姥或王母娘娘的，在后代的小说、戏曲、讲唱文学中，如弹词《义妖传》则称“瑶池金母”。这是一个神话人物，最早见于《山海经》。《山海经·西次三经》：

西王母，其状如人，豹尾、虎齿而善啸，蓬发戴胜……

《山海经·大荒西经》：

有人戴胜，虎齿，有豹尾，穴处，名曰西王母。

载于《穆天子传》卷三的“周穆王见西王母”的西王母的形象已开始演变，这里的西王母，不再是一个“豹尾虎齿”、穴居旷野的怪神，已演化为一个雍容平和、能唱歌谣的神明。但从她自己说“虎豹为群，於（乌）鹊与处”的原话来看，还留有蜕而未尽的痕迹。在《山海经》里并没明说西王母是男是女，《穆天子传》通过西王母“我惟帝女”的自歌，确定了性别，以后其他诸书也沿袭此说了。到《汉武帝内传》里，又有些不同，把她描绘成一个年约三十、容貌绝世的女神。《神异记》进一步演变，为西王母塑造了一个配偶东王公，说“西王母岁登其上，会东王公也”。汉代有东王公和西王母相会的石刻画像。其实所谓“东王公”，就是居于东土的周穆王的演变。《有夏志传》中有“西王母迎觞禹王”一节，西王母的形象仍是“生得形如人，特后生豹尾，口生虎齿而善啸乐，蓬头，发带玉胜，主天灾厉之事、五形残杀之气”，完全是《山海经》里的原型。

《开辟演义》中“精卫公主访神仙”一回，西王母被写成一个“年可二十许”的女子，“生得面如傅粉，眉似远山，椒眼朱唇，螓首蜂腰”。真是一个绝世佳人了。

《上古神话演义》第五十六回写大司农奉帝尧之命去昆仑山朝拜西王母，初见时使他大为惊讶，手下有许多美丽绝伦仙子的王母娘娘，竟是“头发蓬蓬松松，好像几个月未曾梳洗过似的，头上戴着一支玉胜，满嘴虎牙露出，气象威猛，俨然是一个雌老虎”。后来应邀出席宴会，见西王母一变前貌，成了“一位慈善和蔼、丰姿美秀的中年妇人”，使大司农诧异万分。西王母解释说，前见是因公事，“不敢不穿了章服相见”，以显示天上刑官的威严，后聚为私事，“用不着穿章服，所以不妨以真形相见了”。这种时隐时现的形态，既保持了西王母的本来面目，又说明她不断在演变中。

《神异记》把西王母和东王公写成是一年一相会的夫妻，既成伉俪，当然会生儿育女。《上古神话演义》进而编出西王母有二十多个女儿，其中云华夫人、右英夫人、太真夫人等都协助过夏禹治水。在这部神话小说中，讲述西王母的故事很多，有“西王母喜樗蒲”“西王母赐轩辕镜除神鬼”“禹见西王母”“西王母献益地图”“西王母来朝”等，可看出故事传到后代，它的内容就随着时间的进展而更丰富了。

## （十七）兄弟龃龉动干戈

黄炎之战，是以神话形式展示了上古部族与部族之间的战争。氏族社会到了后期，随着生产力的提高，逐渐出现了私有财产，私有观念也得以萌芽，人类的社会关系便趋向复杂化，出现由原来以血缘关系组成的各个氏族，扩展到几个氏族组成部落，几个部落又组成一个联合体——部族联盟。在部落与部落、部族联盟与部族联盟之间，往往为了争雄称霸、掠夺财物、扩张领土等，时时发生冲突，屡屡大动干戈。黄炎火并，就是属于这一类性质的战争。

黄帝和炎帝都是有功于人民、受人民膜拜的天帝。传说中的黄帝姓公孙，因生于轩辕之丘，故名轩辕。其母感星宿而有孕，所以帝生而神灵，异于常人，被推为首领。因他崇拜土，土属黄色，故称黄帝。据说，他在位年间，发展了农业，使用了度量衡，缝制了衣服，营建了房屋，制备了舟车，应用了臼杵，制作了弓箭，推广了养蚕，发明了文字，创作了《内经》，传世了《图箓》，出现了乐器，等等，黄帝简直成了万物的创造者，类似西方基督教那个主宰万物的上帝耶和华。

传说中的炎帝即神农氏，乃少典君之次子。其母感神龙而生帝于姜水，便以姜为姓。帝幼而灵异，长而齐圣渊懿，民闻其贤，都来归附，所以成为部族联盟的领袖。因他崇拜火，火属赤色，故曰炎帝。神农氏开创了教民播种黍、稷、麻、麦、豆五谷，《淮南子·修务训》有载：

古者民茹草饮水，采树之食，食蠃蛖之肉，时多疾病毒伤之害。于是神农乃始教民，播种五谷。

教民耕耘，是炎帝为人类作出的一大贡献，传世万代，而他另一永载千秋的功勋是发明医药。民间传说神农为民治病，尝遍百草，没有哪一天不中毒，性命时时遭到威胁。《淮南子·修务训》有“神农尝百草之滋味”“一日而遇七十毒”之说。这种为拯民命而不惜自我牺牲的崇高精神，深入人心，为民称颂。民间又传说神农在教民种植时，用一根红色的“赭鞭”鞭打百草，发现了药草的性能，用以治疗各种疾病。《搜神记》卷一载：

神农以赭鞭鞭百草，尽知其平毒寒温之性，臭味所主，以播百谷，故天下号神农也。

这说明药草的发现尽管有很大的偶然性，都和农业有关，两者是紧密联系在一起的。由于炎帝首创了农业，发明了医药，人们把他尊奉为农业之神与医药之神。

黄帝和炎帝都对人类有杰出的贡献，成为创造万物之神，而且又是异父同母兄弟，各自管辖一方，为何要互相残杀呢？因为氏族社会的发展，部落之间必然要通过战争的手段，来决定部落的存亡。此事史籍多有记载。《绎史》卷五引《新书》：

炎帝者，黄帝同母异父兄弟也，各有天下之半。黄帝行道而炎帝不听，故战于涿鹿之野，血流漂杵。

《淮南子·兵略训》：

炎帝为火灾，故黄帝禽之。

但这些记载都是扬黄抑炎的。而《开辟演义》的作者周游对此却不苟同，在他的笔下，炎帝的形象是高尚无缺的，他教百姓耕种，亲尝药草，平定北方夙沙氏的叛乱，于是“宇内奠安，天下太平”。后“帝南巡狩，崩于长沙之茶乡”“天下百姓豪啕恸哭”。在炎帝在位一百四十年期间，没有发生过和黄帝的战争。时至三百年后，传到八世榆罔，昏聩不德，人民怨恨，引起炎帝另一后裔蚩尤兴兵作乱，围困京城，声言欲夺天下。城内军士无法抵御，榆罔听从少颢之言，撇下宫眷，弃城出走，亡奔涿鹿。轩辕闻知，“统兵三万，自来涿鹿救驾”，击溃叛军，杀死蚩尤。岂知榆罔经此动乱，“不改前非，仍是不仁”，轩辕兴兵正其不仁。榆罔迎战不敌，同宵小少颢逃奔阪泉之野，少颢被杀，榆罔自刎而亡。是时，“众诸侯咸知轩辕斩蚩尤，正榆罔，天下无主，皆推立代神农氏为万民之主，是为轩辕黄帝”。

《上古神话演义》同上述史籍、小说又有差异。作者在第十一回写成为榆罔同蚩尤的战斗，榆罔战败，归命于黄帝，并请他出兵伐蚩尤。

### （十八）争夺帝位战涿鹿

黄帝与蚩尤的涿鹿之战，其实是黄炎之战的继续，同样是通过神话的形式，反映原始社会各部落为了扩展势力范围、争夺统治地位而爆发的一场大规模的冲突。

阪泉一战，黄帝大获全胜，成为威灵煊赫的中央天帝，管制四方，治理天下，俨然是个宇宙的最高统治者。炎帝战败被擒，所辖部落被合并，他和他的臣民并不就此屈服。直至炎帝死后，其后裔蚩尤发动兵变，史称“黄蚩之战”。

《路史·后纪四·蚩尤传》云：“蚩尤姜姓，炎帝之裔也。”作为炎帝后代子孙的蚩尤，要为老祖宗复仇雪耻，这是可以理解的。然而蚩尤曾是黄帝的臣子，据《韩非子·十过》说，当黄帝去泰山大会鬼神时，“蚩尤居前，风伯进扫，雨师洒道”，作为前卫，为黄帝护驾。只因蚩尤曾经为臣，所以在几千年的提倡忠君、反对犯上的儒家学者眼中，他便是大逆不道的叛者了。

据《史记·五帝纪》张氏正义引《龙鱼河图》说，蚩尤有兄弟八十一人，个个长得“兽身人语，铜头铁额”，他们吃的是沙子石子，而且会制造各种兵器，往往托词“诈杀无道”，滥杀无辜，使“万民饮命”，是一群十分凶恶的人。蚩尤经过同一班兄弟密谋策划，诱逼南方的苗民也起来造反，浩浩荡荡杀奔河北涿鹿县来。黄帝得到蚩尤大动干戈的消息，据《龙鱼河图》载，企图“以仁义”感化蚩尤，派使臣劝他息兵罢战，未获成功，“乃仰天而叹”。在迫不得已情况下，黄帝率众对阵，与蚩尤大战于涿鹿之野。

交战之初，黄帝部众仓促应战，加上蚩尤兄弟“鬓如剑戟，头有角，与轩辕斗，以角抵人，人不能向”（《述异记》），所以节节败退，伤亡很大。蚩尤急于成功，还请来一些魑魅魍魉助战，这种鬼怪能发出一种使人毛发直竖、惶不自顾的凄厉声音。一物一制，黄帝叫军士“吹角作龙吟以御之”（《通典》)。蚩尤步罡踏斗作法，一时大雾弥天，三日三夜不散。黄帝的部众伸手不见五指，方向莫辨，人人惊恐。

黄帝手下有一个叫“风后”的臣子，制造出一种指南车，以识别东西南北方向，冲出雾阵。蚩尤请来风师雨伯参战，黄帝阵地上顿时狂风横扫，暴雨倾泻。黄帝迅速调来能蓄水行雨的应龙，无奈风力太猛，他虽广施法力，总难见效。

黄帝见应龙不能取胜，急把自己的女儿魃，从天上召唤下来，凭借着她身上散发的强大热气，风雨立停，积水消失，使风伯雨师一筹莫展（《山海经·大荒北经》)。黄帝即令鼓手用“雷兽”来敲打，用“夔”皮制成的鼓，声震百里，军威大振。蚩尤兄弟及其部下闻声丧胆，溃不成军。蚩尤心犹不甘，收集败兵残将，并请来巨人族夸父，卷土重来，企图挽回败局，夺取帝位。经过几次较量，双方互有胜负，九战难见分晓。后来黄帝由玄女传授兵法(《太平御览》卷十五引《黄帝元女战法》)，又得到昆吾宝剑，涿鹿一战，终于杀败夸父，活捉蚩尤。深恐蚩尤作法逃跑，就地正法，将他身上的枷梏抛于荒山，瞬息化为一片血红色的枫林（《山海经·大荒甫经》《轩辕本纪》)，传说是枷锁染上蚩尤的血缘故。

战争以蚩尤的惨败告终。小说沿袭此说，只是虚构了某些情节，对有的细节作了具体描绘。如《开辟演义》把发生黄蚩之战，说成是炎帝的第七代后裔榆罔身居帝王，“为政专求急务，乘人而斗，其捷法多酷民，群臣怨望，诸侯携贰，多有不归”，引起久已不安臣位的北方诸侯蚩尤起兵造反，借口“今榆罔不德，人民怨恨，故某举兵以伐无道”。黄帝为了救护而亲自统兵赶到涿鹿，大战蚩尤，经过几番较量，终于获胜。

《上古神话演义》却称蚩尤恃强叛乱，赶走炎帝榆罔，自称为炎帝，又要消灭其他诸侯，大众归附了黄帝，爆发黄蚩大战。黄帝连败几仗，急得仰天长叹，惊动了上界的西王母，知道黄帝有难，召来九天玄女，告诉她“现在下界蚩尤氏作乱，暴虐百姓，公孙轩辕征讨不下，汝可前往助他一臂”。

玄女领命下凡，制造铜质剑戟和大弩，替代原先用于作战的竹木玉石之类的武器。玄女又设计一种指南车、记里鼓，专破蚩尤所兴的云雾。为壮军威，玄女还捉来雷兽夔牛，以兽骨作椎，夔皮作鼓，敲击时鼓声极响，“一面鼓可以声闻六里，八十面鼓可以声闻五百里，连敲起来，可以声闻三千八百里”，足以吓破敌人之胆。后来两军相遇，蚩尤一败涂地，八十一个兄弟先战死四十五个。蚩尤带了败残兵士急急向冀州逃去，黄帝率领大兵，紧迫不舍，终被擒杀。

### （十九）不周山下唱赞歌

共工触倒不周山的神话，传说很多，一般有“共工与祝融交战”“共工与颛顼争神”两种说法。

共工是炎帝的后裔，姓康名回，生得铜头铁额，红发蛇身，驾驭二龙，是一个凶猛的水神。祝融身长三丈，面如琢玉，赤发朱须，以火施化，是雄强有力的火神。两神之战，象征着水火之争。共工乘坐木筏，去攻打祝融，因抵挡不住祝融喷射的炎炎烈火，大败而逃，恼羞成怒，奋力向不周山撞去。原来不周山是根擎天柱，经共工的撞击而天柱折断，半边天空塌下来，大地也被碰缺了一角。《史记》司马迁补《三皇本纪》：

当其（其指女娲）末年，诸侯有共工氏，任智刑以强，霸而不王，以水乘木，乃与祝融战，不胜而怒，乃头触不周山崩，天柱折，地维缺。

颛顼是黄帝之子昌意的后裔。他十分专横残暴，把太阳、月亮、星星都拴在北方的天空上。《国语·周语下》云：“星与日辰之位，皆在北维，颛顼之所建也。”南方长期得不到日照，终年不见皓月繁星。颛顼不但给人类造成灾难，在神国内部也胡作非为，欺压诸神。共工是一位水神，是炎帝的后裔，在黄炎之战中曾用水协助炎帝作战。他一来不满颛顼的暴戾，二则为了替炎帝报仇雪耻，遂挺身而出，聚集部分神祇反抗颛顼的统治，争夺天帝的宝座。双方激战，从天上打到人间，一直打到西北方的不周山脚下。共工战败，被困在那里，盛怒之下一头撞倒不周山，撞断了这根擎天大柱，大地的一角因受到巨大的震荡而塌陷下去了。《淮南子·天文训》的记载是：

昔者共工与颛顼争为帝，怒而触不周之山，天柱折，地维绝。天倾西北，故日月星辰移焉；地不满东南，故水潦尘埃归焉。

《盘古至唐虞传》《开辟演义》《上古神话演义》几部小说，却持截然相反的态度，把共工描绘成一个祸害人类的恶神，扰乱清平世界的魁首。《上古神话演义》尤甚，将共工刻画成一个滥杀忠良、轻信佞臣、荼毒百姓的暴君，东侵西掠，弄得众叛亲离，撞死在不周山，无“天柱折，地维缺”的情节。小说把这个神话改得面目全非，使它失去了原有的光辉。

## 结 语

亲爱的读者朋友们，我们欣赏了由神话史料联缀而成的五部神话小说，周游了上古的神话世界。当我们从神话世界回到现实的世界时，相信人人都会有这样的观感：我国的上古神话，真是优美而丰富多采。那两代人勤奋不息的治水英雄，那许许多多为人类造福的先圣，那惊心动魄的延续几代的民族战争……这一切并不比希腊神话逊色——但是，我们又不能不承认，上古的众多的优美动人的神话，由于历史的原因，既没有完整地记载，又未曾系统地整理。所以，本书介绍的五部上古神话小说，尝试着系统整理上古神话的意图，是十分可贵的。但是，五部小说作者的可贵精神并没有得到后人的重视，以至于《盘古至唐虞传》《有夏志传》在国内已经没有存本，失传了，反倒是在日本尚有存藏——日本内阁文库藏本，成为海内外的孤本。

当然，也不能不指出，本书所介绍的五部上古神话小说，它们的艺术质量都是不高的。除此之外，作者们的思想局限性也很突出。

首先，是把神话当成历史的观点，虽然延续了几千年了，但以这种观点去整理上古神话，就难免把生动活泼的众说纷纭的神话，变成刻板僵化的“史料”，失去了神话的动人的光彩。

其次是在上古神话中注入后代人的主观意识，这就难免任意褒贬神话中的人物——这一点，以《上古神话演义》尤甚。至于四部明人所作小说，则因其紧抱着以忠君为主体的所谓正统观念，往往陷于偏颇。

虽如此，我们还是要向读者推荐这五部小说，说一声：“值得一读。”从这里不仅能看到我们中华民族的祖先是怎样从原野中走进文明世界的，而且还能够培植青年人对神话的兴趣——在对于神话有兴趣的青年朋友中，如果能产生一位整理神话的大手笔，写出一部完美的中国上古神话小说来，这便是我们的无限期望。

名家解读古典名著

# 历史小说(上)

## 解读列国志系列小说

竺 青 著

在春秋战国时期，列国纷争，烽烟四起，小说家把这段复杂多端的历史用艺术的手法生动地再现出来，编著了《春秋列国志传》《新列国志》《东周列国志》等书。本书以简练、流畅、通俗的文字，解读了这些小说的源流、嬗变、历史背景、思想蕴含与艺术成就。

列国志小说演叙的是春秋战国时代的沧桑巨变：描述历史的嬗变过程，展示列国的盛衰兴亡；叙写明主忠臣、贤相良将、暴君奸佞、宠姬爱妃、烈女荡妇、名流说客、壮士义侠、商贾平民等不同的命运；或可歌可泣，或卑鄙可耻，悲欢离合，变化多端。堪称人情世态备载，曲折顿挫分明。

文学与历史，在这里熔铸为一体：作家的剪裁取舍、褒贬爱憎，均表现出对历史的观照；敷衍润色、刻画描摹，均表达着独特的历史情怀。

文学借历史而孕育，历史赖文学而传播。在反映历史表象的同时，折射出作家的历史思考；这，是列国志小说的特征。

探寻由作家的情感与哲思构成的“心灵的历史”，品评列国志小说的艺术优劣与得失；这，则是本书的目的。

## 一　血与火铸就的时空——春秋战国时代历史背景简述

列国志小说叙写的春秋战国史事，头绪纷繁，年代久远，对读者来说或许较为陌生。在评介小说之前，简括地描述这一历史变局的演变脉络，将有助于读者加深对小说内容的理解。

### （一）春秋烽烟

公元前771年，申、缯、犬戎联军攻破西周都城镐京，戎兵焚烧宫室，抢掠库藏，杀人如麻。周幽王丧命于骊山下，昔日辉煌的宫室多成废墟，曾经繁华的市井化作瓦砾。在一派凄凉中即位的周平王，不堪国都的破败与凋敝，又无力重建都城，加之惧怕戎兵再犯，遂决定迁都洛邑。西周亡，东周始。

周平王东迁后并未能重振王朝，周王室却从此渐失往日的显赫与权威。王室日益衰弱，诸侯日趋强大，使“王纲解纽”，西周时奉行的血缘宗法制开始瓦解；“礼坏乐崩”，诸侯纷纷拥兵割据，强者挟天子以争霸权，周王则屡屡沦为霸主的傀儡。王室的式微，列国间的争战，使中原沃土缺乏凝聚力和屏蔽力量；而南方的楚国跃跃欲试，企盼染指中原，令诸侯忧惧的戎、狄则虎视眈眈，不断侵扰中原。

历史的契机，使东方大国之一的齐国君主齐桓公脱颖而出，得以填补中原权力的真空，成为名震春秋的五霸之首。齐桓公以“尊王攘夷”为争霸策略，挫败戎、狄，阻止楚国的北上，维护了王室的声誉和中原的稳定。中原霸主的威权与荣耀，令列国君主艳羡不已。齐桓公死后，宋襄公欲乘机争霸，但他不自量力，刚愎自用，愚蠢不堪，结果争霸未成身先死，徒给后世留笑柄。宋襄公图霸失败后，楚国的势力深入中原，狄人再燃战火，侵扰周王室，中原列国再次陷入惊恐之中。

公元前 636 年，因内乱而长期流亡于列国间的晋公子重耳，继承晋国君位，即晋文公。晋文公选贤任能，使晋国迅速强盛；他率军勤王平叛，击溃狄军，又在城濮之战中大胜楚军。城濮之战是春秋时期规模最大的一场战争，这场战争使楚国独霸中原的雄心化为泡影，使晋国成为春秋时期最强大的诸侯国，从此形成晋、楚长期争霸中原的格局，晋文公也因此成为继齐桓公之后的又一位中原霸主。

当齐国、晋国相继称霸中原之际，九曲黄河畔、巍巍秦岭中，一个年轻的国家迅速成长、壮大，它就是西秦。周平王东迁时，秦襄公因勤王有功被封为诸侯，秦方跻身列国之间。秦国偏处西北一隅，与戎狄长期杂处，经济、文化均较中原列国落后，但秦国也较少列国普遍存在的血缘宗法制的羁绊，使国家充满活力。秦穆公当朝，扫灭西戎十二国，拓展疆土千余里，使秦国成为西方霸主。由于晋国的强盛，使得秦国终春秋之世也未能称霸中原，但秦国独霸西戎，已向列国展示了其不容忽视的实力。

秦晋的相互对峙，给南方大国楚国造成了争霸中原的良机。召陵之盟、城濮之败，迫使楚国刻意经营南方，蓄积国力。公元前 597 年，晋、楚两军在邲交锋，楚庄王率楚军大胜晋军，使楚国声震中原；楚庄王因此成为霸主，实现了楚国几代君王称霸中原的梦想。

随着春秋时期政治状况的变化，列国的国君渐失权柄，卿、大夫则崛起执政。君权衰微，内部争夺，使列国无暇顾及争霸战争，而为争夺中原霸权进行了长达数十年战争的晋、楚两国，也已筋疲力尽，国势渐衰。公元前 546 年，列国在宋国盟会，共尊晋楚为霸主，史称“向戌弭兵”。此后，北方各国间的厮杀基本平息。

春秋末期，南方的吴越争霸，为列国争雄谱写了惊心动魄的最后篇章。公元前 506 年，吴王阖庐以孙武为大将、伍子胥为副将，率吴军攻入楚国，占领郢都，楚昭王仓皇出逃。吴国破楚，震惊列国；吴王夫差胜越后更加强大，使北方霸主晋国也不敢与之争锋。夫差沉湎酒色，怠废国政；越王勾践卧薪尝胆，重振越国，终于在公元前 473 年灭吴。越王北上山东与诸侯会盟，周元王赐命勾践为伯，勾践成为春秋时代最后一个霸主，越国也成为春秋末期最强大的国家。

春秋时代三百年间的龙争虎斗，以越国称霸而降下帷幕，但这仅仅是大变局的开端，更加剧烈的历史变革正在酝酿之中。

## (二) 战国争鼎

公元前403年。

雷击周之九鼎，鼎俱震动。

晋国韩、赵、魏三家遣使至王都，请求周王册命封侯。周威烈王万般无奈，册封韩虔、赵籍、魏斯为诸侯；韩、赵、魏三国瓜分晋地而独立，晋国灭亡。

三家分晋，标志着战国时代的肇始。其时，秦、楚、齐、燕、韩、赵、魏七雄并立，角逐厮杀，彼此兼并。频繁地外交，意在争取同盟；残酷地战争，旨在一统天下。战国前期，列国纷纷任贤图治，变法图强。魏文侯首开战国养士之风，最早实施变法，使魏国成为当时最强大的国家。齐国在田氏取代姜氏成为齐侯后，曾一度国力衰弱，屡遭别国侵袭。经过齐威王、齐宣王的励精图治，齐国重振国威，在“桂陵之战”“马陵之战”两次战役中，挫败魏国，再次称雄东方。曾经独霸西方的秦国，因内乱频仍，屡遭魏、楚进攻，失城失地，备受列国鄙视。秦孝公即位后，下令招贤，任用卫鞅变法革新，使秦国在二十年间迅速强盛，成为战国七雄中最强大的国家。

时至战国中期，齐、秦分别成为东、西方强国，两强龙盘虎踞，雄视中原。面对微妙的政治形势，新崛起的士阶层空前活跃，各种学派蜂起，百家学说争鸣。列国君王推行的尚贤政治，使招贤纳士成为时尚；一时间游士说客穿梭往来于各国之间，成为君王们的座上客。在纵横家们之中，有的主张合众弱以攻一强者，倡合纵说；有的主张事一强以攻众弱者，主连横说。无论合纵连横，均以齐、秦两强为对象。在实践中，因列国间矛盾复杂，利益有别，则无论合纵连横，又都阵营松散，变化频繁。

公元前318年，以楚国为纵约长的魏、赵、韩、楚、燕五国联军合纵攻秦，但被秦军击败。秦国任用张仪为相，张仪游说楚怀王，破坏齐楚联盟，也削弱了楚国的力量。此后，秦国吞并巴蜀，蚕食三晋；齐国乘燕国内乱，杀死燕王哙，兼并燕国大片国土。公元前288年，秦、齐相约分别称西帝、东帝。

秦齐称帝，使列国极为恐惧。说士苏秦劝说齐王去帝号仍称王，使列国的锋芒指向秦国。秦王被迫去帝号后，利用列国不满齐国吞并宋国之机，联合燕、楚、韩、赵、魏于公元前 284 年合纵攻齐，燕将乐毅率六国联军攻占齐国七十余城，齐王出逃。齐国受此重创，元气大伤，后虽收复失地，但从此一蹶不振。

### （三）青色曙昕

黎明。当夜色即将消失之际，首先给人希望的是一片青色曙昕。

战国末期，当历史即将翻开崭新一页时，列国看到了西秦跨出关中地区的巨大身影，听到了这个巨人前行的脚步声。

秦国在抵御了列国的频频打击后，挥师东进。公元前 260 年，秦国赢得了战国时代最大的一次战役——长平之战的胜利，将自赵武灵王“胡服骑射”变革以来迅速强大的赵国，打落历史的擂台下。东周王室在战国时期又分为西周、东周两个小国，秦国先后灭西周、东周，迁周之九鼎至咸阳；周王朝历经西周、东周的八百余年社稷，在秦军的铁蹄下化作历史陈迹。遥想当年，西周孝王因秦人祖先非子养马有术而封其秦地时，也许未曾料到这牧马人的后代，将建立比周王朝更加显赫的功业。

公元前 238 年，秦王政消灭嫪毐和吕不韦两大势力，任用李斯、尉缭治理秦政。历史，不仅选择了秦国，而且选择了秦王政。从公元前 230 年始，秦王政仅用近十年时间，即逐一灭亡韩、赵、魏、楚、燕、齐六国，使战国时代二百余年的征战杀伐，宣告终结。

公元前 221 年，幅员辽阔、空前统一的秦帝国诞生，秦王政自称始皇帝。曾经使尸横遍野、血流成河的列国兵器，化作十二金人矗立于秦廷，默默地注视着新生的王朝。秦始皇建立了他的祖先未曾梦想过的伟业，又踌躇满志地编织着将其延续千秋万世的幻想。

此刻，青色曙昕终于出现在历史的天际。

回溯春秋战国时代的历史巨变，使人感慨万端。周王朝由盛及衰，由衰至亡，恰似经历了自然时序的更迭：由春之繁华似锦、生机盎然，渐变为秋之花叶凋零、肃杀凄凉。从周平王东迁洛邑至秦始皇兼并六国混一舆图的五百年间，中国古代历史完成了从奴隶制到封建制的转变，完成了从诸侯割据称雄的封建列国到统一的、中央集权封建帝国的转变。

历史是一个过程。

春秋战国时代的历史，是血与火铸成的。

## 二　历史狂飙的文学叙述——列国志小说的演变轨迹勾勒

当春秋战国时代的历史风暴凝聚成史传中行行精炼的文字记载时，后来者并未漠视那逝去的岁月。文人墨客及民间艺人，把史传中记叙的令人难忘的历史人物和动人心魄的历史事件，以通俗的语言连缀成文，改编成戏，搬演讲唱，使沉积在史传中的善与恶、美与丑展示在读者和观众面前；将隐含在字里行间的爱与憎、喜与悲表现得淋漓尽致。

史传庄重、简括的叙述转化为活泼、通俗的文学叙述和形象、生动的戏剧表演，使普通民众由此得知在他们世代生存繁衍的热土上，曾经发生过的一切。

于是，陌生的历史人物变得众人皆知，久远的历史事件变得家喻户晓。

于是，普通民众纷纷从戏曲小说中寻觅历史，又从戏曲小说对历史的感悟与思考中，得到启迪与教益。

### （一）全相平话

春秋战国史事，早在唐代变文中即有演叙。敦煌藏经洞发现的《伍子胥变文》，据《左传》《吕氏春秋》《史记》《吴越春秋》等史传敷衍而成，比较详细地描述了伍子胥蒙冤出逃、颠沛流离、入吴为臣、破楚复仇、劝谏吴王被赐死等事迹。《伍子胥变文》说唱结合，韵白相间，语言浅显通俗，具有较强的艺术表现力；其中塑造的伍子胥形象，颇富传奇色彩，十分生动，很有艺术感染力。

在戏曲创作、演出的繁盛时期，春秋战国史事也是其取材和表现的热点之一，仅元明北杂剧中即有约四十六种剧本演叙列国史事（笔者据邵曾祺编著《元明北杂剧总目考略》而统计）；如关汉卿的《姑苏台范蠡进西施》，高文秀的《相府门廉颇负荆》《伍子胥弃子走樊城》，郑廷玉的《采石渡渔父辞剑》，白朴的《楚庄王夜宴绝缨会》，等等。四十余种剧作均以表现人物事迹为主，如管仲、鲍叔牙、齐桓公、晋文公、赵氏孤儿、程婴、公孙杵臼、伍子胥、孙武、西施、范蠡、勾践、廉颇、蔺相如等；剧本在描写历史人物的悲欢离合与不同命运时，也将与人物紧密相联的历史事件展示给观众，使观众在特定的时代氛围中，更加深刻地理解人物的思想情感，更加准确地体味人物的生存境况。

元代全相平话的刊印，进一步拓展了通俗文学作品演叙列国历史的视野。元刊平话现存五种，是元代建安虞氏于至治（1321—1323年）年间刊刻的，一般认为均是元代讲史艺人的“说话”底本；其中，《全相平话武王伐纣书》、《全相平话乐毅图齐七国春秋后集》《全相平话秦并六国》三种，分别叙写西周、东周史事。孙楷第《中国通俗小说书目》还著录有《吴越春秋连像平话》，此书未见，胡士莹推测此书也是建安虞氏刊刻；平话当叙写春秋末期吴越争霸事，伍子胥的故事可能是书中的主要内容之一。

平话在演叙西周、东周史事时，以正史为依据，汲取前代通俗文艺作品的故事情节，借鉴其艺术表现手法，并杂采野史、史传释文、异闻传说等构撰成书；因此，作品的内容和艺术风格均不同程度地反映出民间文学的特征。

例如，《全相平话武王伐纣书》（别题《吕望兴周》）叙述商亡周兴的历史，描写商纣王专宠妲己、残害忠良的种种荒淫、暴虐的行径，讴歌西伯侯姬昌的贤德、周武王姬发的英武。作品的描写虚实相间，不乏神魔怪异的情节，如小说结尾写殷郊斩妲己：

不斩万事俱休，既然斩着，听得一声响亮，不见了妲己，但见火光迸散。似此怎斩得妲己了?太公一手擎着降妖章，一手擎着降妖镜，向空中照见妲己，真性化为九尾狐狸，腾空而去；被太公用降妖章叱下，复坠于地。太公令殷郊拿住，用七尺生绢为袋裹之，用木碓捣之。从此，妖容灭形，怪魄不见。

作品的这种描写虽然与历史真实无涉，却突出地表达了民间的爱憎和意愿，也反映出民间的审美趣味。这部平话的神怪色彩，对明代著名神魔小说《封神演义》具有深刻的影响。一般认为，它是许仲琳创作时依据的祖本之一。

再如，《全相平话乐毅图齐七国春秋后集》记叙战国时代燕齐两国争战事，称颂贤君仁政，谴责暴君无道，表现了民间的政治理想与道德准则。但小说仅以史实为框架，其主要内容是描写神仙斗法，如写孙膑与乐毅对阵：

毅见石丙不胜袁达，使一小计，用乌鸡血向西北打一喷，狂风忽起，吹砂走石。……孙子见风起，咬破舌尖，望空喷起，狂风大作。……乐毅急走，被绊马索绊倒在地上。

因为小说虚构成分多，作者得以自由发挥其想象力，使情节情趣盎然，奇诡多姿。

此外，小说中的描写还具有鲜明的说唱文学特点。如写齐军出征伐燕的场面：

但见前排甲马，后列军兵；遥闻金鼓震天，远望旌旗蔽日；刀枪如霜凛凛，衣甲曜日辉辉。端的枪刀如芦苇，人马撮风行。

如写齐、燕军将对阵：

两阵俱圆，撞出一员猛将，怎生打扮?黄金盔上，偏置烂漫红缨；白锦袍中，最称光明铜铠。手掿宣花月斧，腰悬打将铁鞭。乃齐将袁达，厉声高叫索战。燕阵撞出一将，绛袍朱发，赤马红缨；手把三尖两刃刀，腰上双悬水磨简。乃燕将市被。

上述描绘，可谓气势勇猛，色彩灿烂、对比强烈，将大军远征的气氛和战将鏖战沙场的雄姿，渲染得逼真生动，刻画得栩栩如生。此书所叙燕齐两国间残酷的杀伐，亦真亦幻，实则以神奇之笔墨写平凡之人，以重新组合及虚构的历史事件，表达出民间的历史意识。

另如，《全相平话秦并六国》（别题《秦始皇传》）铺叙秦灭六国及秦帝国覆亡、楚汉相争及刘邦建立汉朝史事，全据《战国策》《史记》等史传敷衍成书，几无虚构，除个别年号及某些史事失考外，均符合史传记载。小说叙述语言也竭力模仿史传的叙述风格，文白夹杂，平铺直叙，甚至直接袭用《史记》原文。郑振铎评价本书说："这是一部'人'的书，而不是鬼怪的书，只是一部写人与人之间的争斗，却不是写仙与仙之间的玄妙的布阵斗法的。……此书的叙述，已很忠实于历史，已与罗贯中、冯梦龙诸作家的著作讲史的态度很相近的了。"（《插图本中国文学史》）将本书与前两部平话相比较，郑振铎的评价十分中肯。

但是，本书毕竟属于民间文学作品，即使在实录史实时，也偶有神怪情节；在描写战争场景时，则袭用讲唱文学常用的套语。如小说描绘赵军偷袭秦军营寨的夜景：

当日天晚。怎见得?疏林高处，飞鸟高宿噪声喧；野草荒郊，鸟兽尽投岩下宿。飒飒悲风寒峭，濛濛薄雾笼遮。数行旅雁落平沙，几点疏星明远汉。

又如描写秦楚两军即将争战时的晨景：

巴到次早天明，只见：银河星淡，玉漏声残。月挂柳梢，露迷桃叶。渡远汉星稀落落，荒郊雾拥重重。寒泉响处，依稀野渡溪桥；曙色未分，隐约水村山馆。未睹林间梵宇，但闻云外钟声。征商行客登古道，无限艰辛；才子佳人缠绣阁，尚贪欢笑。渔父鸣榔惊起鹭，牧童驱犊出庄门。驿马嘶风，邻鸡报晓，天阙张开青布幕，海门推出赤金盘。

上述两段景物描写，略嫌粗疏，且具有某种程式化的倾向，但作者将这两段套语运用得十分恰当：前者暮色四合、夜幕渐垂的凄清景色，给即将发生的夜战笼罩了一层神秘色彩，造成了一种肃杀气氛，使人感到了无边昏暗中隐藏的杀机。后者则点染出一幅恬淡、静寂的清晨图景。天色渐亮，人们开始为生活而忙碌，然而，在这似乎与往常一样平凡、平静的早晨，一场血腥的厮杀即将开始，丛林中隐蔽着武装的军士和待令而出的战马，这种平和的气氛将被喊杀声和刀枪撞击声所打破。

这部平话不仅在艺术上表现出民间文学的特色，而且在思想倾向上也明显地反映了民间对周末秦初、秦末汉初历史的基本评价：抨击秦始皇的诈力称雄及秦王朝的残暴无道，赞颂“宽仁爱人”的汉高祖刘邦所实行的仁德政治。

全相平话在列国志小说的演变过程中，具有承上启下的作用：首先，平话在思想倾向、故事情节、艺术风格等方面，继承、发展了唐代变文、宋代讲史、元代戏曲的民间文艺传统，并对后世长篇列国志小说产生了深远影响。其次，平话在刊印形式和叙述体制上，明显地借鉴了唐代变文和宋代讲史。唐代讲唱变文时，往往同时展示与内容有关的图画，以增强讲唱的艺术效果；有的变文卷子背面即附图画，每段图画都与变文内容相呼应，颇似后世的插图本小说。全相平话则每页均分为上下两栏，上栏刻图像，下栏刊文字，图像也往往与内容有关。全相平话这种图文并出的刊印形式，或许不是直接仿效变文的结果，但在某种程度上，变文可被视为形成平话刊刻形式的显著因素之一。另外，平话的叙述体制与宋代讲史一脉相承，分卷分目，卷首与结尾分别有开场诗和收场诗；采用断代编年叙事方法，正文中多穿插诗词韵语、书信表章，意在使描写形象、活泼，并增加小说的历史真实感。平话在刊印形式、叙述体制方面的特点，不仅对后世长篇列国志小说影响巨大，而且对明清章回小说体制的形成具有重大意义。

元代建安虞氏将讲史艺人的底本增加插图刊行，使口头文学形式转变为书面文学形式，既在小说史上具有深远意义，又是列国志小说演变过程中的重大转折。平话本身的性质使它侧重铺叙历史事件、描摹厮杀场面，而疏于细腻地刻画人物形象，且因未经加工润色，文字粗陋，错讹迭出。平话一般均有数万言，已初具长篇历史小说的规模，而三种演叙西周、东周史事的作品，则是后世列国志小说的雏形。它们第一次将列国史事敷衍成历史小说，完成了列国史事从历史叙述到文学叙述的跨形态转化。

### (二) 章回演义

元末明初出现的长篇历史小说《三国志通俗演义》，不仅标志着长篇小说的成熟，而且标志着历史小说已经完成了从宋元讲史、平话到章回演义的蜕变。《三国志通俗演义》为长篇历史小说的创作确定了规模和体制，提供了成功的范例。中国小说从此进入了一个新的历史时期。

经过长期酝酿，第一部比较全面地演叙列国史事的章回历史小说《春秋列国志传》(以下简称《列国志传》)，终于在历史演义小说的创作大潮中成书。

一般认为，《列国志传》为余邵鱼编集，但也有学者推测当为余象斗编集。余邵鱼，字畏斋，福建建宁府建阳县人，约生活在明朝嘉靖、隆庆年间，是余象斗的族叔。余象斗，字仰止，一字文台，号三台山人，福建建安人，约生活在明朝隆庆、万历年间，是闽南著名的通俗小说编著者及刊行者。余象斗除刊印《列国志传》外，还编著或刊行有《皇明诸司公案传》《三国志传评林》《水浒志传评林》《西游记》等通俗小说。

《列国志传》主要有八卷、十二卷两种版本。八卷本中，除明内府钞本外，现存明万历三十四年(1606年)三台馆余象斗重刊本，名《列国志传评林》，题“后学畏斋余邵鱼编集，书林文台余象斗评梓”。八卷，二百二十六节。本书版式与元刊全相平话相近，每页上图下文，图文并出。全书卷一至卷六为上部，叙西周及春秋史事；卷七和卷八为下部，叙战国史事。十二卷本现存明万历四十三年(1615年)龚绍山刊本，名《新镌陈眉公先生批评春秋列国志传》，题“云间陈继儒重校，姑苏龚绍山梓行”。十二卷，二百二十三节，每卷前附图十幅，书中有陈继儒批语。全书卷一至卷九叙西周及春秋史事，卷十至卷十二叙战国史事。《列国志传》还有许多坊刻本，均从上述两种明刊本演化而出。

《列国志传》是余邵鱼在元刊《武王伐纣书》《乐毅图齐七国春秋后集》《秦并六国》等平话基础上，汲取民间有关列国史事的异闻传说，根据《左传》《吕氏春秋》《史记》等史传改编成书的。全书以二十余万字的篇幅，较为完整地叙述了从商纣王即位至秦始皇统一六国的八百余年的历史，将变化多端、头绪繁杂的史事作了初步的整理，并用比较通俗的语言表述出来，是长篇列国志小说的开山之作。

余邵鱼在编著《列国志传》时，有意仿效《三国志通俗演义》的创作方法，虽然这种努力并不十分成功，小说的艺术水平也不高，但是他在列国志小说的演变过程中却作出了重大贡献：《列国志传》是列国志小说从民间创作转向文人创作的标志，也是一部真正的长篇历史小说。这虽是步履蹒跚的一步，但也是决定性的一步。

《列国志传》的刊刻流传，吸引了一位著名通俗小说家的注意力，他就是冯梦龙。

冯梦龙（1574—1646年），字犹龙、耳犹、公鱼，别号龙子犹、墨憨斋主人、吴下词奴、香月居主人、顾曲散人及詹詹外史、茂苑野史、绿天馆主人等等，长洲（今江苏苏州）人。冯梦龙一生中的主要精力，都放在通俗文艺作品的搜集、整理、编纂、改编、创作、刊印等工作上，编、著甚丰，是明代唯一在小说、戏曲、民间歌曲三方面都作出了杰出贡献者。

冯梦龙少年英才，博学多识，颇有声名，而他的青年时代则是在研读《春秋》中度过的。冯梦龙早年为参加科举考试，曾苦治《春秋》二十载，著有《春秋衡库》《麟经指月》《春秋定旨参新》《别本春秋大全》等研究《春秋》的专著，在当时备受称誉。然而，冯梦龙进学之后却屡试不第，科场蹭蹬，空余壮志。仕途坎坷，使冯梦龙成为杰出的通俗文艺家，但青年时代二十载编织的致君泽民的梦想，或许一直萦绕在他的心底。《列国志传》的刊行，使冯梦龙在晚年得以用另一种形式，在某种程度上了结了宿愿：他以二十载研治《春秋》的深厚史学功力和精湛的艺术造诣，将余邵鱼的旧作重加辑演，改写成一部巨著——《新列国志》。

《新列国志》以《左传》《国语》《史记》为主要依据，参考《孔子家语》《公羊》《谷梁》《乘》《梼杌》《管子》《晏子》《韩非子》《孙武子》《燕丹子》《越绝书》《吴越春秋》《吕氏春秋》《韩诗外传》《说苑》《新书》等众多著作，对《列国志传》进行重新锻造，使《新列国志》成为精心构撰之作："考核甚详，搜罗极富，虽敷衍不无增添，形容不无润色，而大要不敢尽违其实。凡国家之废兴存亡，行事之是非成毁，人品之好丑贞淫，一一胪列，如指诸掌。"（《新列国志·叙》）"其描写摹神处，能令人击节起舞；即平铺直叙中，总属血脉筋节，不致有嚼蜡之诮。"（《新列国志·凡例》）

《新列国志》以七十余万字的篇幅，集中叙写了春秋战国五百余年间的风云变幻。小说的内容分为两部分：前八十三回记叙西周末年宣王亲征姜戎，败绩于千亩，国中流传不祥的童谣；周幽王即位后暴虐无道，专宠褒姒，烽火戏诸侯，导致申侯联合西戎攻破镐京；周严王迁都洛邑，王室日趋衰微，诸侯互相侵伐，天下多事。春秋时期，齐桓公、晋文公、秦穆公、楚庄王、越勾践相继称霸，宋襄公争霸未成，吴王夫差则断送霸业。后二十五回记叙韩、赵、魏三国分晋而立，七雄对峙，逐鹿争鼎；魏、齐分别任用庞涓、孙膑展开激战，秦王任用卫鞅变法图强；苏秦游说六国合纵攻秦，秦用张仪破坏六国联盟；秦王政遣秦将率军灭六国，天下一统归秦。小说所叙史事均按史传次第敷衍，事取其详，文撮其略，纠正了《列国志传》中的许多讹误，弥补了许多疏漏。余氏旧作中虽有商末及西周的内容，但其春秋战国时代史事，远不及《新列国志》详尽、丰富。

《新列国志》现存明末金阊叶敬池刊本，一百零八回，卷首附图五十四幅。孙楷第据此本推测本书或作于明末崇祯年间（《戏曲小说书录解题》）。此外，本书还存明末赠言堂刊本，清朝康熙年间刊本及德聚堂刻本等。

冯梦龙编著的《新列国志》是列国志小说的集大成之作，它标志着列国志小说代表性作品的诞生，是列国志小说演变过程中的一座丰碑。

然而，冯氏作品的广为流传，却在百年之后。

清朝乾隆年间，南京文人蔡奡使冯梦龙的小说风行于世。

蔡奡，字元放，号野云主人、七都梦夫。清江宁（今江苏南京）人，生平不详，但知他曾评点过陈忱著《水浒后传》。其时，蔡元放家居多暇，有感于史传浩潮，文字简奥，读者不免头岑岑、目森森，视读史如入苦海的状况，利用读者喜读稗官小说的心理，欲使读者在轻松愉悦中增长历史知识，并从中受到教益；于是便取冯梦龙的《新列国志》略加增删润色，订正其中的某些错误，删去某些虚构情节，并附加大量评语，改易书名为《东周列国志》刊刻发行。从此，带有评点的《东周列国志》遂广为流行，经久不衰，成为近二百余年来长篇列国志小说的通行本；而余邵鱼著《列国志传》、冯梦龙《新列国志》原本则逐渐湮没，在广大读者中甚至鲜为人知。

《东周列国志》实际是《新列国志》的评点本，两书内容基本相同，仅有细微差异。如，《新列国志》第十回写祝聃战死，但第十一回却写祝聃仍在沙场拼杀；类似这种情节矛盾处及其他一些讹误，蔡元放均予以改正。此外，蔡元放对冯氏原著的文字又作了进一步加工、润色，使小说的语言更加通畅、生动。当然，《新列国志》中的错误，蔡元放也有未加改正者。如，小说第一百零三回已写庞煖因箭创而死，第一百零四回却仍写庞煖与李牧共同伐燕。类似情节疏漏处，《东周列国志》依然如旧。但是，蔡元放评点《新列国志》，“条其得失而抉其隐微”，易名刊行，使列国史事因而广为传播，其普及历史知识的功绩也不应埋没。

《东周列国志》流传甚广，刊本众多。据现有资料推定，最早刊本是桐石山房藏板本，题“东周列国志全传”，“秣陵蔡元放批评”；二十三卷一百零八回，卷首有乾隆十七年（1752年）春蔡元放序，冠像二十四幅，并有“读法”及“封建地图考”。此外，本书还有星聚堂本、义和斋本、森宝斋本、经元堂藏板本等等。大约在乾隆四十年（1775年），又出现了四知堂刊《东周列国志辑要》。此书是清人杨庸据《东周列国志》删削成书，分为八卷一百九十节。杨庸将冯氏原著删繁为简，枯燥乏味，实为点金成铁之举，故此书虽是《东周列国志》的简本，却并不受读者青睐。

变文，戏曲，全相平话，章回小说。

春秋战国史事从历史叙述转变为文学叙述，经历了几番蜕变，凝聚了几代通俗文艺家的心血。在列国志小说演变过程中，《列国志传》是报春的花朵，《东周列国志》则是金秋的硕果。本书后两章将重点评介这两部小说，以使读者对它们能够有进一步的了解。

## 三　盛衰兴亡的表象与哲思——列国志小说的思想蕴含探析

历史已经远去。

历史的远去，形成了巨大的时空距离，因而后世的人们重新审视历史时，应该获得比当时人和当事人更加开阔的视野，更加冷静的心态。

时代已经变迁。

时代的变迁，使得固有的思想体系发生变化；因而后世的人们重新探索历史时，应该从多种角度透视历史的重重迷雾，获得比当时人和当事人更加深刻的结论，并开掘出他们未曾认识及不可能认识到的潜在意义。

这是历史学家的责任。或许，也应该成为历史小说家的追求。

余邵鱼和冯梦龙以他们的作品重现了他们心目中的历史表象，也表达了他们对历史的深沉思考。

这不仅是文学对历史的观照，而且也是历史对文学的呼唤。

### （一）德政理想

余邵鱼编集的《列国志传》，将儒家思想体系作为历史思考的哲学基础，并通过叙写商亡周兴的历史变迁，表达作者抨击暴政、颂扬德政的政治理想。

作者首先描写商纣王的荒淫酒色、暴虐无道，将其作为暴政的代表。

小说的这部分情节，主要沿袭《全相平话武王伐纣书》的描述，但作者的思想情感已与平话有了明显差异。平话中商纣王的形象是：

若说三皇五帝，皆不似纣王天秉聪明，口念百家之书，目数群羊无错；力敌万人，……叱咤声如钟音；书写入八分，酒饮千钟；……能骑劣马。……纣王初登帝位，归朝治政，前十年有道，八方宁静，四海安然，天下皆称纣王是尧、舜。

这种描写，基于民间的一种质朴而天真的愿望：皇帝原是好皇帝，只是后来被奸臣、妖女所蒙蔽。平话写纣王因苦恋神女而听从奸臣费仲之谏，召选美女妲己，但妲己被妖狐所魅成为妖女，纣王从此逐渐堕落为暴君。

小说作者显然不满平话中商纣王原本是贤德君王的种种描写，因此，《列国志传》中商纣王的形象是：

为人聪明勇猛，才力过人，手能格禽兽，身能跨骏马；智足以拒谏，言足以饰非。常自以天下之人皆出己下。

作者打破纣王头上闪烁的、由尧舜的高尚品质组成的耀眼光环，剥去其痴情君王的虚伪面纱，将抨击的锋芒直指纣王：虽有聪明才智，却用于拒谏饰非，原本是一个狂傲自大、沉溺声色、怠废国政、残酷无情的昏暴君王。纣王为满足其淫欲，下令四方诸侯合举美女，并强令冀侯苏护献己女妲己；苏护拒绝，纣王竟令西伯侯、北伯侯发兵征讨。苏护无奈献女进京，途中妲己被妖狐所魅，成为妖女。正是商纣王的荒淫无道，才给妖魔以可乘之机。

小说对商纣王专宠妲己、恣情淫乐、狼狈为奸、残害忠臣及无辜百姓的暴行的描写，比平话更充分，细节更逼真。商纣王为图享乐下令修建鹿台，增收百姓赋税，不惜用尽府库资财，并残酷役使民众：

费仲、蜚廉将畿内之民三丁抽一，单丁独役。富者虽少壮，亦卖而不调；贫者虽老弱，必驱而用之。替换督工，昼夜不息，民有不胜疲苦劳死于台下者，纵横枕藉；外即不胜重敛者，卖妻鬻子至于逃亡。及至七年，始得成功。

作者对纣王的劳民伤财深加贬斥，对百姓的不幸遭遇深切同情，并用一篇骈文来表达这种情感：

台高插汉，榭耸凌云。九曲栏干，饰玉雕金光彩彩；千层楼阁，朝星映月影溶溶。怪卉奇花，香馥四时不谢；珍禽异兽，声扬十里传闻。游宴者，姿情欢乐；供力者，劳悴艰辛。涂壁脂泥，尽是万民之膏血；华堂彩色，皆收百姓之精神。绮罗锦席，空尽织女机杼；丝竹弦歌，变作野夫啼哭。真个以天下奉一人，须始信独夫残万姓。

这篇骈文以鹿台之华丽、纣王之奢侈，对比百姓之凄惨和苦难，读之令人愤恨商纣王的残暴。

作品不仅描写商纣王的穷奢极侈，而且描写他的灭绝人性。纣王和妲己在鹿台欢宴，却令六宫嫔妃在台下裸身歌舞；姜后宫中七十二名宫女因拒绝裸舞，被纣王施以虿盆之刑。纣王令人平地开挖数百步长、深五丈余的大坑，取蛇蝎蜂虿之类群聚坑中；然后将违令的众宫女抛入坑中，让百虫嘬咬。一时间，宫女悲号之声，惨不忍闻，纣王却大笑着夸奖妲己此法高妙。

太子殷郊因劝谏纣王而被贬，大夫梅伯冒死进谏，被纣王施以炮烙之刑。纣王令人铸铜柱一根，内燃烈火，外涂脂膏；然后将梅伯裸衣抱柱，顷刻间，梅伯肉焦骨碎，化为飞灰。梅伯惨死之状，令人发指，纣王却大笑说："此刑极美!"

纣王除设上述酷刑外，又设熨斗之刑，即制铜熨斗，内燃烈火，对罪不至死者，令其手持炽热的熨斗，则罪人手足焦烂。纣王在殿前设立铜熨斗、铜柱各数十个，满朝文武俱缄口不言。纣王见群臣畏刑不谏，更加恣意妄为，与妲己旦夕宴饮。妲己又建议纣王设酒池、肉林，以供赏乐；纣王即命人开挖二坑，一坑中间垒槽为丘，四围引酒为池；另一坑中则悬肉为林。然后，再令各宫嫔妃裸体在酒池中相戏扑打，胜者浸死池中，败者则抛入虿盆之内，让蛇虫咬死。因此，宫女死者无数。但纣王与妲己却"抚掌大笑曰：'此乐深称吾意!'"

纣王的惨无人道，并未至此而止。他和妲己狼狈为奸，先是囚禁西伯侯姬昌达七年之久，后又将姬昌之子伯邑考醢为肉酱，送食姬昌，以试探其是否为先知圣人。此外，纣王还剖孕妇之胎、斩百姓之胫，以满足其变态心理；又剖进谏的王子比干之心，视其是否有七窍。商纣王的暴政，终于激起诸侯的抗争，最终众叛亲离，身死国灭。

作者在描写商纣王种种"残义损善"的暴政的同时，将其与西伯侯姬昌（周文王）的仁义恤民的德政，作鲜明的对照。

平话中没有具体描写姬昌的容貌，小说中则极力渲染姬昌的神异与贤明：

生得龙颜虎眉，身长一丈；有四乳，目角丰隆。承祖父遗政，布德行仁，专恤鳏寡孤独。西方小邦诸侯，各各倾心服德以朝焉。

姬昌不仅相貌非凡，积德行仁，而且是一位先知圣人：他预知先天之数，善卜未来吉凶。当他奉诏入朝时，即知将有七年之厄，途中，他又预知古墓女尸产子，并言此子日后必将助周灭商；至朝歌，姬昌又当朝占卜，预知成汤宗庙定有火灾。姬昌的神圣贤德，无疑是纣王社稷的潜在威胁；因此，当姬昌冒死进谏时，纣王怒火填膺，将其囚禁于羑里城。羑里百姓闻西伯贤圣却含冤被贬，争相远接，并愿上表请赦其罪；姬昌劝止，称不敢再违天子之旨，百姓均拜服："真圣天子。"姬昌则自叹："七年之厄，诚有定数。吾岂敢怨君而私民乎?"于是，姬昌遂杜门不出，推演伏羲氏六十四卦。

姬昌被囚羑里城七年已满，伯邑考至朝歌乞纣王赦免其父。姬昌预知将获释，但要失去爱子，便忍痛食子之肉，果得返归西岐。纣王的殄灭人伦，姬昌的忍辱负重，在此均达到极点；但在这幕伦理惨剧中，纣王被钉在历史与人性的耻辱柱上，被后世唾骂；姬昌则怀着一颗破碎的心、满腔的恨，带着盈眶的泪，成为被后世景仰的传奇式英雄。

小说不仅写姬昌的神圣品质，超凡人格，而且突出地描写他的贤明统治。姬昌返归西岐后，广行仁政，厚恤民众，使耕者什一而税，仕者世食其禄；画土为牢，刻木为吏，不动刑罚而民众自劝。百姓有男不能婚、女不能嫁者，姬昌出公钱以助嫁娶；有老而无子、幼而丧父者，均给钱帛赈恤之。于是，西方百姓家给人足，纷纷歌颂太平。

姬昌为观灾祥，命壮兵修建灵台。百姓闻讯，争先搬泥运木，自愿服役筑台；姬昌劝止无效，遂令以酒食赏百姓，劝民休息。民众闻知，愈加用力，灵台不日而成。姬昌又想在台下开囿凿池，以备游览，但思虑百姓疲苦，不忍役民。百姓获悉，立即开凿池沼，西伯不能禁止。凿池时，忽掘出一具枯骨，百姓抛之池外；西伯却脱短衣裹住尸骨，令人改葬他处。姬昌仁德爱民，泽及枯骨，使百姓深深敬服，池沼迅速凿成。灵台灵池正式落成之日，珍禽异兽遍布囿池；西伯在台上大宴群臣，又以金钱散赏百姓，百姓皆欢喜而曰："此吾王之灵台灵沼也!"作者叙写至此，将纣王建鹿台之残暴害民与姬昌建灵台之仁义恤民，用一首诗加以对比，以抒发其感慨：

> 沼凿深深囿僻开，经营不日万民来。
> 要知商丧西周振，须察灵台与鹿台。

纣王暴虐无道，以百姓的血肉修建鹿台，实际是建造他自己和商王朝的坟墓；姬昌广施仁政，以仁义和爱心修建灵台，实际上是矗立起一座他自己和西周的丰碑。

西伯侯泽及枯骨，仁政驰于四方；耕者皆相让畔，行者皆相让路，山野之民皆有君子之风。西伯以仁义教化民众，贤名远播，四十余国竞相朝于西岐。此时，更有彩凤鸣于岐山，以昭仁政之瑞，西岐俨然人间理想国。作者用一诗来表达其景仰之情：

教化默融远国民，风行草动总归仁。

朝鸣彩凤岐山下，灵瑞须昭大圣人。

东方的黑暗，西方的祥和，使民众争相背离纣王，归顺姬昌。于是，西岐的戈矛开始指向东方。然而，即使在征战中，西伯也仍以仁义为本。小说写姬昌率西兵攻打崇城，守城敌将把饿死的百姓尸体斩为两截，抛下城池，以警示西兵。姬昌急令退兵，并自责："此吾德政未孚，所以不能攻崇。岂可强张兵势，以陷良民。"西岐军将不解，姬昌强调："纵使吾得崇城，亦不忍见生民被害，理合退修德政，待其改过来降可也。"复强令退军。

商民姜尚不满纣王暴政，举家西奔，隐居磻溪；姬昌两次拜访姜尚，求贤若渴，使一生失意的姜尚终以八十二岁高龄出任西岐的镇国军师，协助西伯治理国政。经过姬昌、姬发两代君主的励精图治，广修德政，终于使西岐国富民强，德服四方；最后，周武王姬发会合诸侯大军攻入商都朝歌，使纣王从高耸的鹿台上，堕入烈火中自尽。烈火吞噬了一个残暴的君王，焚毁了商王朝，但也诞生了火中丹凤——西周。

小说在开卷部分塑造了商纣王和周文王两个历史人物形象，并叙述了商亡周兴的历史事变；其中，表现了作者对这段历史的思考，寄寓着他的历史观和政治理想：暴虐残民者必然灭亡，仁德恤民者必然兴旺。在作者笔下，这既是历史事实，又是历史发展规律；西周灭商是这一规律的具体诠释，纣王与文王的形象，则是这一规律的人格象征。

作者在铺叙历史、刻画历史人物时，将其历史思考与政治理想渗透其中，意在使读者清楚地看到历史发展规律在历史进程中所起的决定性作用，以及历史人物在这种规律制约下的行为和必然选择。应该指出，作者在表现其历史思考和政治理想时，呈现出宿命论倾向和某种神秘主义色彩。小说中的纣王是残暴和罪恶的象征，诸种罪恶集其一身，使之成为一种文化符号；因此，纣王也就失去了在特定的历史环境中，作为一个特定的人的性格与生活的丰富性与复杂性。纣王的存在意义，就是施暴施虐，丧失理性与人性，以葬送自身和他的国家；除此之外，他不可能、也不应该存在其他选择。商纣王注定是一个人间恶魔，这是天意。相比之下，平话中的纣王形象比小说中的纣王形象更多几分历史的真实，因为前者写出了纣王从贤能到残暴的堕落过程，尽管这种性格和品德的转变描写过于简略，且导致纣王堕落的原因也被有意歪曲、粉饰，但平话中的纣王毕竟在某种程度上更接近一个"人"的形象，而不是命定的“魔”的化身。

周文王姬昌的形象与商纣王的形象塑造源出同一种思维模式，而文王乃是仁德和善良的象征，作者将各种善的品质和超凡的品格集其一身，也使之成为一种文化符号，其结果则使文王成为一个生活在人间的神圣。文王的存在意义，就是广施仁政，救民于水火之中，以昭示正义与德政的本质；除此之外，他不可能、也不应该存在其他行为。周文王注定是一个圣贤君王，这同样是天意。

然而，商纣王与周文王形象的神秘主义色彩，商亡周兴的历史宿命论倾向，使人们不禁对作者的历史思考结论产生了疑问：既然君王的善恶是天命，德政取代暴政乃是定数，人在历史规律面前无能为力，那么，宣扬德政，抨击暴政，除了具有某种道义上的价值外，还有什么现实意义呢？

此外，在姬昌实施的仁政中，我们也发现了作者德政理想中隐含的问题。小说写姬昌以仁义教化属民，若有顽民犯罪，姬昌只令画土为牢，刻木为吏，使罪人慕其仁德而反躬自省，以达到劝善惩恶的目的。樵夫武吉失手杀死守城门吏，姬昌却责备自己教化未孚，致使奸吏欺压百姓；但杀人毕竟要受到惩处，姬昌令囚禁武吉三年，以赎死罪。所谓囚禁，只是令武吉身居土牢，既无牢门又不设监司之人，仅有木刻狱卒，以示拘管。武吉虽然感佩西伯之德，但若服刑三年，家中老母则无人奉养。或忠，或孝，忠孝不能两全。武吉选择了后者，溜之大吉，并请姜尚作法欺骗西伯，使西伯误认为武吉已畏罪投渭水自尽。后西伯寻访姜尚时，再遇武吉，惊其逃罪未死，武吉说明姜尚相助真相，西伯则赦免武吉之罪。

作者德政理想的核心思想实际是儒家伦理道德准则，它强调以仁德感化人心，从而加强人们的道德自律，以维护社会安定，即以伦理道德规范代替法律治理。但是，当这种伦理道德规范代替法治而实际操作时，其本身的结构性缺陷便使武吉陷入二难选择的尴尬境地，而忠君、孝亲又都是这种伦理道德规范最为推崇的，因为二者具有深层的同构关系。武吉面临的道德困境和弃忠存孝的选择，使读者看到儒家伦理道德如两刃剑，无情地剖开了理想与现实的可能关联，从而使人对作者极力褒扬的德政的历史真实性和现实可能性，提出质疑。

作者将儒家思想准则视为对历史发展规律的最高概括，凡符合这种思想准则的历史人物或历史事件，即被誉为“善”；反之，则被贬为“恶”。作者热衷于对历史事件和历史人物作道德评判，将历史道德化，将政治伦理化。

但是，在思考和表现历史演变过程时，决不能对历史仅仅作道德评判，更不能将历史道德化。否则，必将偏离思维的正确轨道。

作者将商末周初复杂而剧烈的历史变迁和震荡，化约为善与恶搏杀的道德正剧，集中地表现了他的德政理想；而小说描写的西周前期历史，则是这种政治理想的进一步延展。

西周建立后，周武王亡，周成王即位，周公姬旦摄政。周公全力辅弼幼主，却遭到管叔、蔡叔的诬陷，使成王怀疑周公有谋叛之心。后周公奉旨率军剿除管、蔡叛军，为示对成王的忠诚之意，驻军镐京外以待王命；成王不解周公之贤，反而更加疑虑。秋末收获时节，忽然天昏地暗，狂风大作，雷鸣电闪，都城中扬沙飞石，郊野禾稻尽行倒伏。召公等贤臣劝谏成王，并以事实证明周公贤德忠君，成王痛悔失察，下诏迎转周公。顿时，风雷止，天朗气清，五谷倒伏者皆起。周公入京，成王自责，君臣和睦。此后，周王朝君明臣贤，四方蛮夷纷纷朝贡。

作者描述西周初期史事，意在表达其德政理想的另一层含义：实施仁德政治，不仅要有圣君，而且要有贤臣。周文王、周武王有姜尚等贤臣辅佐，得以灭商兴周；周成王则有周公、召公等贤臣襄助，得以定鼎郏鄏，使文王、武王开创的基业，得到最终确立和巩固。作者对周公给予高度评价："公在周朝，制礼作乐，忠贞大节为后世人臣之表。"小说中的周公形象也有一层神秘主义色彩：周公夜梦蟠龙入渊而知将亡，他病死时，更是天昏地暗，风雾迷漫。这种神奇之笔，表达了作者对周公的钦佩之情。

周公使周文王开创的德政发扬光大，他的辞世，使成王深感忧虑。于是，成王命召公等赴南方宣布王化，以使仁义之德传播四方。召公奭奉命出巡，至嵩山树林，见鹊声喧噪以接群鸠，并共入鹊巢。召公十分诧异，有樵夫解释说，鹊性巧而善筑巢，鸠性拙而不善筑巢；当今天子以仁德治天下，其教化沾及禽兽，因此，鹊鸠二鸟虽属异种，但也能以巧让拙，共巢而居。召公随从也说，禽兽尚能知义，以巢相让，可见周王之仁德教化大行天下，百姓之人伦有序也可据此推知。召公闻言大悦，重赏樵夫。

召公又至雍县巡察，见百姓亲睦，农桑乐业，社会安定。雍县守臣禀告说，本县全赖天子教化、宰公福荫，现有三件异政：一是童子不捕雉，群雉与童子嬉戏而不惊飞；二是五谷丰登之时，禾竟有一枝数穗者；三是南山一兽名驺虞，身形似虎，但其性慈善，每日游于郊外，不践踏生虫草木，不伤禽兽人命。召公听罢又亲率众臣劝民农桑，在甘棠树下与百姓交谈；农夫们纷纷讲述风调雨顺、岁岁丰登，村民暖衣饱食、男耕女织、安居乐业的幸福生活，并有一老者欣然献诗给召公众官：

青山绿水白云乡，春到田畴老幼忙。
女事桑麻无冻苦，男耕田亩有余粮。
公租早送柴门闭，村酒酿成晚稻香。
惟愿皇王千万岁，小民饱暖乐陶唐。

召公所见所闻，无不是国泰民安的升平景象，遂满怀喜悦，回朝复命。后雍县守臣欲伐甘棠树建亭，以接待朝廷重臣观政劝农；村民们怀念召公劝民之德行，谏止伐树，以纪念召公。县官闻谏大喜，遂在甘棠树旁建亭，并命名为“召亭”。作者对召公的品德同样十分钦佩，故引诗抒怀：

一树甘棠蔼道傍，召公遗德愈芬芳。
当年若使柯条剪，怎得清名万古香。

作者通过叙写召公南巡见闻，为读者展示了西周前期令人神往的美好景象，并有力地向世人证明了德政的强大力量：实行德政，不仅能摧毁暴政，而且能造福人民；不仅能使民风淳厚、人心向善，而且能使禽兽知礼义，去野性。雍县老农所献之诗，正是作者及农业社会中士大夫阶层对传说中西周盛世的美妙想象，也是世代文人所艳羡的理想境界。作者陶醉在想象中的“青山绿水白云乡”中，憧憬着“小民饱暖乐陶唐”的人间乐园；然而，即使历史上果真存在过成康盛世，民众的生活也未必如此无忧无虑，而且仅是昙花一现：成康盛世之后，西周王朝逐渐走向衰败，君王荒淫失政，朝臣奸恶失德，民众水深火热。德政理想是美妙动人的，但在现实中，道德的力量毕竟有限。

周平王东迁后，春秋战国时代开始，西周文、武、成、康四王实行的仁德政治，此时几成绝响：“文武成康基业坠，教人每每恨平生。”作者慨叹王化不行、礼崩乐坏的沦落，并竭力在五霸纷争、战国争鼎的乱世中，寻觅尚能尊崇周室，秉承西周德政余绪的君主。于是，名列春秋五霸之首的齐桓公，遂成为小说颂扬的对象。

作者将齐桓公“尊王攘夷”的称霸策略，看成是桓公尚能在一定程度上推行仁德之政。因为桓公虽然在事实上控制着诸侯，但并未以实力公开欺凌东周王室。相反，齐桓公在表面上仍非常注意遵守与王室之间的君臣之礼，并注意维护王室的声誉和地位。此外，齐桓公率军征楚国、伐山戎，在中原列国间惩恶扬善，促进了各国间的和睦与发展。当邢、卫两国被北狄所灭时，桓公驱逐狄人，重建两国社稷。作者称颂桓公此举是“德存邢卫”，并以二诗表达其欣慰之情：

> 王道凌迟重可嗟，南蛮北狄乱中华。
> 诸侯祇解相吞并，谁似齐桓继绝家。

> 周室东迁纲纪摧，桓公纠合振倾颓。
> 存邢继卫仁心在，大义堂堂五霸魁。

葵丘盟会，标志着桓公称霸达到巅峰时期，而桓公在盟会时坚决尊崇周王，决不废君臣大礼，诸侯叹服：“今日方见君臣之礼耳!”作者盛赞桓公与诸侯盟誓共尊王室之壮举是“仗义辅周王”“锦书定誓正三纲”，不愧为春秋之世“第一良”。

作者不仅写桓公尊王攘夷、重振纲纪的德政，而且褒扬其高尚的道德情操。齐桓公某日在城郊见到一匹老马，身高体衰，骨瘦如柴；此马原是桓公壮年时的坐骑，因老而无用，被弃于郊野，由牧马人放养。桓公闻知原委，骇然动心，对管仲说，我骑此马伐山戎、征强楚，横行天下；如果少壮用其力，老弱弃其身，岂是仁人之心?! 桓公以百金赎回老马，令有司妥善喂养。作者以一诗表达其敬服之情：

> 老马频嘶绿草茵，瘦身不复壮年形。
> 桓公一见将金赎，高出当年霸者心。

桓公此举，使人联想到周文王当年的泽及枯骨，桓公施仁于兽，颇有几分文王之风范。当齐桓公辞世时，作者给予桓公极高评价：

> 周室东迁纲纪亡，桓公九合众朝王。
> 南征顽楚茅包贡，西攘山戎朔漠荒。
> 立卫存邢仁德著，攘夷尊夏义声扬。
> 正而不谲圣人许，五霸之中业最强。

作者着重描写桓公的仁德之政，并反复赞誉其仁义品格，意在将其塑造成春秋战国时代的德政楷模；小说有意回避桓公晚年的昏聩失政及凄惨之死，则意在维护桓公的完美形象。对齐桓公之后的春秋诸霸，作者虽然也有某些肯定、赞美之词，但均不满其诈力称雄、不存公心的行为，而战国之世，七强诸侯皆称王，弃东周王室如敝屣，更无作者心目中的仁德君主。

春秋战国时代的激变，是两种社会形态之间的根本性转变。《列国志传》的作者无法真正认识到这种嬗变的历史意义和本质特征，仍将这种变化与商末周初的变化相等同，即商末纣王荒淫、残暴失政，被西周所灭；西周末幽王荒淫、残暴误国，被犬戎所灭；平王东迁，王化不行，王室式微，以致群雄纷争，周王朝终被秦灭。作者被历史变化的表面相似所迷惑，认为历史是在不断重演，春秋战国之变，不过是德政失落所致，仅是又一轮兴衰更替而已。因此，作者在表现周王朝的兴衰时，遵循着这样的思路：以商纣王之暴政与周文王之仁政作对照，以西周成康盛世与西周末期及春秋战国时代的乱世作对照，从而证明实行德政与否在历史循环中将起关键性作用。

显然，作者的视野被儒家思想体系所局限，其历史思考只能在此间徘徊往复。这固然是作者的抉择所致，但更是历史挖掘的、难以逾越的思想鸿沟造成的。

### （二）儒家伦理

历史，是人的社会活动史。《列国志传》的作者以儒家伦理道德观念为基本准则，描述、评价各种历史人物，褒扬忠孝节义者，贬斥奸恶淫邪者，这种道德观念和价值取向，也突出地表现在他的妇女观中。

作者在小说中刻画的第一个女性形象，是淫邪误国的妖女妲己。妲己是妖狐幻化的，姿色绝伦，使商纣王神魂颠倒，怠废国政，并处死姜后，立妲己为正宫。此后，纣王的一切暴虐行径均源出妲己的出谋献计：做虿盆毒刑、炮烙之刑，设酒池肉林、醢伯邑考为肉酱，斩百姓胫骨、剖孕妇之腹、剖比干之心，等等。作者描写的妲己形象与平话中的妲己形象一脉相承，均具有妖狐的淫邪特征。九尾狐的传说源远流长，或将其视为瑞兽，或将其视为妖魅；平话和小说的作者将美女与妖魅联系在一起，充分表现了对妲己式的女性的鄙视和女人祸水论的偏见。平话中写妲己的奸恶出自奸臣费仲，小说则写纣王的残暴来自妲己；平话写纣王原本贤能，后因妲己而堕落；小说写纣王原本邪恶，后因妲己而更加无道。平话写“奸臣妖女”误国，小说写“暴君妖女”误国，两种模式一种偏见，均意在为纣王开脱罪责。

美女邪恶，倾城倾国。美与恶怪异地交织在一起，聚合成小说中姜太公照魔宝镜里的妲己形象。妲己是什么魔？色魔。姜太公的照魔宝镜不仅映现出作者的道德偏见，而且折射出某种深层的文化隐秘。因此，妲己的形象不仅是偏见的产物，而且是一种文化象征。

妖女误国，并非妲己一例，小说还记叙了密康公因色亡国的故事。西周共王时，密国百姓莫继先之女见花园中盛开的桃花一朵三蕊，异而折之，戴在鬓边，于是怀孕。莫氏生下三女，均被莫继先令家人抛弃，但却被渔夫收养。三女长成，娇媚动人，能歌善舞。密康公出游泾水，偶遇三女，顿觉心魂摇荡，便载女返朝。康公不遵母命，与三位美女朝夕作乐，不理国政，民怨沸腾。周共王遣甲兵擒拿康公，将其与三女同斩于市。

莫氏三女本为妖邪，愈美丽动人，就愈危险，康公被其迷惑，失政身亡。历史的真实就这样被怪异色彩所掩盖，康公昏庸淫荡的罪责被转嫁给无辜的民女。然而，密康公身死国灭当另有原因。也许，周共王兴师动众擒拿康公，只是以其荒废朝政、百姓遭难为借口，实际是追究其不献美女的不忠之罪吧？否则，处死康公及三个祸根之后，为什么封康公之母为“密国夫人”呢？据说嘉奖康母是因为她老人家曾训诫其不忠之子。她训诫了什么呢？老太太教导如下：“吾闻兽三为群，人三为众，女三为粲。汝小邦德微，不能享用。速令车马将此三女子贡献于周王，请功受赏，其福较长!”原来如此。粲，美好之意。按照康母的逻辑，美色并非注定是亡国之物，只要把她献给君王，自能得福；如果自己享用，那美女就要亡你的国！假如密康公遵母慈训，将三位美艳妖女进献给周王享乐，想必周王朝大邦德著，足以抵御色魔的迷惑，但康公不忠不孝，自食恶果，被妖女亡了国。可是，密国实为周共王传旨所灭，库藏宝物悉载入京，只剩一位“密国夫人”在显示着周王的恩德。三位民女何罪？谁是亡国祸首？

不幸的是，大邦德著的西周王朝也是被妖女葬送的。小说写夏朝时，褒城神人化为二龙降临王庭，桀王杀龙而留其漦藏于椟中。殷朝历六百四十四年，传世二十八王皆不敢发此椟；至周厉王末年，厉王竟大胆开椟，龙漦横流王庭化为玄鼋。宫女卢氏七岁时践鼋迹而有孕，十八年后于周宣王时方生一女，遂视此女为妖异，弃其于皇城御沟中；而此女竟被群鸟所救，后被一卖桑木弓的男子带到褒城抚养。女子长成，清丽动人，但因家贫而衣食不足，其养父每欲出卖此女。周幽王时，谏议大夫褒珦被囚禁，褒珦家人买下褒城丽女进献幽王，幽王赐女名褒姒。于是，褒姒这个从木椟中放出的妖女，将幽王及其社稷均埋葬在骊山之下。

小说中的妖女形象如出一辙：均是具有怪异出身的绝伦美色，均使君王误国丧命。作者描写这些女性形象，意在说明：君王暴虐无道，必遭天谴，其形式就是天降淫荡美艳的妖女，来摧毁君王的意志及其社稷；美色既是惩罚罪恶的手段，又是罪恶的化身。

作者不仅叙写妖女亡国，而且抨击不遵礼法的平凡女性。例如，小说写晋献公不顾群臣反对，册立其妾骊姬为夫人，因为骊姬能够迎得献公欢心。骊姬为使自己之子奚齐得立太子，千方百计迫害太子申生；申生终被骊姬设计所害，公子重耳也流亡列国，公子夷吾则出逃他国。骊姬之子奚齐、卓子先后成为太子，但晋国却因此长期内乱。

作者谴责骊姬的奸恶，却无视这样的事实：血缘宗法制确立了母以子贵、子因母显的原则；只有成为正宫，其子方可能立为太子，只有太子之母的地位才是君王妻妾中最为显贵的，不可动摇的。君王妻妾间彼此钩心斗角，甚至杀人害命，其根本原因是不合理的婚姻制度和继承制度所致。身处这种环境中的妇女，人性被这种制度的锁链所扭曲，或是显贵，或是沦落，她们别无选择。但是，这种角逐与厮拼，遭到伤害的不仅是君王、社稷，往往也包括她们自己。在晋国激烈而残酷的斗争中，骊姬母子并没有赢得最终的胜利，母子三人均被权臣所杀。无情的拼争换来的只是短暂的宽慰，留下的却是永恒的毁灭。

此外，即使对无辜女性的悲惨遭遇，作者也缺乏同情之心。小说写越王勾践为灭吴复仇，听从范蠡之计，献美女西施等给吴王夫差，以使其荒淫失政。西施本是西海滨渔家之女，仪容俏丽，体态动人，年方十四岁；管弦音律无所不通，独夺歌舞之魁。夫差独宠西施，出入仪制稍同妃后，群臣皆不满。夫差下令建西施台，筑馆娃宫，春则拥西施游览八景，不知花貌类西施还是西施美若花；夏则与西施驾轻舟赏莲于香水溪，观嫔妃裸衣采莲；秋则与西施在馆娃宫中朝歌夜弦，为西施撩鬓施妆；冬则隐于灵岩山西施洞，时常携西施雪夜寻梅。吴王夫差的沉湎声色，在作者看来全是西施的罪责。当吴被越灭后，勾践尽掠吴国宝器及美女而归，西施也在其中。小说写深谋远虑的范蠡劝谏越王：“色倾人国，自古有之。吴王因耽西施之色，大王所以得灭其国。王何不鉴，以蹈前车之覆乎?”越王拒谏，范蠡认为西施不除定为后患，“乃设一计，及大驾至石湖，密令左右取轻舟于湖口；又令王之宦者密诱西施出于帐外，蠡令左右以轻舟载于烟浪之中，曰：‘此倾人家国之物，不可少留!’舟人遂溺西子于湖心”。

当年越王献吴王美女共五十名，西施独领风骚；而众美女生返越国时，唯有西施被沉湖底。作者对越王以无辜女子为争霸武器的残酷之举，毫无异议；对范蠡的冷酷无情，称颂有加：“恐越王耽其色也。”作者认为，范蠡的谋杀行为显示了他的报国忠心，西施本是亡国之物，因而也就死得其所。于是，一位冤沉湖底的渔家少女的悲惨遭遇，竟成为作者津津乐道的传奇佳话。

妲己，莫氏三女，褒姒，骊姬，西施……剥离涂抹在这些女性身上的种种怪异迷离的色彩，抛开强加在她们头上的种种诬蔑之词，我们看到的是那个时代众多妇女的不幸遭遇和凄惨处境；剖析作者激昂慷慨的道德说教，我们看到的是其妇女观的虚伪与冷酷。

超越时代的指责或许是无意义的，但超越时代的反思则是必须的。

作者以冷峻的笔调，勾勒了一些受到贬斥的妇女形象，又以热情的笔墨，讴歌某些得到颂扬的女性楷模。

小说描写周宣王时，天下太平，宣王遂有怠荒之志，朝夕与姜皇后在宫中宴饮。百官连上数十道谏章，责之以礼义。宣王大怒，姜后读罢谏章，却脱掉簪珥，卸去衣裳，跪在宣王面前待罪。姜后说：“陛下乐色而忘德，失礼而晏起，祸乱之兴，皆由于妾。今卿大夫与国人不咎于妾，而归罪于王，实妾所致也。愿赐妾死，以理国政。幸甚！幸甚！”姜后的一番热语，使宣王幡然醒悟，次日清晨即出朝听政。文武百官复上表称贺，皆大欢喜。姜后不仅感动了宣王，令文武百官称赞，而且也感动了作者。因为从古以来就是美色亡国，君王荒淫失政，罪在后妃，姜后能主动承担罪责而请死，使其脱离了“另册”，成为被表彰的贤德之女。

作者专用一则描写此事，题目是“姜皇后脱簪谏主”，可见其用意之深，并且引用一首咏史诗来表达其喜悦之情：

周道中兴威赫然，万邦齐颂一人天。
闺闱待罪脱簪夜，姜后贤名万古传。

君王荒淫失德，却要女人认罪，如此逻辑，读者岂能与作者同乐！

后妃贤德可以使国家中兴，村妇尊崇儒家礼义，竟可拯救社稷。小说写鲁庄公死后，鲁国大乱，公子季友请齐桓公平定鲁乱，桓公遣齐将高傒率军进入鲁国。高傒见鲁国混乱不堪，欲乘机灭鲁，遂指挥齐军直逼鲁城。百姓纷纷逃避。一村妇抱两幼子奔逃，见齐军临近，便抛弃一子，仅抱一子而逃。高傒询问被弃幼子，得知村妇是其生母，不禁慨叹鲁已乱至极点，以致母子相弃，更加坚定了灭鲁之心。高傒追上村妇问道：“子皆汝生，何得弃长而抱幼？”妇人回答：“所弃者吾子，抱走者乃妾兄之子也。”高傒惊讶地问：“汝何弃子存侄？”妇人回答：“将军兵近，力不能两全，故弃之而逃也。”高傒仍不解：“子母天性也。汝何灭天性而存其侄？”妇人则答：“子，私恩也；侄，公义也。幸得两全则公私尽美，今不幸遇将军兵临，若弃侄存子，是弃公义而全私恩。吾鲁乃礼义之邦，妾忘义而弃侄，则鲁君不容，大夫不恤，妾何颜而立于世哉?”高傒听罢颇有感触，对左右说：“吾谓鲁乱可伐。今村野妇人尚能守义，焉可伐之!”于是，令齐军偃旗息鼓而入鲁城。

作者也专用一则叙写此事，题目是“鲁村妇秉义全社稷”。在作者笔下，这位鲁国村妇拯救了鲁国社稷，其方法是在危难之际舍弃亲生骨肉，保护其侄。村妇的行为在道义上是值得肯定的，但她所推崇的“公义”，却是作者按照后世封建家礼的有关规定划分的。作者夸大村妇义举的实际效能，具有明显的将政治伦理化的倾向：赞扬村妇的目的，主要不在于她保存了兄长的后代，牺牲了自己的幼子，而是意在让读者从中领悟到这样的潜台词，即为了君王的国家，理应不惜牺牲自己的一切。此外，作者也想通过此事，让读者看到儒家伦理道德所具有的强大感召力。但是，在春秋战国乱世“犹秉周礼”的鲁国，并未因尊崇仁义道德、克己守礼而强盛，反而一直积贫积弱，屡遭邻国侵伐。况且，儒家礼义规范也许只是百姓在认真遵守，王公大臣们并未恪守不渝。作者也难回避这一点：

鲁国君臣乱似尘，哀姜庆甫肆昏淫。
满朝文武皆如醉，不及城郊野妇人。

如此鲁国，看来只能依靠礼义在心的村野妇人拯救了。但如此鲁国，仅靠村野妇人式的善良百姓的自我牺牲，真的能拯救得了吗?作者无暇考虑这类问题，他在忙着叙述村野妇人得到了什么样的荣誉与嘉奖：鲁僖公赐村妇黄金十斤，彩帛百匹，赐其名为“义姑”，并令有司为义姑建造义坊，以昭旌奖，以教风化。

以妇人之节义而救国家之危难，鲁国发生这样的奇迹是有深厚的政治文化根基的：鲁人乃周公之后代，颇存周礼之真谛。鲁国乃儒家思想的诞生地，圣人之乡自然教化淳厚。鲁人恪守儒家礼义之严格，往往令人叹为观止。小说写鲁国人秋胡仕陈国为大夫，楚国灭陈，秋胡不食楚禄而逃归鲁国。当年，秋胡娶妻白氏，新婚五日即往陈国求仕，五年后秋胡返鲁时已忘记妻子容貌。秋胡归途中在平山桑埠间，见一妇女采桑，面容清丽；秋胡心悦，先以一锭金向妇人乞食，后又以金戏之：“吾闻力田不如逢丰年，采桑不如见国卿。今子终朝采桑不满一筐，吾有黄金一器，聊献与子以助辛苦之资，不知子意如何?”采桑女辞以谨守妇道，不敢求黄金，不愿见国卿，令秋胡迅速离去。秋胡归家见母，其妻白氏出迎，却正是采桑妇；白氏哀哀而泣：“子娶妻五日别亲而远仕者多年，今日归养，固当驰骤而还；何乃悦桑间之妇，弃养亲之金?夫弃金忘母，是不孝也；好色污行，是不义也。事亲不孝，则事君不忠；处家不义，则居官不理。孝义并无，曷为人子？妾不忍见子，子改娶他妇!”说罢，白氏投河自尽。秋胡悲痛自责，以礼葬之。后鲁人在干山为白氏立庙，赞之为“洁妇”。

这就是脍炙人口的“秋胡戏妻”的故事，千百年来在民间盛传不衰。秋胡一时的冲动，葬送了妻子的性命，成为千古被责难之人。白氏的一番控诉与指责，实是作者之心声，而由秋胡不孝推论其不忠，由其不义推论其不理，也属将政治伦理化的儒家思维方式。秋胡当年如何戏妻似已难确考，笔者也无意为小说中秋胡的轻薄辩护，只是深为白氏的轻生而惋惜。难道就不能留给秋胡一个悔改的机会么？秋胡与白氏的感情基础竟是如此脆弱么？白氏就非得一死才能显示其忠义勃勃么？

作者的态度是肯定的，他肯定白氏的自尽，也肯定对秋胡的斥责。因为，对两者的抑扬褒贬，符合儒家道德规范。作者分别引用了唐、汉、明几代诸位贤达的咏史诗和韵文，来支持他的评价。蔡元放也曾有评论：“鲁乃秉礼之国，往往于妇人证之。”然而，秋胡戏妻故事中的文化积淀，却并不简单。

美女可以亡国，丑女却可救国。小说写战国时代，齐宣王沉湎酒色，夜以继日地狩猎，又筑渐台以供享乐，只听佞臣之言，众贤臣的劝谏均无效。忽一日，一个白头深目、长指大节、邛鼻结喉、驼背肥项、少发折腰、皮肤若漆的奇丑之妇，定要面见齐王。此女名钟离春，无盐人。群臣皆笑钟离丑态，钟离却正言劝告齐王，若一味内耽女色，外荒国政，拒纳忠臣之谏，听信奸邪谗言，社稷必危如累卵。齐宣王听罢警悟，遂拆渐台，立太子，远奸佞，重用贤臣，并立钟离春为王后，号其为无盐君。作者又将善与丑奇异地交织在一起，塑造成无盐丑女的传奇形象，与妲己等貌美心恶的妇女形成鲜明比照。在作者心目中，能够佐助君王治国济民，能够通过自己的行为使儒家道德规范彰显于世的女性，才是真正美丽的。《论语》云：“士不可以不弘毅，任重而道远。”或云，女亦不可以不弘毅，道义在肩!

《列国志传》中的众多女性形象，或是淫邪误国的妖女荡妇，或是恪守妇道、救国救民的贤德后妃、节义烈女。作者对这些女性所作的道德评判、伦理甄别，无不以儒家思想为依据。但是，无论哪一类女性，都被作者制成了思想的木乃伊，均是其奉献在儒家伦理道德祭坛上的牺牲品。

作者对历史的思考，以德政理想和儒家伦理互为表里、相辅相成。残暴亡国的君主多与妖女荡妇沆瀣一气，仁德恤民的贤明君王或与贤德后妃为伴，或得到节义妇女的佐助。善与恶的消长，影响着国家的盛衰；德政与暴政的区别，决定着社稷的存亡。

### (三) 任贤图治

冯梦龙编著的《东周列国志》，集中笔墨演叙春秋战国时代的历史变革，他对刀光剑影、群雄逐鹿的历史表象所作的深入透析，凝结为一种史识：任贤图治之君，国家兴盛；喜谀疏贤之君，国家衰亡。这既是列国存亡的关键，又是历史嬗变的奥秘。

所谓任贤图治，在春秋时代主要指君主任用贤能之臣，实施仁政，富国强兵，力求在列国纷争中立于不败之地，并进而争夺霸主地位。这是一种双向选择模式：贤君择人为佐，贤臣择主而辅。明君贤臣的合力，方能使国家崛起。

小说中的春秋五霸之所以能够雄视列国，在血雨腥风的厮杀中称霸一时，独领风骚，均因为他们是任贤图治之君。例如，齐桓公听从鲍叔牙劝谏，捐弃前嫌，以管仲为相治理齐政，使管仲经世治国的抱负与才华，得以充分施展；桓公心胸豁达，唯贤是举，擢宁戚于荒野，使野夫成为贤臣，宁戚则尽心辅佐桓公振兴齐国。齐桓公任用管仲、鲍叔牙、宁戚等一批贤能之臣，使齐国迅速强盛，桓公因而成为春秋第一霸主。晋文公因内乱而流亡列国多年，曾经心灰意懒，苟且图安，但狐偃、赵衰等贤臣谏之以大义，动之以深情，使文公焕发精神，重鼓斗志，终于在六十二岁时成为晋君。晋文公大修国政，举善任能，省刑薄敛，通商礼宾，拯寡救贫，使晋国大治。晋文公在位仅八年，但他任人唯贤，从谏如流，终于使晋国成为北方强国，使南楚不敢正视中原，晋文公也成为继齐桓公之后的又一霸主。

再如，使秦国独霸西戎，令中原列国刮目相看的秦穆公，也是一位善任贤才的君主。穆公见秦国偏处一隅，贤才多出异国，遂竭力延揽贤才入秦。穆公依贤臣公孙枝之计，以五张羖羊皮赎一生怀才不遇、贫困潦倒、沦为楚王牧马人、年已七十岁的百里奚至秦，拜为上卿，任以国政。百里奚又荐蹇叔，穆公复迎蹇叔至秦；封蹇叔为右庶长、百里奚为左庶长，谓之“二相”。二相秉政，立法教民，兴利除害，使秦国大治。秦穆公又延揽孟明视、白乙丙、西乞术等文武贤才，举之村竖之中，升诸朝廷之上，高爵厚禄，信任不疑。秦国君明臣贤，人才济济，终于称霸西戎，秦穆公也成为西方霸主，声震中原。

另如，楚庄王即位之初三年，不出号令，日事田猎，沉湎酒色，拒绝大臣进谏。贤臣申无畏、苏从或讽谏，或力谏，终于使楚王醒悟，励精图治。庄王绝钟鼓、屏女色，重用贤才，擢孙叔敖于田野间，并拜其为令尹，使布衣之士骤执大政。庄王从谏任贤，勤政恤民；孙叔敖治国有方，众贤臣从旁辅政，终使楚国成为南方霸主，进而问鼎中原，令列国不寒而栗。楚庄王亲贤才、去佞臣，富国强兵，终于挫败晋国，成为又一个春秋霸主。

此外如春秋末期的越王勾践，亡国入吴，忍辱执役。他获释返国后，卧薪尝胆，任用贤臣文种、范蠡治国政，治军旅；并尊贤礼士，敬老恤贫，实施仁政，终使越国富强，灭亡吴国。越国因勾践的任贤图治而成为春秋末叶最强大的诸侯国，勾践也成为春秋时代的最后霸主。

作者认为，任贤图治首先要有明君，春秋诸霸在崛起过程中，均堪称贤明君主；其次要有贤才，贤才则应选择明主而辅佐。这种“贤臣择主而辅”的思想，在宁戚仕齐的故事中，表现得最为明显。当齐桓公、管仲礼贤下士的声名远播四方之时，卫国贤才宁戚却要考察齐国君相是否名符其实。管仲与宁戚在猛山相逢，管仲见宁戚虽是布衣，却有治国之才，便写信荐举宁戚，并让他持书谒见桓公，以得重用。齐桓公率大军经过猛山时，宁戚依旧短褐单衣，破笠赤脚，在路旁叩牛角而歌，讥讽时政。桓公驻足，询问宁戚何出此语。宁戚遂指责桓公杀兄得国，假天子以令诸侯，用兵不息，民劳财敝，意在试探桓公是否能听逆耳之谏，是否具有贤明君主的宽大心胸。桓公先是大怒，令斩宁戚，宁戚仰天感叹：“桀杀龙逢，纣杀比干，今宁戚与之为三矣!”桓公闻言警醒，怒气顿平，对宁戚说：“寡人聊以试子，子诚佳士。”此时，宁戚方出示管仲的荐书，并说：“臣闻：‘贤君择人为佐，贤臣亦择主而辅。’君如恶直好谀，以怒色加臣，臣宁死，必不出相国之书矣!”桓公大悦，即拜宁戚为大夫，使其与管仲同参国政。

宁戚择贤主而辅佐的思想，在当时应具有代表性。作者叙写此事，则进一步诠释了任贤图治的含义：贤，不仅是对臣的要求，而且也是对君的要求，只有君臣均贤，才能图治。因此，君主选贤与贤臣择主的双向选择，是一个问题的两个方面，二者不可或缺。贤，在此主要的内涵是：君主要实行仁政，爱民恤民，礼贤下士，去奸远佞，勤于国政，等等；臣下应忠于明主，忠于社稷，引导君主近善远恶，修养品德，具有治国济世的真才实学，勇于进谏，必要时为君主和社稷献身，等等。因而，这实际是儒家尚贤政治理论的具体体现。

任贤图治，还需要有适合于人才产生的环境。从小说描写的春秋五霸选贤任能的情节中，读者可以观察到当时人才状况之一斑。宁戚虽有才学，但无由自达，闻管仲好贤礼士，长途跋涉至猛山等待时机，见到管仲后，又用隐语向其表达心迹，管仲初始不解其意，幸遇爱妾婧通文有智，方得知宁戚求仕之意。若非婧之智、管仲之贤，宁戚恐怕只能依旧牧牛于猛山下。虞人百里奚，家贫不遇，空余壮志，至齐欲求仕于齐襄公，但无人引荐；日久天长，直至四十岁仍穷困潦倒，乞食齐地铚。铚人蹇叔识百里奚之才，周济饮食，百里奚方得以生存下去。几经周折，百里奚先在楚国为村人喂牛，后又沦为楚王的牧马人。若非公孙枝举荐、秦穆公求贤若渴以羊皮赎其至秦，年已七十岁的百里奚也许只能老死于齐之荒野，而蹇叔也同样会默默无闻地死于隐居之地。

西周至春秋中期，宗法制度十分严格，君、卿、大夫、士均为世袭，选贤任能大多局限于贵族阶层内部，即所谓“内姓选于亲，外姓选于旧”。(《左传·宣公十二年》)贵族与平民间等级界线分明，权利与义务不容混淆，而“学在官府”，使具备治国经世才学的人才极为有限。管仲、宁戚、百里奚、蹇叔等由布衣而为卿相、大夫者，在当时并不多见。由于宗法制度的禁锢，布衣之人即使胸怀奇才，若无贤官引荐、明君擢拔，也只能埋没于社会底层，饥寒窘困，报国无门。制度的缺陷与局限，使某些有识之士抱恨终生。小说的描写，可视为对当时人才处境的真实写照。

战国时代，东周王室形同虚设，七雄对峙，征战频繁，各国已不满足于称霸一时，而是力求在保证生存的前提下，统一中原，取周而代之。此时，任用贤能的目的便由争霸转变为争鼎，贤才的内涵也比春秋时期更为扩展，凡确有一技之长者均可被视为人才，均能找到用武之地。君王能否任贤图治，不仅关系着国家的盛衰，而且决定着社稷的存亡。因此，作者对战国时代历史事变的描写，更加紧密地围绕各国君王延揽人才、任用贤能的状况而展开。例如，小说写战国初期时魏文侯礼贤下士，四方贤才闻风而归。文侯知人善任，扬其长避其短，任用乐羊、西门豹、吴起、李克、翟璜、田文等文武贤能治政治军，使魏国成为当时最强大的国家。魏文侯广揽人才，选贤任能，使魏国成为当时人才最盛的国家，并首开战国养士之风，给各国以深刻的启发。从此，各国在进行军事战争的同时，也展开了激烈的人才争夺。

再如，齐威王初立时，日事酒色，不修国政，九年间，韩、魏、鲁、赵先后伐齐，齐国屡败。贤士邹忌以琴讽谏，威王闻谏而喜，拜邹忌为相国。威王选贤除奸，邹忌尽心辅政，终使齐国强盛，成为战国时代的东方霸主。

时至齐宣王当朝，拜田忌为相，任命田婴为将军、孙膑为军师，挫败魏国庞涓所率大军，使韩、赵、魏臣服于齐。宣王曾一度松懈任贤图治之志，自恃强大，耽于酒色，筑雪宫以备宴乐，辟苑囿以备狩猎。无盐丑女钟离春的一番直谏使宣王猛醒，遂招贤礼士，疏远嬖佞，又任用田婴为相，奉孟轲为上宾，复使齐国大治。正是因为威王、宣王的任贤图治，才使齐国在战国乱世能够与强秦分庭抗礼，并威震中原列国。

另如，秦国在进入战国时代之初，因为内乱不止，缺乏贤才，以致失城失地，被列国蔑视。面对列国的人才竞争，秦孝公深感人才对重振秦国的重要，遂下令招贤。卫人公孙鞅向秦孝公献变法之策，孝公任用他为左庶长，推行变法令，终使秦国富强，天下莫比。秦国伐楚、拓地，周显王遣使册命秦为方伯，令诸侯畏服。战国末期，秦王政听从客卿李斯之谏，取消逐客令以广纳贤士，拜尉缭为太尉主持军事，在文武贤能辅佐下，终于平灭六国，一统天下。虽然作者对秦统一六国时期的诈力尚武、缺乏仁德之政颇有贬意，尽管秦国的任贤图治与作者的理想难以全部吻合，但是小说中秦国的崛起与成功，确是任贤图治的结果。

战国时代，社会形态的变迁导致了政治、经济、文化等方面的剧烈动荡和变化。宗法制度逐渐瓦解，君主等级制日益崩坍，诸侯及旧贵族世家不断没落。新兴的地主阶级需要大量的人才充实其统治阶层，各国便纷纷推行尚贤政治。政治的需要，使人才产生的环境空前改观，士阶层迅速崛起、壮大、分化，士人的地位不断提高，“朝为布衣、夕为卿相”之事不再是传奇，而是屡见不鲜。士阶层流品复杂的状况，使各国君王往往对士阶层的领袖人物或名士予以特殊礼遇，而大批中下层士人则依附于贵族豪门，以求仕宦。因此，当时君王养贤与将相权臣养士是同时并存的，齐孟尝君、赵平原君、魏信陵君、楚春申君及秦吕不韦等均各养士数千人，形成当时著名的士人集团。

小说对战国时代人才的状况有真实的反映，尤其是对私门养士的记叙更加生动，其中以写孟尝君养士情形最为典型。作者写孟尝君大筑馆舍，广招天下之士，宾客常满数千人，诸侯因此皆尊重齐国，相诫勿犯其境。孟尝君应秦昭襄王恳请至秦任丞相，秦臣妒嫉而进谗言于秦王，秦王惑其言而幽禁孟尝君。孟尝君门客中一人，学狗吠而盗得白狐裘，孟尝君将裘设法献给秦王宠姬，方获释。孟尝君连夜急奔至函谷关，但此关鸡鸣才可通行。一门客遂学鸡鸣，引得群鸡俱鸣，使孟尝君得以逃归齐国。孟尝君将宾客分为三等，饮食起居均各有别。贫士冯驩初投孟府时为下客，遂弹剑而歌，不满食无鱼、出无车，孟尝君以其必有大才而迁为上客。后冯驩代孟尝君收债，焚券收服民心，使孟尝君获益匪浅。孟尝君被罢相，众宾客尽散，唯有冯驩奔走于齐、秦两国君王间，设计使孟尝君得以复任齐相，众宾客则复聚相府。

小说所写孟尝君养士之事，逼真地展示了当时私门养士的境况。此外，作者还描写了平原君斩美谢躄、尊重门客，后宾客毛遂自荐随其至楚，说服楚王发兵救赵、抵御秦兵事；信陵君谦恭礼士、折节相交贫士侯生、朱亥，后依靠侯生之计、朱亥之力，窃兵符救赵事；春申君任用贤士，修举政法，训练军卒，使楚国复强事，等等。君王纳贤，意在图治强国；权臣养士，意在增强自身的实力和地位。同时，私门养士在一定程度上也对国家的政治、军事、外交等方面，产生直接或间接的影响。

从小说的有关情节中，读者可看到战国时代的人才处境已与春秋时代有巨大差异。尽管如冯驩、毛遂之类有才之士仍有一时被埋没的遭遇，但时代的需要，毕竟为各种人才创造了空前宽松的环境和众多的机遇，使冯驩、毛遂式的人才有可能施展才华、脱颖而出，实现救国济民之志。例如，小说描写游说之士苏秦，虽有才学，出游列国，但未得重用，竟致卖掉车马、仆从，以获取路资，担囊步行返家。苏秦一事无成，遭到父母辱骂、妻子冷遇，甚至向嫂求一饭充饥亦不可得。苏秦从此重新研究天下政势，引锥刺股，发愤苦读，昼夜不息，终于成竹在胸。他再次游说列国君王，献合纵攻秦之策，赢得各国君王的信任，被六国君王合封为“从约长”，兼佩六国相印，金牌宝剑，总辖六国人民。苏秦功成名就，而他的同窗张仪还处于穷困潦倒的境地。苏秦设计激励好友，张仪赴秦国献连横之策，被秦惠王任用为相。张仪后出使楚国，玩弄楚怀王于股掌之上，终于破坏了六国联盟，使合纵攻秦的计划冰消瓦解。

作者描写苏秦、张仪事多据《史记》所载，或与史实有出入，但作为小说中的人物，苏秦和张仪的仕宦过程，却在一定程度上代表了战国时代一部分得志士人的共同经历，因而具有一定的历史真实性。

作者在描写和颂扬明君贤臣任贤图治、建功立业的同时，也叙写和抨击了喜谀疏贤的昏暴君王、误国害民的奸佞宵小。例如，小说写卫懿公嗜乐怠傲，不理国政，只好养鹤，凡献鹤者均受重赏。苑圃宫廷，处处养鹤，且不止数百。懿公所养之鹤，皆有品位俸禄，上等鹤食大夫俸，次者食士俸。懿公出游之时，其鹤也分班从幸，以大轩载于车前，并号之为“鹤将军”。为了养鹤，懿公厚敛于民，以充鹤粮，民有饥冻，却全不抚恤，以致卫人无不怨愤。时值北狄入侵，懿公惊慌失措，下令民众抵抗，百姓均言应让鹤去冲锋陷阵。懿公在灭顶之灾面前，方有悔意，但为时已晚。两军交战，卫军无心拼杀，尽弃车仗而逃。懿公陷入重围，被狄兵砍为肉泥。作者以一诗讽刺懿公之昏庸：

曾闻古训戒禽荒，一鹤谁知便丧邦。
荧泽当时遍磷火，可能骑鹤返仙乡？

再如，宋襄公在齐桓公亡故后，不自量力，意欲争霸。襄公无谋智短，却又刚愎自用，不听公子目夷劝谏，偏信公子荡的天真幻想。宋襄公千方百计、辛辛苦苦组织诸侯盟会，正想充当盟主，不料却被楚成王以甲兵将其囚禁。诸侯被成王所威慑，不敢有任何异议，“襄公顿口无言，似木雕泥塑一般，只多着两行珠泪”。宋襄公获释后，对楚王恨入骨髓，发誓复仇。但当宋楚两军在泓水交战时，襄公却发奇想：“楚兵甲有余，仁义不足。寡人兵甲不足，仁义有余。”于是，便有了必胜的信心，并下令建一面大旗，大书“仁义”二字，以向楚军示威。楚军渡水，宋将请令出击，襄公豪迈地指着大旗说：“汝见‘仁义’二字否？寡人堂堂之阵，岂有半济而击之理？”楚军登岸，立足未稳，宋将再次请令出击，襄公唾其面叱责道：“咄！汝贪一击之利，不顾万世之仁义耶？寡人堂堂之阵，岂有未成列而鼓之之理？”待襄公充分显示了“仁义”之师的高风亮节之后，楚军将宋军杀得惨败，大获全胜；宋襄公身中数枪，右股中箭，膝筋被射断，不能起立。如此狼狈，襄公还在叨念：“寡人将以仁义行师，岂效此乘危扼险之举哉？”襄公“壮举”，赢得了举国讥笑。作者认为，宋襄公昏庸迂腐，欺凌弱小，却对强敌侈谈仁义，根本不能算作春秋霸主之一。

另如，晋灵公荒淫暴虐，厚敛于民，大兴土木，专好游戏。灵公专宠奸臣屠岸贾，两人竟在绛霄楼上以赛张弓弹射百姓为乐：

那弹丸如雨点一般飞去，百姓躲避不迭，也有破头的，伤额的，弹出乌珠的，打落门牙的，啼哭号呼之声，耳不忍闻。又有唤爹的，叫娘的，抱头鼠窜的，推挤跌倒的，仓忙奔避之状，目不忍见。灵公在台望见，投弓于地，呵呵大笑，谓岸贾曰：“寡人登台，游玩数遍，无如今日之乐也。”自此百姓每望见台上有人，便不敢在桃园前行走。

赵盾等贤臣屡屡进谏，劝灵公礼贤远佞，勤政亲民。灵公则如填充耳，全然不听，反而疑忌赵盾。灵公无道，砍杀宰夫，草菅人命。赵盾等再谏，灵公却与屠岸贾密谋派刺客钼麑暗杀赵盾，但钼麑被赵盾忠心为国所感动，撞树自尽。灵公与屠岸贾又施阴谋，企图以猛犬和甲士将赵盾当朝杀死，提弥明舍身救赵盾脱险。灵公虽两次诛杀赵盾未成，但赵盾逃离都城，却使灵公“觉得胸怀舒畅，快不可言”。后灵公终被赵穿所杀。晋灵公的残暴，令人发指；作者对赵穿弑君，则怀有同情与肯定之意：“只为晋侯无道好杀，近侍朝夕惧诛，所以甲士行逆，莫有救者。百姓怨苦日久，反以晋侯之死为快，绝无一人归罪于赵穿。”

此外，小说中的楚灵王也是一个极端奢侈、昏暴无道之君。灵王有一癖性，偏好细腰，不问男女，凡腰围粗大者均视其眼中钉。章华宫建成后，灵王选美人腰细者居之，故又名细腰宫。宫女为求媚于王，减食忍饿，以求腰细，甚至有饿死而不悔者。国中百姓也均以腰粗为丑，不敢饱食。百官入朝，也都用软带紧束其腰，以免灵王憎恶。灵王日夕酣饮在细腰宫，管弦之声，昼夜不绝。灵王下令修建的章华台，极尽奢华：

台势高峻逶迤，盘数层而上，每层俱有明廊曲槛。预选楚中美童年二十以内者，装束鲜丽，略如妇人，手捧雕盘玉壶，唱郢歌劝酒，金石丝竹，纷然响和。既升绝顶，乐声嘹亮，俱在天际。觥筹交错，粉香相逐，飘飘乎如入神仙洞府，迷魂夺魄，不自知其在人间矣。

楚灵王不仅奢侈，而且残暴，他率军欺凌弱小，灭陈、蔡两国为楚县；但灵王又是昏君，他享乐日久，全无戒备，被公子弃疾夺取王位。此时灵王仓皇出逃，十分凄惨：

灵王一连三日，没有饮食下咽，饿倒在地，不能行动，单单只有两目，睁开看着路旁，专望一识面之人经过此地，便是救星。忽遇一人前来，认得是旧时守门之吏，比时唤作涓人，名畴。灵王叫道：“畴，可救我！”……灵王曰：“寡人饿三日矣。汝为寡人觅一盂饭，尚延寡人呼吸之命。”畴曰：“百姓皆惧新王之令，臣何从得食？”灵王叹气一口，命畴近身而坐，以头枕其股，且安息片时。畴候灵王睡去，取土块为枕以代股，遂奔逃去讫。灵王醒来，唤畴不应，摸所枕乃土块也，不觉呼天痛哭，有声无气。

楚灵王后虽被旧臣之子所救，却悲痛已极，终于在农家自尽。作者引胡曾咏史诗讥讽无道昏暴君王的下场：

茫茫衰草没章华，因笑灵王昔好奢。
台土未干箫管绝，可怜身死野人家。

另外，小说还描写卫宣公淫纵不简，筑台纳媳，灭伦绝理，终于惊惧病亡；齐襄公兄妹淫乱、黩武殃民，四德俱失，终被臣子斩杀；陈灵公与佞臣袒服戏朝、荒淫无耻，终被射杀于马厩；晋厉公日事淫乐，好谀恶直，不修政事，终被鸩酒所毙；楚平王纳媳逐子，废黜太子，冤杀伍奢父子，以致死后也被伍子胥鞭尸抛骨，楚国也因此险被吴灭；吴王夫差荒淫骄奢，信用奸臣，残害忠臣，穷兵黩武，不恤民力，终被越王勾践所败，落得自刎的下场，吴国霸业也拱手让越；楚怀王拒绝屈原劝谏，屡被秦国欺骗，最后愤极呕血而亡；宋康王暴虐图霸，人称桀宋，最终被杀，宋国也被楚灭；赵孝成王不用勇将廉颇，却用庸才赵括，以致赵军惨败，四十万军兵被秦将白起杀尽；赵王迁昏庸不堪，重用卖国奸臣郭开，不用良将李牧，以致赵被秦灭；齐王建听信奸臣后胜之言，竟四十余年不修兵备，在秦国围城时只能投降，齐被秦灭，齐王也饥饿哀泣而死，等等。昏暴君王与奸恶之臣的组合所造成的罪恶，可谓罄竹难书。虽然任贤图治的君王事迹大致相同，喜谀疏贤的昏暴君王奸恶各异，但是也不难将后者的罪行概括为几方面：昏庸残暴、刚愎自用、亲信奸佞、疏远迫害贤臣、荒淫腐败、怠废国政、玩物丧志、残害民众，最终往往身死国灭。作者抨击这些昏君奸臣，既表达了憎恶之情，又从反面证明了其历史思考结论的正确性。

值得注意的是，作者在褒贬列国君王时，以其是否能够任贤图治作为主要标准，很少为尊者讳，为贤者讳。例如，小说在盛赞齐桓公贤明称霸时，并不回避和掩饰其晚年的失误。齐桓公霸业既成，自谓功高盖世，遂欲封泰山、禅梁父，被管仲谏止，但又大建宫室，务为壮丽，乘舆服御之制，比于周王，国人颇有非议。桓公衰耄之年，志气昏惰，不听管仲遗嘱，不从鲍叔牙劝谏，任凭奸佞横行无忌，把揽朝政。后桓公染病不起，奸臣竖刁、雍巫、易牙等竟塞断宫门，禁闭寝室；桓公饥渴、悔恨交加，最后以衣袂掩面、连叹数声而亡。桓公病故，群公子各自争权，无人料理丧葬之事，“桓公尸在床上，日久无人照顾，虽则冬天，血肉狼藉，尸气所蒸，生虫如蚁，直散出于墙外”。作者对齐桓公英雄一世，晚年违背任贤图治的原则，落得虫攒尸骨的凄惨下场，既有贬意，又存惋惜之情。作者以二诗来表达其感慨：

> 四十余年号方伯，南摧西抑雄无敌。
> 一朝疾卧牙刁狂，仲父原来死不得。
>
> 违背忠言宠佞臣，致令骨肉四纷争。
> 若非高国行和局，白骨堆床葬不成。

齐桓公的结局的确令人深思。然而，类似的情形，并非桓公一人。战国时代的赵武灵王曾以“胡服骑射”的远见卓识，使赵国成为当时的强国，并心怀壮志，窥视秦界，令秦国不敢掉以轻心。但是，赵王后来却废长立幼，传位次子，惑于夫人吴娃之谗言，拒纳忠谏；以致祸起萧墙，最后竟饿死在荒宫之中，赵国也从此衰落。作者以诗叹道：

胡服行边靖虏尘，雄心直欲并西秦。
吴娃一脉能贻祸，梦里琴声解误人。

作者叙写上述史事，意在表明即使是曾经任贤图治的贤明君王，一旦偏离正确的选择，也会像昏暴君王一样，害己误国。

“余兄犹龙，幼治《春秋》，胸中武库，不减征南。居恒研精覃思，曰：‘吾志在《春秋》。’墙壁户牖皆置刀笔者，积二十余年而始惬。”这是冯梦熊为其兄冯梦龙的专著《麟经指月》所作序中的一段话，道出了冯氏苦心研读《春秋》的情形。冯梦龙与当时绝大多数儒生一样，渴望通过科举考试踏上仕途，以实现救国济民的理想。科场失意，仕途坎坷，使他饱尝怀才不遇、空余壮志的酸辛；明王朝后期的内忧外患，腐败黑暗，又使他感慨良多。无奈他已近风烛残年，无法再为国冲锋陷阵，便以惯写人情世态之笔，借叙写春秋战国史事，聊以抒怀。因此，任贤图治的思想决非其一时之感触，而是他精研《春秋》的深厚学养与一生经历的结晶。

随着历史的发展，儒、释、道三种思想体系逐渐合流，融为一体。儒家思想成为这种混合思想的核心成分，释道思想则成为表层结构。这种混合思想塑造着民族的文化心理和价值观念，也对知识阶层的思想意识产生了巨大影响。这一点，在余邵鱼和冯梦龙的历史思考中均有显现。余邵鱼在《列国志传》中表达的历史观，基本态度是儒家思想，但又具有明显的宿命论倾向。他认为历史的演进，国家的兴亡，君王的贤明或残暴，均是定数，即世间的一切秩序与更迭均取决于天意。“在这种巨大的、不停运转着的周期里，一切事物，不管善还是恶，都有自己的时间与空间。时运尚未到来或是时运已去，人力对此无可奈何。”“严格说来，真正的胜利者并不是人本身，而是时间。在所向无敌的时间长河里，善与恶同样都要被大浪淘尽。”（王靖宇《〈左传〉与传统小说论集》）天意、定数，将历史的必然性和现实因果关系置换为具有神学色彩的宿命思想；这种历史观及由此推导出的人生观，在绝大多数古代历史小说中都存在，即使是罗贯中的《三国志通俗演义》，也未能突破这种困惑与迷惘。

冯梦龙在《东周列国志》中表达的历史观，在一定程度上沿袭了这种思想，但同时又与这种思想存在着明显差异，在某种意义上，甚至可视为一种突破。冯梦龙在《新列国志·引首》中指出："史官论谓有幽、厉，必有东迁；有东迁，必有春秋、战国，虽则天运使然，然历览往迹，总之得贤者胜，失贤者败；自强者兴，自怠者亡。胜败兴亡之分，不得不归咎于人事也。"《东周列国志》全书结尾髯仙的咏史诗句，也表达了同样的思想："卜世虽然八百年，半由人事半由天。""总来千古兴亡局，尽在朝中用佞贤。"在此，冯梦龙一方面承认天道的不可抗拒、历史宿命的不可改变；另一方面却强调，在历史盛衰兴亡的演变过程中，人，并非无能为力，只能随波逐流，相反，人在历史的变化中具有不可缺少的重要作用，即"胜败兴亡之分，不得不归咎于人事"。人在历史的变化中并非别无选择，而是选择的意义至关重大，即"总来千古兴亡局，尽在朝中用佞贤"。历史的结局并不仅仅是时间取得胜利，任贤图治者也将获得胜利；失败者并不是所有的人，而是失贤自怠者。因此，历史发展的结果，取决于人事与天命的共同作用。

冯梦龙的历史观较之罗贯中、余邵鱼等人所持的传统历史观，有了重大进步：冯氏试图将神的历史，还原为人的历史，不侧重从天意而侧重从人的选择中，探寻历史发展的奥秘；试图将具有神学色彩的必然性，在某种程度上，改变成历史的客观必然性，从而使人能够探讨历史演进的规律。正是在这个意义上，冯梦龙的历史观是对历史宿命论的一种突破。当然，由于历史的局限，冯梦龙不可能完全摆脱当时占统治地位的思想体系的禁锢，但他的历史思考的深刻性，在当时已属难能可贵。他毕竟将古代历史小说的历史反思提高了一个层次。

任贤图治的思想，既是冯梦龙对春秋战国时代的历史观照，又是其政治理想。这种政治理想源于儒家尚贤政治的理论主张，与余邵鱼崇尚德政的政治理想一脉相承，只是从后者侧重君王个人的道德品性修养，偏移为君王是否能够选贤任能。《东周列国志》中齐桓公曾询问管仲："寡人不幸而好田，又好色，得毋害于霸乎？"管仲回答："无害也。"桓公又问："然则何为而害霸？"管仲则说："不知贤，害霸；知贤而不用，害霸；用而不任，害霸；任而复以小人参之，害霸。"桓公君臣的这段问答，表露了作者的思想意识，即齐桓公式的君主喜好田猎与美色，并非一定会妨害其霸业，关键是其能否任用贤能。当然，冯梦龙也很注重君王的道德品质高尚与否，并在小说中抨击了一批品德恶劣的君王，但同时又写他们的荒淫暴虐是与宠信奸佞宵小紧密相联的，表现出与余邵鱼略有差异的着眼点。

此外，《东周列国志》与《列国志传》具有同样的思想误区：在评判历史事件、评价历史人物时，热衷于将历史道德化、将政治伦理化。作者按照儒家伦理道德准则，抨击褒姒、文姜、宣姜、息妫、骊姬、叔隗、夏姬、棠姜、吴娃等淫乱惑君，奸邪误国的行为；褒扬齐姜、怀嬴、赵姬、钟离春等贤德之妇的种种善举。但是，作者的妇女观中也存在着矛盾，这一点，集中表现在对西施的描写和评价上。《列国志传》中的西施只是一味与夫差厮混，《东周列国志》则写当吴王夫差闻群小儿唱歌谣讽刺其荒淫失政、大怒欲尽杀群儿时，“西施力劝乃止”，表现西施的善良本性。当越王夫人下令将西施负以大石沉江溺死后，作者对西施的被冤杀，表示了不满和深切的同情，并引罗隐诗为西施鸣冤：

家国兴亡自有时，时人何苦咎西施。
西施若解亡吴国，越国亡来又是谁？

这种态度与《列国志传》认定西施是亡国之物、死得其所的评判，大相径庭。这说明，在冯梦龙的妇女观中，存在着偏见，也存在着进步因素。

“政治史是最古的、最明显的和最容易写的一种历史。因为君主的政策，他们所发布的法律和进行的战争，都是最容易叫人记载下来的。国家这样东西，是人类的最伟大的和最重要的社会组织。历史学家一般都认为人们最值得知道的过去事实，都是同国家的历史有着直接的或间接的联系。兰克、德罗生、毛兰勃莱克、傅利门等人都把政治史看成是真正的历史。”（[美] J.H.鲁宾逊《新史学》）

这不仅是西方传统史学的观点，而且也可代表中国的传统史学观。在中国古代，这种史学观不仅是史学家的选择，而且在某种程度上，也是作家创作历史小说的指导性原则。

余邵鱼和冯梦龙的列国志小说，正是这种史学观的文学实践。

## 四　羽翼信史的审美意趣——列国志小说的艺术得失评说

中国有悠久的历史。

中国古代史学高度发达。

浩瀚的历史典籍和丰富的历史资料，是古代历史小说取之不尽的题材宝库；史学家的史学观念及崇尚“实录”的治史精神，则对古代历史小说的创作产生了巨大而深远的影响。

在传统的史学意识和文学、史学混而不分的文化观念熏陶下，一部分作家和批评家主张历史小说的创作，应成为正史的补充，应严格地记录史实，不应有任何脱离史传记载的想象和虚构，即历史小说应成为"羽翼信史"之作。

余邵鱼和冯梦龙创作的列国志小说，即是这种理论的产物。他们的作品以《左传》《史记》等史传为蓝本，采取与其相同的叙事模式，遂与历史典籍具有了深刻的血缘联系。因此，在某种意义上，他们的小说成为史传的通俗读本。

### （一）世宙账簿

《列国志传》陈继儒所作序中曾指出："《列传》始自周某王之某年，迄某王之某年，事覈而详，语俚而显，诸如朝会盟誓之期，征讨战攻之数，山川道里之险夷，人物名号之真诞，灿若胪列，即野修无系朝常，巷议难参国是，而循名稽实，亦足补经史之所未赅，譬诸有家者按其成簿，则先世之产业釐然，是《列传》亦世宙间之大账簿也。如是虽与经史并传可也。"此番评论，十分恰当地概括了《列国志传》的艺术特点：世宙间的大账簿。

《列国志传》成为一部世宙账簿，与余邵鱼的创作宗旨和文学功力有直接关系，他主张创作历史小说应该"记事一据事实"，反对"徒凿为空言以炫人听闻"（《题全相列国志传引》），以求与经史并传。于是，他在编集这部小说时，主要采用编年叙事方法和全知叙事角度，以全相平话为基础，敷衍商末周初史事；以正史为依据，铺叙西周史事；以《左传》为依据，将春秋史事连缀在一起，以《吕氏春秋》《史记》为依据，将战国史事串联在一起，采取尽量忠实于史传的态度。因此，小说所叙跨越八百余年时空，从商末至秦初，结构比较完整，历史发展脉络较为清晰，即商亡周兴，西周亡、东周始，周亡秦兴。

由于作者编集此书的目的在于补经史之所未赅，以期成为史传的通俗读本，致使小说极力铺排史事，在全书的整体布局方面，剪裁失当，详略失宜。本书名为《春秋列国志传》，却用近两卷的篇幅叙述商末周初史事，虽然在全书中所占比例不大，但是由于小说结尾仅用六节篇幅描写秦国统一中原的过程，结局十分匆忙、粗疏，使整部小说头重脚轻，虎头蛇尾。此外，小说以七卷篇幅叙述春秋史事，仅以三卷篇幅叙述战国史事，布局也不够合理。诚然，春秋时代约有三百年，战国时代则有二百余年，但是，不能仅以自然时限作为布局的根据。战国时代中国社会各方面的巨大变化，远远超过春秋时代，特别是政治状况空前复杂，各国间的战争异常激烈、残酷，这种历史转轨时期的剧烈动荡，本应在小说中得到更加充分的表现。另外，作者在叙写春秋战国史事时，感到国多事繁，难以悉举，便“姑取其大国为主，小国之政有干大国者，则旁搜引出，若不干于大国者，则置而不录”。（《列国源流总论》）这种取舍方法有其合理的一面，既能够减少枝蔓，又不致遗漏重大史事，有利于突出历史的发展线索。但是，另一方面也局限了其表现历史的视野，在侧重叙写大国史事时，又仅以政治史中的大事为主，许多生动的历史事件和历史人物事迹被删除，历史进程中的许多丰富多彩的细节也被舍弃，而这些却是历史小说所不应缺少的，因为它们能够使作品的情节更加丰满、逼真和富有情趣，从而增加艺术感染力。

春秋战国史事是小说的主体部分，但对这部分史事的叙述描写上，总体艺术水平欠佳。作者一味模仿史传的叙事风格，连缀史实，突出对历史事件的叙述，使小说的情节线性发展，缺少变化，读之味同嚼蜡。另外，作者对众多的历史事件的描写，缺乏结构上的精心安排，事件之间往往不能血脉贯通，前后情节也常失去照应，致使小说成为一部平铺直叙、平淡乏味的历史大账簿。这种情形虽与作者的创作宗旨有关，但主要是文学功力不足所致。

理论与实践之间，往往存在着差距。余邵鱼虽然主张历史小说的创作应本诸史传所载史实，但小说的本质特征使他在创作实践中也难以完全实现其理论。《列国志传》并非完全忠于史实，其间也有许多根据野史异闻和民间传说而虚构的情节。例如，小说描写春秋后期，秦哀公约集十七国君主在临潼举行斗宝大会，以期争霸，伍子胥任大会明辅职，出尽风头。遗憾的是，这种虚构并不成功。秦哀公时，秦国式微，不可能具有大会诸侯、临潼斗宝的实力和国威，这种描写无助于提高作品的艺术水平。历史小说允许有所虚构，但这种虚构应该表现出历史的可能性和丰富性，这样才是逼真的虚构，才能给作品增添艺术光彩。

余邵鱼曾明确表示，此书之作是“欲使浅夫鄙民尽知当世之事迹也”，因此，他在创作时使用的是浅近的文言，再夹杂俚语白话，以求行文通俗。应当肯定，他的这种努力是可贵的。对历史小说来讲，尤其是表现先秦史事的列国志小说，适当地运用浅显的文言作为叙述语言，有助于造成一种历史氛围，给读者某种历史真实感；俚语俗言的运用，则避免了史传“理微义奥”、文辞简古给一般读者造成的阅读障碍。但也应指出，作为文学作品仅仅注意语言的通俗、顺畅是不够的，本书固然“语俚而显”，却又失之粗鄙、粗率，缺乏文采。此外，小说中的大量诗词韵语，也多语俚不工、不伦不类之作，读之使人兴味索然。

《列国志传》在艺术上缺少建树，但并非毫无特色，这主要表现在两方面：首先，小说在汲取平话的有关故事情节时，保存了其神异、质朴、粗放的风格，无论叙事、写人均较生动，具有鲜明的民间文学特征。其次，作者编写小说时，有意模仿《三国志通俗演义》的情节构思，取得了较好的艺术效果。

作品的前两卷主要沿袭《全相平话武王伐纣书》的情节描写，神魔怪异色彩十分浓厚。例如，小说叙述妲己在驿馆被妖狐所魅的情形：

将及半夜，忽有一阵怪风从户隙而入中堂，婢妾有不卧者，见一九尾狐狸，金毛粉面，游近卧榻；其妾挥剑斩之，忽然灯烛俱灭，其妾先被魅死。狐狸尽吸妲己精血，绝其魂魄、脱其躯壳而卧于帐中。殆及天明，苏护启户问夜来动静，众妾告曰，一夜寒风灭烛，邪气袭人，然窗扉户牖不动如故。苏护怪之，令壮士巡搜驿内前后，果见一妾被魅死于后庭青草池旁。

这段描写，将妖邪魅人的阴森、恐怖气氛渲染得活灵活现，令人毛骨悚然。其间，声、光、色的变化勾画得层次分明，逼真生动，读之颇似《聊斋志异》中《画皮》之类的故事描写，只是后者更为详尽、传神。作者将妲己的出场描写得如此怪异、恐怖，意在向读者暗示此后妲己种种残暴罪行的妖邪根源。

再如，小说描写西伯侯姬昌预知未来、善卜吉凶的非凡品格。姬昌奉纣王诏令前往朝歌，行至燕山脚下，姬昌令随从暂停以避风雨，并预言将有盖世英雄从地而出：

言未讫，云雾四合，暴雨淋漓，平地水满三尺。忽然燕山西北一声霹雳，火光散乱，林中有胎儿啼哭。西伯急令巡之，见古墓穴中，雷震棺木，有女尸破胎坠一婴孩，呱呱而泣。西伯取而视之，乃男子也，生得丰神耸异，骨节稀奇。西伯谓从者曰：“此子非常下之士，他日必为西方出力。”

西伯预知古墓女尸产子及此子将来必为西周效力，人神，事奇。作者在姬昌出场时极力刻画其神异品格，意在为此后将其塑造成先知圣人，先涂抹一层绚丽奇异的色彩作为底色。古墓所产奇男，后果然协助周武王灭亡商纣王，则作者的传奇描写，均与其颂扬仁德君主、抨击残暴君王的主旨紧密相联，并非游戏笔墨。

作者将姬昌塑造成先知圣人，又将其辅臣姜尚刻画成半人半仙式的形象。小说写姜尚为樵夫武吉作法避祸；写姜尚率周军攻打渑池城时，城中轩辕庙木刻小鬼千里眼、顺风耳幻化为人，率商军与周军厮杀。姜尚夜观城中有妖气，用照魔宝镜照出乃二怪作祟，遂以天阵战胜二怪，并下令焚毁轩辕庙。当妲己被擒遭斩时，刽子手被其容颜所媚，不忍斩之；姜尚令左右悬起照魔宝镜，使妲己现出妖狐原形而被斩为三段。小说描写姜尚的传奇事迹，意在突出周武王伐纣的正义性及商纣王垂死挣扎的邪恶本质，以姜尚之神，衬托周王之仁，表达仁德之君自有天助的质朴愿望。

小说的怪异情节、传奇描写，主要集中在前两卷，其中既表达了作者的劝惩之意，也保留了民间文学的审美情趣。因此，前两卷的故事内容，便成为明代著名神魔小说《封神演义》的另一祖本。此外，余邵鱼借鉴平话的这种表现手法，汲取异闻传说及史传中的有关记载，又叙写了周穆王赴昆仑山与西王母畅游仙境事；周宣王朝卢妃孕育十八年产妖女褒姒事；春秋时代齐襄公贝丘遇怪事；战国时代孙膑善于呼风唤雨、与庞涓斗法大获全胜事，等等。这些情节描写或许荒诞无稽，但均与作者意欲表达的思想联系在一起；虽然在某种程度上有悖于羽翼信史的审美意趣，但却给小说平淡乏味的史事铺叙，增添了几许色彩。

另外，小说中的战争场面描写，也具有明显的平话风格。例如，作品描绘周军先锋辛甲、副将南宫括与勇名盖世、能在陆地行舟的商军大将乌文画的厮杀场面：

西兵先锋南宫括横眉怒气，欲攻关城，只听一声鼓响，举头一望，乌文画呐喊连声，从关上杀奔；其人雄威壮大，铠重袍新，手横丈八蛇矛，身坐千里追风，昂昂凛凛。南宫括自思岐州以来一路如风偃草，并无对手，今日此汉想是劲敌；抖擞精神前问："来者何人?"文画曰："岂不识吾陆地行舟乌文画也?!"南宫括更不打话，轮起神斧直取文画，文画舞动蛇矛来刺。一个浑如闹天宫之华光，神威凛凛；一个浑如混世界之魔王，怒气冲冲。一来一往，两马相争，斗上六十余合，南宫括神威少挫。

西兵阵上突出辛甲，接出兵威。好个乌文画，真盖世之英雄，又与辛甲斗上四十余合，并无惧色。正所谓越杀越有力，越挡越精神。辛甲心下思量，此人枪法精神，不能抵敌，当以铁箭除之。佯兵败走，文画勒马后追，辛甲按住钢斧，挽满月弓，一声弦响，一箭正中文画心胸；文画眼力高强，翻身一闪接住铁箭。辛甲连发二十四弦，都被文画左闪右避尽行收了。文画自思平生未遇此敌手，乃佯马败归。辛甲拍马忙追，文画按住蛇矛，从按心甲内取出流星铜锤，认着额门回头一打，却被辛甲用刀一隔，锤落空尘；文画速放五锤，如星赶月，辛甲用为闪退，似海抛球。二人再欲合马厮战，红日沉西，两下鸣金收军，各归本寨。

这段战争场面描写，没有用浅近文言叙述，全用平话风格的白话描摹；比喻形象、生动，音韵抑扬顿挫，节奏感很强，具有明显的说话艺术余韵。小说既突出了辛甲、南宫括、乌文画的英勇刚烈、神猛无敌，又刻画了交战双方短暂的心理活动，使场面的描述亦张亦弛，人物的行为变化层次清晰。这一片断场景的描述，虎虎有生气，读之如身临其境。

再如，小说对晋楚城濮大战中晋文公的肖像描写：

只见有莘城顶一队人马，内有晋侯，打扮十分精爽。怎生见得?头戴冲天冠，明金曜日；身披黄金甲，吐火摇云。盖下绛红袍，双龙过膊；环紧白玉带，两狮穿腰。宝雕弓，斜挽虎筋弦；狼牙箭，直插豹皮袋。打将槌，左手横持；定霸刀，右肩直逞。坐下追风马，壮起天神下降；高悬掩日旗，标出晋侯名号。

作者采用平话中人物赞的描写方法，浓墨重彩地勾勒晋文公征战沙场的英姿，将名震春秋的一代霸主形象，刻画得栩栩如生。城濮之战，是晋文公成就霸业的关键一战，小说着意描绘其叱咤疆场的风采，具有鲜明的倾向性，实际上已在某种程度上向读者暗示了晋军的胜利。

《列国志传》的某些情节构思，明显受《三国志通俗演义》的影响。其中，西伯侯两聘姜子牙和秦穆公遣使迎蹇叔两段情节，均仿照《三国志通俗演义》中“三顾茅庐”的情节而设计。

小说写姬昌重返西岐后，夜梦飞熊，贤臣散宜生预言必有贤才出现，姬昌遂率文武大臣及五百甲士，乘九龙车出猎东南。西伯一行至洛谷溪边，闻三五渔夫弹竿击石而歌，歌辞不俗。武将辛甲询问渔夫为何歌韵超凡，渔夫回答说此歌乃渭滨之西、遁隐磻溪数年的一白发钓翁所教。西伯车马往磻溪而进，又遇一起耕牧之夫，荷锄横笛而歌，歌辞潇洒、飘逸。西伯叹赏，辛甲又问耕牧之夫为何歌韵清绝，他们也回答说此歌乃渭水溪头一渔翁所教，并说此渔翁丝不设饵、钓不曲钩，自言不钓鱼鳖，只钓王侯。姬昌一行将近磻溪，不见钓叟，却见一樵夫扣柯而歌：

春水悠悠春草奇，金鱼未遇隐磻溪。

世人不识高贤志，看作溪旁老钓矶。

此樵夫即是被姜尚作法所救、逃脱西伯刑罚的武吉，武吉则为姬昌等引路：

却说姜尚三日以前，……因知有贤主至此，特按钓竿于垂杨岸口，遂隐而不望出。及武吉引西伯驾至，不见子牙，直到石室，果见林木苍苍，清幽雅澹，石泉交接，云树相映。须臾有一小童相迎，西伯与数从臣同步入于草厅，问儿童曰："主翁安在？"小童曰："今早有数云樵之士，相邀入山采药，要在三日后方返。"

西伯十分遗憾，准备隔日再访。行至绿杨岸口，却见姜尚的钓竿徘徊不进，遂写诗令使者送回石室：

求贤远出到溪头，不见贤人只见钩。
一竹青丝垂绿柳，满江红日水空流。

西伯返朝，令满朝文武斋戒沐浴三日，再至磻溪。姜尚初疑西伯乃因出猎而顺便访贤，缺乏敬贤礼士之诚心，至见到其留诗方知确实志诚。于是，三日后姜尚端坐钓矶，扶竿不动。西伯等步行至溪边，欲遥瞻下拜。姜尚垂钓若无所视，独自击石清歌。西伯恭立石侧，待其歌毕方与群臣一起降拜，"子牙见其恪恭之诚，慌忙投竿而扶"。姬昌向姜尚请教治国之策，姜尚答以治国之要是敬天，爱民，亲贤。于是，君臣相得，姜尚以八十二岁高龄协助姬昌治理国政。

这段情节，将西伯的求贤若渴、姜尚的求仕心切，表现得十分生动。姜尚本有治国之才，在商时未遇明君，无法施展抱负。后闻西伯贤德，遂携家西投岐州，隐居磻溪。但姜尚并非要做隐士，实为求取功名，故年过八旬仍不泯入世之心。姜尚求仕的手段是欲擒故纵法，先摆出一副隐世高人的姿态，重演在商时丝不设饵、钓不曲钩之故技，以其怪异的举动，传播大贤的名声，又创作超凡脱俗的歌辞，教百姓传唱，以代其表白心迹于天下。西伯侯姬昌正是被这一支支清歌所吸引，而逐渐"咬钩"的。这种故作清高之态以追求功名显达之法，为后代文人所激赏，小说引用的大量咏史诗均称赞姜太公此举之贤。其中标明苏轼题磻溪的一首诗，道出了姜尚不钓鱼鳖、独钓王侯之举的意味深长：

闻道磻溪石，犹存渭水头。
苍苍虽有迹，大钓本无钩。

姜尚以无钩之钓竿，不仅钓取了功名富贵，而且钓取了后世的种种盛誉。

此外，小说中描写的蹇叔仕秦也与姜尚求仕之法如出一辙。百里奚向秦穆公力荐蹇叔，穆公令公子縶至齐国铚村聘请。縶“见数人息耕于陇之上，相赓而歌”曰：

纵横战马滚红尘，瓦裂封疆处处兵。
堪笑当时名利客，不知风急鸟投林。

縶在马上听其音韵绝尘，皆是忘世之曲，乃叹谓从者曰：“古云里有君子而鄙俗化。今入蹇叔之乡，其耕者皆有高遁之风，信乎君子为世之宝也。”公子縶依耕者指引前行里许，望见前村修竹林中，苍苍郁郁，左清泉，右白石，隐一草庐，甚为清雅。公子縶不禁口占一诗赞叹蹇叔居地之超脱世俗：

翠竹林中景最幽，人生乐此更何求。
数方白石堆云起，一道清泉接涧流。
得趣猿猴堪共狎，忘机麋鹿可同游。
红尘一任漫天下，高卧先生百不忧。

吟罢扣响柴扉，“内有一小童出曰：‘佳客何来？吾主不在舍下。’延縶而入。縶曰：‘先生何往？’童曰：‘早间同数高士寻春于绿野，少顷即回。’言讫，蹇叔携二三仆，提壶挈榼，载吟而归。縶在门外，遥见斜阳林下一士人，癯瘦长耳，布袍麻履，笑撚一枝梅花，望草庐中而归。……縶忙出林外施礼曰：‘久仰清风，夫何相见之晚！’蹇叔忙下驴，延入草厅。”公子縶讲明穆公求贤之诚、百里奚荐举之贤，蹇叔方欣然与其一同入秦。

这段情节，比姜尚受聘的故事更加明显地表露了儒家的人生境界：达则兼济天下，穷则独善其身。蹇叔在未遇明主之时，刻意修身养性，举止清高，蔑视尘俗，实为待价而沽。一旦君王延聘，在探明其确实贤明后，便冲出茅庐，一展济世报国之志。小说描写姜尚、蹇叔这些贤士，以其行为的洒脱、住处景色的清幽，反衬出其抱负的宏伟、仕宦之心的急切。从这种表面清高隐世，内心急欲济世的心理和行为中，可以清楚地看到贤士们儒道互补的精神结构，这种描写实际上反映了后世知识阶层的微妙心态和现实处境。从蹇叔出仕故事结尾处的一诗中，可以看到小说不仅模仿《三国志通俗演义》的情节构思，而且承袭其表达的思想意识：

蹇叔村庄一老农，长年抱策隐隆中。
穆公不进求贤马，争得先生建大功。

显然，作者有意将姜尚、蹇叔描写成诸葛亮式的贤才，把姬昌、秦穆公视作刘备式的明君。尽管这两段情节描写在艺术上逊色于《三国志通俗演义》，但在小说中则是比较精彩的场景描绘，在一定程度上，具有情景交融的艺术效果。

此外，作者还在小说中叙写了晋帅先轸三气楚帅子玉事；茅茂、栾枝设苦肉计事；齐晏婴出使楚国舌战群儒事，等等。这些情节均仿《三国志通俗演义》中的有关情节而设计、描写，叙事比较生动，也在某种程度上刻画出了特定环境中特定人物的心态和行为。

《列国志传》是长篇列国志小说的初创之作，但由于作者的文学功力有限，因而作品的艺术水平不高，尽管如此，《列国志传》却为《东周列国志》的创作提供了有益的经验。

### （二）信实翼史

“自罗贯中氏《三国志》一书，以国史演为通俗，汪洋百余回，为世所尚。嗣是效颦日众，因而有《夏书》《商书》《列国》《两汉》《唐书》《残唐》《南北宋》诸刻，其浩瀚几与正史分签并架，然悉出村学究杜撰，傻愣礧碟，识者欲呕。”这是吴门可观道人小雅氏在《新列国志·叙》中，对《三国志通俗演义》出现之后，历史小说创作空前繁盛的评价。小雅氏的评论亦属羽翼信史派的观点，偏颇难免，但却代表着冯梦龙的历史小说观。

冯梦龙不满余邵鱼旧作的粗疏与粗鄙，以其深刻的历史思考和深厚的文学修养，参考众多史著，重新构撰成书，比余氏旧作更加符合史传记载。春秋战国时代历时五百余年，列国数十，变故万端，事绪纷纠，人物庞沓，冯梦龙借鉴史传的编年纪事体叙事方法，以历史时间的演进为结构主线统筹全书，避免了《列国志传》叙事前后颠倒、详略失宜等结构弊病；又将余氏旧作前两卷所叙商末、西周史事，压缩成短短几句话，仅详叙西周末年宣王、幽王两朝史事作为全书导引，使春秋战国时代历史得到更为集中、详尽的表述。冯梦龙虽然沿用余氏旧作叙述春秋战国时代史事的整体比例，以八十三回的篇幅叙写春秋五霸的纷争，以二十五回的篇幅叙写战国七雄的争鼎，但却采用实写与虚写结合、详叙与简述并用的方法，增加作品的史实容量，使重大历史事件与细小而有意味的史事得以兼顾。此外，作者在以编年叙事为主要叙事方法的同时，间用插叙和倒叙的技法；在描写重大历史事件和重大战争时，参考史传的纪事本末体叙事方式，在描写重要历史人物事迹时，仿用史传的纪传体叙事体例。因此，使小说的情节既有相对独立性，又有彼此相关的特点，前后贯通，详略得当，历史发展线索十分清晰。冯氏新作将五百余年浩繁史事集于一帙，却能布局严谨，结构完整，繁而有序，丰富而不芜杂，既显示了作者精湛的文学造诣，又是此书在艺术上取得的突出成就，使同时期其他历史小说难以望其项背。

古代历史小说与史著虽同属叙事体裁，并具有深刻的血缘关联，但是否注重对历史事件与历史人物作具有文学意味的细节描写、场景描绘及性格刻画，则是区别史著与小说的重要标准。史著叙事目的在于资政，小说叙事目的则意在满足读者的审美期待。《东周列国志》铺陈史事虽严格本诸史传，且“考核甚详”；但作者注重在大要不违其实的前提下，努力对历史事件和历史人物作文学性的敷衍润色、塑造雕琢，使事件与人物生动鲜活、跃然纸上，使读者感到兴味盎然。例如，作者以细腻的笔触，叙写了幽王烽火戏诸侯、郑庄公掘地见母、鲍叔牙力荐管仲、晋公子重耳流亡、退避三舍、绝缨大会、二桃杀三士、孙武演阵、掘墓鞭尸、卧薪尝胆、孙庞斗智、冯驩弹铗、田单火牛破燕军、纸上谈兵、毛遂自荐、完璧归赵、窃符救赵、荆轲刺秦王等历史故事。其中，既有对史传记载的敷衍润色，又有细节描写及场景描绘，使这些史事成为小说中脍炙人口的经典性情节。再如，作者以犀利的笔锋，刻画了周幽王、褒姒、郑庄公、齐桓公、晋献公、骊姬、宋襄公、晋文公、秦穆公、百里奚、蹇叔、先轸、赵盾、程婴、公孙杵臼、晏婴、伍员、孙武、申包胥、吴王夫差、越王勾践、西门豹、吴起、孙膑、庞涓、苏秦、张仪、孟尝君、乐毅、田单、范雎、廉颇、蔺相如、荆轲、秦王政等众多历史人物形象，既对人物的音容笑貌、言谈举止作了传神描摹，又对其心理活动作了细微抉剔，使各种人物的性格特征十分鲜明，形象栩栩如生。

春秋战国时代的历史时间跨度巨大，历史事件和历史人物层出不穷，但没有贯穿时代始终的人物和事件。题材本身的局限及与史传相同的叙事模式，使作者在描写人物形象时，只能人与事俱来去，只能对人物性格的突出特征，作浓墨重彩的简单勾勒或局部点染，而难以塑造出血肉丰满、性格丰富的人物形象。因此，小说中的人物性格特征往往很鲜明，但没有性格的发展过程，经常一出场即是某种个性，此后便不再变化，使人物多属“静态型”，极少“动态型”。（[美] 韦勒克·沃伦《文学理论》用语）这既是题材的桎梏，又是作者审美意识的局限。

庸愚子在《三国志通俗演义·序》中提出，历史小说的语言应该“文不甚深，言不甚俗”，雅俗共赏。《三国志通俗演义》即是这种理论的成功实践者。冯梦龙在编写小说时，也努力在语言上达到这种境界。他以浅近文言和精炼白话的混合体语言作为主要叙述用语，写人叙事均比较生动。小说中的诗词，则“虽不求工，亦嫌过俚”，在注重生动活泼、通俗易懂的同时，避免粗率、粗鄙、不伦不类的弊病。

总体上讲，小说的语言风格较为统一，但也存在某些差异。当作者叙写历史故事及历史人物时，主要使用文白混合体语言；当作者诠释某一国家的渊源及沿革时，则基本使用史传的叙事语言——文言。如小说第四回，作者追溯秦人的起源和秦国的沿革时，使用文言叙述，转入正文描写郑武公事迹时，则改用文白混合体语言。作者以语言风格的差异，向读者表示小说的情节与注释性文字的区别，是其运用语言的另一个特点。

既然羽翼信史派历史小说不能够虚构史实，只准许演绎史传，那么，考察此派历史小说对历史人物的描写刻画，对历史事件的敷衍润色，就成为评判其艺术水平的重要依据。《东周列国志》在这方面，也取得了突出成绩。

作者对历史人物的描写和刻画，主要运用了白描和传奇性描写两种艺术技法。例如，小说第十七回描写骊姬陷害申生：

六日后，献公回宫，骊姬以鸩入酒，以毒药傅肉，而献之曰：“妾梦齐姜苦饥不可忍，因君之出也，以告太子而使祭焉。今致胙于此，待君久矣。”献公取觯，欲尝酒。骊姬跪而止之曰：“酒食自外来者，不可不试。”献公曰：“然。”乃以酒沥地，地即坟起；又呼犬，取一脔肉掷之，犬啖肉立死。骊姬佯为不信，再呼小内侍，使尝酒肉，小内侍不肯，强之。才下口，七窍流血亦死。骊姬佯大惊，疾趋下堂而呼曰：“天乎！天乎！国固太子之国也，君老矣。岂旦暮之不能待，而必欲弑之?”言罢，双泪俱下。复跪于献公之前，带噎而言曰：“太子所以设此谋者，徒以妾母子故也。愿君以此酒肉赐妾，妾宁代君而死，以快太子之志。”即取酒欲饮。献公夺而覆之，气咽不能出语。骊姬哭倒在地，恨曰：“太子真忍心哉！其父而且欲弑之，况他人乎?始君欲废之，妾固不肯。后囿中戏我，君又欲杀之，我犹力劝。今几害我君，妾误君甚矣!”献公半晌方言，以手扶骊姬曰：“尔起，孤便当暴之群臣，诛此贼子!”

骊姬设计陷害申生的描写，是小说中人物性格刻画的成功范例之一。作者运用白描手法，通过描摹骊姬的语言、神态、行动，将其阴险、狠毒、奸诈的性格表露无遗，并刻画得入木三分；同时积极调动读者的想象力，在骊姬的语言和行动中去想象和体味晋献公的神态及内心情感活动。作者虚写献公，实写骊姬，虚实结合，相辅相成，使骊姬工于心计、献公感情用事的性格特征鲜明生动，给读者留下深刻印象。

再如，小说第五十五回描写楚军围困宋国睢阳城，形势危急，宋臣华元冒险深入楚营劫其帅公子侧，以使楚军解围：

华元探知公子侧在土堙敌楼上住宿，预得其左右姓名，及奉差守宿备细。捱至夜分，扮作谒者模样，悄地从城上缒下，直到土堙边。……堙上灯烛尚明，公子侧和衣睡倒。华元径上其床，轻轻地以手推之。公子侧醒来，要转动时，两袖被华元坐住了，急问："汝是何人?"华元低声答曰："元帅勿惊，吾乃宋国右师华元也。奉主公之命，特地夜来求和。元帅若见从，当世从盟好；若还不允，元与元帅之命，俱尽于今夜矣!"言毕，左手按住卧席，右手于袖中掣出雪白一柄匕首，灯光之下，晃上两晃。公子侧慌忙答曰："有事大家商量，不须粗卤。"华元收了匕首，谢曰："死罪，勿怪。情势已急，不得从容也。"……二人设誓已毕，公子侧遂与华元结为兄弟，将令箭一枝付与华元，吩咐速行。

这段情节，将华元和公子侧的性格刻画得十分传神。作者运用白描手法，通过描写人物的语言和行动刻画其性格特征；以写华元的胆大心细、老谋深算而取得主动，反衬公子侧的疏忽大意、遇事慌乱而被迫允和的狼狈。双方神态写来如画，且颇有几分幽默；堂堂楚军元帅在军营睡梦中竟作了敌国俘虏，赫赫宋国权臣却似侠客般混入敌营，坐在敌帅卧榻上，晃着雪亮的匕首，低声细语、和颜悦色地以死相威胁，而后，敌对双方则如好友一般以诚相待，把军国大事和盘托出，供"大家商量"，居然还结为兄弟。华元和公子侧的性格描写，使人读后忍俊不禁。

另如，小说第八十八回描写孙膑与庞涓斗智：

当日晚餐方设，膑正欲举箸，忽然昏愦，作呕吐之状，良久发狂，张目大叫曰："汝何以毒药害我?"将瓶瓯悉拉于地，取写过木简向火焚烧，扑身倒地，口中含糊骂詈不绝。……涓次日亲自来看，膑痰涎满面，伏地呵呵大笑，忽然大哭。庞涓问曰："兄长为何而笑? 为何而哭?"膑曰："吾笑者笑魏王欲害我命，吾有十万天兵相助，能奈我何? 吾哭者哭魏邦没有孙膑，无人作大将也!"说罢，复睁目视涓，磕头不已，口中叫："鬼谷先生，乞救我孙膑一命!"庞涓曰："我是庞某，休得错认了!"膑牵住庞涓之袍，不肯放手，乱叫："先生救命!"庞涓命左右扯脱，私问诚儿曰："孙子病症是几时发的?"诚儿曰："是夜来发的。"涓上车而去，心中疑惑不已。恐其佯狂，欲试其真伪，命左右拖入猪圈中，粪秽狼藉，膑被发覆面，倒身而卧。再使人送酒食与之，诈云："吾小人哀怜先生被刖，聊表敬意，元帅不知也。"孙子已知是庞涓之计，怒目狰狞，骂曰：“汝又来毒我耶?”将酒食倾翻地下。使者乃拾狗矢及泥块以进，膑取而啖之。于是还报庞涓，涓曰：“此真中狂疾，不足为虑矣。”自此纵放孙膑，任其出入。膑或朝出晚归，仍卧猪圈之内，或出而不返，混缩市井之间。或谈笑自若，或悲号不已。市人认得是孙客卿，怜其病废，多以饮食遗之。膑或食或不食，狂言诞语，不绝于口，无有知其为假风魔者。庞涓却吩咐地方，每日侵晨，具报孙膑所在，尚不能置之度外也。

这段情节是孙膑与庞涓斗智的精彩片断之一。作者运用白描手法，交错描写孙膑与庞涓在突发事件中的言行，并使读者透过人物的言行揣测人物的心态。孙膑识破庞涓阴谋、庞涓目睹孙膑疯狂，对两人来说均属突发性事件；庞涓以非人的环境迫害孙膑，企图勘破其突然疯狂的真情，孙膑则以惊人的毅力忍辱负重，以清醒的疯狂制造庞涓的判断误区。作者将不同性格的人物，放置在同一特殊的事件中，层层揭示其思想和品格，使孙膑机智多变、庞涓奸诈多疑的性格特征愈来愈鲜明，读之使人叹服其刻画人物形象的深厚功力。

作者既善于运用白描技法描写人物，又善于以传奇笔法凸现人物性格的某一方面特征。例如，小说第三十五回描写晋将魏犨的勇力：

楚王使左右视之，回报道：“山谷中赶出一兽，似熊非熊，其鼻如象，其头似狮，其足似虎，其发如豺，其鬣似野豕，其尾似牛，其身大于马，其文黑白斑驳，剑戟刀箭俱不能伤，嚼铁如泥，车轴裹铁，俱被啃食，矫捷无伦，人不能制，以此喧闹。”……重耳回顾赵衰，衰前进曰：“臣能知之。此兽其名曰貘，秉天地之金气而生，头小足卑，好食铜铁，便溺所至，五金见之，皆消化为水。……”楚王曰：“然则何以制之?”赵衰曰：“皮肉皆铁所结，惟鼻孔中有虚窍，可以纯钢之物制之，或以火炙，立死，金性畏火故也。”言毕，魏犨厉声曰：“臣不用兵器，活擒此兽，献于驾前。”跳下车来，飞奔去了。……

且说魏犨赶入西北角围中，一见那兽，便挥拳连击几下。那兽全然不怕，大叫一声，如牛鸣之响，直立起来，用舌一舐，将魏犨腰间鎏金锃带舐去一段。魏犨大怒曰：“孽畜不得无礼!”耸身一跳，离地约五尺许。那兽就地打一滚，又蹲在一边。魏犨心中愈怒，再复跳起，趁这一跃之势，用尽平生威力，腾身跨在那兽身上，双手将他项子抱住。那兽奋力踯躅，魏犨随之上下，只不放手。挣扎多时，那兽力势渐衰，魏犨凶猛有余，两臂抱持愈紧。那兽项子被勒，气塞不通，全不动弹。魏犨乃跳下身来，再舒铜筋铁骨这只臂膊，将那兽的象鼻一手捻定，如牵犬羊一般，直至二君之前。

作者在此详细地描写晋国虎将魏犨力斗怪兽的过程，极力渲染貘的形状怪异、以铜铁为食、刀枪难伤的神奇形象，以此衬托魏犨勇猛非凡的性格特征，在人与兽的生死搏斗中，完成对魏犨力大无穷、神勇无敌的形象刻画。

再如，小说第四十五回描写晋军元帅先轸战死沙场的神异：

却说白部胡之弟白暾尚不知其兄之死，正欲引兵上前接应。忽见有单车驰到，认是诱敌之兵，白暾急提刀出迎。先轸横戈于肩，瞪目大喝一声，目眦尽裂，血流及面。白暾大惊，倒退数十步，见其无继，传令弓箭手围而射之。先轸奋起神威，往来驰骤，手杀头目三人，兵士二十余人，身上并无点伤。原来这些弓箭手惧怕先轸之勇，先自手软，箭发的没力了；又且先轸身被重铠，如何射得入去？先轸见射不能伤，自叹曰："吾不杀敌，无以明吾勇。既知吾勇矣，多杀何为？吾将就死于此。"乃自解其甲以受箭，箭集如蝟，身死而尸不僵仆。白暾欲断其首，见其怒目扬须，不异生时，心中大惧。有军士认得的，言："此乃晋中军元帅先轸。"白暾乃率众罗拜，叹曰："真神人也！"祝曰："神许我归翟供养乎？则仆。"尸僵立如故。乃改祝曰："神莫非欲还晋国否？我当送回。"祝毕，尸遂仆于车上。

作品中晋帅先轸因怒唾晋襄公之面，遂自惩其罪，故意战死，以示忠君悔过之意。作者以传奇之笔，描写传奇之人，突出先轸忠勇刚烈的性格特征，使其生前勇猛、死后神异，将一位忠臣塑造成一尊忠勇神像。

另如，小说第七十回描写齐国勇士古冶子的形象：

齐景公见晋、楚多事，亦有意乘间图霸，欲观晋昭公之为人，乃束装如晋，以勇士古冶子从行。方渡黄河，其左骖之马，乃景公所最爱者，即令圉人于从舟取至，系于船头，亲督圉人饲料。忽大雨骤至，波浪汹涌，舟船将覆。有大鼋舒头于水面，张开巨口，抢向船头，衔左骖之马入于深渊。景公大惊，古冶子在侧言曰："君勿惧也，臣请为君索之。"乃解衣裸体，拔剑跃于水中，凌波踢浪而去。载沉载浮，顺流九里，望之无迹。景公叹曰："冶子死矣！"少顷，风浪顿息，但见水面流红。古冶子左手挽左骖之尾，右手提血沥沥一颗鼋头，浴波而出。景公大骇曰："真神勇也！先君徒设勇爵，焉有勇士如此哉！"

古冶子鏖战黄河大鼋的壮举，不仅使齐景公大骇，而且也使读者吃惊。小说没有正面描写勇士与大鼋的搏杀场面，而是通过描述古冶子在黄河中载沉载浮、景公担忧、水面流红的情形，暗示人与鼋厮杀的残酷与激烈，给读者以充分想象的余地。作者运用传奇笔法刻画古冶子神勇过人的性格特征，虽着墨不多，但却十分鲜明，将一个古代勇士的形象活脱脱地呈现在读者面前。

此外如小说第一百零二回描写魏信陵君门客朱亥出使秦国的事迹：

秦王欲封朱亥官职，朱亥坚辞不受。秦王益怒，令左右引朱亥置虎圈中。圈有斑斓大虎，见人来即欲前攫。朱亥大喝一声："畜生何敢无礼!"迸开双睛，如两个血盏，目眥尽裂，迸血溅虎。虎蹲伏股栗，良久不敢动。左右乃复引出。秦王叹曰："乌获、任鄙，不是过矣！若放之归魏，是与信陵君添翼也。"愈欲迫降之，亥不从命。拘于驿舍，绝其饮食。朱亥曰："吾受信陵君知遇，当以死报之!"乃以头触屋柱，柱折而头不破。于是以手自探其喉，绝咽而死，真义士哉!

《水浒传》中武松打虎的传奇故事令人拍案惊奇，此处朱亥叱虎的传奇描写，同样惊心动魄。小说通过朱亥血溅猛虎、大虎股栗，以头触柱、绝咽而死等一系列细节描写，刻画了朱亥义勇不屈的性格，反衬出秦王的残暴。作者以传奇笔法刻画人物性格，与其运用白描技法同样高超，令人叹为观止。

《东周列国志》中的众多历史事件，均敷衍生动、润色多彩，读之兴味盎然。例如，小说第二十一回描写齐桓公兵伐山戎，误入孤竹国旱海中的情形：

看看天晚，但见白茫茫一片平沙，黑黯黯千重惨雾，冷凄凄数群啼鬼，乱飒飒几阵悲风。寒气逼人，毛骨俱悚，狂飙刮地，人马惧惊，军马多有中恶而倒者。时桓公与管仲并马而行，仲谓桓公曰："臣久闻北方有旱海，是极厉害之处，恐此是也。不可前行。"桓公急教传令收军，前后队已自相失。带来火种，遇风即灭，吹之不燃。管仲保着桓公，带转马头急走。随行军士各个敲金击鼓，一来以屏阴气，二来使各队闻声来集。只见天昏地惨，东西南北，茫然不辨。不知走了多少路，且喜风息雾散，空中现出半轮新月。众将闻金鼓之声，追随而至，屯扎一处。……其军马七断八续，损折无数。幸而隆冬闭蛰，毒蛇不出；军声喧闹，猛兽潜藏。不然，真个不死带伤，所存无几矣！管仲见山谷险恶，绝无人行，急教寻路出去。奈东冲西撞，盘盘曲曲，全无出路。桓公心下早已着忙。管仲进曰："臣闻老马识途。无终与山戎连界，其马多从漠北而来。可使虎儿斑择老马数头，观其所往而随之，宜可得路也。"桓公依其言，取老马数匹，纵之先行，委委曲曲，遂出谷口。

这段行军场面的描绘，生动地表现了齐桓公北伐山戎的艰辛与艰险：荒漠旱海的阴森恐怖与悲风寒气，误入迷谷的齐军将士的身陷困境与惨重损失。这里，环境的恶劣衬托出齐国君臣的超绝毅力，并特别突出了管仲临危不惧、博学多识的谋略家风范。齐桓公兵伐山戎、挫败孤竹，使北方安定，是其作为中原霸主的重大功绩之一，也是小说着意描写的重大战争之一。作者将简括的历史记载敷衍得有声有色，形象逼真，使读者在了解史事的同时，又从中获得了某种人生况味的体验。

再如，小说第五十四回叙写晋、楚邲城交战，晋军惨败的场面；晋帅荀林父引残兵败将退至黄河岸边，下令召集渡船：

那船俱四散安泊，一时不能取齐。正扰攘之际，沿河无数人马，纷纷来到。林父视之，乃是下军正副将赵朔、栾书，被楚将公子侧袭败，驱率残兵，亦取此路而来。两军一齐在岸，那一个不要渡河的？船数一发少了。南向一望，尘头又起，林父恐楚兵乘胜穷追，乃击鼓出令曰："先济河者有赏！"两军夺舟，自相争杀。及至船上人满了，后来者攀附不绝，连船覆水，又坏了三十余艘。先縠在舟中喝令军士："但有攀舷扯桨的，用刀乱砍其手。"各船俱效之。手指跳落舟中，如飞花片片，数掬不尽，皆投河中。岸上哭声震响，山谷俱应，天昏地惨，日色无光。

晋、楚邲城之战，是南北两大国争霸的一场重大战争。晋军因主帅荀林父指挥失误，治军无方，被楚庄王率军杀得惨败，楚庄王得以雪城濮大战之耻，重挫晋国锐气，从此称雄中原。作者的这段描写，将晋军争渡黄河、自相残杀的场景和氛围，表现得生动而逼真：后有追兵，前有黄河，竞相逃命，人满船翻。尤其是刀砍手指的细节描写，展示了战争的残酷及普通士兵的悲惨命运，反映出晋军兵败如山倒的精神状况，如电影中的特写镜头，收到了强烈震撼读者心灵的艺术效果。

另如，小说第五十六回写齐晋鞌之战的厮杀场面：

次日，齐顷公亲自披甲出阵，邴夏御车，逢丑父为车右。……齐侯自恃其勇，目无晋人，身穿锦袍绣甲，乘着金舆，令军士俱控弓以俟，曰："视吾马足到处，万矢俱发。"一声鼓响，驰车直冲入晋阵。箭如飞蝗，晋兵死者极多。解张手肘连中二箭，血流下及车轮，犹自忍痛，勉强执辔。郤克正击鼓进军，亦被箭伤左胁，摞血及屦，鼓声顿缓。解张曰："师之耳目，在于中军之旗鼓，三军因之以为进退。伤未及死，不可不勉力趋战！"郑邱缓曰："张侯之言是也。死生命耳！"郤克乃援袍连击，解张策马冒矢而进。郑邱缓左手执笠以卫郤克，右手奋戈杀敌。左右一齐击鼓，鼓声震天。晋军只道本阵已得胜，争先驱逐，势如排山倒海，齐军不能当，大败而奔。……顷公绕华不注山而走。

鞌战，是春秋时代著名战役之一，小说所写即是此次战役的一场决定性拼杀：齐顷公及齐军将士蔑视晋军胆怯畏敌，皆高傲自负；晋军将士则在血腥厮杀中，相互鼓励，同仇敌忾，奋勇杀敌，终于赢得胜利。小说着重对晋军元帅郤克及军士解张、郑邱缓进行细节描写，以他们血流沙场仍冒矢奋进的英勇行为，表现晋军的勇猛气概。小说还描写了齐军败退的情形及齐顷公望风而逃的狼狈形象，以事实阐明了骄兵必败的道理。

此外如小说第九十五回描写田单火牛破燕军的场面：

单乃使人收取城中牛共千余头，制为绛缯之衣，画以五色龙文，披于牛体，将利刃束于牛角；又将麻苇灌下膏油，束于牛尾，拖后如巨帚，于约降前一日，安排停当。众人皆不解其意。田单椎牛具酒，候至日落黄昏，召五千壮卒饱食，以五色涂面，各执利器跟随牛后。使百姓凿城为穴，凡数十处，驱牛从穴中出，用火烧其尾帚，火热渐迫牛尾；牛怒，直奔燕营。五千壮卒衔枚随之。燕军信为来日受降入城，方夜，皆安寝。忽闻驰骤之声，从梦中惊起，那帚炬千余，光明照耀，如同白日，望之皆龙文五采，突奔前来，角刃所触，无不死伤，军中扰乱。那一伙壮卒不言不语，大刀阔斧，逢人便砍，虽只五千个人，慌乱之中，恰像几万一般。况且向来听说神师下教，今日神头鬼脸，不知何物。田单又亲率城中人鼓噪而来，老弱妇女皆击铜器为声，震天动地，一发胆都吓破了，脚都吓软了，那个还敢相持。真个人人逃窜，个个奔忙，自相蹂踏，死者不计其数。骑劫乘车落荒而走，正遇田单，一戟刺死，燕军大败。

田单驱火牛破燕军，收复齐城，这是战国时代著名的战例。作者叙写了田单准备火牛阵的种种细节，及燕军的愚蠢与毫无戒备，逼真地再现了齐军勇猛善战、燕军狼狈不堪，齐军大获全胜、燕军遭到惨败的战争场面。作者的描写由静至动，层次清晰，声、光、色俱全，并将齐燕两国军士的不同精神状态呈现在读者面前：一方不言不语，大刀阔斧地砍杀；另一方心慌意乱，败退逃窜，自相践踏。一方军民同仇敌忾，另一方主将、士卒各不相顾。小说的传神描绘，使读者在震天动地的喊杀声中，感受到了战国时代列国彼此杀伐的时代氛围。

作者不仅善于描绘金戈铁马、刀光剑影的战争场面，而且善于摹写觥筹交错、慷慨悲歌的生动场景。例如，小说第五十一回叙写楚庄王的一次盛宴场面：

庄王……置酒大宴群臣于渐台之上，妃嫔皆从。庄王曰：“寡人不御钟鼓，已六年于此矣。今日叛臣授首，四境安靖，愿与诸卿同一日之游，名曰太平宴。文武大小官员俱来设席，务要尽欢而止。”群臣皆再拜，依次就坐。庖人进食，太史奏乐。饮至日落西山，兴尚未已。庄王命秉烛再酌，使所幸许姬姜氏遍送诸大夫之酒，众俱起席立饮。忽然一阵怪风，将堂烛尽灭，左右取火未至。席中有一人，见许姬美貌，暗中以手牵其袂。许姬左手绝袂，右手揽其冠缨，缨绝，其人惊惧放手。许姬取缨在手，循步至庄王之前，附耳奏曰：“妾奉大王命，敬百官之酒，内有一人无礼，乘烛灭强牵妾袖。妾已揽得其缨，王可促火察之。”庄王急命掌灯者：“且莫点烛！寡人今日之会，约与诸卿尽欢，诸卿俱去缨痛饮，不绝缨者不欢。”于是百官皆去其缨，方许秉烛，竟不知牵袖者为何人也。席散回宫，许姬奏曰：“妾闻‘男女不渎’，况君臣乎?今大王使妾献觞于诸君，以示敬也。牵妾之袂而王不加察，何以肃上下之体，而正男女之别乎?”庄王笑曰：“此非妇人所知也。古者，君臣为享，礼不过三爵，但卜其昼，不卜其夜。今寡人使群臣尽欢，继之以烛，酒后狂态，人情之常。若察而罪之，显妇人之节，而伤国士之心，使群臣俱不欢，非寡人出令之意也。”许姬叹服。后世名此宴为“绝缨会”。

这段情节，即是历史上著名的“绝缨大会”的故事。作者的描写生动、细腻，使读者通过人物的行动，揣度黑暗中牵袖者和许姬的神态及心态，而庄王当时的举动及此后对宠姬的一番解释，则表现出一代霸主的阔大心胸与用人之智。作者的笔触委婉有致，使所写场景读来如画。

再如，小说第五十二回描写陈灵公微服出游株林，私会夏姬的情形：

夏姬具礼服出迎，入于厅坐，拜谒致词曰：“妾男征舒出就外傅，不知主公驾临，有失迎接。”其声如新莺巧啭，呖呖可听。灵公视其貌，真天人也，六宫妃嫔罕有其匹。灵公曰：“寡人偶尔闲游，轻造尊府，幸勿惊讶。”夏姬敛衽对曰：“主公玉趾下临，敝庐增色。贱妾备有蔬酒，未敢献上。”灵公曰：“既费庖厨，不须礼席。闻尊府园亭幽雅，愿入观之。主人盛馔，就彼相扰可也。”夏姬对曰：“自亡夫即世，荒圃久废扫除，恐慢大驾，贱妾预先告罪。”夏姬应对有序，灵公心中愈加爱重，命夏姬：“换去礼服，引寡人园中一游。”夏姬卸下礼服，露出一身淡妆，如月下梨花，雪中梅蕊，别是一般雅致。

夏姬前导，至于后园。虽然地段不宽，却有乔松秀柏，奇石名葩，池沼一方，花亭几座。中间高轩一区，朱栏绣幕，甚是开爽，此乃宴客之所。左右俱有厢房。轩后曲房数层，回廊周折，直通内寝。园中立有马厩，乃是养马去处。园西空地一片，留为射圃。灵公观看了一回，轩中筵席已具，夏姬执盏定席。灵公赐坐于旁，夏姬谦让不敢。灵公曰："主人岂可不坐?"乃命孔宁坐右，夏姬坐左，"今日略去君臣之分，图个尽欢。"饮酒中间，灵公目不转睛，夏姬亦流波送盼。灵公酒兴带了痴情，又有孔大夫从旁打和事鼓，酒落快肠，不觉其多。日落西山，左右进烛，洗盏更酌。灵公大醉，倒于席上，鼾鼾睡去。孔宁私谓夏姬曰："主公久慕容色，今日此来，立心与你求欢，不可违拗。"夏姬微笑不答。……夏姬整备锦衾绣枕，假意送入轩中，自己香汤沐浴，以备召幸，止留荷华侍驾。

作者对陈灵公私会已故大夫夏御叔之妻夏姬的描写，十分精彩：先写夏姬的故作姿态，灵公的强作矜持；再写夏姬以献蔬酒为名、引诱灵公的花言巧语，及灵公正中下怀、令夏姬换装的急不可耐的心情和举动；然后写灵公目不转睛的垂涎丑态，夏姬流波送盼的趋奉献媚；最后通过奸臣孔宁之口彻底剥离灵公的伪装，通过夏姬微笑不答、扭捏作态的举动，揭示其淫荡的性格。作者本是通俗文学大师，最善于描写人情冷暖，世态炎凉；他仅以人物的语言和神态便勾勒出昏君荡妇的淫情，并借此抉剔人物微妙的内心情感隐秘，又以优雅的景色描写，烘托人物活动的氛围，使人情与环境相得益彰。作者对陈灵公与夏姬奸情的描写，在某种程度上可脱离史传的局限，润色加工的余地较大。因此，这段生活场景的描绘颇有世情小说韵味，文笔细腻，叙述生动，使原本平实的历史记载，大为增色。

另如，小说第一百零七回叙写荆轲与燕太子丹诀别的场面：

临发之日，太子丹与相厚宾客知其事者，俱白衣素冠，送至易水上，设宴饯行。高渐离闻荆轲入秦，亦持豚肩斗酒而至。荆轲使与太子丹相见，丹命入席同坐。酒行数巡，高渐离击筑，荆轲和而歌，为变徵之声。歌曰："风萧萧兮易水寒，壮士一去兮不复还!"声甚哀惨，宾客及随从之人，无不涕泣，有如临丧。荆轲仰面呵气，直冲霄汉，化成白虹一道，贯于日中，见者惊异。轲复慷慨为羽声，歌曰："探虎穴兮入蛟宫，仰天嘘气兮成白虹!"其声激烈雄壮，众莫不瞋目奋励，有如临敌。于是太子丹复引卮酒，跪进于轲。轲一吸而尽，牵舞阳之臂，腾跃上车，催鞭疾驰，竟不反顾。太子丹登高阜以望之，不见而止，凄然如有所失，带泪而返。

小说详细地记述了荆轲刺秦王这一历史事件的始末，尤以燕太子丹率众人为荆轲、秦舞阳饯行的场面描写最为感人。作者没有直接描写人物间的对话，而是借音乐和歌声来表现诀别的气氛和人物的精神状态。因为在这种场合，语言已不足以充分表达人们的情感。随着荆轲由变徵之声转变为羽声的歌唱，在场人物的情绪也由悲哀凄惨渐变为慷慨雄壮。这歌声，也表达了荆轲的心声。荆轲呵气成白虹的奇异情形，实是作者的生花妙笔，意在渲染荆轲的神勇气势。整个场面的描绘生动、逼真，具有强烈的感染力，使读者如见其人，如闻其声，其情感也随着小说中人物感情的变化而起伏。

综上所述，《东周列国志》对春秋战国历史的演叙是成功的，它不仅比《列国志传》更符合史传记载，而且在艺术上取得了突出成就。当然，小说中也存在着某些怪异的情节，这主要是作者为了表达其警世、醒世之意，或根据史传所载，或根据异闻野史而撰写的；虽不无荒诞色彩，但也寄寓着作者的苦心。此外，作品表现社会生活的视野比较宽阔，作者在根据史传选择史料时，非常注意保存历史的真实状况。如小说中大量地叙写了列国君臣的卜筮和占梦活动，这是当时情况的真实写照，具有鲜明的时代特征，并非一般的迷信描写。要之，冯梦龙的苦心经营，使《东周列国志》没有沦为历史大账簿式的平常之作，而成为一部羽翼信史派历史小说的代表性作品。

**（三）虚实分野**

历史小说的创作有其特殊的艰难之处：作家既要尽可能详实地掌握历史资料，又要具备深厚的文学功力来生动地表现历史。作家在历史与文学之间的任何偏颇，都会受到来自不同角度的批评：史学家往往指责小说违背历史真实、文学虚构成分过多；文学批评家往往指责小说过于泥实，只注重叙述史事，而忽视了艺术创造。这种争议，在古代小说理论中同样存在。

中国古代小说创作历来有“传奇贵幻”和“羽翼信史”两种理论主张，在历史小说创作中，也有虚实之争。明代小说家熊大木等人认为，创作历史小说不必事事本诸正史，应该允许有一定的虚构，因为“事太实则近腐”，甚至“俚而无味”；明代小说家冯梦龙、清代小说评点家毛宗岗、蔡元放等人则强调，历史小说必须据实指陈，不能臆造，要与经史相表里，要贯彻实录精神。

蔡元放在《东周列国志·读法》中概括了他的理论：“《列国志》与别本小说不同，别本多是假话，如《封神》《水浒》《西游》等书，全是劈空撰出。即如《三国志》，最为近实，亦复有许多做造在于内。《列国志》却不然，有一件说一件，有一句说一句，连记实事也记不了，那里还有工夫去添造。故读《列国志》，全要把作正史看，莫作小说一例看了。”应该指出，冯梦龙、蔡元放的实录主张仅仅是针对历史小说创作而言的，并不是要求所有小说创作均应如此。冯梦龙认为，一般小说的创作不必按照生活实录，应进行合理的艺术虚构。蔡元放在评点《水浒后传》时，将作者“凭空撰出”的情节视作“妙文”，提醒读者应该欣赏作品的艺术虚构。

显然，冯梦龙、蔡元放等人坚持历史小说必须成为羽翼信史之作，不仅是深受传统史学意识的影响，而且是出于儒家审美理想的要求。儒家美学思想的特征之一，即是高度强调美与善的统一，强调艺术在伦理道德上的教化作用。美与善在本质上是一致的，美的最高境界是符合儒家伦理道德的善；而认识善的目的，是为了最终人格道德的完成。因此，余邵鱼、冯梦龙、蔡元放等并非对小说的艺术特性一无所知，但他们创作、评点历史小说的目的，不是为了娱乐读者，而是为了通过叙写历史来教育读者，使读者弃恶从善。要达到这一目的，就要继承传统史学“不虚美、不隐恶”的实录精神，严格据史传演叙史实，而不作任何虚构。只有真实的史事，才能产生不容质疑的说服力。正是在这种意义上，蔡元放提醒读者不要把《东周列国志》作为小说看，而要把它作为正史的通俗读本来阅读，这样就会受到教益，因为“他书亦讲报应，亦欲劝惩，但他书劝惩多是寓言，唯《列国志》中，件件皆是实事，则其劝惩为更切也。”（《东周列国志·读法》）冯梦龙编辑“三言”的目的，固然是为了“警世”“醒世”“喻世”，但就教育读者来说，寓言的作用则逊色于事实。

“羽翼信史”既是一种历史小说的创作理论，又是儒家审美意趣的集中体现。按照这种理论创作的历史小说，行使着与正史同样的教化职能，因而在陈继儒、蔡元放等人眼中，便可与史传相提并论。

无论将“羽翼信史”作为文学理论还是审美意识来考察，均不难发现其明显的缺陷；作为文学理论，没有将历史叙述与小说叙事区别开来，并严重忽视了历史小说作为一种文体的独立地位；作为审美意识，过度强调文学作品的教化作用，漠视文学作品所应具有的愉悦功能和读者的审美期待。理论的缺陷，造成了创作的贫困。羽翼信史派历史小说虽然作品众多，但绝大多数小说因为作者的艺术才能平庸，仅是刻板地铺叙史实，语言呆板，情节枯燥，加之喋喋不休的说教，令人难以卒读。

然而，《东周列国志》则是羽翼信史派历史小说中罕见的杰作，它的艺术水平远远超过同类小说，其成功的原因，主要是冯梦龙具有精湛的艺术修养、深厚的文学功力及丰富的创作经验，但也得益于史传的影响。《左传》《史记》等优秀的历史著作，往往具有浓厚的文学色彩，其中的很多篇章，经常被当做文学作品来欣赏，因而在文学史上也占有重要地位。值得注意的是，这些史著的历史叙述与虚构作品的叙事界线是模糊的，如《史记》即收录了黄帝、大禹的事迹等，类似的记载很可能是民间的传说甚至是虚构；因而，是否存在所谓"信史"也就很难确定了。《左传》《史记》等记载的春秋战国史事中，有一部分也有虚构成分，与小说的性质相去不远。《东周列国志》依据这些史著叙写史实时，实际上也把以虚为实的记载纳入书中。因此，小说虽严格据史传而撰写，但史传所载并非全是真实的历史。

事实上，任何一部号称羽翼信史的历史小说，都不可能事事依据正史，无丝毫出入。同样，事实上任何一部正史也都不可能事事符合历史原貌，无丝毫出入。因此，在文学创作实践中，虚实相间与羽翼信史两派历史小说，都存在着史实与虚构的结合，只是程度与比例不同而已。

或许，对读者来说，理论的争议、作品流派的差异并不重要，重要的是能否在历史小说中，了解以往人们的生存境况，体味先民的喜怒哀乐；能否从作品叙述的社会变迁及人们悲欢离合的历史表象中，能否从作者的历史思考中，获得启迪，从而更加透彻地认识历史，更加真切地看到在历史与现实的交汇点上，自身的位置与价值。此外，读者不同的期待视野，会使他们选择不同流派的历史小说：偏重于感受审美愉悦的，可能喜爱《三国志通俗演义》类虚实结合的作品；侧重于获取历史知识的，可能对《东周列国志》类信实翼史的作品更加青睐。认真考察读者的阅读心态，就不难发现前者阅读历史小说除欲获得审美愉悦外，也确实还有增长历史知识的要求。《东周列国志》经蔡元放刊行以来，在民间广为流传、经久不衰的原因即是满足了各种读者了解春秋战国历史的需求，它与《三国志通俗演义》一样深受广大读者的欢迎。

作家是文学作品的第一创作者，读者则是另一创作者，没有读者的阅读与思考，文学作品即不能获得最终的完成。对文学作品的评价亦如此理。文学批评家的观点与读者的品评的综合，方是对一部文学作品的公正评判。如果对《三国志通俗演义》和《东周列国志》这两种不同流派的历史小说代表作作出评价的话，就应该既指明它们在中国小说史上的地位，又不忽视它们在读者中的影响：

《三国志通俗演义》与《东周列国志》是古代历史小说虚、实两种流派分野的界碑。《三国志通俗演义》不仅是本流派的代表作，而且是古代历史小说的扛鼎之作；《东周列国志》是本流派的翘楚，它在艺术上逊色于《三国志通俗演义》，但在古代历史小说中，也属上乘之作。

或许，在读者的阅读选择中，《三国志通俗演义》和《东周列国志》各有千秋，不分轩轾。即“梅须逊雪三分白，雪却输梅一段香”。

## 结 语

我们以有限的篇幅，扼要地解读了列国志小说：探析其思想蕴含，品评其艺术得失，在作品的历史思考和艺术表现中，匆匆掠过历史的原野。本书的评介，或许是隔雾看花，尚不够真切；或许是仅有血脉，尚不够丰满。这些便有待于读者去阅读小说原著，去更加深入地思索、探寻，并对本书的浅陋与错误之处，给予批评、指正。

也许有这样的疑问：列国志小说叙写的春秋战国时代的狼烟烽火、铠甲战车，霸主的雄姿、勇士的鲜血，早已隐没在历史的深处，偶尔化作几幅线条古拙、色彩暗淡的壁画，供现代人观赏；强秦将士们鏖战沙场的身影，也早已消失在历史尽头的雾霭中，由流水般的岁月铸成一个个陶俑，默默地伫立于秦始皇的墓坑之中，凝视着陌生的现代人。

历史似乎已经凝固，似乎已成为古老的歌谣。还有必要去苦苦寻觅么?

留意四百年前一位法国大作家、哲学家的感慨，会对我们有所启示：“中国的历史告诉我们，世界该是多么辽阔而变化无穷，无论是我们的前人，还是我们自己都没有彻底了解它。”（[法] 米凯莱·戴·蒙泰湟）

名家解读古典名著

# 历史小说(上)

## 解读两汉系列小说

欧阳健　著

两汉是我国历史上的一个重要时期，以两汉史事为题材的小说，构成了一个前后相承的独特系列。作者通过两汉题材的早期小说、宋元平话与明清通俗演义几个发展阶段，梳理了两汉系列小说发展演变的轨迹，比较了它们与正史的异同，并且对比、分析了同一题材在不同历史时期、不同作家笔下的不同风貌和情趣，揭示了历史小说创作的特殊规律。

## 一　以两汉史事为题材的早期小说

公元前209年7月，陈胜、吴广在蕲县大泽乡揭竿而起，以反抗秦朝统治者的横征暴敛和残酷压迫，“天下云集响应”，纷纷杀掉官吏，攻占郡县，革命风暴席卷全国。出身亭长的刘邦也乘机举起反秦的旗帜，并最先攻占咸阳；又经过四年的战争，终于战胜强大的对手项羽，于公元前202年建立汉朝，建都长安。历史上叫做西汉，刘邦就是汉高祖。

西汉后期，政局动荡。外戚王莽于公元8年篡夺了政权，做了皇帝，改国号为“新”。公元17年、18年，王匡、王凤领导的“绿林军”和樊崇领导的“赤眉军”相继起义。皇族刘玄、刘秀也加入了绿林军的队伍。公元25年，刘秀重新建立了汉政权，定都洛阳。历史上叫做东汉，刘秀就是光武帝。

东汉中期以后，外戚和宦官交替把持了中央政权。184年，爆发了以张角为首的黄巾大起义，沉重地打击了东汉的统治集团。经过一个军阀混战的阶段以后，形成了魏、蜀、吴三国鼎立的局面。220年，曹丕废掉东汉最后一个皇帝汉献帝，东汉宣告灭亡。

四百二十余年的两汉时代，是一个伟大的时代，在中华民族的发展史上，具有承前启后的极其重要的意义。汉高祖和他的功臣们，亲眼看到了农民战争推翻秦朝统治的伟大力量，十分重视吸取秦朝灭亡的教训。他们实行了休养生息的政策，使农民可以比较安定地生活和生产。人口增殖了，社会经济发展了，国家也富裕起来，社会欣欣向荣，充满生气。一个版图辽阔、幅员广大、人口众多、经济繁荣的封建中央集权的统一帝国，屹立在世界的东方，成为当时世界上最为强盛、富有吸引力的国家。汉朝的统治者，有充分的自信，实行了自由而开放的对外政策，同西域地区进行了频繁的经济文化交流，和西欧的通商关系也开始发展起来。中国的丝和丝织品，从长安往西，经河西走廊运到安息，再从安息转运到西亚和欧洲的大秦，这就是有名的“丝绸之路”。汉朝的科学技术，在当时世界上也处于领先的地位。蔡伦于105年改进了造纸术，张衡制造了重要的天文仪器浑天仪，在数学和医学领域内，汉朝也都有很高的成就。

两汉时代又是一个英雄辈出的时代。无论是秦末的举义英雄陈胜、项羽，还是西汉的开国元勋张良、韩信，以及远通西域的张骞，投笔从戎的班超，守节不屈的苏武，老当益壮的李广，千载而下，都令人景仰倾慕，折节叹服。

更不要说有雄才大略的汉武帝刘彻，挽狂澜于既倒的光武帝刘秀，他们的空前功业，都将彪炳于青史而永不磨灭。

记载两汉历史的史籍，为司马迁的《史记》、班固的《汉书》、范晔的《后汉书》。这三部史书，加上陈寿的《三国志》，合称“前四史”，向被史家推崇号为良史。尤其是司马迁的《史记》，运用新创的纪传体裁，根据他认为可信的史料，采用简洁生动的语言，塑造了各种栩栩如生的人物形象，反映了当时的社会生活和阶级矛盾，传达了作者本人对于各种历史事件和人物或爱或憎的强烈情感，具有极大的艺术感染力量，是中国传记文学的典范。鲁迅称之为“史家之绝唱，无韵之离骚”，十分准确地概括了《史记》的高度成就。

两汉时代无限丰富的历史素材，也诱发了后世小说家创作的激情；两汉史传文学的成就，则给后世小说家以宝贵的启迪和借鉴。

以两汉史事为题材的小说，早在汉朝的当代或者稍后一点儿的时期，就已经开始了。可是，由于受“正史”和“稗史”自觉分工的制约，小说家往往把书写史上大事的权利让给了史官，自己只取若干“遗事”“轶闻”为写作的材料。其中，最著名的是写汉武帝的《汉武故事》与《汉武内传》。

《汉武故事》又称《汉武帝故事》，旧题班固撰，宋代又有王俭造作之说。有的学者根据书中“汉有六七之厄”及“代汉者，当涂高也”之类的谶语，推定它为汉末建安时期（196—219年）的小说（刘文忠：《〈汉武故事〉写作时代新考》）。《汉武内传》，又称《汉武帝内传》，亦托名班固撰。它的写作，在《汉武故事》之后，或云为东晋葛洪所撰。

《汉武故事》是以汉武帝为中心的神仙故事，记武帝自生于漪兰殿至死后葬于茂陵的琐闻轶事，包括政治、军事、游宴、求仙等内容。其中如《颜驷为郎》：

上尝辇至郎署，见一老翁，须鬓皓白，衣服不整。上问曰：“公何时为郎？何其老也！”对曰：“臣姓颜名驷，江都人也。以文帝时为郎。”上问曰：“何其老而不遇也？”驷曰：“文帝好文而臣好武，景帝好老而臣尚少，陛下好少而臣已老：是以三世不遇，故老于郎署。”上感其言，擢拜会稽都尉。

通过简短的对话，写出了颜驷三世不遇的命运，读来令人酸鼻。

又如《微行柏谷》：

上微行至于柏谷，夜投亭长宿；亭长不纳，乃宿于逆旅。逆旅翁谓上曰：“汝长大多力，当勤稼穑，何忽带剑群聚，夜行动众，此不欲为盗则淫耳。”

上默然不应，因乞浆饮。翁答曰："吾止有溺，无浆也。"有顷，还内。上使人觇之，见翁方要少年十余人，皆持弓矢刀剑，令主人妪出安过客。妪归，谓其翁曰："吾观此丈夫非常人也，且亦有备，不可图也。不如因礼之。"其夫曰："此易与耳。鸣鼓会众，讨此群盗，何忧不克!"妪曰："且安之，令其眠，乃可图也。"翁从之。时上从者十余人，既闻其谋，皆惧，劝上夜去。上曰："去必致祸，不如且止以安之。"有顷，妪出，谓上曰："诸公子不闻主人翁言乎？此翁好饮酒，狂悖不足计也。今日具令公子安眠无他。"妪自还内。时天寒，妪酌酒，多与其夫及诸少年，皆醉。妪自缚其夫，诸少年皆走。妪出谢客，杀鸡作食。平明，上去。是日还宫，乃召逆旅夫妻见之，赐姬千金，擢其夫为羽林郎。

这段写武帝微服私访，险些被旅店主人当做"盗"抓起来，幸亏老妪性敏知机，设计灌醉丈夫，并热情款待汉武帝。脱险而归的汉武帝，自然得感激老妪，但对那要把自己当盗擒拿的逆旅翁，仍然赞扬他的警惕性，擢拔为羽林郎。这种富于喜剧色彩的轶闻，当然是正史不载的。

《汉武内传》增饰《汉武故事》中武帝会西王母诸事而成，从景帝梦赤彘从云中降崇芳阁而生武帝写起，重点在叙写武帝登位以后，好神仙之道，西王母紫兰宫玉女王子登，传王母之命，告以七月七日来会。到七月七日二更之后，王母果如约降临：

……忽见西南如白云起，郁然直来，径趋宫庭。须臾转近，闻云中箫鼓之声，人马之响。复半食顷，王母至也。具投殿前，有似鸟集。或驾龙虎，或乘白麟，或乘白鹤，或乘轩车，或乘天马，群仙数千，光耀庭宇。既至，从官不复知所在，唯见王母乘紫云之辇，驾九色斑龙，别有五十天仙，侧近鸾舆，皆长丈余，同执綵旄之节，佩金刚灵玺，戴天真之冠，咸住殿下。王母唯扶二侍女上殿，侍女年可十六七，服青绫之袿，容眸流盼，神姿清发，真美人也。王母上殿，东向坐，着黄金褡襹，文采鲜明，光仪淑穆；带灵飞大绶，腰佩分景之剑，头上太华髻，戴太真晨缨之冠，履玄璚凤文之舄。视之，可年三十许，脩短得中，天姿掩蔼，容颜绝世，真灵人也。

小说极力渲染西王母降临汉宫时的服饰、车驾、随从之盛，文彩绚烂，排偶华丽，在艺术上很有可称道的地方。

对于《汉武内传》的思想内容，以往论者大都着眼于它的显扬道术，颇以为病。其实，透过那些道家难懂的术语，读者还是可以看到对于封建帝王的批判。小说一开头写景帝召占者姚翁以问之，姚翁曰："吉祥也。此阁必生命世之人，攘夷狄而获嘉瑞，为刘宗盛主也；然亦大妖。”姚翁一方面肯定汉武帝是“刘宗盛主”，对他的雄才大略作了高度评价，同时又指出他“大妖”的一面。汉武帝的穷兵黩武，好大喜功，也同时种下了未来危机的隐患。这种评价的基调，贯串了全篇。同姚翁不同，西王母、上元夫人更是以仙家的姿态，居高临下地对人间神圣不可冒犯的汉武帝，一再进行教诲和训斥。王母遣侍女郭密香邀上元夫人，致词中云：

刘彻好道；适来视之，见彻了了，似可成进。然形慢神秽，脑血淫漏，五脏不淳，关胃彭孛，骨无津液，脉浮反升，肉多精少，瞳子不夷，三尸狡乱，玄白失时，虽当语之以至道，殆恐非仙才也。

及上元夫人至，更当面指斥刘彻为“耽酒荣利，嗜味淫色”的“五浊之人”，说：

汝胎性暴，胎性淫，胎性奢，胎性酷，胎性贼，五者恒舍于荣卫之中，五藏之内，虽获良针，固难愈也。

对于帝王的批判，固然可以由下而上地进行，但那样需要有极大的政治勇气；而借神仙之口，由上而下地进行，则丝毫不必冒任何的风险，同样可以达到目的。

小说最后写汉武帝得西王母授《五真图》《灵光经》，上元夫人授六甲灵飞十二事，但并没有成仙得道，原因是，武帝自受法以后，“自许为神真见降，必当度世，恃此不修正德，更兴起台馆，劳敝万民，坑降杀服，远征夷狄，路盈怒叹，流血膏城”，天火烧柏梁台，长生之事，竟成泡影。由此可见，小说中确是寄托了人民的情感的。

《西京杂记》是一部以西汉史事为题材的轶事小说。据东晋葛洪，《西京杂记跋》说，汉代刘歆“欲撰《汉书》，编录汉事，未得缔构而亡”，后好事者以意排定次第，合为一百卷；班固后来所作之《汉书》，“殆是全取刘书，有小异同耳”。其中为班固所不取的，不过二万许言，葛洪将其抄出，“名《西京杂记》，以裨《汉书》之阙”。葛洪的话，后世学者如明代黄省曾、清代卢文弨，多信之。近人余嘉锡《四库提要辨证》，则力辨其非，故此书之作者，当如鲁迅所言，“固以葛洪所造为近是”（《中国小说史略》）。

《汉书·匡衡传》颜师古注说：“今有《西京杂记》者，其书浅俗，出于里巷，多有妄说。”《四库全书总目提要》说：“其中所述，虽多为小说家言，而摭采繁富，取材不竭。”书名“杂记”，所以首尾参错，前后倒乱，若略加梳理，仍然可以看出两汉史上许多有趣的传闻轶事。

汉高祖斩白蛇以起义，是西汉史事的开端。《西京杂记》卷一详细描述了那把斩蛇剑的情况：

汉帝相传以秦王子婴所奉白玉玺、高祖斩白蛇剑。剑上有七采珠，九华玉以为饰，杂厕五色琉璃为剑匣。剑在空中，光景犹照于外，与挺剑不殊。十二年一加磨莹，刃上常若霜雪。开匣拔鞘，辄有风气，光彩射人。

汉高祖起兵反秦，与项羽逐鹿天下，先入咸阳。《史记·高祖本纪》云："欲止宫休舍，樊哙、张良谏，乃封秦重宝、财物府库，还军霸上。"记载极为简略。《资治通鉴》卷九叙述稍详："沛公见秦宫室、帷帐、狗马、重宝、妇女以千数，意欲留居之。樊哙谏曰：'沛公欲有天下耶？将为富家翁耶？凡此奢丽之物，皆秦所以亡也，沛公何用焉！愿急还霸上，无留宫中。'沛公不听。张良曰：'秦为无道，故沛公得至此。夫为天下除残贼，宜缟素为资；今始入秦，即安其乐，此所谓助桀为虐。且忠言逆耳利于行，毒药苦口利于病，愿沛公听樊哙言。'沛公乃还军霸上。"而《西京杂记》则作了极其细致的描写：

高祖初入咸阳宫，周行库府，金玉珍宝，不可称言。其尤惊异者，有青玉五枝灯，高七尺五寸，作蟠螭，以口衔灯，灯燃，鳞甲皆动，焕炳若列星而盈室焉。复铸铜人十二枚，坐皆高三尺，列在一筵上，琴筑笙竽，各有所执，皆缀花采，俨若生人。筵下有二铜管，上口高数尺，出筵后。其一管空，一管内有绳，大如指，使一人吹空管，一人纽绳，则众乐皆作，与真乐不异焉。有琴长六尺，安十三弦，二十六徽，皆用七宝饰之，铭曰：璠玙之乐。玉管长二尺三寸，二十六孔，吹之则见车马山林，隐辚相次，吹息亦不复见，铭曰：昭华之棺。有方镜，广四尺，高五尺九寸，表里有明，……则掩心而照之，则知病之所在。又女子有邪心，则胆张心动。秦始皇常以照宫人，胆张心动者则杀之。高祖悉封闭以待项羽，羽并将以夺，后不知所在。

《史记》是史书，"史尚简严"，故只能举其大者；《西京杂记》是小说，却可以铺陈词藻，详加描述。

汉高祖的统治地位一旦稳固，也难免要大兴土木。《杂记》写汉高祖七年（前200年），相国萧何为之营未央宫，"因龙首山制前殿，建北阙。未央宫周回二十二里九十五步五尺，街道周回七十里。台殿四十三，其三十二在外，其十一在后。宫池十三，山六，池一。山一亦在后。宫门闼凡九十五"。其规模虽不能与秦阿房宫之"恢三百余里，离宫别馆，弥山跨谷"相颉颃，但亦气势宏大、奢靡不凡了。尤为突出的是，汉高祖为了取悦他那位"平生所好，皆屠贩少年，酤酒卖饼，斗鸡蹴鞠”的父亲，“乃作新丰，移诸故人实之”“并移旧社，衢巷栋宇，物色惟旧，士女老幼，相携路首，各知其室。放犬羊鸡鸭于通涂，亦竞识其家”。颇洋溢着农家生活的情趣。

高祖宠幸戚夫人，常欲立其子如意为太子，终为吕后所忌杀，这是汉代很著名的故事，《杂记》中也有生动的记述：

高帝、戚夫人善鼓瑟击筑。帝常拥夫人倚瑟而弦歌，毕，每泣下流涟。夫人善为翘袖折腰之舞，歌《出塞》《入塞》《望归》之曲，侍婢数百皆习之。后宫齐首高唱，声入云霄。

《杂记》还引用曾为戚夫人侍儿贾佩兰的话，增加了叙事的可信性。《杂记》又提到吕后命力士于被中缢杀赵王如意，“及死，吕后不之信，以绿囊盛之，载以小骈车，入见，乃厚赐力士”的事，写宫廷内的斗争，都为正史所不载。

《西京杂记》还记叙了文帝、武帝、昭帝、元帝、成帝时的轶闻。如写武帝欲杀乳母，乳母告急于东方朔，东方朔在侧以言激之曰：“汝宜速去，帝今已大，岂念汝乳哺时恩耶?”武帝怆然，遂舍之。

又如关于王昭君的故事：

元帝后宫既多，不得常见，乃使画工图形，案图召幸之。诸宫人皆赂画工，多者十万，少者亦不减五万。独王嫱不肯，遂不得见。匈奴入朝，求美人为阏氏，于是上案图，以昭君行。及去，召见，貌为后宫第一，善应对，举止闲雅。帝悔之，而名籍已定。帝重信于外国，故不复更人。乃穷案其事，画工皆弃市，籍其家，资皆百万。画工有杜陵毛延寿，为人形，丑好老少，必得其真。安陵陈敞，新丰刘白、龚宽，并工为牛马飞鸟众势，人形好丑，不逮延寿。下杜阳望，亦善画，尤善布色。樊育亦善布色。同日弃市。京师画工，于是差稀。

这是王昭君较早流传故事的记录，只是还未将画工敲定为毛延寿一人而已。

成帝宠幸赵飞燕的故事，在《西京杂记》中占了相当篇幅。其中说：“赵后体轻腰弱，善行步进退，女弟昭仪不能及也。但昭仪弱骨丰肌，尤工笑语。二人并色如红玉，为当时第一，皆擅宠后宫。”小说还写了赵氏姊妹奢华侈靡的生活：

赵飞燕女弟居昭阳殿，中庭彤朱，而殿上丹漆，砌皆铜沓，黄金涂，白玉阶，壁带往往为黄金釭，含蓝田璧，明珠翠羽饰之。上设九金龙，皆衔九子金铃，五色流苏。带以绿文紫绶，金银花镊。每好风日，幡旄光影，照耀一殿，铃镊之声，惊动左右。中设木画屏风，文如蜘蛛丝缕，玉几玉床，白象牙簟，绿熊席，席毛长二尺余，人眠而拥毛自蔽，望之不能见，坐则没膝，其中杂熏诸香，一坐此席，余香百日不歇。有四玉镇，皆达照，无瑕缺。窗扉多是绿琉璃，亦皆达照，毛发不得藏焉。椽桷皆刻作龙蛇，萦绕其间，鳞甲分明，见者莫不兢栗。

后人评论《西京杂记》，说它有四大缺点，即猥琐可略，闲漫无归，杳昧难凭，触忌须讳（黄省曾：《西京杂记序》）。所谓触忌，是指小说所记赵飞燕与成帝侍郎庆安世淫乱的事，按吏为“尊者讳”的体例，这类事情是应该为之隐讳的；《西京杂记》直书之，正表现了小说敢于揭露统治者黑暗腐朽一面的进步性。

真正成熟的小说，是《飞燕外传》。《飞燕外传》又作《赵飞燕外传》《赵后别传》，旧题伶玄撰。伶玄，字子于，潞水（今山西长治）人。据说与扬雄同时，“学无不通，知音善属文，简率而真朴，无所矜式，扬雄独知之。然雄食名矫激，子于谢不与交，雄深相毁之。子于司空小吏历三署，刺守州郡，为淮南相。”（《自序》）或以为出后人之伪托，但也无过硬的证据。

《飞燕外传》叙汉成帝与皇后赵飞燕、昭仪赵合德姊妹的故事。《汉书》卷九十七有赵皇后传曰：

孝成赵皇后，本长安宫人。初生时，父母不举，三日不死，乃收养之。及壮，属阳阿主家，学歌舞，号曰“飞燕”。成帝尝微行，出过阳阿主家，作乐，上见飞燕而悦之，召入宫，大幸。有女弟，复召入，俱为婕妤，贵倾后宫。许后之废也，上欲立赵婕妤，皇太后嫌其所出微甚，难之。太后姊子淳于长为侍中，数往来传语，得太后指，上立封赵婕妤父临为成阳侯。后月余，乃立婕妤为皇后。追以长前白罢昌陵功，封为定陵侯。皇后既立，后宠少衰，而弟绝幸，为昭仪，居昭阳舍，其中庭彤朱而殿上髹漆，切皆铜沓冒、黄金涂、白玉阶，壁带往往为黄金釭，函蓝田璧，明珠翠羽饰之，自后宫未尝有焉。姊弟专宠十余年，卒皆无子。末年定陶王来朝，王祖母傅太后私赂遗赵皇后、昭仪，定陶王竟为太子。明年春，成帝崩。帝素强无疾病，……民间归罪赵昭仪。皇太后诏大司马莽、丞相大司空曰：皇帝暴崩，群众灌哗怪之，掖庭令辅等在后庭左右侍燕，迫近杂与。御史丞相廷尉治问皇帝起居发病状。赵昭仪自杀。哀帝辟既，尊赵后为皇太后。

《四库全书总目提要》以为，《飞燕外传》“纯为小说家言，不可入于史部，与《汉武内传》诸书，同一例也”。明人胡应麟称它为“传奇之首”，与《杨太真外传》《莺莺传》《霍小玉传》相提并论，是很有见地的。《飞燕外传》虽以赵飞燕姊妹为主角，着眼于宫闱秘闻的渲染，但从历史的角度看，《外传》对于汉成帝的性耽酒色的揭露，却是更为突出的。

汉成帝在位凡二十六年，他以母舅王凤为大司马大将军，外戚专权，导致日后王莽的篡汉为新，成帝可谓汉家之罪人。《外传》写成帝既宠幸飞燕，又闻其女弟合德“美容体，性醇粹不可言，不与飞燕比”，便命人以百宝凤毛玉辇迎合德，合德惧姊，不敢行，帝又取飞燕五彩组文手藉为符以召令合德，又以求子为由，令人劝飞燕进合德，“帝大悦，以辅属体，无所不靡，谓为‘温柔乡’”。并说：“吾老是乡矣，不能效武帝求白云仙乡也。”极其传神地写出了汉成帝沉缅美色、荒淫昏庸的本质，较之汉武帝之雄心勃勃，已不可同日而语。

小说极力铺张成帝与飞燕、合德的奢靡，成帝“诏益州，留三年输为婕妤作成七成锦帐，以沉水香饰；婕妤接帝于太液池，作千人舟，号‘合宫之舟’。池中起为瀛州榭，高四十尺。帝御流波文縠无缝衫，后衣南越所贡英紫裙，碧琼轻绡。广榭上，后歌舞归风送远之曲，帝以文犀簪击玉瓯，令后所爱侍郎冯无，方吹笙以倚后歌”。又通过窥浴，饵丹乃至纵欲身亡，写出了一个活生生的荒淫之主的形象。尽管小说中引用了淖夫人“此祸水也，灭火必矣”的话，但形象的力量表明，熄灭“炎刘”之火的，却是刘氏皇帝自身，具有相当的批判的力量。

《飞燕外传》在艺术上，“篇幅漫长，首尾完整；记叙委曲，恣情烂漫，颇类传奇”（侯忠义：《中国文言小说史稿》）。其中写飞燕的性虐嫉妒和合德的卑事顺人：

婕妤事后，常为儿拜。后于婕妤坐，后误唾婕妤袖，婕妤曰：“姊唾染人绀袖，正似石上华；假令尚方为之，未必能若此衣之华。”以为石华广袖。

通过细节与对话，将姊妹二人的个性与情态，活现纸上。

其后，又有《杂事秘辛》一卷，旧题汉佚名氏撰，有明代杨慎题辞，称“得于安宁州土知州董氏，前有义乌王子充印，盖子充使云南时箧中书也”。学者多以为是杨慎所伪作。此篇写东汉桓帝建和元年（147 年）选梁皇后入宫册立事，其中写吴姁奉命至皇后燕处审视过程的描写，亦为正史所不载，但不一定出于后人之编造。

《汉武故事》《汉武内传》《西京杂记》《飞燕外传》，都是以汉代史事作为小说的最初尝试，其自身都有一定程度的认识价值和审美价值，对后世的小说戏曲创作，产生了深远的影响。

## 二 瓦舍艺人的汉书平话

宋元时代，由于城市经济的发展，“说话”伎艺应运而生。在一些大城市的瓦舍勾栏中，“讲史”受到普遍的欢迎。吴自牧《梦粱录·小说讲经史》中说：“讲史书者，谓讲说《通鉴》汉唐书史文传、兴废争战之事。”无论从历史演进的顺序还是时代的重要讲，汉代史事都是讲史艺人最重视的题材之一，现存元代至治（1321—1323 年）建安虞氏刊本全相平话五种，有三种都同汉代历史有关。

其中，最重要的当然是《前汉书平话续集》，但此本题名“续集”，一开卷便单刀直入地写道：“时大汉五年十一月某日，项王自刎而死，年三十二岁。”可见在“续集”之前，必有一部《前汉书正集》。郑振铎推测说：“其叙述当止于项羽被围于九里山前，四面楚歌，虞姬自杀，羽奋勇突围而出，走至乌江，终于自刎而亡。”（《论元刊全相平话五种》）可惜由于年代久远，今已湮灭不传。

秦汉两朝的历史，密不可分；讲汉代史事，自不能不从秦代讲起。《秦并六国平话》，叙秦始皇并吞六国、统一天下至刘邦诛灭群雄、建立汉朝的史事，其中正包容了《前汉书平话正集》应有的内容。按《五代史平话》的体例，《梁史》《唐史》《晋史》《汉史》《周史》各卷，既紧相衔接，又相互交错，“一件战事，一件变故，往往在两三书中反复地叙了又叙”（郑振铎：《宋元明小说的演进》），其间只是详略的不同而已。

从《前汉书平话》的题名看，其时还当有一种《后汉书平话》才是，可惜也已亡佚不传。不过，《后汉书平话》的内容，在《三国志平话》中也幸有残留。《三国志平话》开卷即从汉光武帝刘秀于洛阳建都写起，说他至御园闲游，花木异卉，观之不足，便问大臣：“此花园亏王莽之修？”近臣奏曰：“非干王莽事，皆是逼迫黎民移买栽接，亏杀东都洛阳之民。”光武急忙传令，“来日是三月三日清明节假，出其黄榜，寡人共黎民一处赏花”。又写书生司马仲相受天帝之命，暂为阴司之君，有阴官八人奏曰：

陛下知王莽之罪？药酒鸩杀平帝，诛了子婴，害了皇后，净其宫室，杀了宫娥勿知其数，如此之罪。后建新室，做皇帝，字巨君。在十八年后，有南阳邓州白水村刘秀起义，破其王莽，复夺天下，把王莽废了，见在交舍院中。如今光武皇帝即位，宰相兼有二十八宿四斗侯为将帅辅从，光武是紫薇大帝。

这里分明包含了《后汉书平话》的主要内容，也反映出《后汉书平话》的思想倾向。

《秦并六国平话》叙事的基本出发点，就是宣扬汉高祖兴兵灭秦的正义性。《平话》在进入秦并六国的正题之前，首先向读者（听众）勾画了一个秦亡汉兴的“大略”：

话说昔日秦始皇帝者，庄襄王子也。始皇无道，南取百粤，北筑长城，东填大海，西建阿房，坑儒焚书，使天下人民不安。不修国政，并吞诸侯，荒荒离乱。始皇欲立万世为君，遍游天下，来到沙丘，帝崩。怕天下诸侯有变，不敢发丧，背地里将銮銮车载尸，与鲍鱼相杂。赵高与李斯商量作诏书，差使命往长城杀太子扶苏并那蒙恬，却立二世为君。在后赵高引军阎乐入内，杀胡亥，立三世子婴为君。子婴懦弱，托病不出宫。赵高弄权，指鹿为马，欺压群臣。赵高入内探帝病，子婴杀赵高，有胡曾诗为证。诗曰：

汉祖西来秉白旄，子婴宗庙起波涛。

谁怜君有翻身术，解向秦宫杀赵高。

在后，天降圣人，汉高祖刘邦领兵入关，系颈以组，封皇帝玺，降于枳道。

可见，《平话》的作者，决不是为历史而历史，他所要传达的，是人民大众要求统治者“爱人”的心声，这在《平话》称赞唐贤杜牧《阿房宫赋》末后一段“说得最好”，并完整地加以引用中得到证明。这一段是：

呜呼，灭六国者，六国也，非秦也；族秦者，秦也，非天下也。嗟夫，使六国各爱其人，则足以拒秦；秦复爱六国之人，则递三世可至万世而为君，谁得而族灭也？秦人不暇自哀，而后人哀之；后人哀之而不能鉴之，亦使后人复哀后人也。

在这一段之后，紧接着就是关于秦亡汉兴的一大篇“大略”，从而为《平话》的爱憎褒贬，定下了基调。

汉朝历史的开端，应为陈胜吴广的举义。秦始皇、秦二世的无道，引起了人民的普遍反抗。司马迁说：“秦失其政，而陈涉发迹，诸侯作难，风起云蒸，卒亡秦族。天下之端，自涉发难。”（《太史公自序》）把陈涉列在《史记》的“世家”，给予相当的地位。《秦并六国平话》也同样突出了陈涉发难的历史功绩：

秋七月，戍卒阳城人陈蕲，是时，发闾左戍渔阳，九百人屯大泽乡。陈胜、吴广皆为屯长。会天大雨，道路不通，度已失期。乃召令徒属曰："公等皆失期，当斩。而戍死者固什六七。且壮士不死则已，死则举大名耳。王侯将相，宁有种乎！"众皆从之。乃诈称公子项燕，称大楚，陈胜自立为将军，吴广为都尉，入据陈。陈胜既入陈，张耳、陈余诣门上谒。陈中父老请立陈胜为楚王，涉以问耳、余，对曰："秦为无道，暴虐百姓，将军出万死之计，为天下除残。"

这段话几乎完全抄自《资治通鉴》卷七《秦纪二》，只在文字上略加删削。其第一句"戍卒阳城人陈蕲"，就是据《通鉴》"阳城人陈胜、阳夏人吴广起兵于蕲"抄录而致误的。吴自牧说"讲史书者，谓讲说《通鉴》汉唐历代书史文传、兴废争战之事"，这句话中，《通鉴》一般不是和"汉唐书史文传"并列的，因为平话艺人，主要是通过《通鉴》来了解汉唐各代的历史，并据以铺衍情节，进行创作的。这就决定平话在叙述"史上大事"时，往往直接抄录《通鉴》的原文。指出这一点，不等于说平话艺人就没有自己的历史观点，或者是以史家的观点为自己的观点；抄录本身，就不是漫无目的的，其间的取舍详略，都必然受市井艺人的历史眼光和艺术趣味的支配。如《平话》对陈胜"公等皆失期，当斩。而戍死者固什六七。且壮士不死则已，死则举大名耳。王侯将相，宁有种乎"的豪言壮语，直录无遗；而对张耳、陈余劝阻陈胜称王的话，却加以删改。按《通鉴》原文为：

陈中豪桀父老请立涉为楚王，涉以问张耳、陈余。耳、余对曰："秦为无道，灭人社稷，暴虐百姓。将军出万死之计，为天下除残也；今始至陈而王之，示天下私。愿将军毋王，急引兵而西，遣人立六国后，自为树党，为秦益敌；敌多则力分，与众则兵强，如此，则野无交兵，县无守城，诛暴秦，据咸阳，以令诸侯。诸侯亡而得立、以德服之，则帝业成矣。今独王陈，恐天下懈也。"陈涉不听，遂自立为王，号"张楚"。

《平话》删去张耳、陈余话中"灭人社稷"四字，把"秦为无道"只归结为"暴虐百姓"一点，又删去"今始至而陈王之，示天下私"以下诸语，在"将军出万死之计，为天下除残"句后遽然而止，张耳陈余反对称王的意思，也就变成了赞同称王了。这固然出于省缩篇幅的考虑，更表明平话艺人对于陈胜首义功绩的肯定。

继陈胜举义之后，《平话》按照《通鉴》的结构，分刘邦、项羽、田儋三条线索叙述各地起兵响应的情况。关于刘邦的起事，《通鉴》是这样写的：

刘邦字季，为人隆准龙颜，左股有七十二黑子。爱人喜施，意豁如也。常有大度，不事家人生产作业。初为泗上亭长，单父人吕公好相人，见季状貌奇之，以女妻之。既而季以亭长为县送徒骊山，徒多道亡。自度比至，皆亡之，到丰西泽中亭止饮，夜乃解纵所送徒曰："公等皆去，吾亦从此逝矣。"徒中壮士愿从者十余人。刘季被酒，夜经泽中，有大蛇当径，季拔剑斩蛇，有老妪哭曰："吾子白帝子也，化为蛇，当道，今赤帝子杀之。"因忽不见。

《平话》作：

刘邦字季，为人隆准龙颜，宽仁爱人，意豁如也。常有大度，不事家人生产作业。初为泗上亭长。秦十二里一亭，亭置二长，主督盗贼。为县送徒人往骊山，徒多道亡。自度比至，皆亡之，乃解纵所送徒曰："公等皆去，吾亦从此逃矣。"徒中壮士愿从者十余人。刘季被酒，夜经泽中，有一大蛇当道。季援剑向前挥之，其蛇两段，白气上升空中。夜有一白衣老妪哭而言曰："吾子西方白帝子也，化为蛇，当道，今被赤帝子斩之。"道罢，忽然不见。有胡曾《咏史诗》为证。诗曰：

白蛇初断路难通，汉祖龙泉血刃红。

不是咸阳将瓦解，素灵那哭月明中。

《平话》于《通鉴》，有改动，有删削，也有增添。最大的改动是将"爱人喜施"改为"宽仁爱人"，"爱人喜施"，是指因爱人而乐于施舍，所谓"仗义疏财"，但刘邦不过一个小小的亭长，自己还"常从王媪、武员贳酒"，又哪来多余的钱财施舍他人？《平话》改为"宽仁爱人"，作为一种美德，正可以同暴虐无道的秦代统治者形成鲜明的对比，体现了《平话》臧否人物的道德标准。

《平话》删除了吕公以女妻之的内容，也许是出于省缩的考虑；但吕公之女，即是后来的吕后，《平话》不愿过早地提及此人，或者也有可能。《平话》增添的有三种情况：一是将"亭长"一词下的小注化为正文，起着补充说明的作用；二是斩白蛇时多了细节的描写，大蛇斩断以后，有"白气上升天空"，老妪又是穿着"白衣的"，这就突出了白蛇的印象；三是引唐人胡曾的《咏史诗》为证，这种由平话开创的"以诗为证"的写作方法，为后世的小说创作所继承，成为中国古代小说的传统的表现手段。

贯串《平话》的主线，是刘邦与项羽的不同行事的强烈对比和尖锐冲突。

《平话》写“沛公西入咸阳，还兵灞上，召父老豪杰，来与之约”，干脆不提刘邦入咸阳以后，“见秦宫室、帐幄、狗马、重宝、妇女以千数”（《通鉴》），确曾有过的欲“止宫休舍”的念头，并把他的“约法三章”，以通俗的语言写出：“今与尔等约法令三章：有杀人者，教尔者如杀；伤人底及做盗贼底，各以其罪治之。其余秦王严法，一回除去。凡我之兴师此来，为诛无道秦，与尔父老除害，非敢有所侵夺，尔父老每休惧怕。”刘邦的“宽仁爱人”，获得了父老的拥护：“各牵牛扛酒，来沛公军前犒军，只怕沛公不来关中为王也。”

而项羽却反其道而行之，“长驱而来，攻破了关，把咸阳城内尽行戮诛，把咸阳宫室不问官民底，将一炬火烧荡一空，火至三月不灭。发兵将始皇冢掘了，取去殉葬金宝，把那秦皇底骸骨撒放荒郊。”据《通鉴》：“项羽引兵西屠咸阳，杀秦降王子婴，烧秦宫室，火三月不灭，收其货宝妇女而东，秦民大失望。”并无掘始皇冢的事，但项羽所作所为令秦民失望，却是完全真实的。于是，在他密令谋杀义帝之后，激起了三老董公的义愤，他们拦马上书沛公，以伐项羽。沛公称善，乃传檄天下，于是：

自此檄文一到，如萧何便为沛公守着关中；韩信便登坛授大将印，张良便运筹帷幄，为沛公军师；陈平出奇计，以间楚君臣。故破赵军，捉赵王歇，虏魏王豹；北举赵代，虏齐王广。如破竹之势，迎刃而解。问楚王项羽于垓下，不五年而成帝业，皆自董公遮说仁义之言讥之。

《秦并六国平话》的结末，以极为精炼的语言概述了五年之间汉王的兴国大业，其主题思想在结尾鲜明地表现出来：

夫以始皇，以诈力取天下，包举宇内，席卷天下，将谓从一世事至万世为皇帝。谁料闾左之戍卒，一呼而七庙隳，身死人手，为天下笑。中原失鹿，诸将逐之，神器有归，竟输于宽仁爱人沛公。则知秦尚诈力，三世而亡；三代仁义，享国久长。后之有天下者，尚鉴于兹。诗曰：

始皇诈力独称雄，六国皆归掌握中。
北塞长城泥未燥，咸阳宫殿火先红。
痴愚强作千年调，兴感还如一梦通。
断草荒芜斜照外，长江万古水流东。

那部已经亡佚的《前汉书平话正集》，大约也不会与这种宣扬“宽仁爱人”的思想相去太远，因为这是由时代的精神使之然的。

《前汉书平话续集》三卷，别题“吕后斩韩信”，叙述的是汉高祖五年

（公元前202年）至吕后八年（前180年）汉文帝登位共22年间的故事，与《正集》紧相衔接。上面提到，《正集》的内容大致可以从《秦并六国平话》中反映出来，但这并不等于说，两种平话的思想风格是完全一致的。郑振铎说："写《前汉书正续集》的小说家，或说话人，与写《秦并六国平话》的作家或系一人，以其皆从史实扩大，不肯妄加无稽的'神谈'。"（《论元刊全相平话五种》）这种推测，是不很符合实际的。

我们看到，《秦并六国平话》的汉书部分，大抵抄自《资治通鉴》而略有增删，而《前汉书续集》则多取民间传闻；尤其值得注意的，《续集》完全抛开《秦并六国平话》痛斥项羽"大逆不道"，不仁不义的基调，严厉批评了史官学士司马迁"项王不知己，不能用贤人，失天下，言天亡项王，非战罪，岂不谬哉"，是"不审项王为人"。《续集》宣扬项羽有"八德"：

起于陇亩，威服天下者，英雄之致，一也；斩宋义而存赵国，断之明，二也；大小七十余阵，未尝败，勇略之深，三也；与仇敌，而不敌人之父者，仁之大矣，四也；割鸿沟而不质汉之妻子，言之厚，五也；势力屈，言天亡我，是知其命者，六也；至乌江而不肯渡者，羞见父老，有耻之不爱其生，七也；引剑自杀者，知死有分定，八也。细察项王之事，有终有始，功以多矣，过以寡矣。项王言："天亡我！"非为谬也。

因此，《续集》对项羽之死寄予了极大的同情，以至于写汉王也对项羽之死表示悲悼，他亲视项王首，哭曰："谁杀吾弟？"又传令于中军："若得项王家属，无得驱虏杀害，与吾家属无异矣。"

《续集》对项羽态度的这种变化，固然是一种英雄末路之情的集中喷发，更由于平话本身内容的需要。《续集》所要叙写的，已不是天下逐鹿的雄壮活剧，而是汉朝建国以后，诛除功臣的千古奇冤。刘邦也就从"宽仁爱人"的正义化身，变成了屈杀英才的阴险小人。平话开篇对项羽之死的痛悼，无非是为了引出对韩信冤死悲剧的愤慨来。

韩信在楚汉相争中，为刘邦建立了巨勋，但刘邦却怀有疑忌的心理。《平话》写楚灭以后，刘邦至定陶与韩信会合的情形道：

……早晨过其县，望见一营壁垒雄壮，汉王问左右曰："何营也？"左右曰："乃齐王韩信之营。"汉王停骖视之，久看信营。当日汉王心中疑虑，而密问子房曰："项氏已灭，韩信尚执天下兵权，其信之略，威震四海，天下无敌，吾实畏之。"子房愕然惊恐，谓曰："方今天下初定，大王不宜有此疑心，恐有泄漏。信若有变，非羽之敌也。信之威畏，王自思之。"

刘邦并未听从张良的劝谏，他夺了有“振主之威”的韩信的齐王之印，改封楚王，又以韩信私藏楚臣钟离昧之故，用陈平计，诈称巡游，来擒韩信。面对如此严峻的局面，韩信却毫无精神准备。当大夫孙安急来报信时，韩信犹然不信，说：“我不曾负汉，汉不负我。”钟离昧又提醒他说：“见今天下太平，焉用大王？”建议起兵自卫，方可万无一失，韩信又说：“吾岂不自知？汉王不负我，我岂能负汉乎？”甚至不惜将钟离昧斩讫，以首级献与汉王来表明心迹。但这并不能消除刘邦的疑惧，令将韩信押还咸阳，便要斩首。虽经张良再三劝阻，还是削去楚王兵权，贬为淮阴侯在咸阳闲住，韩信这才懊恨不已。

陈豨之反，是韩信最后被斩的关键事件。据《资治通鉴》载：“陈豨为相国，监赵、代边兵。豨过辞淮阴侯，淮阴侯挈其手，辟左右，与之步于庭，仰天叹曰：‘子可与言乎？’豨曰：‘唯将军令之。’淮阴侯曰：‘公之所居，天下精兵处也。而公，陛下之信幸臣也，人言公之畔，陛下必不信；再至，陛下乃疑矣；三至，必怒而自将，吾为公从中起，天下可图也。’陈豨素知其能也，信之，曰：‘谨奉教’。”（卷十二）则陈豨之反，谋实出于韩信。《平话》却把陈豨谋反的动机处理为他对汉王“有始无终”“思新忘旧”的不满所致。他在代州大败番军以后，执盏告众官说：“番军大败，皆赖众官员也，非吾之功。今问众将士，想汉王有始无终，损灭诸侯，思新忘旧。昔日楚王韩信盖世之功，至今坐家致仕，久后咱都如此也。咱众官员就此处买马积草，共同谋夺刘氏江山。”又在汉王御驾亲征时，对赍诏的随何说：“大夫寻思，楚王韩信如之何？鞍不离马，甲不离身，南征北讨，东荡西除，协诸侯四海之内皆归于刘氏。推项羽十件大功，立汉王万载龙兴之地。他有疑心，言作功臣，教楚王坐家致仕，却做闲人。吾思此上，故于代州仗手下二十万雄兵，与汉君争都。如汉君胜，吾甘心而死；如豨胜，与汉下大臣出一口气也！”而韩信，只是一个被动的附和者。当陈豨受命以后，《平话》写道：

> 陈豨于朝内谢恩，出朝来，因从韩信宅门前过。陈豨思维，就向楚王求一计。至宅门下马，豨见信，礼毕，豨曰：“特来大王求一小计。”楚王叹嗟不止。陈豨思上心来：吾若退讫番军，有多少勋业？——想楚王有十大灭楚功名，坐家致仕。信曰：“陈豨休说。”陈豨将楚王相从出门，避信上马。豨执鞭而问信曰：“豨就于雁门兴业，谋夺刘氏江山。”信曰：“尔能为拼死乎？”豨问曰：“的实从焉。”

及陈豨反信传来，《平话》又细写韩信的心理活动道：

韩信坐家作念：高皇尔乃徐州丰沛人也，亩陇生计，好酒及色。少为亭长，因解罪囚到芒砀山，得逃避罪，断其白蛇，亦何豪强。与项羽兵分两路，收秦二世江山。汉楚同议，先入关者，秋毫无犯，约法三章，再定新律五刑。还兵东有，立诸侯弘振。项羽将勇，范曾铺谋，左迁诸侯之权，自立西楚霸王。汉王南过栈道，于褒州仗着萧何三箭之功，举信一人之德，明修栈道，暗度陈仓，赫燕收赵，涉西河，虏魏豹，擒夏悦，斩章邯，赶田横于海岛，逼霸王到乌江，立帝之基。灭楚已来，四海安宁，民皆快乐，万里闻风，一鼓而收之。信望衣锦食肉，谁指望夺印怀仇，不以芒砀山下累求良士。今日成帝业后，看大臣有如泥土；早知你有始无终，且不如楚项羽前提牌执戟。谩图五载，创的大功，却坐家致仕。我无由所诉，自作诗一绝，嗟叹云：

韩信功劳十大强，悬头无语怨高皇。

早知负我图劳力，悔不当初顺霸王。

韩信此时，所悔的还不是未曾造反，而是“悔不当初顺霸王”，因为比起项羽的“八德”来，刘邦的人品，确是不能同日而语了。最后，韩信还是为吕后赚入宫中斩首了。《平话》写道：“大汉十年九月十一日，韩信归世。其时天昏地暗，日月无光，长安无有一个不下泪，哀哉，哀哉，四方人民嗟叹不息：‘可惜枉坏了元帅！’可见作者的同情，完全是在韩信一边的，这就同正统的史家如司马光以为“高祖用诈谋擒信于陈，言负则有之；虽然，信亦有以取之也”（《通鉴》卷十二）的各打五十大板的态度，有着根本的不同。

据《资治通鉴》，韩信临死，曾言“恨不用蒯彻计”，刘邦乃诏捕蒯彻，怒其教韩信反，欲烹之。蒯彻以“秦失其鹿，天下共逐之，高材疾足者先得焉。跖之狗吠尧，尧非不仁，狗固吠非其主；当是时，臣唯独知韩信，非知陛下也”自辩，话虽讲得很坦率，但以盗跖比韩信，以尧比刘邦，已有浓重的阿谀的味道，又自比为狗，殊为不堪。《平话》中的蒯通（因避汉武帝刘彻的讳，改彻为通），却是完全不同的形象。他来到朝门，“仰面儿大笑三声，却又大哭三声”，引得刘邦不禁发问，便铺衍出一大篇小说家言来：

……高皇问通：“尔笑者为何，哭者为何?”陈平搔耳：此人不可问，若问，通必说也。蒯通便奏：“臣一哭我十年苦战，二哭朝中无人，三哭汉大臣不与通说话。”高皇问：“笑者为何?”“臣一笑一人无道，二笑汉家无智，三笑我王亲征。”帝怒而问：“卿因甚恨韩信不反?”通奏：“启陛下，是臣恨信不反，此人不用臣言，故来此处受刃。韩信若听小臣之言，怎死于吕后之手?”高皇大怒，要镬内烹之。通嗟吁：“是合烹小臣唆信反罪！”

通点头："臣理当，时秦朝陆均（沉），山东大扰，异姓并起，英雄乌杂。秦朝失其天下，天下共逐，高材捷足者先得之，桀犬吠尧，尧非不仁，吠之为非其主也。当知小臣独知韩信，非知陛下。吾受信衣禄，岂不知恩？山东大乱，皆因秦皇无道，到处兴兵，谋臣不圣明辅佐，臣宜尽呈绝伦之才，教信反数次，不纳小臣之言，致必它家受刃，故以哀哉。可惜许大车马，多争天下，任用贤士，纳谏如流。陛下雄兵百万，骁将莫知其数，皆总不及于项羽。立韩信为帅，灭项羽在乌江。如今天下太平，更要韩信则甚？臣数信更有十罪，汉大臣皆可以听通数信十罪：第一，陛下汉中投奔，诸国亦可拜将能定秦，陛下复有故地，其可杀也，是一罪；第二，陛下兵败淮水，夺于荥阳，韩信能提孤兵破楚王于凉之间，杀楚军二十余万，唬项羽不敢正视，其可杀也，是二罪；第三，魏豹反于河东，绝临晋地之渡，在蒲州之势，逼陛下得河东，其可杀者，是三罪；第四，困于城皋，益兵一万，信能其驱大愿寨血阁攻别诸侯，威擒夏悦，斩张全，其可杀者，是四罪；第五，信下井陉路，不终朝而破赵军一十万，死于泜水，知赵四十日，收全赵之地二千里以归陛下，其可杀者，是第五罪；第六，燕连北虏，东接三齐，令信不能血刃，一书归之，使齐无接，其可杀者，是六罪；第七，齐反复如楚用，时龙沮楚军二十万，与信相吞，信能不出兵，沙囊堰水，赶田横归海岛，下齐七十二城，其可杀者，是七罪；第八，兵困陛下城皋，信能展于河北，便大梁七十郡，以分人之势，其可杀也，是八罪；第九，垓下聚兵百万，会天下诸侯，困羽九重山前，信定十面埋伏，逼项羽乌江自刎，万里江山一归汉业，其可杀者，是九罪；第十，陛下出自布衣，信立九庙，置皇基，成帝业，其可杀者，是十罪也。启陛下，韩信则不有罪，更有五反。臣启我王详察信之反者：收燕破楚兵，权四十万雄兵，此时好反，今为闲人，乃是反也；韩信九重山前，大会垓下，权一百万大军，恁时好反，今为闲人，乃二反也；启陛下，今来天下已加信为楚王，权兵印四十万，坐独角殿，称孤道寡，顶冠执圭，恁时不反，今为闲人，乃是三反也。陛下驾出城皋，信在修武，权兵印五十员大将，掌四十万雄兵，帅有镇主之威，天下诸侯惧怕。今日尤烹小臣，我王见狐兔灭绝，不用猎，欲要烹臣。"通仰面而叫屈。

蒯通指天怨地，正话反说，嬉笑怒骂，痛快淋漓，通篇专在韩信有十大功劳，可反而未反上做文章，气势逼人，直欲玩刘邦于股掌之上，弄得刘邦"无言可答，两眼流泪"，只好赦下免罪，并为韩信敕坟安葬，建立祠堂，同正史呈现完全不同的意趣。

《平话》接着又叙刘邦、吕后屈杀梁王彭越、九江王英布，亦皆充溢着悲愤之气。扈彻曾劝彭越不可至长安，彭越不听，卒陷大辟，扈彻对众大臣大叫，并吟一诗道："太平只许梁王置，不许梁王见太平！"撞阶而死，以示抗议。彭越被斩时，"百姓无不哀哉，此时青天失色，日月无光。……西京人民尽皆言高祖无道，怨气冲天，忽降血雨三日，田苗皆死"。英布死后，"汉王大喜，接英布头欲看之，大臣谏曰：'我王不可看头。'汉王坚意看之，遂接头在手，视而责骂：'反贼，痛射吾一箭！'于时英布恨心冤气不散，双目睁开，一道黑气，扑倒高祖"。张良见汉王损坏三将，纳还三般朝典，辞官而去。

就这样，《前汉书正集》中作为"宽仁爱人"的圣主的讴歌对象的刘邦，到了《续集》中，却转化成忌杀功臣的无道暴君。平话艺人，自有其评价历史人物的道德标准，他们不管什么天命神授的"白帝子""赤帝子"，只要他暴虐百姓，屠戮功臣，就毫不留情地予以鞭笞和抨击。

对刘邦因疑忌功臣，杀了韩信、彭越、英布三个功臣的愤慨之情，在《五代史平话》《三国志平话》中，也有强烈的表现。《五代史平话》说，"这三个功臣，抱屈衔冤，诉于天帝。天帝可怜见三个功臣无辜被戮，令他每三个托生做三个豪杰出来，韩信去曹家托生，做着个曹操；彭越去孙家托生，做着个孙权；陈豨（《五代史平话》以陈豨取代英布）去那宗室家托生，做着个刘备。这三个分了他的天下：曹操篡夺献帝的，立国号曰魏；刘先主图兴复汉业，立国号曰蜀；孙权自兴兵荆州，立国号曰吴。"

到了《三国志平话》中，更衍化出书生司马仲相受天帝之命，暂作阴司之君，在"报冤殿"中审断汉高祖屈杀功臣之罪：

……传其圣旨，果有一人高叫："小臣负屈！"手执词状一纸。仲相视之，见一人头顶金盔，身穿金锁甲、绛红袍、抹绿靴，血流其领，下污其袍，叫屈伸冤不止。帝接文状，于御案上展开看之，乃二百单五年事。"交朕怎生断？"拂于案下。告状人言："小人韩信，冤屈前汉高祖手内，淮阴人也。官带三齐王，有十大功劳，明修栈道，暗度陈仓，逐项籍乌江自刎。信创立汉朝天下，如此大功，高祖全然不想捧毂推轮言誓，诈游云梦，教吕太后赚信在未央宫，钝剑而死。臣死冤枉，与臣做主着！"

仲相惊曰："怎生？"八人奏曰："陛下，这公事却早断不得，如何阳间做得天子？"言未绝，又听得一人高叫："小臣也冤屈！"觑见一人，披发红抹额，身穿细柳叶嵌青袍，抹绿靴，手执文状，叫屈声冤。帝问姓名，曰："姓彭名越，官授大梁王，汉高祖手内诸侯，共韩信同立汉。天下太平，也不用臣，赚将臣身斫为肉酱，与天下诸侯食之，以此小臣冤枉。”帝接其状。

又见一人高声叫屈，手执文状。帝见一人，带狻猊磕脑，龙鳞嵌青战袍，抹绿靴。帝问姓名，布曰：“臣是汉高祖之臣，姓英名布，官封九江王。臣共韩信、彭越三人，创立汉天下一十二帝，二百余年，如此大功，太平也不用臣。高祖执谋，背反俺三人，赚入宫中，害其性命，有此冤屈。陛下与臣等三人做主!”

帝大怒，问八人：“汉高祖在何处?”八人奏曰：“我王当传宣诏。”帝曰：“依卿所奏。”八人传圣旨宣汉高祖，不移时，宣至阶下，俯伏在地。帝问高祖：“三人状告皆同，韩信、彭越、英布立起汉朝天下，执谋三人造反，害其性命，是何道理?”高祖奏曰：“云梦山有万千之景，游玩去来。吕后权国，三人并不知反与不反。乞宣太后，便见端的。”

宣至太后，殿下山呼毕，帝问太后：“你权国，执谋三人造反，故杀功臣，尔当何罪?”太后看住高祖曰：“陛下，尔为君，掌握山河社稷，子童奏陛下：‘今日太平也，何不欢乐?’高祖圣旨言：‘卿不知就里之事：霸王有喑呜叱咤之声，三人逼到乌江自刎；三人如睡虎，若觉来，寡人奈何? 寡人去游云梦，交子童权为皇帝，把三人赚入宫中，害其性命。’今陛下何不承认，推及贱妾?”帝问高祖：“三人不反，故害性命，何不招伏?”吕后奏曰：“陛下，非是子童之言，更有照明。”帝曰：“照明者是谁?”“姓蒯名彻，字文通。陛下宣至，便见端的。”

宣蒯文通至殿下，臣礼毕。帝曰：“三人是反不是反，尔为证见。”文通曰：“有诗为证，诗曰：

可怜淮阴侯，能分高祖忧。
三秦如卷席，燕赵一齐休。
夜堰沙囊水，昼斩盗臣头。
高祖无正定，吕后斩诸侯。”

各人取讫招伏，写表闻奏天公。天公即差金甲神人赍擎天佛牒。玉皇敕道：“与仲相记：汉高祖负其功臣，却交三人分其汉朝天下：交韩信分中原为曹操，交彭越为蜀川刘备，交英布分江东长沙吴王为孙权，交汉高祖生许昌为献帝，吕后为伏皇后。交曹操占得天时，囚其献帝，杀伏皇后报仇；江东孙权占得地利，十山九水；蜀川刘备占得人和，刘备索取关、张之勇，却无谋略之人，交蒯通生济州为琅琊郡，复姓诸葛，名亮，字孔明，道号卧龙先生，于南阳邓州卧龙冈上建庵居住，此处是君臣聚会之处，共立天下，往西川益州建都为皇帝，约五十余年；交仲相生在阳间复姓司马，字仲达，三国并收，独霸天下。”

《三国志平话》中的“天公”，乃是人民意志的化身，他代表人民，实行了一场在阳世间（现实世界）无法想象的审判，让故杀功臣的汉高祖、吕后跪地俯伏，听候决断，从而在精神上获得了极大的满足。

需要指出的是，《前汉书平话续集》对吕后的鄙视和痛恨，更在刘邦之上。这主要还不是吕后害死刘邦所宠爱的戚夫人和其子赵王如意，以及欲以吕易刘的篡夺阴谋，证据就在，《平话》对连《资治通鉴》都详细记载的“太后遂断戚夫人手足，去眼烨耳饮瘖药，使居厕中，命曰‘人彘’”（卷十二）的材料都弃之不顾（这本来是可以发挥出一大篇极凄惋悲绝的哀情故事来的）。吕后的罪恶，在逼萧何定计，将韩信赚入宫中斩首，又将刘邦本欲免放的彭越进谗杀死，还残忍地将其体肉作羹，命大小众官食之，中大夫陆贾言曰：“被吕后坏了汉家天下也。”正道出了平话艺人的心声。在这个意义上，《平话》赞赏关外三王于吕后死后的诛除诸吕的斗争，赞赏樊亢的不徇私情，将吕家三千口尽皆斩首，诗曰：“东风不管兴亡事，算来天地不容奸。”他们是爱憎分明，不容假借的。

汉文帝“仁德孝慈，忠良睿哲，惜军爱民”，在诛除吕氏的斗争中，虽无寸功，却仍被拥戴为“有分洪福、抚治万民”的有道圣君，汉家天下终于出现了转机，于是“天下太平，五谷丰登，四隅宁静，万民乐业，鼓腹讴歌”。“宽仁爱人”，是《平话》鉴别有道圣主与无道暴君的标准，汉文帝符合这一标准，终于被平话艺人所接受。

平话的任务是演史，但又是真正意义的小说。《前汉书平话续集》有许多完全偏离史实的场景和细节，有的完全是凭空的向壁虚造，如写韩信死后，楚州骁将夏广大怒，与孙安、柴武等众将聚兵四十万，要与韩信报仇。他先闯到蒯通家中，腰间取剑，责问道：“本主已死，尔却论功受赏，我特来取你；何计与主公报仇?”及六将攻至长安，又声言“只要太后，与主报仇”。高祖无奈，用陈平之计，于城中拘刷似太后颜貌妇人，斩首后将头吊下城去，不想又被蒯通识破，高祖竟然宣吕后上城，“孙安望着吕后射之，六箭不中。六将大惊，乃天助也。吕后终托着皇帝福荫，忽见一条金龙护身，于是六将拔剑自刎而死”。这些，通是毫无政治生活经验的市井艺人杜撰的不经之谈。

《平话》也杂有神怪的成分。如写梁王彭越奉诏来至长安，“路逢一老鸦，于梁王头上啅噪，梁王不忍，张弓射之。箭落处不见老鸦，见一石碑，上穿一箭，前来视之，上有金字一十四字，曰：‘去年折了擎天柱，今岁合摧架海梁。’梁王有疑惑之心。”又写吕后斩了梁王，将体肉作羹，送与九江王英布：

此时，正是仲夏暑热，英布于扬子江中放舡。使命至，就于江中见英布。英布接诏，拜毕，使曰：“帝王前者宣天下诸侯尽赴宴，惟有大王不至，今遣小人特来送羹。”布谢毕，对使食之。食讫肉，问使曰：“此羹甚肉？”使曰：“乃大梁王彭越肉也。”英布急将手指于口内探出食物，吐之江中，尽化为螃蟹。

神怪的描写，同谴责吕后的无道残忍，是完全合拍的，彭越之肉化为螃蟹，也许正是采自当时民间的传说。

汉文帝是《平话》理想中的圣君，当他被迎入长安前，其母薄姬嘱道：“我儿欲去，依我言语，日当午时登位可矣。”不想近臣扶他上龙床时，时已“午未”（即已过正午），他便举手祝告上苍：“吾有分为君者，太阳回午。”果然太阳即回正午时，从而证明汉文帝确有回天之力：“忠臣扶立千年圣，汉家天下已回春；日正端门登极位，万国来朝有道君。”

《平话》写战阵，也已超越史传的简练笔法，极力铺张渲染，颇开后世小说斗阵之先河。如写陈豨与汉军决战的场面：

旗幡脚映日遮天，军马动万丈尘埃。外辕门对着里辕门，中军帐前先锋，后有玄武护尉，左有青龙助势，右有白虎盘营。战尘郁郁，杀气腾腾，遮笼四野，蔽塞五方，帐西南取条鹿巷。长计人陈豨正铺谋定计，已早天明。

寅时左右，豨见正南上旗号遮天映日，征鼓振地喧天，兵马如飞。都无一饭间，汉兵至正北面，见龙虎旗引路，五十万御兵随帝，相对着五七里下营。黄罗旗盖下，见三千个锦衣簇拥，二百员战将遮护。

高皇宣周勃排甲马，点斟军兵。周勃领圣旨，即排一阵，名蛟龙混混海，势如蟠蚖屈屈，两口压阵，四面旗睹军。前排长枪当锋，后列弓弩攻威。周勃向军阵前便骂：“反贼怎敢无端！汉王有甚亏待你，教你前退番军，却向此处造反！吾特来伐罪。”陈豨闻言罢，不语，又见蛟龙阵，心生怒了，即便排一阵，名大鹏金翅阵，头如铧嘴，两翅似征旗遮阵，闪出杂彩旗，点布青红白黑黄，阵圆如飞鹏振翅，军马似竹笋，准备与汉军交战。周勃传令，交先锋出阵，跃马直取陈豨，二十万御军一齐打阵，两家未见胜败。步军开弓蹬弩，马将舞剑轮刀，怎见得如何厮杀？有诗为证：

人逢短箭高张口，马中长枪不起头。

血如流水尸横算，日月无光天地愁。

陈豨大败汉军，杀的数马余人，尽皆乱走。周勃阜高处见汉军大败，踪马来奏高皇。高皇大惊，敕令众诸侯将五十万兵一齐助杀陈豨。举旗号，四面见，一齐掩杀。当日两家大兵雁门东河曲大战，天愁地暗，日月无光，狂风飒飒，杀气腾腾。刀举处人头落地，枪搠处马早翻身；箭如雨点，旗脚翻风。陈兵、汉兵，不分胜败。

陈豨恐本军不利，急向营前再索军号，混来救应，先截西方庚辛金白旗，刘武到来撞开，分作两队；又截红旗，李德军到来杀汉军；又截青旗，宋公达军马到来上阵；又截皂旗，正北上，程彦雄领军马来杀汉军。被陈豨五处兵攻击，救头不救尾，汉军大败，向那西南路上走。被陈豨杀到三十余里，教汉皇叫苦不迭。

总之，宋元平话艺人不光对正史以外的遗闻轶事有兴趣，更对勾画历史的大系统有兴趣。与早期以两汉史事为题材的文言短篇小说只记史事的某一片断、人物的某一侧影不同，宋元平话之写两汉史事，已超越了正史纪传体的局限，将两汉的“兴废争战之事”，构建为完整统一的长篇小说。在历史演进的大框架中，包容了以往种种遗闻轶事，并增益以自己的想象虚拟的成分，反映了市井瓦舍艺人以自己的历史观和审美观重新认识历史和评价历史的意向，从而为后世长篇历史小说的最终形成，开辟了道路。他们的历史功绩，是值得赞扬的。

## 三　通俗演义的佳构——《西汉演义》

以两汉史事为小说，起步虽然很早，但明初的长篇通俗演义，却是以三国为突破口的。在罗贯中成功地写出了《三国志演义》并获得极大的社会效应以后，讲史演义的取材才逐渐向两头扩展；向上推移，自然就是两汉系列的小说了。

现存两汉历史演义中，最早的是万历十六年（1588 年）刊题“鳌峰后人熊钟谷编次”的《京本通俗演义按鉴全汉志传》。熊钟谷，名大木，号钟谷子，福建建阳人。明嘉靖年间书林，所编通俗小说甚多。《全汉志传》十二卷，《西汉》六卷，《东汉》六卷。又有题“汉史臣蔡邕伯喈编”“明潭阳三台馆元素订梓”的《新刻按鉴编集廿四帝通俗演义全汉志传》，一名《全像按鉴演义东西汉志传》，十四卷，其中《西汉》九卷，自“文王渭滨遇太公”

起，至“董仲舒对上三策”止；《东汉》五卷，自“谋平帝王莽篡汉”起，至“单于送郑众还国”止。还有万历三十三年（1605年）刊题“抚宜黄化宇校正”的《京板全像按鉴音释两汉开国中兴传志》六卷四十二回，其中《西汉》四卷二十八回，《东汉》二卷十四回。以上三书，皆标“按鉴编集”，大体都是根据《资治通鉴》铺衍而成，其风格近似元代《秦并六国平话》。《两汉开国中兴传志》比《全汉志传》内容为详，实由《两汉志传》增补而成。此书的特点有三：

一是第一回“帝业承传统绪”，自周文王梦兆飞熊叙起，直至秦始皇登位，历叙帝业之系统。这种写法，与《五代史平话》从鸿荒既判起，依次介绍三代、夏、殷、周、秦、汉、三国、隋、唐各代递嬗变迁相仿，反映了历史演义作者建立自己讲史系统的意向。

二是此书名《两汉开国中兴传志》，所叙西汉史事，从第六回“汉祖斩蛇举义兵”至第二十八回“三王诛吕立文帝”止，时间约在秦二世一年（公元前209年）至吕后八年（前180年），相当于《前汉书干话》，讲的是西汉的开国；所叙东汉史事，从第二十九回“王莽弑平帝立子婴”至第四十二回“光武灭寇兴东汉”止，时间约在元始五年（公元5年）至建武十三年（公元37年），亦相当于已经亡佚的《后汉书平话》，讲的是东汉的中兴。两者相加，总共不过六十一年，只占全部两汉历史的七分之一，然而是最为动人心魄的七分之一。

三是此书之西汉部分，大抵皆抄自史书，内容简略而无所发明；东汉部分，又颇多民间传说，如“子陵占卜文叔应试”之类，与史实甚相乖离，又增加了较多的韵文，与正文粗浅的风格，不甚相称。

到了万历四十年（1612年），有位号“钟山居士”的甄伟，把他重编的《西汉通俗演义》交付刊刻。他在《西汉通俗演义序》中介绍自己“编次的初意”道：

> 闲居无聊，偶阅《西汉》卷，见其间多牵强附会，支离鄙俚，未足以发明楚汉故事，遂因略以致详，考史以广义；越岁，编次成书。言虽俗而不失其正，义虽浅而不乖于理。诏表辞赋，模仿汉作；诗文论断，随题取义。使刘项之强弱，楚汉之兴亡，一展卷而悉在目中：此通俗演义所由作也。

甄伟这里所说的“《西汉》卷”，指的就是《全汉志传》的西汉部分；而《全汉志传》的《西汉》卷，又与宋元的《前汉书平话》有着承继的关系。甄伟不满意《前汉书平话》和《西汉》卷史实上的“牵强附会”和语言上的

“支离鄙俚”，以为那不足以发明楚汉故事，花了一年的时间，重新编写了这部《西汉演义》。他的工作重点是“因略以致详，考史以广义”，前者指的是将简略的记述丰富为详赡的描写，是文字情节上的增益；后者指的是通过史实的考订，揭示其中的“大义”，是属于思想内容上的提高。而这两项工作，又莫不以司马迁的《史记》为基准，这与其他诸书一味强调“按鉴”，是有所不同的。序中说：

西汉有马迁史，辞简义古，为千载良史，天下古今诵之，予又何以通俗为耶？俗不可通，则义不必演矣，义不必演，则此书亦不必作矣。又何以楚汉二十年事敷衍数万言以为书耶？盖迁史诚不可易也。予为通俗演义者，非敢传远示后，补史所未尽也。

甄伟认为，要“演”史书中的“义”，亦即阐发史书的微言大义，必须要通“俗”，亦即要让一般的世俗读者也能通晓明白；而要达到这一目的，就必须使用浅显生动的语言才行。这一观点，袁宏道在《东西汉通俗演义序》中说得已经非常明白：

汉家四百余年天下，其间主之圣愚，臣之贤奸，载在正史及杂见于稗官小说者详矣。兹《演义》一书。胡为而刻、又胡为而评？中郎氏曰：是未明于“通俗”之义者也。里中有好读书者，缄默千年，忽一日，拍案狂叫曰：“异哉，卓吾老子吾师乎！”客惊问其故；曰：“人言《水浒传》奇，果奇。余每检《十三经》或《二十二史》，一展卷即忽忽欲睡去，未若《水浒》之明白晓畅，语语家常，使我捧玩不能释手者也。若无卓吾揭出一段精神，则作者与读者，千古俱成梦境。”今天下自衣冠以至村哥里妇，自七十老翁以至三尺童子，谈及刘季起丰沛，项羽不渡乌江、王莽篡位、光武中兴等事，无不能悉数颠末，详其姓氏里居，自朝至暮，自昏彻旦，几忘食忘寝，聚讼言之不倦；及举《汉书》《史记》示人，毋论不能解，即解亦多不能竟，几使听者垂头，见者却步。噫！今古茫茫，大率尔尔，真可怪也，可痛也。则《两汉演义》之所为，继《水浒》而刻也。文不能通而俗可通，则又“通俗演义”之所由名也。

但甄伟的认识，又不只停留在“通俗”一点上。他以为，通俗只是一种手段，而不是最终的目的。那种“牵强附会，支离鄙俚”的偏离了“正”的通俗，他是不赞成的。所谓“迁史诚不可易”，就是在尊重良史记载的基础上从事演义的创作，以“补史之所未尽”。在这种创作思想指导下，《西汉演义》对史传和平话的成就，既有承继的一面，又有发展的一面，堪称明代众多通俗演义中较为成功的佳作，孙楷第说“此等书在小说史上本无地位，虽迭经书贾重编翻刻，要皆一丘之貉，不足一顾”（《日本东京所见小说书目》），是不公允的。

甄伟说，《西汉》卷的毛病是“未足以发明楚汉故事”。所谓“发明”，就是阐明义理的意思。甄伟重编《西汉演义》，为的就是阐明楚汉故事中所包孕的“大义”，亦即那些足以垂训后世的经验和教训。为达此目的，他所采用的方法是“考史以广义”。史实的真实、准确，是“义”据以阐发的前提，而“义”的正确、深刻，又是“考史”的自然结果，二者不可偏废。

但是，作为文艺作品的通俗演义，人物形象，又是最最重要的核心。《西汉演义》不是楚汉相争的编年大账簿，而是人物与人物之间的相互关系的活生生的历史。甄伟重编的突出特点，就是以《史记》为依据，选取刘邦、项羽、韩信三个人物作为中心，着重写他们的道德秉性以及由此派生出来的各自不同的行事方式与最终命运，借以表达作者对于历史变革的根本观点和对于各个历史人物成败荣辱的复杂感情。

《西汉演义》把刘邦是“真四百年开基创业之主”作为贯串全书的基调，为此，它削去了宋元平话对于陈胜、吴广首义的重点叙述，只在第十回“芒砀山刘季斩蛇”中笼统地提到：“……以此盗贼蜂起，山东、山西、河南、河北、吴楚之间，无一处无兵马：陈胜、吴广起兵于蕲，武臣起兵于赵，刘邦起兵于沛，项梁起兵于吴，四海纵横，天下变乱。”然后就把笔墨转向了刘邦，其中叙刘媪与蛟龙交合而生刘邦，刘邦斩白蛇而老妪夜哭诸事，皆取自于《史记》。其后写张良从圯上老人学，老人嘱其将来“扶立真主，名垂万世”，则是对《史记·留侯世家》“读此则为王者师矣”的改造。

小说又虚构了刘邦用郦生之计，以向韩国借粮为名，诱张良来见。张良亦心知其意，但也想看看沛公是何如人，到了寨门，“看那沛公隆准龙颜，正是治国安邦真命主；看那萧何等，却是开疆展土众元勋。张良不觉自忖道：有一代之君，便有一代之臣。我今欲来下说词，不想看了这起人，非偶然也。正是吾师黄石公曾吩咐着我辅佐真命，垂名万代，今遇沛公，不可舍也。”

另一位可为“帝王师”的谋士范增，也被纳入肯定刘邦是“真命”的模式。小说写项梁命季布往请范增出山的情形道：

季布同从人进山庄，见增童颜鹤发，葛巾布袍，腹隐甲兵，胸藏妙算，飘然淮楚之逸民也。布行礼毕，增问：“公何处人氏，作何生理？”布遂将项梁所具币帛，令从人持立，跪而告曰：“某非远客，亦未曾在巢生理也。特奉楚将项梁之命，具礼拜请先生，恐不得见，遂假以远客为名，庶无嫌疑也。目今二世残暴，英雄并起，各杀郡守，以应诸侯，盖为百姓除害，以安天下。凡怀一材一艺者，尚欲效用，况先生抱经济之才，负孙吴之策，年已七十，栖身蓬蒿，与草木为休戚，有吕望之年，无吕望之遇，空老牖下，诚为可惜。今项将军，乃楚项燕之后，仗义行仁，文武兼备，会稽起义，而四方响应，过江西征，而群凶慑服。闻先生之名，特来恭请，望及时应召，垂名金石，与吕望齐驱，作天下之奇士也。速赐裁决，无烦再思。”增听布一篇说话，意欲想算天时，运筹可否。只奈季布将币帛捧跪不起。增曰：“某闻二世酷暴，民不聊生，恨无路兴兵，以除此无道。今子奉项将军之命，远来礼请，机会可为，正合吾意。但子初会，且请暂回，明日相见，即来领命。”季布跪伏在地，恳求不已，乃曰：“幸见先生，如获珠玉，若待明日，又生别议，愿先生勿却！”增只得将币礼拜领，延请季布上坐款饮。季布至晚，遂宿于增家。增却沉思楚运，默算兴隆，遂跌足道：“楚非真命，终无远图；但大丈夫一言既许，万金不易，岂可坐悔？”

其后，又写范增见到刘邦，发现乃真命之主，暗思：“我错投了主也！”第二十一回，又写了一段范增与项伯仰看天文的事：

……增遂与伯定睛观看，先步璿玑，次按经纬，有五星躔度，有十二周天，有二十八宿之方向，有九州分野，有三皇六十五度分至启闭，晦朔考望，何为北辰，何为南极，何为左辅，何为右弼，何为鲁公之景运，何为刘邦之瑞徵。周环看了一遍，只见鸿雁川寨中杀气弥空，将星甚壮，但隐伏之间，运气不远；及观灞上，帝星明朗，五彩龙成，如水之始达，如日之初升，绵绵迭现，耿耿悠长，东井聚金壁之光，灞陵显真命之象，云龙旺气，星照木宫。增看罢，与伯曰：“公以为刘项何如?”伯曰：“帝星结彩，以应灞陵，旺气朦胧，拟在刘季；如我楚营，不过成武玄镇，杀气刚风，主能制伏群雄耳。”增叹曰：“昔者徐州天子气，今朝灞上帝星明，公之所见，亦得其仿佛矣。”

直到第八十三回项羽垓下兵败，小说还写其夜间得梦：“忽见天边一轮红日，浮于江面，见汉王乘五色彩云，翱翔而来，将红日抱于怀中，驾云而起，有万缕祥光，接续不断。霸王见汉王抱日而起，急撩衣涉水而上，来夺红日，被汉王一脚迎面踢来，将霸王踢落江中，径抱红日而去”，都与全书的主调，融浑一体。

对比双方的出身、名望与实力，项羽其实都胜过刘邦。第十七回写陈豨说章邯道："别国新立，志多狐疑，未可归附。惟楚将军，功烈震当时，气节盖天下，又兼兵强将猛，威势大振，虽大国诸侯，亦肘膝而见，吾知他日灭秦者，必楚也。"正可代表当时一般人的见解。但为什么最后竟是汉胜而楚灭呢?

小说所要回答的，正是这样一个至关重要的问题。从表层现象看，答案似乎是"天命有在"；但所谓"天命"，不过是"仁义"的同义语。因此，小说处处以仁义与否，作为项羽与刘邦不同行事的分野。从大的方面讲，项羽随项梁起义，固然也是为了"诛此酷暴，以解生民涂炭"，但他举事的第一步，就有非"义"的成分。会稽守殷通，以"二世无道"，欲背秦从义，召项梁计议起义之事，项羽却乘议事之机，暗藏利剑，斩了殷通，将印绶夺归项梁执掌，所以季布、钟离昧当即责以"入其邦，杀其主，夺而自主，非义也"。项羽辩解说："在殷通为叛臣，在项公为义主；借秦地而报楚仇，天下之大智也。"按理说，殷通在天下皆叛的情势下，欲举兵起义，目标是一致的；纵然其人"素无大志，终难成王业"，终究无必死之罪，项羽杀之而夺其地，虽"智"而去"义"已远。

刘邦的据有沛县，情况就有所不同。先是沛县吏萧何、曹参，见秦益暴虐，赋役繁重，议扶沛令聚众背秦。沛令对此，开始是赞同了的；等看到刘邦同樊哙领数百人赴县来，声势赫弈，方惊悔起来，屡次要斩萧何，这才激起民变。城中父老率子弟杀了沛令，迎刘邦入城。对众人之欲立己为沛令，刘邦推辞道："方今天下扰乱，诸侯并起，苟立主不义，百姓弗宁。我德薄才疏，恐不能为沛县主也；请择贤者立之。"后经诸父老再三请求，刘邦不能辞，遂立为沛公。

对于项羽，小说突出的是"力"。第十一回写项羽往招桓楚、于英"同力以伐秦"，桓楚曰："秦虽无道而势力甚强，非有盖世之雄，不足以为敌也。公今欲举大义，恐力未赡耳。愿比试其强，果能力敌万人，吾二人即从之；不然，所谓画虎不成，反类犬者也。"项羽按照桓楚的要求，把禹王庙前高七尺、围五尺、约有五千余斤的鼎，三推三起时，二将大喜曰："公力足可以敌天下矣。"小说犹嫌未足，复乘兴加以渲染道：

籍笑曰："如此试力，不足为奇。"复又拽衣近鼎前，用手插入鼎足下，尽力举个平身，绕殿连走三次，面不改容，气不喘息，仍轻轻安于原处，看二将曰："汝以为何如?"二将向籍前抱住曰："公真天神也！吾辈愿随鞭蹬。"众多小校拜伏在地，大呼曰："公真非凡人，虽古之贲、育，亦何以敌其勇哉!”

项羽虽然“力能扛鼎，勇敌万人”，但项氏开初所建立的勋业，却主要是靠的“义”的威力。项梁吸取陈胜败亡的教训，采择了范增“先立楚后，以从人望”的决策，使“天下莫不曰：项将军非自为也，实欲立楚后而报六国之仇，为天下之义举也”，人心悦服，诸侯响应，楚兵自此，日益强盛。

接纳秦将章邯的归降，是项羽事业的重大转折。小说写陈豨受章邯之托，匹马来见项羽的情形道：

豨入营见羽，行礼毕，羽曰：“困久不行纳命，欲使汝为说客耶?”豨曰：“两军相持，势力俱困，费用不赀，百姓疲敝，非惟不利于秦，抑且不利于楚。”羽曰：“尔欲何为?”豨曰：“章邯军劳苦三年，身经百战，持兵日久，功难报秦，奈何赵高日相陵替，今者抗命拘使，情愿归附将军，共成王业，今其士卒，如赤子之望父母也，不识尊意以为何如?”羽大怒，拍案大呼曰：“邯杀吾季父，千载之恨，百载之仇，正欲砍首以为溺器，方可泄吾之愤，岂容其归附于吾左右耶?”陈豨冷笑不止。羽益怒曰：“汝冷笑，欲试吾宝剑耶?”豨曰：“吾笑将军所为者小，所失者大也。且大丈夫为国忘家，用贤略仇；彼邯之行兵，乃各为其主耳，此人臣之忠，而智者所必取也。将军何拘滞于心，而示人以不广耶?”范增曰：“且令陈豨暂出帐外管待，某有一言以告将军。”羽呼豨曰：“汝权且出帐外酒饭，容吾思之。”豨遂出帐，羽令人管待不题。增乃进言曰：“公威势甚大，而持兵日久，不得入关者，以其有章邯为之藩篱也。今邯为二世、赵高疑忌，欲遣使赐死，逼迫甚急，以致邯进无所往，退无所归，两难之际，不得已而仰附于将军。诚使将军不念旧仇，抚之以恩，结之以义，连属其心而俯纳之，彼必感恩图报，虽赴汤蹈火，而卒为将军用也。且秦之所恃者，邯也；苟邯去，则藩蓠撤，而国无所倚重也。盖国无主将，是谓无国，将军乘其虚而鼓兵以进，破秦如建瓴之易耳。今苟舍此，拒而不纳，使邯复据兵以投他国，结连为援，以图大事，是秦未亡，而又增一秦矣。古人云：‘三军易得，一将难求，天与不取，反受其咎。’将军宜舍其私仇，速赐刚断，忘小忿而成大谋，天下之豪杰也。”羽闻增言，遂悟曰：“军师之言，诚确论也。”即召陈豨上帐曰：“吾熟思子之言，始恨章邯有杀季父仇，本不容降；但以国家用人，不怀旧恨。季父之仇，一人之私也；国家用人，天下之公也。岂可区区以报仇为念，而忘用人之大公乎?如邯果有实心向我，姑免旧忿，准彼来降。就传吾言，可速斩秦使，统领本部人马，赴漳南来见。如能建立功勋，他日灭秦之后，富贵当与共之。”

这段史实，《史记》上仅有“章邯使人见项羽，欲约。项羽召军吏谋曰：‘粮少，欲听其约。’军吏皆曰：‘善。’”数语，小说作如此大段的虚构，目的是为了证明此举之成功，完全是项羽身上“义”的因素占了上风的结果。

但项羽的本性，却是专恃力而不恃德，一旦事业有成，便愈加性暴气刚。他东路伐秦，“所过地方，百里火飞，满川流血，杀人惟恐不胜，残暴与秦无异，大失民望”。范增屡次谏劝，项羽不听，“只任专行杀伐，略无仁爱之意”。

刘邦之行事，则与项羽完全相反。他“专行仁义，不喜杀伐，广揽英雄，抚安百姓”；怀王评价他说：“沛公刘邦，仁厚长者，使此人得专征伐，决能安辑地方，抚爱黎庶，足可以为天下主也。”第十八回写他兵行至北昌邑时，见四门紧闭，大军不得前进，樊哙就要攻城，刘邦谕之曰：“孤城小邑，百姓艰苦，大军一动，玉石瓦解。我今行师，正欲安民；才至地方，即行强暴，非王者之师也。”城内父老闻之，来告邑令说：“我等苦秦苛法，如蹈水火；今遇沛公，大军到来，地方安堵，如时雨之降，若复抗拒，是逆天也。”便设香花迎接大军入城。沛公传下将令：“如有妄取民间一物者，即斩首示众。”以此百姓愈加感戴，风色所及，传播远近，各处望风归附，不可胜数。所以，刘邦以不满十万的“纠合之众”“散乱之兵”，却能先项羽而入咸阳，靠的就是他的“行仁义之师，布宽厚之政”的力量。

攻入咸阳以后的种种作为，更显示了刘邦与项羽作风的不同：

刘邦不杀子婴，说：“始怀王遣我，固以我能宽容，而使我西略至此也；且人已降服，杀之不祥也。”而项羽至关中后，即索讨子婴而诛之。小说第二十四回“项羽杀婴屠咸阳”写道：

鲁公看罢表文曰：“尔祖虏六国之子孙，害天下之百姓，遗患于汝，汝有何说?”子婴曰：“废关东六国者，乃先祖始皇之所为，非臣之罪也。王必欲杀臣，亦不敢怨。但咸阳遭二世残暴，百姓未得安生一日；今日大王入关，百姓已再睹天日矣，愿杀臣以雪天下之恨，惟望存百姓以服天下之心，臣虽死犹生，大王德威兼盛矣。”婴言未尽，鲁公急喝英布下手。只见英布一剑，将子婴杀了，霎时间愁云生，大黑雾漫漫，四下悲哀不绝。

刘邦秋毫不伤，百姓市肆不移，封府库，锁宫门，还屯灞上，与诸父老约法三章：“杀人者死，伤人及盗抵罪，余罪量情轻重处之，悉除去秦苛法。”父老等以手加额曰：“不图今日复见天日矣!”而项羽入咸阳，大肆屠戮，“一时杀秦公子宗族八百余人，文武百姓四千六百余人，积尸满市，流血满渠，咸阳百姓，闭门关户，路上通无人行”。又差人掘秦始皇坟墓，烧尽阿房宫，惹得咸阳城中，无一家不惊惶，无一人不怨恨。

“广揽英雄”，也是刘、项成败的关键因素。项羽非不知“得将足以立功”的道理，但他所赏识的，只是和自己同类的勇将，对于有“元戎之才”的韩信，项氏叔侄，却因其出身卑贱，容貌清癯，不予重用，屈沉下僚，杂于行伍。范增多次进言当重用韩信，说：“韩信有元戎之才，但时未遇耳。若陛下举而用之，兵随将行，将遂兵行，纵横天下，所到无敌；如不欲用，即杀之，免使归他人为后患也。”项羽不以为意，终让韩信背楚归汉。

刘邦对于韩信，开初也因其出身寒微而不肯轻易重用，及一旦确知韩信实有大才，便斋戒三日，筑坛拜为大将，并专征伐之权。韩信果然不负所托，用明修栈道、暗度陈仓之计，一举而定三秦，又下咸阳，平河内，取燕赵，灭齐国，最后在九里山下，十面埋伏，击溃项羽，使其败走乌江，自刎而死。

就在英雄末路的悲壮情境中，小说还一再点出项羽的不觉悟，别姬时作歌的首句，犹是“力拔山兮气盖世”，率二十八骑与汉军最后决战，必三胜之，以证明“此天之亡我，非战之罪也”。司马迁说他“自矜功伐，奋其私智而不师古；谓霸王之业，欲以力征，经营天下，五年卒亡其国，身死东城，尚不觉寤，而不自责，过矣。乃引‘天亡我，非用兵之罪也。’岂不谬哉。”《西汉演义》继承了司马迁的历史观，并进一步指明，“天”的意志，实际上就是民的意志的化身，是具有进步意义的。

小说对于刘邦、项羽主要采取了分线对比的写法，但作为两个艺术形象，作者在尊重历史真实的前提下，也多次描写了由两个不同性格的碰撞所激成的戏剧性场面。先是怀王命项羽、刘邦两路征进，先到咸阳者为王，“二公拜辞怀王出朝，各领兵马，行至定陶，会合一处，结拜为兄弟；沛公为兄，鲁公为弟，置酒高会，尽醉而散”。这是对《史记》中“约为兄弟”的发展，明显受了《三国志演义》的影响。由二人结拜为由头，便衍发出许多故事来。

第二十一回写刘邦把住函谷关，以拒项羽，项羽致书责问，中有“前日与公共受怀王之约，结为兄弟，兴兵破秦，诛此无道。今公得先入关，虽谋猷方略之速，然非吾之立怀王以服天下，降章邯以制诸侯，公何能至此耶？乘人之功而夺为已有，大丈夫所不为也”等语，就不是毫无道理；而刘邦答以“遣兵拒关者，非阻将军也，恐秦余党复作，不可不防”，则是口不应心的遁辞。鸿门宴上，项羽威凛而豁达，耿直而守义，刘邦倒更像一个狡黠多诈的小人。及项羽封刘邦为汉王，范增设计令项羽问他去不去褒中就国，“他若言去，是自专矣；若言不去，是欲王关中矣”，左右都可定罪，而刘邦回答说：“食君之禄，命悬于君手，怎敢说去也不去？臣譬如陛下马也，鞭之则行，揽辔则止耳。”凭着花言巧语，又脱此难。

第七十三回写广武山楚汉会兵，项羽令被拘禁楚军的太公修书，命刘邦退兵，否则定将太公诛戮，刘邦看罢家书，若不经意，说：“我与项王同事怀王，结拜为兄弟，我之父即汝之父，我父在楚，就如在我汉营一般，何必较论彼此？若是霸王杀了我父，不独天下人骂我，亦骂汝霸王也。前日霸王阴使季布弑了义帝，尚惹天下诸侯至今切齿；今若杀了我父，岂不惹天下唾骂？昔孟子尝说：杀人之父，人亦杀其父，所差一间耳。汝回去上覆我太公，且宽心楚营住些时，就如在我汉营一般。”更不说罢兵息争，只混说了一篇，就着两女子扶入帐后歇息。据《史记》载，刘邦的回答是：“吾与项羽俱北面受命怀王，曰：‘约为兄弟。’吾翁即若翁。必欲烹而翁，则幸分我一杯羹。”

小说虽有意加以粉饰，但刘邦“视父母妻子如草芥”的无赖秉性，还是暴露得很充分的。最后，刘邦遣侯公讲和，约以鸿沟为界，罢兵息争，“不失兄弟之情，尚存怀王之约，使百姓安于枕席，吾二人亦得坐享燕乐”。项羽信守诺言，送还太公，收兵东归；而刘邦却负盟背约，终灭项羽。种种行止，都显得是刘邦情理两亏，非怪当吕通等持项王头来领功，刘邦泣曰：“吾与王曾拜兄弟，后图取天下，遂与王有隙。然王虽虏太公吕后，恩养三年，凛未敢犯，如古烈丈夫之所为也，吾实不能及焉！不意王今死矣，我甚惜之。”

为了突出刘邦的“仁义”，小说有时不得不扭曲史料以迁就粉饰之，但还是掩盖不了心底里潜藏的对于项羽的敬佩叹惋的复杂情感。

韩信是楚汉相争中举足轻重的人物，也是《西汉演义》着力描摩的艺术形象。第七十一回写蒯彻说韩信曰：

> 昔天下初起之时，最难为力，忧在亡秦而已。今楚汉分争，使天下之人，赤胆涂地，暴骸中野，不可胜数。楚人乘力席卷五国，遂威振天下，然迫于西山，而不得进者，三年矣。汉王距巩洛，阻山河，一日数战，无尺寸之功。此二王智勇俱困之时也，其命皆悬于足下。莫若两利而俱存之，三分天下，鼎足而立，其势莫敢先动。足下据强齐，从燕赵，因民之欲，西向为百姓请命，则天下风走而响应矣。盖闻天与不取，反受其咎，时至不行，反受其殃，足下熟思之！

这对于喜爱《三国志演义》的读者来说，是极富吸引力的。可惜韩信因“汉王待我甚厚”，不肯“向利而背义”，没有采纳蒯彻的意见，终于铸成了野兽尽而猎狗烹的千古悲剧。

从本质上讲，刘邦对于韩信，从来就是心怀戒备乃至忌恨的，只是由于项羽这个大敌当前，不得不对韩信加以利用而已。所以，只要有机会，他就要设法削夺韩信的兵权。韩信在汉王朝一旦建立就遭诛戮，既是刘邦精通权术、心狠手辣的本性的彻底暴露，又是楚汉相争的必然结果。

从道义上讲，当然是屈在刘邦；普通民众对韩信的下场表示同情，是很自然的。反映在小说创作中，宋元时代的《前汉书平话》，由于是分为“正集”与“续集”两截来写，就获得了较大的自由。在“正集”中，写刘邦与项羽的矛盾，以刘邦为“仁义爱人”的明主，加以颂美；在“续集”中，写刘邦与韩信的矛盾，而把刘邦写成“诛杀功臣”的暴君，加以鞭挞。其间尽管感情的反差甚大，也可以不予顾及。而《西汉演义》就不同了。《西汉演义》是一部完整统一的长篇演义，对刘邦的颂美与对韩信的肯定，构成作品的两大主调；因此，如何处理其间的是非曲直，确定作者的褒贬抑扬，就成了绝大的难题。

那么，小说是如何处理这个难题的呢?

首先，小说把刘邦与韩信的早期分歧，解释为运用何种战略战术的认识上的矛盾。当韩信以明修栈道、暗度陈仓之计，攻下咸阳，并迎刘邦进据洛阳，诸路兵马不期而合兵五十六万众之时，刘邦要乘时伐楚，以求速胜，而韩以为项羽势力正在强盛之际，不宜决战，不若休养士马，训练甲兵，以待明年。刘邦不听，遂命韩信带领本部兵马镇守西秦，亲统大军，东向伐楚，改拜魏王豹为大将。这是刘邦对韩信兵权的第一次削夺。

事实证明，在这个问题上，韩信是正确的。楚霸王彭城大战，杀得汉军折损三十余万，睢水为之不流。刘邦懊悔不及，但对韩信也因此种下了忌恨之心。他对张良说：“韩信因前夺彼帅印，所向杳无消息；知寡人新败，亦不遣一兵救援。此时复用，寡人负愧，亦不足以服其心也。先生有何妙策，使韩信见自投来，因就而用之，足以制服其心?”而韩信这一方面的表现，确也有可议之处，萧何说：“信自洛阳归来，郁郁终日不乐。前日备说汉王不纳忠谏，夺印用豹，不念破三秦、取咸阳之功。后闻睢水之败，遂杜门谢客。某屡欲上门，亦不相见，必欲汉王亲来，以重其望，似非人臣之礼。”

由对战略战术的不同见解，发展到双方思想情感上的矛盾，小说对此采取了互有批评、又互有袒护的态度。第五十七回写张良以假说抄写户口、准备降楚之计，激韩信主动出来请战的情形道：

却说萧何闻韩信自来，遂与张良笑曰：“此人果中吾计矣。”急分付左右催攒写字人两边俟俟造册。只见韩信下马，萧何出迎，叙礼毕，何曰：“前拜元帅数次不遇。”信曰：“主上废置不用，退位闲居，羞见丞相。”何曰：“元帅屡谏不可东征，主上不听，因而不用元帅而用己见，以致败绩，其过在主上而不在元帅，元帅何羞之有?”信曰：“适闻汉王遣子房来，欲将信所得关中之地归降霸王，此意何谓?”何曰：“睢水败绩，主上尚不着紧；但太公、吕后，俱被掳去，以此愿将所得关中之地归降，以赎太公、吕后耳。诸将又要与楚对敌，不欲归降；谋士又要主张归降，以为便利，两处各议不定。子房之意，只要将原得郡县，仍还于楚，却归韩国，不失世家之贵，因此带领楚使，催造户口文册，报数归降。某亦主张不定，只得依王命攒造。”信曰：“丞相何见之偏耶？我自离褒中，仗主上盛德，已得关中七八矣，睢水之败，一时之误耳。太公、娘娘，料楚留以为质，终有归汉之日，决不敢加害。纵项王暴横，范增必不肯攘太公，恐被天下非议。三秦留陈豨等把守，某愿统本部兵马，务要复睢水之仇，取太公还国。丞相决不可造册，恐惊疑人心，非细故也。”张良从屏风轻出，见信施礼毕，便说：“适闻元帅之言，本为确论；但恐项王势重，范增有谋，复有睢水之困，那时反被人耻笑，太公、娘娘俱不得还，我等性命亦不能保，不若今日降楚之为愈也。”信曰：“先生何昔日以某为可用，今乃相轻如此？韩某视楚，如拉朽之易耳！”良曰：“元帅亦不可以为轻敌。我看范增用谋如神，龙且勇冠诸将，楚王信而用之，恐元帅不能御也。”信起身言曰：“我若不斩龙且、擒范增，誓必刎此首，以为先生溺器也!”

小说对于韩信之顾全大局，挺身而出，是给予肯定的。而从刘邦来说，对韩信不是以“王命”调遣，却要以计哄骗，本身就是疑忌的产物。所以，他尽管见了面以后，自我批评说：“不听将军之谏，致有睢水之败，今喜远来，甚慰我心”，却非由衷之言。

所以，当韩信再度执掌兵权，且屡建大功以后，刘邦仍心心念念要加以削夺，于是又演出了“驰赵壁夺印”的第二幕夺权。对于此事，《史记·淮阴侯列传》是这样记载的：

六月，汉王出城皋，东渡河，独与滕公俱，从张耳军脩武，至宿传舍。晨，自称汉使，驰入赵壁，张耳、韩信未起，即其卧内，上夺其印符，以麾召诸将，易置之。信、耳起，乃知汉王来，大惊。汉王夺两人军，即令张耳备守赵地，拜韩信为相国，收赵兵未发者击齐。

由此看来，刘邦的突然袭击，正是他猜忌韩信的又一次爆发。而小说第六十六回却写道：

却说汉王统领大兵，星夜前往赵城，离城五十里，先安定营寨毕，遂同十数个轻骑，驰入韩信营。此时方黎明，韩信、张耳因夜饮酒，睡熟未起。汉王绕中军驰走一周，回入帐中，床头边见设一小红桌，桌上锦袱盖着元帅印，汉王令人揭起锦袱，将印取过。韩信方起身，忽见汉王，不胜惊惶，下地俯伏曰："臣该万死，不知大王入营，有失远迎!"王叹曰："轻骑数人绕营驰骤，直入中军，将军尚睡未起；印已取过，左右亦无人报知。倘刺客诈称汉使，因而入营，取将军之首，如探囊取物耳。将军坐镇一国，敌人新降，疏漏如此，岂足以争衡天下乎?"说得韩信羞惭满面，站立不住。须臾张耳方到，叩头伏罪。汉王亦责之曰："汝为副将，正当参赞军务，严加谨慎，昼夜关防，勿使敌人窥探虚实，方为节制之法。若汝营阵欠严，关防不密，纵人驰骤往来，真同儿戏，汝亦不能无罪。若以军法论之，韩信即当废斥，汝当斩首，庶可警众；但念汝等累有勤劳，又兼天下正多事，适任用人之际，姑尔饶恕。若复疏虞，决正军法!"韩信、张耳再三叩头谢罪。汉王遂持印归大营，韩信、张耳随于马后步行，赴营谢罪。

这段把刘邦写得正气凛然，韩信之被斥，完全是自身的疏虞造成的，感情的天平又偏向刘邦一边了。

韩信与刘邦的第三次冲突，是由郦食其说齐降汉之事引起的。郦生因韩信强兵压境，奉汉王之命，说齐归降，可免三军汗马之劳，救一国生灵之命，不失为一良策。对此，韩信原已允从，后来经蒯彻鼓动，方乘齐不备，统兵取齐。小说交代韩信内心的疑虑有二：第一，郦生是奉王命而来，恐有背命之责；第二，齐若因此杀害郦生，心实不忍。然而蒯彻却辩解说："王命先遣将军伐齐，而无止将军之诏。"因此不存在"背命之责"；"一人之命可舍，平定一国之功，难再遇也"，凭借武力一鼓而灭齐，确实可以根除后患，于事业有利，只是连累郦生被杀，未免太狠心了一点。

刘邦闻知郦生被齐烹杀，并无一字责备韩信；见韩信请齐王印，暂为假王的表文，却破口大骂："孺子乃敢欺诈如此！吾困于此日久，旦暮望其来助我，反欲自立为王耶?"张良、陈平急近前蹑其足附耳言之曰："汉方不利，宁能禁之自王乎？不若因而立之，使信自相保爱，卒为大王用也。不然，使信或自变，则复生一大患也。”刘邦亦悟，复骂曰：“大丈夫定天下制服诸侯，即为真王，何以假为?”竟封韩信为齐王。此事双方都有不是，韩信的立功求名与刘邦的阴险权谋，都给人以深刻的印象。

但刘邦对韩信的疑忌，出于本心，无法消弭。所以，当天下大定，文武将士尽赴洛阳论功行赏的时候，刘邦的第一个决定，却是改封韩信为楚王：“汉王因思韩信所居齐地，七十余城，国大权重，恐为后患；惟楚于偏一隅，为荆蛮之地，一时起数万甲兵，亦难凑办，较之齐地，强弱相去甚远。”肚内虽这样算计，而口头上却是为韩信着想：“吾自得将军以来，累建大功，此心终不能忘。但恐将军功高权重，为小人忌嫉，则不能遂其位矣，似非我所以待将军始终之意。将军可封还将印，就镇楚地，以安人心，保全君臣之义，为万世子孙立业，不亦美乎。”其后，又伪托巡游云梦，擒韩信，他派给韩信的是：夺民田葬父母，陈兵出入，隐藏钟离昧三条罪名。韩信加以辩解，刘邦这才吐露他心中积蓄已久的夙怨：

帝曰：“汝昔日伐齐，不顾郦生说降之功，必欲矫诏得齐，而求假王，汝意已有擅专之僭；后我被周困成皋，屡次求救，汝坐观胜负，略无救援之意；既改封于楚，终日怏怏不乐，汝心反复不定，终必作乱。今我出巡云梦，知汝必来相见，就擒之，汝有何说?”信闻帝言，乃长叹曰：“诚如人言，飞鸟尽，良弓藏；狡兔死，走狗烹；敌国破，谋臣亡。天下已定，我固当烹!”

按照这里的情绪写下去，必然导致《前汉书平话续集》对刘邦的诅咒和痛恨，但与《西汉演义》的基调不免相侔。为了冲淡其间的气氛，小说又在刘邦迎太上皇至未央殿，大排筵宴之后，添写了他蓦然想起韩信，思其平日之功，欲召相见的一段情节：

帝曰：“卿久不朝见，朕甚思之，召欲一见耳。”信曰：“昔臣破楚之时，每十余日未得饱食，因积久成病。今无事闲居，旧病又举发。臣亦仰思天颜，恨不能常常相见。”帝曰：“卿有疾当迎医调治，不可迟缓。”信曰：“臣平日居家无事，便生疾病；苟多事之时，则无疾矣。”帝曰：“卿乃有用之才，故能筹济事变，不可弃置耳。”又与从容论诸将何人可以御敌，何人可以将兵，何人可以将兵之多，何人可以将兵之少，信一一陈说，皆中肯綮，帝甚喜。又问曰：“如我能将兵几何?”信曰：“陛下不过能将兵十万耳。”帝曰：“我与将军何如?”信曰：“臣多多益善耳。”帝大笑：“多多益善，何乃为我擒也?”信曰：“陛下不能将兵而能将帅，此臣所以为陛下擒也。且陛下乃天授，非人力所能及也。”帝闻信言益善，而心实疑忌，恐终为乱也，仍令私宅养病，而卒不大用。信辞帝回家，闷闷不语。

陈豨谋叛，是韩信最后被诛的关键罪案。《西汉演义》的写法，与《史记》一样，是将谋反的主动一面归于韩信的，且多加了如下一段：

……信就留豨小饮数杯，以手相挈，避退左右，因长叹曰："今君征番，成功之后，与我破楚，孰为大小？"曰："破番之功，一小国耳；破楚之功，乃万世之功也，岂敢论大小哉？"信曰："我以如此之功，一旦废置不用；君若破番奏凯，朝为王公，暮则匹夫，就如我今日样子也！"

既然如此，吕后、萧何定计斩之，韩信可谓罪有应得。然而，那样一来，又未免太绝情了，为了弥补读者心理上的不平衡性，小说又写道：

按史：大汉十一年九月十一日，斩韩信于未央宫长乐殿钟室之下，尽夷其三族。是日天地昏暗，日月晦明，愁云黑雾，一昼夜不散。长安满城人尽皆嗟叹，虽往来客商，无不悲怆。人言：萧何前日三荐登坛，何等重爱，今谢公著告变，亦当在吕后前陈说开国之功，可留他子孙，方是忠厚；及夷族之时，卒无一言劝止，何其不仁甚耶？

不论是《史记》《汉书》，还是《资治通鉴》，都没有当日天气与民心的记载。这段文字，基本上是从《前汉书平话续集》中袭来的，只是把责怪怨恨的对象转移到萧何一人头上，而写刘邦闻韩信被斩，既喜且怜，甚至"不觉泪下数行"。最后，以蒯彻的狂歌，了结韩信的一生：

六国兼并兮，为秦所吞。内无豪杰兮，罔遗后昆。秦始自失兮，灭绝于楚；楚罔修政兮，属之汉君。乌江逼项兮，伊谁之力？十大奇谋兮，岂能独存？乃不自悟兮，尚思国爵，一朝遭烹兮，祸福无门。佯狂沉醉兮，且自昏昏。

韩信既死，彭越、英布，乃其同题反复，小说的精粹已经完毕，作者无心再敷衍下去，就在第一百零一回"汉惠帝坐享太平"中结束全书，较之《前汉书平话续集》写至汉文帝登位，还缩短了十年。凡此种种，都反映作者"考史以广义"的良苦用心，也显示了他驾驭复杂题材的卓越的艺术才能。

《史记》的高度文学成就，尤其是其"不待论断而序事之中即见其旨"的表现手法，也是《西汉演义》效法的典范，甄伟说"迁史诚不可易也"，大约也包含了这层意思。但《史记》毕竟是史书，为的是"藏之名山，副在京师，俟后世圣人君子"（《太史公自序》），与供一般世俗读者赏心悦目的通俗小说不同；加之史书文字大抵比较简略，不能直接边录连缀为演义，对此，甄伟是有自觉的认识的。他在序中还说过这么一段话：

……然好事者或取予书而读之，始而爱乐以遣兴，既而缘史以求义，终而博物以通志，则资读适意，较之稗官小说，此书未必无小补也。若谓字字句句与史尽合，则此书又不必作矣。

在序中，他揭示了阅读小说的三层境界：开始是“爱乐以遣兴”，接着是“缘史以求义”，最后是“博物以通志”。后两层虽然十分重要，是其追求的终极目标，但小说终究是小说，还得先从“爱乐以遣兴”入手，赋予它以欣赏娱乐的价值。为此，就不能拘守“字字句句与史尽合”，而应该允许在实事之外，有渲染、夸张与虚构的自由。所谓“因略以致详”，既包括局部细节的添益，也包括整体情节的虚拟。在这一方面，《西汉演义》也是比较成功的。

“鸿门宴”，是《史记》中最精彩的章节。为资对比，先抄录《项羽本纪》于后：

沛公旦日从百余骑来见项王，至鸿门，谢曰：“臣与将军戮力而攻秦，将军战河北，臣战河南，然不自意能先入关破秦，得复见将军于此。今者有小人之言，令将军与臣有隙。”项王曰：“此沛公左司马曹无伤言之，不然，籍何以至此。”项王即日因留沛公与饮。项王、项伯东向坐；亚父南向坐，——亚父者，范增也；沛公北向坐；张良西向侍。范增数目项王，举所佩玉玦以示之者三，项王默然不应。范增起，出召项庄，谓曰：“君王为人不忍。若入，为前寿，寿毕，请以舞剑，因击沛公于坐，杀之；不者，若属皆且为所虏！”庄则入为寿，寿毕，曰：“君王与沛公饮，军中无以为乐，请以剑舞。”项王曰：“诺。”项庄拔剑起舞。项伯亦拔剑起舞，常以身翼蔽沛公，庄不得击。于是，张良至军门见樊哙。樊哙曰：“今日之事何如?”良曰：“甚急！今日项庄拔剑舞，其意常在沛公也。”哙曰：“此迫矣！臣请入，与之同命。”哙即带剑拥盾入军门。交戟之卫士欲止不内，樊哙侧其盾以撞，卫士仆地，哙遂入，披帷西向立，嗔目视项王，头发上指，目眦尽裂。项王按剑而跽曰：“客何为者?”张良曰：“沛公之参乘樊哙也。”项王曰：“壮士！赐之卮酒。”则与斗卮酒。哙拜谢，起，立而饮之。项王曰：“赐之彘肩。”则与一生彘肩。樊哙覆其盾于地，加彘肩上，拔剑切而啖之。项王曰：“壮士！能复饮乎?”樊哙曰：“臣死且不避，卮酒安足辞！夫秦王有虎狼之心，杀人如不能举，刑人如恐不胜，天下皆叛亡。怀王与诸将约曰：先破秦入咸阳者王之。今沛公先破秦入咸阳，毫毛不敢有所近，封闭宫室，还军霸上，以待大王来。故遣将守关者，备他盗出入与非常也。劳苦而功高如此，未有封侯之赏，而听细说，欲诛有功之人，此亡秦之续耳，窃为大王不取也！”项王未有以应，曰："坐！"樊哙从良坐。坐须臾，沛公起如厕，因招樊哙出。沛公已出，项王使都尉陈平召沛公。沛公曰："今者出，未辞也，为之奈何？"樊哙曰："大行不顾细谨，大礼不辞小让。如今人方为刀俎，我为鱼肉，何辞为？"于是，遂去。乃令张良留谢。良问曰："大王来何操？"曰："我持白璧一双，欲献项王；玉斗一双，欲与亚父，会其怒，不敢献。公为我献之。"张良曰："谨诺。"当是时，项王军在鸿门下，沛公军在霸上，相去四十里。沛公则置车骑，脱身独骑，与樊哙、夏侯婴、靳彊、纪信四人持剑盾步走，从郦山下，道芷阳，间行。沛公谓张良曰："从此道至吾军，不过二十里耳。度我至军中，公乃入。"沛公已去，间至军中，张良入，谢曰："沛公不胜杯杓，不能辞，谨使臣良，奉白璧一双，再拜献大王足下；玉斗一双，再拜奉大将军足下。"项王曰："沛公安在？"良曰："闻大王有意督过之，脱身独去，已至军矣。"项王则受璧，置之坐上。亚父受玉斗，置之地，拔剑撞而破之，曰："唉！竖子不足与谋，夺项王天下者，必沛公也！吾属今为之虏矣！"沛公至军，立诛杀曹无伤。

宋代刘辰翁曾赞扬这一节文字"历历如目睹，无毫发渗漉，非十分笔力，模写不出"。但从长篇小说的要求看，未免简略了一些。且看《西汉演义》是如何"因详而致详"的：

次日，沛公领轻骑百人，心腹将佐五人：子房、樊哙、靳歙、纪信、滕公，径赴鸿门会来，一路心怀恐惧，不时便叫张良近前曰："刘邦此行，七分忧疑，恐有不虞，先生何以处之？"良曰："明公放心，我自有方略。但昨日所云应答之言，须照此回复，自然无事矣。"正话间，忽有一枝军马到来，干戈灿灿，甲士雄壮，为首一将，乃英布也，大呼曰："奉鲁公命，来接沛公。"下马行礼毕，先行。沛公随后到辕门，有陈平出迎，立于道侧。沛公方欲进，只见营中威武森严，金鼓大作，沛公遂立住不敢行，叫张良曰："鲁公营内，恰如战场一般，全无些宴会和乐之意，似不可入。"良曰："公既到此，进则有理，退则甚屈；如回一步，必中其计矣。公可少立，待良入见鲁公，然后进营不迟。"良徐徐缓步入营，有丁公把住辕门不放。良曰："禀复鲁公：有沛公借士张良来见。"丁公入营见鲁公，曰："辕门外有沛公借士张良来见。"公曰："如何为借士？"范增曰："此韩国人，五世相韩，为人极有识见，今随沛公为谋士，此来必下说词。公当先杀此人，去沛公一肩臂矣。"项伯闻此言，急止之曰："不可。鲁公今始入关，正要收天下之心，使多士如云，方成王业，如何无故杀此贤士？且张良与伯厚甚，如公爱之，某当荐举麾下，此人足有裨益也。”公分付丁公召张良进见。良入营，见鲁公全装甲胄，仗剑而坐，良曰：“某尝闻：明王之治天下也，耀德不扬兵；善御世者，在德不在险。故大贾深藏而不露，巨富蓄财而不侈；势强示弱而不暴，兵多逆驻而不见，此老成长虑、识见高卓者之所为也。适见明公宴设鸿门，约会诸侯，亦一时之美举也。某意到此，必笙歌节奏，主宾交欢，喜百姓之奠安，庆暴秦之殄灭，宴荣竟日，尽醉而散；不意甲士环列，戈剑森严，金鼓大作，一团杀气，致令人心不安，各思回避。况明公九战章邯，制伏天下，谁人不知？何人不惧？不待恃强而自强，不待言勇而自勇，又何必大张声势而后见其威武哉？见今诸侯在外，见明公全无宾主之礼，所以惧而不敢进也。某不避斧钺，入营进见，幸明公察焉。”鲁公闻张良所言有理，遂令甲士退后，离营一里远，金鼓少息，去甲胄并宝剑，更换官服，请众诸侯进营。丁公分付各小校传令：不许多带从人，止许带文臣或武将止一名伺候答应。

沛公带张良进见。沛公不敢行往日兄弟之礼，却趋立阶下，鞠躬再拜，称名上见，曰：“刘邦谨候明公麾下。”鲁公正色而言曰：“足下有三罪，可知之乎?”沛公曰：“邦乃沛县亭长，偶为众人所惑，举兵伐秦，得投麾下，凡有进止，惟公指挥，岂敢肆行无忌，冒威严耶?”鲁公曰：“足下招纳降王子婴，遂尔释放，惟知独擅而不知王命，罪之一也；要买人心，改秦法律，罪之二也；拒关遣将，阻诸侯之兵，罪之三也。有此三罪，何为不知?”沛公答曰：“容刘邦一言，申明心曲：夫降王子婴，倾心投首，若遽尔杀之，是独擅也；暂令属吏，以候明公发落，非敢释放也。秦之法暴酷，百姓如在镬中，悬望垂救，不速为更改，则法存一日，民受一日之害也；邦急为更改，正欲扬公之德，使百姓莫不曰：‘前驱开到者，尚能抚爱百姓；而为王师者，又不知如何爱抚百姓也。’又遣兵拒关者，非敢阻将军也，恐秦余党复作，不可不防也。今日不意复见明公于此，邦之幸也。明公如念素好，俯赐怜悯，乃人君之度也，岂敢佯为不知也?”鲁公是个志刚的人，喜人奉承，听了沛公这话，全无一毫杀他的心，遂以手扶起沛公，便道：“非籍责怪足下，只因尔帐下司马曹无伤之言，故加足下有三罪，不然，籍何以至此?”沛公又再拜称谢，遂相让入座。鲁公坐了主席，众诸侯以次皆列坐，范增、张良、项伯亦得与坐，大吹大打，作起军中乐来劝酒。

范增见第一计不成，又见鲁公无杀沛公之意，那埋伏的人，亦不敢动，遂以所佩玉玦，连举三次。鲁公见沛公谦逊柔和，因思刘季为人，便能成得大事，范增只劝我杀他，今日请来赴会，无故便行杀他，反使诸侯笑我无能，以此不从范增之计。增见鲁公不看玉玦，心内急躁，便使陈平酌酒，以目达意。陈平即举酒向沛公前劝酒。那陈平细看沛公，隆准龙颜，有天日之表，因寻思："沛公非常人也，他日定有大贵；若顺增意，是逆天也。"于是斟酒向鲁公处多，向沛公处少。沛公已会其意，遂不致于失礼。——此是陈平识沛公为真命，所以有意救援。

范增见三计不成，自叹曰："若今日不杀沛公，他日必成大患！"因避席急出，要寻个杀沛公的人。正无措画，却见一壮士在帐后弹剑歌曰：

我有一宝剑，出自昆仑西。照人如照面，切铁如切泥。两边霜凛凛，匣内风凄凄。寄与诸公子，何日得见兮？

范增听罢大喜："这个人便可杀刘邦！"——此人姓项名庄，乃鲁公族人。范增便附耳与庄言曰："君王为人虽性刚，中无决断，今日鸿门会专为杀刘邦而设，令再三举玉玦，全不理论。若今日放了刘邦，后日再无机会矣！汝可入筵前以舞剑为乐，因而杀刘邦，汝之功不小也。"庄遂撩衣大步到筵前曰："军中之乐不足观，某愿舞剑，与诸公侑酒。"遂拔剑起舞，其意在沛公。张良见庄舞剑，有杀沛公之意，急以目视项伯。项伯会张良之意，亦出席拔剑曰："舞剑须对舞，电锋交错，可以夺目，庶足以娱诸公之乐。"羽曰："诺。"项伯仗剑，与庄对舞，常以身羽翼沛公，增深恨之。

张良见事急，且项伯虽身翼沛公，而力尚未加，遂出席到军门外，丁公、雍齿拦住："子房先生何往？"良曰："欲出取玉玺。"陈平在后，已解其意，便高叫道："鲁公性急，快放子房出去。"丁公等只得放出。子房到外见樊哙曰："今项庄舞剑，意常在沛公，事甚急矣！将军当如申哙救庄公，奋不顾私，勇不惜命。今日鸿门困主，将军若不舍命救援，倘主公被害，千载之下，有愧申哙矣！"哙曰："先生放心，愿学申哙救主，如有退避，非丈夫也。"哙大步便行，良曰："你且后来，待我先入营。"丁公等复拦住问曰："取的玉玺安在？"子房用手回指，撑看衣袖，遂瞒过二人，来到筵上，见项庄项伯，犹自舞剑。樊哙至寨门外大呼曰："鸿门设宴，随从人均无毫厘酒饭，我见鲁公讨些酒饭吃。"遂带剑拥盾径入。丁公等意欲拦挡，怎当樊哙力大，将把门军士都撞倒，直进到中军，拔帷而入，用剑将帐帷挑起，直到鲁公面前，仗剑而立，头发上指，目眦尽裂。鲁公便问："壮士何人？"子房起身曰："此沛公骖乘樊哙也。"又问来此何干？哙曰："闻大王作亡秦庆贺之宴，无分大小，皆赐酒食；唯哙从早至午尚未得餐，肚中饥渴，实是难忍，告求大王一餐。"羽命左右赐酒一卮，哙一饮而尽；又赐生彘一肩，哙以所仗剑切而啖之。羽曰："壮哉！汝复能饮乎?"哙曰："臣死且不避，卮酒安足辞?"鲁公曰："汝欲为谁死耶?"哙曰："秦有虎狼之心，杀人如不能举，刑人如恐不胜，天下皆叛之。今怀王与诸侯约曰：'先破秦入咸阳者王之。'今沛公先破秦入咸阳，秋毫无所取，妇女无所幸，还军灞上，以待将军；劳苦而功高如此，未有封爵之赏，乃听细人之言，欲诛有功之人，此又亡秦之续耳，窃为将军不取也。见今二士舞剑，意在沛公，臣不避诛戮，干冒盛筵，一则为饥渴而来，二则为沛公申此屈抑，臣所以死且不避也。"羽回嗔作喜曰："沛公有如此骖乘，真是壮士!"遂令项庄不必舞剑。须臾，沛公见羽大醉，只说入厕，即出辕门，丁公雍齿拦住，张良急出曰："传鲁公令：众诸侯不胜酒力，着放出。"随后陈平亦出，急呼："着放出沛公。"丁公只得放出。樊哙保定出营，有靳歙、纪信、夏侯婴，同从人接着沛公，急趋灞上。范增因计不成，又见鲁公大醉，甚恼恨，退去后帐纳闷，以此沛公得脱此难。

不说沛公脱离，却有一人在帐后弹戟作歌曰：

饥熊下山，揭石见蚁，吞之入喉，不妨咳嗽而出。危乎哉！危乎哉！

子房听之，见其人黄白面皮，神清气爽，执戟而立，只是冷笑。良问曰："壮士如何冷笑?"其人曰："范老枉费心，张良能识主。今日脱鸿门，他年镇寰宇。"遂不再言而去。良叹曰："真贤士也!"……

却说张良见作歌之人，语言出众，堪荐举归沛公。正欲请问姓名，只见人报鲁公酒醒，要寻沛公。张良急急转到帐前曰："沛公力不胜酒，已告过大王，蒙大王分付着回灞上去，留张良在此谢酒。"羽大怒曰："刘邦不辞而去，汝尚巧说!"范增听得羽发怒，急来见鲁公曰："刘邦言虽柔和，实含奸诈；前献三计，明公统不见信，今观不辞而去，实是欺侮！放沛公回灞上，皆是张良之计，公不可听遮饰之词。"羽闻增言，愈加暴怒，分付左右将张良斩讫报来。只见张良大叫曰："冤哉冤哉！大王勿怒。臣乃沛公帐下一借士，臣本韩国人，沛公原非主也，臣何故与他遮饰?大王威镇天下，谁人不惧?若杀沛公，反掌之易耳，何必以设筵为由?筵前杀人，甚非长策，使天下诸侯闻之，皆以大王不敢与沛公为敌，却赚来鸿门杀之，虽得天下，不得名正言顺，百世耻笑也。愿大王放臣回灞上，将金国玉玺并各样珍宝，取来献与大王，那时即位为天下之主，名分自正，天下归服。若今日杀臣，使沛公闻之，决逃走他国，将玉玺或献与他人，或弃毁不存，大王失此重宝，岂不所见之误耶?"鲁公闻张良之言，急着放了，便曰："子房之言是也。不然，使天下之人，笑我之怯。况我干戈已定，四海归心，量刘邦草芥耳，岂足与我为敌？若听范老之言，几坏我事。”遂令张良回灞上，“快将玉玺珍宝献来。若复抗违，决统百万雄兵，将灞上踏碎，汝难以保命矣。”张良曰：“谨遵大王之命。”便拜辞回灞上，来见沛公。沛公再三称谢：“若非先生，刘邦之命休矣！”即将曹无伤拿出，斩首示众。

如果说，小说对鸿门宴的详细描述，是在《史记》的基本框架中，增添了若干新的情节因素（如英布路迎、丁公把门、张良先入，陈平劝酒、项庄作歌等）的话，那么，小说对韩信得刘邦信用经过的铺叙，则完全是撇开《史记》新起炉灶的虚构。按《淮阴侯列传》于此的记载，极为简略：

汉王之入蜀，信亡楚归汉，未得知名。为连敖，坐法当斩；其辈十三人皆已斩，次至信。信乃仰视，适见滕公，曰：“上不欲就天下乎？何为斩壮士？”滕公奇其言，壮其貌，释而不斩。与语，大说之，言于上，上拜以为治粟都尉，上未之奇也。信数与萧何语，何奇之。至南郑，诸将行道亡者数十人。信度何等已数言上，上不我用，即亡。何闻信亡，不及以闻，自追之。人有言上曰：“丞相何亡？”上大怒，如失左右手。居一二日，何来谒上，上且怒且喜，骂何曰：“若亡，何也？”何曰：“臣不敢亡也；臣追亡者。”上曰：“若所追者谁？”何曰：“韩信也。”上复骂曰：“诸将亡者以十数，公无所追；追信，诈也。”何曰：“诸将易得耳，至如信者，国士无双。王必欲长王汉中，无所事信；必欲争天下，非信无所与计事者，顾王策安所决耳。”王曰：“吾亦欲东耳，安能郁郁久居此乎？”何曰：“王计必欲东，能用信，信即留；不能用，信终亡耳。”王曰：“吾为公以为将。”何曰：“虽为将，信必不留。”王曰：“以为大将。”何曰：“幸甚。”于是，王欲召信拜之。何曰：“王素慢无礼，今拜大将如呼小儿耳，此乃信所以去也。王必欲拜之，择良日，斋戒，设坛场，具礼，乃可耳。”王许之。诸将皆喜，人人各自以为得大将；至拜大将，乃韩信也，一军皆惊。

《演义》撇开《史记》韩信犯法当斩，为滕公所释，荐于刘邦的叙事格局，另行铺衍了一大篇曲折跌宕的传奇故事：

先是写刘邦被项羽封为汉王，赴褒中就国。过栈道至金牛岭，张良忽然提出要辞归韩国，刘邦当然舍不得让他离开，张良这才说出此行的目的，实在是想去干三件大事，其中之一就是“寻一个兴刘灭楚定天下之大元帅”，并约定以角书一纸为凭信，临行又与萧何定计，嘱其用意荐举。萧何曰：“先生放心，凭你角书，已知其为大将，焉敢蔽贤误国耶？”

张良将到宝鸡，就为故人项伯留住，在咸阳住了十数日。一日，独自来至万卷书楼，得以观看各处进来文策之副本。“子房从头揭过，其中或有一偏之见，或有不通之说，或有私相标榜，或有因而嫉害，或有迎合上意，子房看了皆不喜。临后揭开一策，语言超众，立意深远，子房看了一遍，嗟叹不已，又惊又喜：惊者恐项王任用此人，喜者喜其得见此奇特之士，若使归刘作破楚大元帅，韩仇可报，汉业可兴，项羽从此休矣。”这个上表之人，就是韩信。甄伟在序中曾说过：“诏表辞赋，模仿汉作”，在这里他就为韩信代拟了一篇颇长的表章：

臣闻治天下之道，贵审天下之势，贵识天下之机。势者，明强弱，察虚实，知利害，详得失，然后天下可得而理也；不然，则虽强胜一时，不过恃其勇力，终必败亡，未足以与其势也。机者，辨兴亡，定治乱，穷几微，明隐伏，然后天下可得而图也；不然，则草莽倥匆，苟简得国，终难久安，未足以会其机也。今陛下虽霸关中，人心未服，根本未立。民畏其强而已，惧其威而已，格其面而已；然强可弱也，威可抑也，面非心也，三者乃陛下之所恃，使一旦馁而不振焉，天下不可一朝居也，欲望长治，岂可得乎！此臣之所以寒心，而为陛下忧也。且刘邦昔居山东时，贪财好色，今入关中，发政施仁，财物无妄取，妇女无所幸，约法三章，收束天下，秦民悦服，恨不得为关中主也；陛下入关，不闻善政，而惟见杀戮，听谗邪之言，蹈亡秦之敝，杀子婴，掘骊山，烧阿房，大失民望，盖不知势之可立，机之可察，而敝端恶孽，隐伏于天下而未动耳。刘邦一倡，诸侯从风，不期强而自强，不期胜而自胜，陛下之所恃者，皆为刘邦得之矣。就如近日烧绝栈道，使陛下不疑其东归，三秦不为严备，然后收用巴蜀之民，复取关中之地，此正审天下之势，识天下之机，刘邦先得我心之所同然耳，而陛下茫然莫之间也。左右将士，惟知用武而承顺风旨，陛下惟知独胜而以为天下无敌，然不知败亡之机，已萌于不测之中，此臣不顾众人之诮己，而敢为陛下言之也。为今之计，莫若益兵严备，巡哨边关，收回章邯等三人别用，另选智勇之士，阻塞关隘，更取刘邦家属，拘于辇毂之下，昭布仁义，整饬兵马，训练行伍，内求贤相，外访元戎，制服诸侯，通行周政，如此则刘邦不敢东向，而社稷有磐石之固矣。臣诚惶诚恐，稽首顿首，谨言。

韩信自然不曾向项羽进过这样的表示。但由作者代拟的表章，通篇从“势”“机”二字立论，确实反映了韩信“磻溪子牙”“莘野伊尹”之才，给了张良以极深的印象。

韩信的再次登场，是在项羽拒谏烹韩生的场合，充当了一名监斩官：

韩信押韩生赴市曹，子房打听得知，也跟在人丛中看。只见韩生至油镬前，高声说道："尔咸阳百姓，我今日犯罪，非奸臣误国，犯了法度；只因霸王听奸人捏造谣言，意欲迁都彭城，怪我再三苦谏，今押在市烹我。想远无百日之内，刘邦必来复取三秦矣，诚沐猴而冠也！"韩信听了他说，谓韩生曰："谏大夫省言语，恐霸王知道，必连累我等。"韩生曰："皇天后土，昭鉴不远，为国受烹，实为屈死。"韩信曰："公谏迁都，百姓皆为所屈而死，吾独以为该死。"韩生曰："我得何罪该死？"信曰："公居谏议之职，如杀卿子冠军宋义，那时偏将杀主将，公何为不谏？坑杀秦降卒二十万于新安，秦之父兄恨入骨髓，公何为不谏？斩子婴，掘秦墓，烧阿房，左迁诸侯，公何为不谏？今蔽锢日深，终莫能解，公然后来谏，不亦晚乎？此公之所以取杀也。范增比尔如何？尚不能谏；况我等不及亚父远矣，岂能谏乎？你今日之死，不可怨霸王，只可怨那造谣之人。我指与你：那人丛中立着烧栈绝道假造谣言之人，决在这里，若捉出来，便知端的。"吓得那子房躲在人背后，再不敢作声。

于是，小说以"说韩信张良卖剑"一整回的篇幅，叙述张良夜间来拜的情形：

韩信月明之下，见其人清标俊雅，有些面熟，不敢遽问，就迎接上厅，各施礼毕，分宾主而坐。便问："贤公从何而来？有何贵干？高名贵姓？"良答曰："某虽将军同乡，久出在外。先世曾遗下宝剑三口，真希世之珍，不敢言价，但遍求天下英雄豪杰，先观其人，次卖此剑。已将两口卖与两个人，止这口剑，未遇其主。闻将军与某同乡，为天下英杰，特来卖此宝剑，不是虚誉，实出本心。早间伺侯半日，知将军公出未回，今薄暮特来相谒。此剑：暗临黑水蛟龙泣，潜倚空山鬼魅惊，埋藏千万年，价值数千金，若遇奇男子，铮然自有声，何须出囊钱？物各归主人。君若得此剑，威令满乾坤。"韩信见张良夸美这口剑，又识己为豪杰，心下甚喜，便起身近前曰："韩信自归楚以来，无人识某为何如人。今见先生持宝剑而见谕，深蒙过奖，信何敢当？愿求宝剑一观。"良遂递与韩信。信接到手，拔剑观看，灯光之下，宝气冲霄，霜锋射斗。韩信平日最爱剑，今日见此宝剑，十分爱慕，因恨囊橐空虚，不敢问价，但云："公有宝剑三口，那两口得价几何？"良曰："适间曾说，先观其人，次后卖剑，不论价值多寡，如得其人，即将宝剑相赠，何须言价！久闻将军天下豪杰，以此特来相见，宝剑有主矣。"韩信起谢曰："宝剑虽蒙相惠，但信为人，恐未相称。"良曰："若不相称，虽与万金，亦不敢以轻售也。”信大喜，分付家僮置酒相款。因问：“此宝剑可有名字?”良曰：“俱各有名：一口是天子剑，一口是宰相剑，一口是元戎剑。天子剑乃是白虹紫电，宰相剑乃是龙泉太阿，元戎剑乃是干将莫邪。夫白虹紫电，乃是吴王剑名，悬于壁上，邪魅遁形，诸怪敛迹，真宝剑也！龙泉太阿，乃是宿焕见牛斗宿中常有云气，自下而上，光芒掩昧，焕随于有光去处，掘地得二石匣，中藏宝剑二口，一名龙泉，一名太阿，而牛斗之间，无复光芒矣。干将莫邪，乃阖庐所造，雌雄二剑，虽出人力所为，实按天时，应星宿，合阴阳，观炉火，十数年方铸成此剑，磨砺有法，修造有度，非止一日，遂名干将莫邪。然吾之宝剑，非特此耳，观人象德，各有所宜。如有天子八德，而后得佩此剑，给以翌圣化也。”信曰：“何谓天子八德?”良曰：“八德乃仁、孝、聪、明、敬、刚、俭、学也。”信曰：“宰相剑亦有德也?”张良曰：“宰相如无八德，亦难佩带此剑。”信曰：“何谓宰相八德?”良曰：“忠、正、明、辨、恕、容、宽、厚是也。”信曰：“天子宰相二剑，既闻命矣；然不知此剑为元戎剑，亦有德乎?”良曰：“元戎剑岂可无德?”信曰：“请言之。”良曰：“廉、果、智、信、仁、勇、严、明是也。”信曰：“先生宝剑，真为天下奇绝。但不知那两口剑卖与何人，亦可得闻乎?”良曰：“天子剑前卖与丰泽刘沛公矣。”信曰：“先生见沛公有何徵验，将此剑卖与他?”良曰：“大德当阳，龙颜特异，神母夜号，芒砀云瑞，爰立赤帜，五星聚会，大度宽仁，出乎其类；此公有天子福德，前在芒砀山斩白蛇，已将剑卖与他。”“宰相剑卖与谁?”良曰：“卖与沛县萧何。”信曰：“有何徵验?”良曰：“翌运元勋，经纶汉室，不事干戈，全仗仁义，约法甦民，漕河广济，布衣同心，起自丰沛，此公有宰相大才，前在关中除秦苛法，约法三章，已卖与他。”信听罢笑曰：“先生已将宝剑卖与汉王萧相国，可谓得人矣！今将此元戎剑，欲卖与小子，但信素无重名，又无为将八德，不亦负此剑乎?”良曰：“据将军所学所养，虽古孙吴穰苴，不能过也，但未遇识主耳。昔千里马未遇伯乐，杂于槽枥之间，遭入奴隶之手，与常马等也；及一遇伯乐，知其为千里骐骥，长嘶大鸣，追电绝尘，为天下之良马也，故古人有云：‘向北长鸣天外远，临风斜控日边还。’即今将军碌碌人后，未遇识主，所以不知其为元戎也！苟得遇识主，言听计用，枢动天地，变化风云，坐镇中原，出警入跸，享九袭之荣，极人臣之贵，则非今日之碌碌也。”韩信见张良说到此处，不觉长呼慨叹，触动念头，便道：“闻先生之言，如照肝胆，信在此日久，一筹未展，百计难言。前屡次上表，霸王不听；今欲迁都，大事去矣！信不久亦归故里，苟延岁月耳!”良曰:“将军差矣!良禽相木而栖,贤臣择主而佐,以将军之抱负,岂可按迹衡门,为淮阴一钓叟耶?”信又长叹曰:“先生今晚来见,语言动人,议论出众,非独卖剑,决有深意也。我于月明之下,灯独之前,细观容颜,先生非韩国之张子房乎?”子房离席起谢曰:“久慕重名,不敢遽见,今晚拜候,实有深意;将军看破,岂容自隐?小子便是张良。”韩信大笑,握良手曰:“先生天下豪杰,人中之龙也!我欲弃此归汉,但不知先生有何见谕?”良曰:“汉王实是长者,暂屈褒中,终成大事。将军肯从愚见,我有一物与将军为贽,贵似连城和氏璧,奇如照殿夜明珠,休言吕望千条计,不及区区一纸书!”

“卖剑访贤”,是小说家爱用的模式,张良的说词,又极富哲理文彩,置于《左传》《战国策》辩士之中,亦毫不逊色。

韩信得了张良的角书,亡楚归汉,心中暗想,“我若相府见萧何,以张良角书投献,是凭张良荐举,不见我胸中抱负”,于是将角书隐下,先来到史事上并不存在的“招贤馆”。小说把释放韩信的滕公牵了出来,安排他做掌管招贤馆之主,充当韩信的第一个引见人,又通过滕公,拜见了萧何。韩信见滕公,申述“必是知兵而善用,然后为良将”的道理;见萧何,则畅论天下之形势与为将之道,议论更深一层。然而,刘邦因韩信曾受辱胯下,乞食漂母,颇轻之,只授予连廒官,韩信略无愠色,到任以后,管理得井井有条;萧何复荐韩信大才,刘邦升为治粟都尉,韩信欣然领受,又治得仓廒充实,门禁肃清,萧何由是得出“韩信非等闲人,可大可小,无往不可”的结论,极力保荐,刘邦仍不肯重用。韩信决定以逃亡来激萧何,于是演出了“萧何月下追韩信”的动人的一幕:

……渐渐天晚,一轮明月初出。萧何乘着月色,来到寒溪河边。此时正当七月初间,夜静江寒,深山路险,秋水新涨,马不能渡。远远的见一匹马沿溪寻渡,何大喜曰:“此必信也!”遂合从人赶上。萧何高声叫曰:“韩将军何绝人之甚耶?相处数月,一旦不辞而去,于心独能忍乎?”遂着从人扯住马辔。各相违拗之际,后边又一匹马急赶而来,乃滕公夏侯婴也。萧何甚喜,问曰:“公何亦追耶?”婴曰:“某方朝回,有仓大使来报:韩将军匹马出东门。吾料贤士因汉王未曾大用,欲投他国去,某遂急赶而来,适遇丞相,亦来追赶,足见丞相荐贤为国之忠,不辞山险,不恤劳苦,夜深至此,真宰相也!”韩信见萧何、夏侯婴如此殷殷恳切,极尽忠爱,遂叹曰:“二公可谓真纯臣也!世之为相者,或嫉贤妒能,独擅威权,大开私门,举枉错直,好谀喜佞，偏执己见；谁肯犯颜苦谏，极力举贤，忠心为国，屈己下士也。如二公，世亦罕有，足知汉业当兴，生此贤相！如信匪才，敢不倾心从命，愿为门下贤士也。”萧何、夏侯婴当月明之下，握信手告曰：“古人云：士遇知己者死。吾二人深知贤士为伊吕之俦，管乐之匹。足可以伐秦破楚必矣。但汉王以贤士平日门户寒微，而未深知其贤也。贤士且少耐一时，吾二人愿以身家竭力保举，如汉王仍前不重用，吾必弃官回乡，不欲久困于褒中矣。”韩信闻此言，遂拜谢挽辔而回。

直到此时，韩信方取出张良的角书，并自述衷曲道：“某少贫贱，恐初来投汉，未见寸长，丞相决不见信，所以将子房角书暂隐未发；待公极力举荐，小子少露愚衷，今已心志相投，然后却将角书奉览，公之心始释然矣。”

这段情节，颇袭自《三国志演义》“耒阳张飞荐凤雏”：庞统来见刘备，也是不拿出孔明、鲁肃的书来，刘备见其貌陋，心中不悦，以授以耒阳县宰。所不同的是，庞统到任以后，不理政事，终日嗜酒为乐，直到张飞前去巡视，发现庞统大才，庞统这才取出鲁肃的荐书；而韩信却兢兢业业，足见“可大可小，无往不可”的才干。又滕公、萧何、刘邦三人对韩信的不同态度，反映了各人认识水平的差异，层层递进，较之《三国志演义》，尤见特色。

偏离史实，专用小说家言的还有采用反间计的情节。据《史记》，刘邦确有用计间疏项羽君臣之事，具体情形是：“项王使者来，为太牢具，举欲进之；见使者，佯惊愕曰：‘吾以为亚父使者，乃反项王使者！’更持去，以恶食食项王使者。使者归报项王，项王乃疑范增与汉有私。”而《西汉演义》却添出了一个虚构的人物虞子期来，且让他扮演了一个蒋干的角色，来到汉营为使，偷得了伪造的范增写给刘邦的私书。与蒋干不同的是，虞子期是虞姬的堂弟，大受项羽信任，而他被骗中计所坏的，却是运筹帷幄的股肱之臣，其后果就不堪设想了。

“四面楚歌”与“霸王别姬”，是楚汉相争中极为凄楚悲凉的场面，《史记·项羽本纪》写道：

项王军壁垓下，兵少，食尽，汉军及诸侯兵围之数重。夜，闻汉军四面皆楚歌，项王乃大惊曰：“汉皆已得楚乎？是何楚人之多也！”项王则夜起，饮帐中，有美人名虞，常幸从；骏马名骓，常骑之。于是项王乃悲歌慷慨，自为诗曰：“力拔山兮气盖世，时不利兮骓不逝！骓不逝兮可奈何，虞兮虞兮奈若何！”歌数阕，美人和之。项王泣数行下，左右皆泣，莫能仰视。

《西汉演义》却充分发挥了想象的才能，着重从汉军一边着力，写项羽得八千子弟相守，急难取胜，韩信求计于张良，张良自言得异人传授，善能吹箫，故投鸡鸣山一带吹之，终于解散了八千子弟：

众人捱到黄昏之时，将近一更之初，偶闻秋风飒飒，木落有声，客思无聊，已动乡关之念，况四野干戈，绝粮遭困，难当愁苦之怀。只见众军三个成群，五个一起，正在纳闷之际，忽听高山之上，顺风吹下数声箫韵，一曲悲歌，清和哀切，如怨如诉，透入愁怀，感动离情，泪下千行，百计难解。一声高，一声下，一声长，一声短，五音不乱，六律和鸣，如露滴苍梧，如鹤唳九皋，如声送玎玲，如漏滴铜壶，愈伤而愈感，愈闻而愈悲，虽铁石之肝肠，亦为之摧裂；虽冰霜之节操，亦为改移，离散英雄之心，消磨壮烈之气。其歌曰：

“九月深秋兮，四野飞霜，天高水涸兮，寒雁悲怆。最苦戍边兮，日夜彷徨，披坚执锐兮，骨立沙罔！离家十年兮，父母生别；妻子何堪兮？独宿孤房；虽有腴田兮。孰与之守？邻家酒热兮，孰与之尝？白发倚门兮，望穿秋水；稚子忆念兮，泪断肝肠。胡马嘶风兮，尚知恋土；人生客久兮，宁忘故乡？一旦交兵兮，蹈刃而死：骨肉为泥兮，衰草濠梁。魂魄悠悠兮，不知所倚；壮志寥寥兮，付之荒唐。当此永夜兮，追思返省；急早散楚兮，免死殊方。我歌岂诞兮，天遣告汝；如其知命兮，勿谓渺茫！汉王有德兮，降军不杀；哀告归情兮，放汝翱翔。勿守空营兮，粮道已绝；指日擒羽兮，玉石俱伤。楚之声兮，散楚卒，我能吹兮，协六律。我非胥兮品丹阳，我非邹兮歌燕室，仙音微兮通九天，秋风起兮楚亡日。楚既亡兮汝焉归！如不待兮如电疾。歌兮歌兮三百字，字字句句有深意，劝汝莫作等闲看，入耳关心当熟记！”

张良自鸡鸣山吹至九里山，沿山吹数十遍，又令汉卒学此楚声，随时歌之。当夜静更阑之时，音韵凄楚，最能悲感，吹得楚营中，人人涕泣，个个心酸，初闻时尚自流泪情切而已，既听之后，越思越想，遂悲切烦恼，各自便道：“此必是天遣神仙下降，救我等性命，故使吹此洞箫，欲我等逃命。我若忍饥受寒，守此空营，倘汉兵一冲杀来，连日饥饿，如何抵挡？俱是死数！父母妻子不得见面，却不是逆上天之意？莫若乘此月明之际，早早逃走；倘汉兵捉住，就见汉王，备说楚营无粮，饥饿难忍。又见汉兵势重，恐难逃生，情愿各散回乡，以见父母。哀告大王，乞赐放生，料汉王仁德，必不害我等性命。岂不强似横死刀剑之下？”众人商议已定，各束行李，不由诸将号令，一哄都散，四散奔汉，不一时，八千子弟，各营军士十散八九。

“霸王别姬”一幕，《史记》只写了项羽的歌词，小说复添写了虞姬的和歌：“汉兵已略地，四面楚歌声。大王意气尽，贱妾何聊生?”以及她自刎而死的结局，从小说创作来讲，都是极为必要的。

总之，《西汉演义》在承继《史记》高度艺术成就的基础上，成功地处理了历史真实与艺术虚构的辩证关系，显示了作者较高的艺术造诣和文学才能，堪称明代演义作品中较为成熟的佳作。

## 四 两部意趣迥异的《东汉演义》

以东汉史事为题材的长篇讲史，有元代的《后汉书平话》。此书现已亡佚不传，后人难以窥知其内容。从现存的《前汉书平话续集》推断，当亦属于瓦舍艺人不受正史拘缚，用以自娱的市人小说之列。

到了明代，一班文人小说作家，参照正史的体系和规模，对宋元以来的讲史作品进行整理和再创作的时候，“信”和“趣”的矛盾，就尖锐地摆到了他们的面前。所谓“信”，就是要忠于史实，要向史籍靠拢，“按鉴演义”，是他们爱用的旗号；而“趣”，则偏重于艺术趣味，为了“趣”，牺牲若干历史的真实，完全可以在所不计，“虚实参半”，则是他们的理论依据。这种矛盾，构成了历史演义的不同风格，酿成了异彩纷呈的局面。明清两代先后写成的《东汉演义》，正是以东汉史事为题材的两部意趣迥异的历史演义的代表。对这两部作品作一番深入的分析比较，对于认识讲史小说的创作特点和规律，将是极为有益的。

明代万历年间，金陵周氏大业堂刊《重刻京本增评东汉十二帝通俗演义》，十卷一百四十六回。题“金川西湖谢诏编集”，谢诏生平不详。首有陈继儒的序，末云：“有好事者为之演义，名曰《东汉志传》，颇为世赏鉴。奈岁久字湮，不便览阅。唐贞予复梓而新之，且属不佞稍增评释。其中有称谓不协及字句之舛讹者，亦悉为之改窜焉，或可无亥豕帝虎之误，而览者亦庶免于攒眉赘齿之苦云。”陈继儒（1558–1639年），字仲醇，号眉公，松江华亭人，著述甚富，名重一时，曾为《唐书演义》《列国志传》作序评点。从此序看，《东汉演义》的“增评”，也当出于他的手笔。

其后，又有剑啸阁批评《东西汉演义》，其中收进了《东汉演义》，卷端题“新刻剑啸阁批评东汉演义传”，目录与版心题“东汉演义评”。削去编集者姓名，且删为十卷一百二十五回。这是历来最为通行的本子。

《东汉演义》虽然不曾以“按鉴演义”相标榜，但并未忘记借“通鉴”来显示自己“尊重历史”的姿态。第一卷开头，即以“按鉴：平帝大臣，姓王名莽，字巨君……”来交代王莽的家世生平，又在第一卷前几回的开头，标出“乙丑”“丙寅”“己巳”“辛未”等干支，“丙寅”“己巳”四周还打上黑框，以表示它对于历史纪年的重视。不过，这些大体上是一种幌子，从根本上讲，作者的兴趣不是重现真实的历史事变，而是讲述一个用平民眼光重新构建的东汉开国的充满传奇色彩的故事。

此书第一回“奸计图王侵宝位”，以“乙丑元始五年腊月八日，平帝寿旦，文武百官各整朝衣象笏，肃候午门之外，待驾临贺”开端，接写王莽具椒酒献上，“帝闻奏视之，乃皇丈王莽也。帝思此人，昔有不平之意，恐生毒害，乃佯狂颠位，推醉不受。莽见帝辞，踊身奋起，扯住龙袍，以酒灌入其口，半倾于身。帝不得已而饮之，未半，御身倒下龙床，七孔皆流鲜血。殿上百官，各各惊骇”。这就是平民对王莽毒死平帝这一重大历史事件的理解。据《资治通鉴》卷三十六：“冬十二月，莽因腊日上椒酒，置毒酒中。帝有疾，莽作策请命于泰畤，愿以身代，藏策金縢，置于前殿，敕诸公勿敢言。丙午，帝崩于未央宫。”王莽以药酒毒死平帝，当是真实的事情。但他只是悄悄地置毒酒中，而在平帝发病以后，还装模作样地效法古代圣人周公，将“愿以身代”的策文藏于金縢，来博取虚名，决不可能公然在朝廷之上，硬将剧毒之药酒灌入帝口，使之当即七孔流血而死的。

小说一面着意叙写王莽篡位以后的种种倒行逆施给人民带来的苦难，如他欲立威武，派十二将攻伐匈奴，大败而回，“和议匈奴之后，愈加暴肆作威，苛法复兴，军民残虐，四月征夏税，八月起秋粮，狱讼不决，侵刻小民，富者不能自保，贫者无以自存”，以致激起了民众普遍的反抗；另一方面，又毫无根据地写王莽有优容反叛者的气度，当他视察军马操练时，忽有左卫将军苏成放箭，射中王莽天平冠，此时王莽不仅不加责罚，反赐黄旗一面，亲书“奉敕叛国降汉苏成”八字，令其执旗直奔御林军中高叫：“今南阳见有汉室明君，汝众等敢叛莽兴汉者跟吾同去，惧怯莽贼休来!”看究竟有多少人响应。不想，“众军闻成之声叫，从叛者大半”。这种描写，固然如眉批所说，“一呼而从者大半，人心之思变可知”，但客观上却反衬了王莽的大度，这似乎是小说作者始料不及的。

当然，小说作如此处理，目的是为了突出“南阳汉室明君”，即作者倾其全力塑造的主人公刘秀的高大形象。小说写刘秀九岁时，王莽反汉，命奸贼苏献领军到处搜捉刘氏宗室，逼得刘秀父母俱投井而死。刘秀独自奔逃，被胡阳白水村刘良收纳，居隐为农。其姐刘元一再提醒他："父母被贼逼投井死，侵吾汉室江山，今尚不报，更待何时?"刘秀回答说："弟久有此意，奈身居一农耳，焉能为事?"刘元以高祖相激励，说："太祖高皇亦事农业，何能兴立汉室?"刘秀回答说："太祖有萧何、张良、韩信，世称三杰，神机莫测，妙算有余，故能创成大事；弟今欲行，奈无三杰扶治，岂能独立而成哉?"在平民小说家的观念里，"真命天子"还得众豪杰辅佐，方能成就大事。为此，作者编织了"二十八宿佐真主"的动人故事，从而将东汉历史"演义"为以刘秀为中心的东汉开国英雄谱。

为了让二十八宿能尽早地聚会，小说虚构了王莽开设文武科场、招选天下贤士以镇守诸邦的情节。对于开选场，收养刘秀的刘良，本来是反对的，所以看了榜文，便大哭而回。而故人严光却有独特的看法，他看出刘秀有帝王之命，不妨前往一试，以待时运，并嘱告他"当杀不杀，当射不射；杀之有损，射之有危"。于是，刘秀便同新结识的邓禹、冯异、王霸同至长安。

此时的刘秀，少年气盛，疾恶如仇。至长安投下歇店，遂往街上闲游。走到午门前，见众人拥挤，刘秀有不忿之心，乃言曰："他时若遂风云志，破莽重教汉室兴。"言讫，以手指于午门之上："道好道好，有日冤仇必报!"吓得邓禹等急推刘秀于僻静之处。后来又遇到仇人苏献，刘秀拔剑欲杀，为邓禹劝住。进到教场，见了王莽，不觉大怒，忘了严光的嘱咐，搭箭欲射，因气烈猛加，雕弓拽折，被王莽觉察，立命斩之，亏右丞相窦融谏阻，方将刘秀赶出场外。

刘秀应试选场，虽未如严光设想的那样，获得纳用，从小说结构上看，却有很大的作用，使他结识了李忠、王梁、万修、邳彤、景丹、盖延、坚谭等一班日后为他效力的英雄。其中尤其是岑彭、马武两个以浓墨重彩描画的人物，不仅使故事情节扣人心弦，还充分展示了刘秀善于识人、用人的眼光和气度。

小说写岑彭"身长九尺，面如紫玉，目若朗星"，他在演武场上，"欣然起拽硬弓，连断二把；再拽第三张，见其颇硬，乃言曰：'此弓略可为用。'遂奋身兜起，连发三矢，俱中红心"，因而被王莽封为武举状元。景丹、盖延、坚谭等英雄不服，与之比试武艺，结果被岑彭的标、鞭、箭一一杀败。

这时，"面如活蟹，须若钢针"，相貌丑陋的马武出场了。小说写马武与岑彭斗武的场面道：

二人齐拍上马，斗至五十合，马武佯败诈走，岑彭赶上，马武提起红绵套索，将岑彭一挽，彭见接住其索，奋力拖扯，力并无一松动。两下厮拒多时，不分胜负。忽葵花亭上一人言曰："吾与此二人解战。"遂张弓搭箭，望其套索一箭射到，两断闪开，一齐落于马下。

这段描写，颇似《三国志演义》中的吕布辕门射戟，此书充当吕布角色者，是日后辅佐刘秀的另一位好汉吴汉。

马武的武艺，足与岑彭相颉颃，然而王莽因其貌不及岑，仍定岑彭为状元。马武说："陛下但言武略选试，并非以相貌取人。早知如此，吾致死亦不来也。"出了午门，又怒而言道："大丈夫当弃暗投明，扬清于后，岂枉名而事贼寇！"又在壁上书下反歌：

胸中万丈如霓虹，失志男儿愁万缕。腹怀惠子五车书，十年费尽青灯苦。谁知天下误儒风，一旦弃文身就武。吾心勤意学六韬，千里长安来应举。指望一跃上青云，富贵功名谈笑取。莽贼白眼慢贤人，为嫌貌丑将吾逐。此间无处可容身，手提长剑归真主。

这段演义，是完全没有历史根据的。王莽根本不可能如后世的说书人设想的那样，会通过设立文武选场来招选天下贤士，马武、岑彭等人与刘秀的结识，也决不会早到举义之前。据《后汉书·马武传》：

马武，字子张，南阳湖阳人也，少时避仇，客居江夏。王莽末，竟陵西阳三老起兵于郡界，武往从之。后入绿林中，始与汉军合。更始立，以武为侍郎，与世祖破王寻等，拜为振威将军，与尚书令谢躬共攻王郎。及世祖拔邯郸，请躬及武等，置酒高会，因欲以图躬，不克。既罢，独与武登丛台，从容谓武曰："吾得渔阳上谷突骑，欲令将军将之，何如？"武曰："驽怯无方略。"世祖曰："将军久将习兵，岂与我掾史同哉？"武由是归心。

可见马武归心刘秀（世祖），乃在诛谢躬之时，并没有小说所写刘秀见了马武的反歌，跟至柳阴之下，细诉实情，二人定盟的事情。

至于岑彭，据《后汉书·岑彭传》："岑彭，字君然，南阳棘阳人也；王莽时，守本县长。汉兵起，攻拔棘阳，彭将家属奔前队大夫甄阜，阜怒彭不能固守，拘彭母妻，令效功自补。彭将宾客，战斗甚力。及甄阜死，彭被创亡归宛，与前队贰严说共城守。汉兵攻之数月，城中粮尽，人相食。彭乃与说举城降。诸将欲诛之，大司徒伯升曰：'彭，郡之大吏，执心坚守，是其节也；今举大事，当表义士，不如封之，以劝其后。'更始乃封彭为归德侯。"可见岑彭是在宛城被围时投降刘縯（伯升）的，在此之前，他不可能与刘秀会过面。然而，岑彭的形象，在小说的情节体系中，却有相当重要的地位。如果说马武是因为遭受王莽的排斥，萌生“弃暗投明”的念头，与刘秀一拍即合，约定他日再会，共决谋事，那么，岑彭却是青云得志，故而对王莽心怀忠诚，以致一度成为刘秀最重要的敌人，从而构成对刘秀形象的反衬。

小说一再写岑彭与刘秀作对：当刘秀率兵攻打棘阳时，岑彭准备迎敌，其母谏曰：“吾儿休往，汉室刘秀，乃真命之主，人人共知；汝乃一将之材，岂能独力而破哉?”岑彭不听。两军阵前，岑彭与姚期交战，因被刘秀射中“本像”，败了下去，却仍不甘心，夜间复来劫营，大败汉兵。刘秀独自一人逃至一庄，庄主人杜颜，乃岑彭之师，便将刘秀藏匿于家。岑彭追来，杜颜劝其投降，岑彭不听，反大骂“老贼，敢发此言!”拔剑欲杀，终被杜颜之子杜貌打败。其后，岑彭又攻破小长安，把刘秀叔父婶娘及刘氏家属三百余口，尽皆杀死。刘秀被围在垓心，马被中射，危在旦夕，其二哥刘仲以己马让之，方得脱出重围，而刘仲却死于阵中。

刘秀虽一再为岑彭所窘，却对岑彭爱敬不已。攻下棘阳后，下令“如有伤着岑彭者即斩!”使岑彭得以一人一骑逃遁而去。沘水大战以后，岑彭被困小长安，刘秀先是以个人命运相劝：“良禽择树栖，良臣择主佐。今吾更始刘玄，宽仁大度，纳谏如流；足下文武兼备，若肯归助汉室，保为重用，不枉屈于莽贼之下而污万世之名节也。”又以百姓灾福动之：“足下累交未胜，可归顺汉，免使百姓临灾。”岑彭一概不听，反言：“龙遭涸水，尚有风云之日；今彭虽误败于汝，岂肯屈身而事小辈乎?”直到城中众人俱变，拿住岑彭老母并妻子相胁时，岑彭方低头受缚。刘秀见岑彭至，走下帐来，亲解其缚，说：“久爱将军，渴想甚矣。”岑彭这才真心归降。

刘秀对岑彭的爱敬，不是口角春风。当新下宛城时，欲定先锋，杜貌、姚期、马武都提议以比武决高下，胜者即挂先锋之印。刘秀注意到岑彭低头不语，便问他的意见，岑彭说：“新降无功，故不敢争。”刘秀明白岑彭的心思，便采用邓禹的建议，使四人各攻一城，先到者为先锋。结果，岑彭第一，杜貌第二，姚期第三，马武碰上一个有心归汉的硬将冯异，反被其所困，于是便以岑彭为先锋。马武不服，假作反汉，诈取颖川，大胜而回。刘秀大喜，对马武说：“将军诚乃安邦之略，济世之才也。”马武说：“臣貌丑才疏，不堪重用，何足为羡!”刘秀这才道出了心里话：“将军休罪，吾以军师之计，使汝等无伤于义，非有他说。且岑彭新降之将，未得宠爱；吾与将军布衣为交，情意相厚，心无疑虑之怀，故以彭为先锋。”马武大笑说：“主公用人甚当。”

从选场的比武，到定先锋的较量，马武与岑彭二人的组合，形成了新的回环。这些描写，都突出了刘秀爱惜人才的品质。因此，他手下的大将，无不忘死争先。昆阳大战时，贾复往城中下书，拖肠累战，殊无惧色，刘秀见状，以手将肠按入，用药护伤，誓结亲约。后来，贾复伤发疮疾，甚在危笃，刘秀大惊道：“我所以不令贾复别将者，为其轻敌也；果然失吾名将！”亲至帐下问疾，垂泪道：“吾常惧将军怀忿，为此故也，今日果然！”刘秀还能推诚待人，不为谗言所间。冯异治关中，有人言冯异威权至重，百姓归心，尝号为“咸阳王”。刘秀闻奏，即将奏章遣使送给冯异，冯异惶惧不安，修书拜谢。刘秀下诏慰之曰：“将军之于国家，义为君臣，恩犹父子，何嫌何疑，而有惧意？”后来冯异还京，朝拜礼毕，即对公卿说：“是我起兵时主簿也，为吾披荆棘，定关中。”又赐以珍宝衣服钱帛，说：“仓卒芜蒌亭豆粥，滹沱河麦饭，厚意久未能报。”

小说还竭力渲染刘秀对人民疾苦的关心。如派冯异往攻长安，临行时叮嘱道：“今托将军所事，非必略地居城，要在平除盗贼，安抚黎庶。”吴汉破蜀以后，将公孙述妻子及其族人等，尽皆诛戮，降将延岑亦纵兵大掠，放火焚烧宫殿。刘秀闻之大怒，敕使往戒之曰：“城降三日，吏人从服，孩儿老母，口以万数，一旦放火纵兵，闻之可为酸鼻……仰视天，俯视地，观放麑啜羹，二者孰仁？良失斩将吊人之义也！”

以上二事，尚有历史的根据，而攻破长安、诛灭王莽以后，朱鲔、胡殷等向刘玄进谗，命刘秀巡按河北，设谋除之之事，就纯属小说家言了。张昂说：“刘秀仁扬天下，德播万方，人皆瞻仰而服，岂有害彼之心。若果欲行，可令一人假装刘秀，先往河北诸州，拷刑官吏，勒骗军民，使刘秀到日，人皆共恶而诛之，方能害也。”于是令胡殷假扮刘秀，“经州过县，俱要羊酒接迎，拷逼官民，勒财措物，有陈词告状者，不令正见，凡出街市，百姓观者，俱要低首两傍，不许抬视。”一时虽然激起了民愤，但真的刘秀一旦出现，疑惧顿消，人民的拥戴之心，更加强烈。

对于归降之人，刘秀也表现出难能可贵的豁达大度。平服铜马以后，众将以为其乃劫贼之身，未能尽信，铜马等心不自安。刘秀对他们说：“汝等休疑，但可竭力当先，成就功业，吾岂怀旧恨哉？”于是降者相语曰：“萧王推赤心置人腹中，安敢不效死乎？”进宜阳，称帝的刘盆子与樊崇降，小说写刘秀受降的场面道：

明旦，将兵器大陈操演。至次日，帝驾车亲引诸将临洛水操练，令盆子君臣列于两傍观看。帝谓盆子曰：“自知当死否?”盆子叩首进曰：“臣罪应死，犹幸陛下相怜，姑赦之耳。”帝笑曰：“朕与汝同亲室，岂无释之者乎?”又谓崇、宜等将曰：“汝等莫悔降乎?朕令遣汝归，当勒兵鸣鼓，与朕相攻，决其胜负，不欲强相服也。”徐宜等叩头告曰：“臣等出长安东都门，君臣计议，归命圣德，则百姓安乐，万民喜仰。今日得降圣主，犹去虎口而归慈母，诚欢诚喜，无所恨也。乞陛下仁恩宽宥。”帝曰：“卿所谓铁中铮铮，庸中佼佼者也。”又曰：“诸卿大为无道，所过皆夷，灭老弱，溺社稷，污井灶。然犹有三善政：破城邑，周遍天下，本故妾妇，无所改易，是一善也；立君能用宗室，是二善也；余贼立君迫急者，皆争先降，自以为攻，诸卿悉能完全以付于朕，是三善也。”言讫，遂封盆子为赵王，余等诸将，各与妻子后保洛阳。

刘秀为什么能在群雄角逐中获得胜利?马援的话，道出了其中的奥秘：“天下反复，僭窃名号者，不可胜数。今见陛下恢廓大度，得符高祖，乃知帝王自有真也。”什么是平民心目中的“真主”?那就是“开心见诚，无所隐伏，豁达大度，从谏如流”的汉高祖与光武帝。而在保全功臣这一点，刘秀更是远胜于刘邦。天下大定以后，他敦崇儒学，偃武修文。“帝虽制御功臣，而每能容回，宥其小失，凡远方进贡，珍甘物味，必先颁赐诸侯。”这是更令平民小说赞赏的。

从小说的艺术角度看，还有两个特点。其一是人物的对话，颇有平民气。如写刘秀与其姐拜别以后：

行至半途，见一队车马，喝道将近。文叔于车上带酒言曰：“轻避重，何不知礼?”其官人曰：“贱避贵，岂故越法?”文叔曰：“汝何贵于我，我何贱于汝?”官人曰：“俺是凤城官宦子!”文叔曰：“吾乃龙阁帝王孙!”官人曰：“我父朝中宰相!”文叔曰：“吾祖国内君王!”

不料此人乃宰相苏献之子苏和，正于南阳地界捉拿刘秀，便喝令将刘秀擒下。这种二人口角斗胜，完全是沛人小说的作风。

其二是小说有大量的神怪成分。如写刘秀有金龙护体，紫雾遮身之类，皆属历代史传，稗说之旧套。但这类描写，又有明显的爱憎倾向。如刘秀因父母被害，独自奔逃，昏迷去路，只得祷祝穹苍，将腰间玉环掷于地下，得一黑鸦引路，遂得至胡阳白水村避难。起事之后，往宛城借弓箭刀枪，为人发觉，正在危急之时，忽然天降红牛，刘秀遂得突出重围——

至天晚，其牛不动，忽见一老人松身鹤发，皓首庞眉，立于其前，谓秀曰："先生留下红牛还我。"文叔慌忙下牛施礼，告曰："公若肯卖此牛，不辞高价，愿乞慨赐，以助上阵之功。"老人曰："汝背后何人也?"光武回顾复观，只见老人驾着红牛，化一阵清风而去，留下白纸一张，光武拾起，拆开视之，乃四句诗也：

乾坤有意定升平，何用干戈日夜鸣。

二百炎刘从此始，红牛直上五云程。

而种种神怪现象，往往只助正义的刘秀，不助不道的奸人。如昆阳大战时，王莽令吕僦押送老牛膳羊赏军，前往至昆阳山下，一阵大风，其羊皆化为石，众皆大惊；再至西山河边，老牛皆投入，众将束手无言，空回营寨而去。尤其令人诧异的是滹沱河结冰之事。光武为王郎所赶，至滹沱河边，上无桥梁，下无船渡。"江水泛涨，浪滚滔天"。王霸仰天祝福，果然河冰冻合，光武跃马纵辔而过。王郎兵至，众将一齐争功，兢奔跃过，未及至中，忽一阵风过，冻冰粉碎，王郎十万军兵，俱溺河死。小说引唐人胡曾诗曰：

光武经营业未兴，王郎兵急势相凌。

须知后汉功臣力，不及滹沱一片冰。

谢诏的《东汉演义》问世以后，在民间广为流传，产生了很大的影响，这便引起了一些重视历史真实的文人作家的忧虑。到了清代，有一位自号"珊城清远道人"的人出来，又重编了一部《东汉演义》。作者在《东汉演义序》中说：

间者客有述《桃花源记》于坐中者，余曰："此渊明寓言也。陶公胸次，在羲皇以上，故云不知有汉，何论魏晋，世无问津云者，其慨世之深心也。不然，徒矜奇异，世岂乏刘子骥其人哉?"遂连类及汉世故事，有以光武骑红牛脱难为问者，余曰："光武起宛，初骑牛，杀新野尉，乃得马，无所谓红牛事。"客取《东汉演义》，津津言之。演义，通俗者也；汉俗犹为近古，故足资博览而挽薄俗，恶可捏不经之说，颠倒史事，以惑人心目?

清远道人的序，署"时岁在旃蒙大渊献"，亦即乙亥年。此书现存最早的版本有嘉庆十五年（1810年）同文堂刊《东西汉演义》本，则此书当成于乾隆二十年乙亥（1755年）。此书问世以后，以其比较忠实于历史，受到正统文人和书坊的重视，以至于取代了谢诏的《东汉演义》，被后来出版的多种《东西汉演义》合刻本所收纳。

清远道人认为，历史演义，不应该是陶渊明《桃花源记》式的虚无缥缈的寓言，不能以“徒矜奇异”来惑人心目，而应该像马援那样，“善述前世行事，每言及三辅长者，下至闾里少年，皆可观听，自皇太子诸王侍者闻之，莫不属耳忘倦”，并在其中寄托某种“深意”。那么，这种深意是什么呢？作者的回答是：“胪兴衰之迹，疏治乱之本，使闻之者如生乎其时，亲见乎其事，倏而喜，倏而悲”，收到见“一代之君明臣良，百度修举，百世之下，使人欣欣爱慕；及其贤愚倒植，纲颓纽解，又复使人感愤太息，不能自已”的效果。

清远道人开初是在与友人讲述东汉故事，以“敷说大端，正其荒谬”的。序中说：

初言元后之启奸，孔相之颂德，客多裂眦怒视，拍案而起；及莽哭天于南郊，悬首于宛市，始皆眉飞色喜，贴然就坐。余复为撮数战功，历陈政治，至冯、寇破河内，延、弇平梁齐，收陇蜀，定三边，岑彭遇刺，伏波遘谗，则坐中诸客，鼓舞未既，而继之以叹且泣矣。因其怂谀，重为编次其事，敦促至再，爰是摭拾史事，系以末识，离为八卷。友人南宾生见之，谓曰：“比事提要，了然贯串，绎史之俦亚，曷不别自为书，顾自溷于稗官为哉？”余笑曰：“郑氏少赣不云乎？兴从俗者也。”曰：“然则子特自写性情，而好恶因人者与？”夫岂其然！

正是在朋友的鼓励怂恿下，清远道人方“摭拾史事”“重为编次”，写出了这部新的《东汉演义》。

在清远道人笔下，东汉开国的题材，就获得完全不同的认识价值和审美价值了。它已不是以“真帝王之命”的刘秀为中心的二十八宿英雄谱，而是具有厚重的历史感的对于王朝兴亡轨迹的追述以及“治乱之本”的深沉的思考了。

首先，王莽篡位，已不是被当做一个孤立、偶然的现象来处理了。关于这个问题，班彪在《汉书·成帝纪》赞中说过：“建始以来，王氏始执国命，哀、平短祚，莽遂篡其位，盖其威福所由来者渐矣。”认为王氏之祸，实始于成帝之时。清远道人也怀有相近的看法。他以为，西汉由盛变衰的转折时期，是在宣帝一朝。小说说：“帝在位二十五年，励精图治，信赏必罚，吏称民安；惜乎治杂于霸，文景之治不复存矣。至用恭、显而启元帝之信阉宦，贵许、史而启成帝之任外戚，杀赵、盖、韩、杨而启哀帝之诛大臣，故论其功则为中兴之君，察其罪则为基祸之主。”接着，以“伪学趋权附五侯”“温柔乡成帝追欢”“麒麟阁董贤固宠”三整回的篇幅，写宣帝、元帝、成帝三代

“君不明而所任者巧佞”的史实，证明“树必先朽而后虫生”，王莽之终篡汉权，乃势之必然的道理。

从作者“自写性情”的角度看，小说对于“佞臣”的憎恶，更在“昏君”之上。当外戚王氏专政擅权之时，虽有忠直之士一再对王氏篡权的危险性提出警告，但一班佞臣却无耻地曲意逢迎，以求自保，其中最典型的人物是张禹与孔光。先是在成帝时，灾变迭见，吏民纷纷上书，无不以为是王氏专政所致。本来自然界的日食地震之类，与人间的治乱休咎，并无关联；可是，从特定的时代背景出发，确是一个除去王氏的绝好机会，连成帝见到吏民上书，也产生了动摇，便到张禹私第，辟去左右，以问张禹。张禹身为天子师，又为帝素所亲信，若从政治上的利害直言相告，王氏或可一举铲除；但是，张禹“见自身年老，子孙弱，恐为王氏所怨”，便说：“灾变之意，深远难见，故圣人罕言命，不语怪，神性与天道，自子贡之属不得闻，何况浅见鄙儒之所言。”话虽说得十分堂正，也符合科学道理，但客观效果却是使成帝消除了对王氏的怀疑，所以胡三省说：“禹以此苟富贵，汉祚中衰，实由此也。”（《资治通鉴》注）哀帝即位以后，宠幸便佞之臣董贤，要封他二千户，丞相王嘉拒不执行，封还诏书，孔光乘机诬奏王嘉“迷国罔上不道”，王嘉下狱，不食而死，孔光便代之为丞相。小说写孔光谄媚董贤的丑态道：

上故令贤私过孔光家，光闻贤来，知上欲尊宠董贤，乃警戒衣冠，出门以待，望见董车，乃垂手却入。贤至中门，光入阁。既下车，乃趋出拜谒，迎送恭谨，不敢用宾主钧敌之礼。上喜，立拜光两兄子为上大夫常侍，贤由是权与人主侔也。

就是这位孔光，在哀帝死后。为求媚王太后以固宠荣，竟无耻地称扬王莽“才高管晏，德并伊周”，推举他为大司马；而王莽也“以孔光名儒，曾相三主，太后尊敬，天下信之，于是盛尊事光”，二人相互利用，狼狈为奸，遂使王莽酿成气候，终于篡夺了汉家天下。

其次，在清远道人笔下，王莽已不是一个头脑简单赤膊上阵的专图篡位的“梼杌”，而是极富权术的政治野心家。“折节为恭俭，勤身博学，内事诸父，外交英俊，及爵位益尊，节操愈谦，振施宾客，家无所余”，是他上以迷惑太后，下以示信群庶的手段。他一方面牢笼拔擢惟知规免祸患、依凭宠禄的附顺者，另一方面又打击诛灭忤恨者，平日是“色厉而言方，欲有所为，微现风采，党与即承其指意而显奏之”，而自己却又“稽首涕泣，固固推让”。他曾经上书，愿出钱百万，献田三千顷，付大司农助给贫民，每有水旱，辄为素食。太后闻之，遣使诏曰："闻公菜食，忧民深矣。今秋幸熟，公勤于职，宜以时食肉，爱身为国也。"这种假象，骗得了举国上下的信任。

有一次，因王莽不受太后所赐的新野田，吏民上书者前后竟达四十八万七千五百七十二人，其中不免有王莽所指使的人，但大多数确是被假象所惑的。王莽还有拒谏饰非的本事，如他因为害怕平帝外家卫氏掌权，便禁止帝母卫姬入京。王莽长子王宇见莽隔绝平帝母子，心非其行，又恐久后受祸，便私自通书帝舅卫宝，教卫后上书谢恩，以便到京师与帝相聚；及见此举无效，王宇又与其师吴章等商议，以为"莽不可谏而好鬼神，可为变怪以惊惧之，然后说令归政"。不料事情败露，王莽执王宇下狱，饮药死。此事暴露了王莽心狠手辣的残忍本性，然而他反厚颜地以"不顾私情""行管蔡之诛"自许，还作书八篇以戒子孙；更有逢迎者居然奏请将此戒颁于郡国，令学官用为教授，天下能诵此戒者，得选举比《孝经》焉。

经过了如此一番铺垫之后，直到小说第六回，方演出了谢诏《演义》开卷所写的一幕：

且说平帝年十三矣，颇有知识，见莽所为诈伪，惨毒日甚，党羽遍朝野，虽居帝位，举目无亲，如坐樊笼，常是形忧于色。莽早已看在心中，于十二月腊日，莽亲上椒酒，遂置毒酒中。帝才饮入腹，顿觉焦热如火，五脏欲裂，大呼曰："王莽弑君也!"莽急以他辞乱其语，令左右扶入宫中，自却奔至泰畤请命；泰畤者，元鼎中立太乙及帝祠坛于甘泉，是为泰畤也。莽至泰畤，戴璧秉圭，怀中取出所作愿以身代策文，藏之金縢，置于前殿，敕诸公不得漏言。不一时间，宫中传言，帝已崩矣。

这里虽然改正了谢书的不经之说，但仍有相当添加附益的成分。按《通鉴》卷三十六载：

时帝春秋益壮，以卫后故怨不悦（注：谓卫后不得至京师，其族皆死徒故不悦）。冬十二月，莽因腊日上椒酒，置毒酒中。帝有疾，莽作策请命于泰畤，愿以身代，藏策金縢，置于前殿，敕诸公勿敢言。丙午，帝崩于未央宫。

由此可见，小说关于平帝对王莽不满原因的说明，以及毒酒入腹，即刻发作，并大呼"王莽弑君也"等细节描写，都是添加出来的。

第三，清远道人丢掉了谢书以刘秀为中心的英雄传奇故事的结构模式，基本上按照历史的本来面目，铺叙了西汉末年风云变幻的政治军事斗争的过程，并力图写出作者对于其间兴衰存亡之迹的理性思考来。

首先起兵反对王莽专柄的是宗室刘崇。他以王莽"专制朝政，必危刘氏，天下非之，乃莫敢先举，此宗室之耻也”相号召，与从者百馀人进攻宛城，但很快就失败了。同是宗室的刘嘉，却使张竦作奏，称颂王莽“圣德”，说他的所作所为，都是为了“乱则统其理，危则致其安，祸则引其福，绝则继其统，幼则代其任，晨夜屑屑，寒暑勤勤，无时休息，孳孳不已者，凡以为天下，厚刘氏也”。可见“刘氏宗室”的旗帜，并不能战胜王莽的篡权。

继起者为故相之子、东郡太守翟义。他所声讨的，仍是王莽的“以鸩弑君”“公行篡弑”，而自己“幸得备宰相子，身守大郡，父子受汉厚恩，义当为国讨贼，以安社稷”。以一郡守振臂一呼，众至十余万。王莽乃仿周公大诰之文，增策一篇，颁行天下，谕以摄位当反孺子之意，诰文颁到之处，士民传诵，居然颇有效用，众人纷纷赞颂，而骂翟义为反贼。翟义也终于落得兵败自刎的悲剧结局。可见，“声讨篡贼”的口号，也没有多大的力量。

然而，当王莽一旦真的登上新朝皇帝的宝位，推行古井田法，造大钱，“于是农商失业，食货俱废，民人至涕泣于市道”；又大启边兵，“边民死亡，又十二部兵，久屯在边，吏士放纵，而内郡愁于征发，民弃城郭，流为盗贼”，总之，“自是四夷皆乱，天下骚动矣”。人民的反抗，已不止于王莽的窃国篡位，更尤在他的浸渔百姓。

清远道人以相当的篇幅，叙写了下层民众的反抗。第一个突出的是吕母：

初，吕母子为县吏，为县令所冤杀，母怨极，密聚里中少年。母家素丰，赀产数百万，乃益酿醇酒，买刀剑衣服，少年来酤者，皆赊与之，视其乏者，辄假衣裳，不问多少。数年，财用稍尽，少年欲相与偿之，吕母垂泪曰：“所以厚诸君者，非欲求利，徒以县宰不道，枉杀吾子，欲为报怨耳！诸君宁肯哀之乎?”少年壮其意，又素受恩，皆许诺。其中勇士徐次子等，自号猛虎，遂相聚得百余人，因与吕母入海中，招合亡命，众至数千。吕母自命将军，引兵还攻海曲，执县宰。诸吏叩头为宰请，母曰：“吾子犯小罪，不当死，而为宰所杀；为宰而轻杀人者，罪固当死，又何请乎?”遂斩之，以其头祭子冢。复入海，其众浸多，后皆数万。

第二个突出的是樊崇：

时山东青徐大饥，寇贼蜂起。有樊崇者，字细君，起兵于莒，众百余人，转入泰山，自号“三老”。而群盗以崇勇猛，皆附之，一岁间，至万余人。崇，琅琊人；又崇同郡逄安，字少字；东海人徐宣，字骄稚，及谢禄、杨音各起兵，合数万人，复引崇共还攻莒，不能下，转掠至姑幕。

小说还写到司马费兴被任为荆州牧，临行，王莽问其“到部方略”，费兴说："荆扬之民，率皆依阻山泽，以渔采为业，间者国张六筦，税山泽，妨夺民利，连年久旱，百姓饥穷，故为盗贼。兴到部欲明晓告诫贼归田里，假贷犁牛种食，宽其租赋，庶几可以解释安集。"王莽听了大怒，立刻免掉费兴的官职，并"严敕捕贼，不得言饥寒所为"，弄得"郡县莫敢言贼情，上下蒙蔽"。作者选录这些史上有征的事实，说明他对于人民大众起为"盗贼"的原因，有较深刻的认识，但从小说创作的角度看，零散的史料构不成鲜明的人物形象体系与跌宕起伏的故事情节，于是就流于历史进程的自然纪录了。

在谢诏的《东汉演义》中，刘秀是绝对的主角，对于另一个很重要的人物刘玄，只是在写刘秀向新市平林十大王借兵时，才让他以军师的身份露面。其时马武等人皆愿归顺汉朝，欲立刘秀为帝，而刘玄也是汉朝宗室，且是刘秀族兄，闻之有不忿之心，众人不得已，方权立刘玄为更始帝，刘秀为元帅。而此书早在第十一回，就首先让刘玄登场，说刘玄因弟刘骞为亭长之子所杀，便结客为报仇计。适家中有酒，请游徼饮，有宾客醉，歌曰："朝烹两都尉；游徼后来，用调羹味。"游徼大怒，缚客捶数百。刘玄惧，避之平林，较刘縯、刘秀登场为早。

在刘縯、刘秀兄弟二人中，谢书也是全力突出刘秀，而以刘縯作为陪衬。刘良一开始就预言刘縯"只好为臣，无帝王之福"，严光的卦卜更占出刘秀"真帝王之命"。但在此书中，刘縯是作为叱咤风云的领袖人物来写的。第十一回的结末，即为刘縯的出场大造气势道：

……时楚地起兵者，新重、平林、下江诸路，虽相聚人马，皆千万计，然当不住严尤宿将，勇而有谋，故皆不能起势。却恼了一位英雄，其人自王莽篡位以来，常愤愤不平，志存恢复，不事家业，倾身破产，结交天下雄俊，以图起创大业，于是部署宾客，崛起雄师，灭莽兴刘。

第十二回又写道：

这英雄姓刘名縯，字伯升，乃汉景帝之后……却说伯升刚毅，慷慨有大节。幼学长安，见莽篡逆，痛恨回家，破产结客。时盗贼群起，南方尤盛，伯升乃召诸豪杰计议曰：'王莽暴虐，百姓分崩，今枯旱连年，兵革并起，殆天将灭莽，正复高祖之业，定万世之秋也。'众皆然之。于是发春陵子弟得数千人，部署宾客，自称柱天都部。

而刘秀（文叔）却是另一种举止：

初，伯升宾客劫人，文叔素谨厚，乃辟吏于新野邓晨家。晨字伟卿，娶文叔姊元，尝与伯升及文叔俱之宛，与穰人蔡少公等宴语。少公颇学图谶，言刘秀当为天子，或曰："是国师公刘秀乎？"文叔戏曰："何以知非仆耶？"坐者皆大笑，晨心独喜。及文叔与家属过吏新野，舍晨庐，甚相亲爱。晨因谓文叔曰："王莽悖暴，盛夏斩人，此天亡之时也。往时会宛，少公之言，行当应耶？"文叔笑而不答。

两人的性格，完全不同。所以，当刘缜会众起兵时，诸家子弟都恐惧异常，逃避自匿，说："伯升杀我！"等到看见刘秀也"绛衣大冠"自宛城起事还至舂陵时，吃惊地说："谨厚者，亦复为之！"才稍稍自安，可见他在人们心目中的印象了。

小说突出了刘缜的威信和胆识。第十二回写到小长安惨败，杀伤甚多，众人大哭，咬牙切齿要进兵报仇泄恨，只有刘缜保持清醒的头脑，他对大家说："今日之惨，木石伤心；若等见新市、平林中情乎？彼见我败，意欲解去矣。勿妄动，我当取下江之兵，以图万全。"于是来到下江军中，说王常曰：

汉家制度，圣圣相承，天下富庶，祖宗数世，不见兵革征役之苦，厚泽及民，沦肌浃髓。独以元后故，王氏四世擅权，扰乱天下。至莽贼，诛戮忠良，满布爪牙，弑平帝，掘后陵，穷凶极恶，假造符命，以篡天位，制王田，改钱币，设六筦之禁，启四夷之兵，近复征淑女，营九庙，竭民脂髓，加之惨戮。方今四海鼎沸，正奸贼丧亡之秋，凡有血气，莫不刿心剔目，思复汉仇。况缜帝室宗亲，痛明堂之不祀，逼袵席之未安者乎！前者振臂一呼，英雄环集，只以合从未就，指挥不闲，且前队之众，数倍我师，致有小长安之败。然天心未尝厌汉，大事诚人可图之机，方今边境未安，青徐掣肘，诚欲得足下之众，并力取宛，以作根基，然后遣将分略定陵昆阳，以定颍川，据有洛阳，三辅不足图也。为天下除害，定千秋之业，足下其有意乎？

王常早有归汉之心，闻刘缜之议，深服其"深计大谋""王公之才"，便率下江兵与之并合，军事大张，锐气益壮。

刘缜又颇具韬略，英勇善战。沘水与甄阜决战时，他先嘱咐马武："汝与岑彭对敌，当诈败，引彼远追，阜军去彭，余子不足数也。"果然，岑彭中计，追下十余里，刘缜便挥众杀出，诸人一见甄阜，怨气冲天，人人上前，将甄阜攒住大骂，"阜张口战栗，早被伯升一枪搠下马来，刀剑并下，顷刻分尸万断"。进攻宛城时，刘缜又对将士说："此番交战，不比沘水之师，严尤宿将，队伍整练，未可轻进，兼须防其分兵冲突。"由于部署得宜，又大获全胜。刘缜的威名，令王莽丧胆，"下诏：有能捕得伯升者，封为上公，食邑五万户，赐黄金十万斤。又令长安中官署及天下乡亭，皆画伯升像于埻，旦起射之”。这些，都是为刘縯张目的。

在立帝的关键问题上，也显出刘縯不凡的气度和识见：

时平林、新市众，俱在淯阳，自阜、赐死后，百姓日有降者，众至十余万。众虽多而无所统一，于是诸将会议，欲立刘氏，以从人望。王常与南阳豪杰，咸归于伯升；而新市、平林诸将帅，乐放纵，惮伯升威明而贪圣公懦弱，先共定策立之，然后使骑召伯升至，示其议。伯升曰：“诸将军幸欲尊立宗室，其德甚厚；然愚鄙之见，窃有未同。今赤眉起青徐，众数十万，闻南阳立宗室，恐赤眉复有所立，如此，必将内争。今王莽未灭，而宗室相攻，是疑天下而自损权，非所以破莽也。且首兵唱号，鲜有能遂，陈胜、项籍，即其事也。舂陵去宛三百里耳，未足为功；遽自尊立，为天下准的，使后人得承吾敝，非计之善者也。今且请王以号令，若赤眉所立者贤，相率而往从之；若无所立，破莽降赤眉，然后举尊号，亦未晚也。愿各详思之。”

而刘秀直到第十三回昆阳之战，才得初露头角。其时，王莽遣大司空王邑、司徒王寻发兵百万，又选身长一丈、大十围的奇士巨无霸为垒尉，驱虎豹象犀之属以助威，形势极为严重：

文叔将数千兵迎至阳关，诸将望见寻邑兵盛，大惊，尽反走驰入昆阳，皆惶怖，忧念妻孥，欲散归诸城。文叔议曰：“今兵谷既少，而外寇强大，并力击之，功庶可立；如若分散，势无俱全。且宛城未拔，不能相救，昆阳一破，诸部亦灭矣。今不同心胆共举功名，反欲守妻子财物耶?”诸将怒曰：“刘将军何敢如是!”文叔笑而起。

会探马还言大兵且至城矣，扎军阵数百里，不见其后，诸将惊惶无措，遽相谓曰：“更请刘将军计之。”文叔复为图画成败，诸将皆曰：“诺。”

时王常别循汝南沛郡，还至昆阳，城中有八九千人。文叔乃使成国上公王凤同王常守城。至夜，自与骠骑大将军宋佻、五威将军李轶等十三骑出城南门。时北军至城下者且十万，文叔等几不得出。既至郾、定陵，悉发诸营兵，而诸将贪惜财货，欲分留守之，文叔曰：“今若破敌，珍宝万倍，大功可成；如为所败，首领难存，何财物之有?”众乃从。

时严尤、陈茂亦至昆阳，见寻、邑纵兵围城，进曰：“昆阳城小而坚；今称尊号者在宛，亟宜速将大兵，宛败，昆阳自服矣。”邑曰：“吾昔以虎牙将军围翟义，坐不生得以见责让；今将百万之众，过城而不能下，何谓耶?”遂围之数十重，列营百数，云车十余丈瞰临城中，旗帜蔽野，埃尘连天，钲鼓之声，闻数百里。或为地道，冲碰撞城，积弩乱发，矢下如雨。城中负户而汲，王凤乞降，不许。严尤又曰："归师勿遏；围城为之阙，可如兵法，令得出逃。"邑自以为功在刻漏，不听尤言。有星夜坠营中，昼有云如坏山，当营而陨，不及地而散，吏士皆厌伏。

六月己卯，文叔发郾定陵兵数千人，来救昆阳，自将步骑千余，前去大军四五里而阵。寻、邑大笑曰："此亦称寇，何足血吾刃!"于是自将万余人行阵，敕诸营皆按部，毋得妄动，独返与汉兵战。文叔一见，匹马单刀，奔入邑阵，如入无人之境，顷刻斩首数十级而还。诸部喜曰："刘将军平生见小敌怯，今见大敌勇，甚可怪也。且复居前，请助将军。"文叔复进。臧官戟，王霸枪，李轶铁鞭，冯孝、任光长杆刀，马武、宋佻画戟，傅俊丈二矛，并诸将校二十余人，随着冲杀，只见邑军纷纷落马。诸将胆气既壮，勇力倍增，所向披靡，杀得寻、邑队伍大乱却退。城下大军无令，不敢擅离相救，听凭诸将杀个尽量。这边马成见汉将大捷，挥动数千人马，大喊："宛下兵到矣!"——时伯升拔宛已三日，而光武军中尚未得知，盖亦虚张声势云。——马成驱兵掩杀。文叔顾谓诸将曰："趁此杀将去也。"诸将大喜，曰："愿从。"文叔舞动大刀，带众冲入中坚，王寻接住厮杀，不四五合，被文叔拦腰一刀，斩为两段。诸将杀得性起，逢人便砍便刺。王凤、王常闻得杀声连天，连登城楼一望，只见汉兵所至，如风卷残云，二人大喜，急率众开城，鼓噪而出，中外合势，震呼动天地，莽兵大溃。

这段描写，几乎全采自《后汉书》与《资治通鉴》的文字增益而成，唯独删去"更请刘将军计之"之前"诸将素轻秀"一句。事实上，刘秀开始并无多高的威望，清远道人写刘氏发难而以刘缜为主，较之谢诏处处以刘秀为主，是更符合历史真实的。

昆阳之战的胜利，使刘秀的威望大增，小说这才腾出手来，补叙了刘秀的往事：

却说光武身长七尺三寸，美须眉，大口，隆准，日角，性勤稼穑。幼之长安，受《尚书》于中大夫庐江许子威，略通大义。初无大志，尝为春陵侯家讼逋租于严尤，尤奇其貌。时宛人朱福亦为舅讼租于尤，尤止车独与光武语，不视福。光武归，戏福曰："严公宁视卿耶?"其意似以严公一盼为荣。及严尤至昆阳，闻光武不取财物，但会兵计策，尤笑曰："是美须眉者耶?何为乃如是?"又，初至长安，见执金吾车骑甚盛，因叹曰："仕宦当作执金吾，娶妻当得阴丽华。"——盖南阳新野人阴睦之女也，自适新野时，闻其美，心悦之，故云；至是遂娶得之，时年十九。

等到刘缜为刘玄所杀，刘秀的地位才突出起来。但即便如此，纵观全书，他也只是一个与历史的演进和变革一道沉浮的较有识见、较有谋略的政治家和军事家，而不是主宰一切、指挥一切的“真命天子”，这是此书和谢诏的《东汉演义》根本不同的地方。

刘秀手下的中兴二十八将，在此书中也写得较为零散，二十八宿的形象体象已不复存在：

马武出现在第十一回：“一日，又一彪形大汉到来，乃南阳湖阳人，姓马名武，字子张，少时避仇，客居江陵。”

岑彭出现在第十二回，他与马武的第一次交手，也在此回：“只见对阵旗门开处，一将杀出，正是岑彭，身长九尺，紫面长髯，绛袍金甲，如天神一般，手提偃月大刀。廖湛未经大敌，一见早已心怯，交手数合，便支持不住，拨马回走，岑彭赶上，一刀砍去，忽一骑飞至，一枝方天画戟到来，将刀架开，岑彭用力过猛，反在马上一幌，吃惊一看，只见那人面如活蟹，须若钢针，身躯比自己高约数寸。彭喝曰：‘来贼通名!’那人笑曰：‘王莽篡国逆贼，亲弑平帝，天下皆知；汝辈皆贼党助，荼毒万民者也，反指人为贼乎？我湖阳人，姓马名武。我看汝一表非俗，何不与我共诛残暴乎？’岑彭大怒，举刀便砍，二人战到数十回合，不分胜败。”此处形容马武的外貌文字，却是袭自谢诏书的。

臧宫出现在第十二回：“人马正行，忽见迎面尘起，有数百大汉闯来。成丹迎去，大喝曰：‘不知死活之徒，见大军到来，尚不远避，成群何往？速卸衣物，免汝残生。’只见众中一枝画戟行动，一人分众而出，背负钢鞭，随将手中戟付与从人。成丹一见，以为亭长来捕，不待开言，举枪便刺，其人一手将枪接住一扯，成丹跌下马来，急掣剑来斗，二人鞭剑往来，数合之间，剑已落地，成丹被擒。这边王常闻报，早已赶来，便问：‘来将名姓，将何为者？’其人曰：‘我姓臧名宫，字君翁，颍川郏县人，少为县游徼，因见四方扰乱，亦欲自建功业。闻下江中有王颜卿者，愿往见之，以商去就。’王常不待辞毕，便去枪下马而揖曰：‘王常即某便是，此成将军丹也。’宫急放丹起，先向丹谢罪，然后各诉衷肠，大喜。遂同往棘阳进发，与汉军及新市、平林合。”

王霸出现在第十三回：“一路军兵正行，忽见数十人迎军求见曰：‘将军兴义兵，窃不自量，愿充行伍。’此人姓王名霸，字元伯，颍川颍阳人也。

父为决曹掾，霸亦少为狱吏，性慷慨，不乐吏职，其父奇之，遣西学长安，至是率宾客上谒。文叔大喜曰：‘梦想贤士，共成功业，岂有二哉！’”

冯异、祭遵、铫期出现在第十四回：“父城人冯异，字公孙，好读书，通《左氏春秋》《孙子兵法》，时以郡掾监五县，汉兵起，与父城长苗萌共守城，光武攻之不下，屯兵中车乡。异微行视属县，为汉兵所执。时异从兄孝，及同郡丁綝、吕晏并从光武，因共荐异。得召见，异曰：‘异一夫之用，不足为强；有老母在城中，愿归据五城，以报效功德。’光武大喜。异归，谓苗萌曰：‘今诸将皆壮士屈起，多横暴；独有刘将军，所到不劫掠，观其言语举止，非庸人也，可以归身。’苗萌曰：‘死生同命，敬从子计。’”“颍阳县吏祭遵往进见，光武爱其容仪，署为门下吏。遵字弟孙，颍阳人，好经书，家富给，而遵恭俭，丧母，负土起坟。尝为部吏所侵，结客杀之。初，县中以其柔也。既而皆惮焉。”“铫期，字次况，颍川郏人也，长八尺二寸，容貌绝异，矜严有威。父猛，为桂阳太守，卒，期服丧三年，乡里称之。光武闻期志义，召署贼曹掾。”

邓禹出现在第十五回：“邓禹，字仲华，南阳新野人也。年十三，能诵诗，受业长安。时光武游京师，禹年虽幼，而见光武，知非常人，遂相亲附。数年归家。及汉兵起，更始立，豪杰多荐举禹，禹不肯从。及闻光武安集河北，即杖策北渡，追及于邺。光武见之甚欢，谓曰：‘我得专拜封，生远来，宁欲往乎？’禹曰：‘不愿也。’光武曰：‘然则欲何为？’禹曰：‘但愿明公威德加于四海，禹得效其尺寸，垂功名于竹帛耳！’光武笑，因留宿与闲语。”

贾复出现在第十六回：“汉中王刘嘉有一位上将，姓贾名复，字君文，南阳冠军人也。少好学，习《尚书》，事舜阴李生。李生奇之，谓门人曰：‘贾君之容貌志气如此，而勤于学，将相之器也。’莽末，下江、新市兵起，复亦聚众数百人于羽山，自号将军。更始立，乃将其众归刘嘉，以为校尉。复见更始政乱，诸将放纵，乃说嘉曰：‘臣闻图尧舜之事而不能至者，汤武是也；图汤武之事而不能至者，桓文是也；图桓文之事而不能至者，六国是也；定六国之亲欲安守之而不能至者，亡六国是也。今汉室中兴，大王以亲戚为股肱，天下未定，而安守所保，所保得无不可保也。’嘉曰：‘卿言大，非吾任也。大司马刘公在河北，但持我书往。’复遂辞嘉，受书北渡河。”

吴汉出现在第十七回：“今再说一位豪杰，亦是宛人，姓吴名汉，字子颜。家贫，给事县为亭长。王莽末，以宾客犯法，乃亡命至渔阳，以乏资用，贩马为业，往来燕蓟间，所至皆交结豪杰。更始立，使使者韩鸿循河北，或谓鸿曰：'吴子颜，奇士也，可以计事。'鸿召见汉，甚悦之，遂承制拜为安乐令。会王郎起，北州扰惑，汉素闻光武长者，独欲归心，乃往说太守彭宠。"

寇恂出现在第十八回："光武将北循燕赵，乃拜寇恂为河内太守。恂字子翼，上谷昌平人，为郡功曹，经明行修，名垂一时。先，光武尝问邓禹曰：'魏郡河内，独不逢兵，而城邑完全，仓廪充实，我欲守此，诸将中谁可使者？'禹曰：'昔高祖任萧何于关中，无复西顾之忧，所以得专精山东，终成大业。今河内带河为固，户口殷实，北通上党，南迫洛阳，寇恂文武足备，有牧人御众之才，非此子莫可使也。'于是拜恂为太守，行大将军事。"

这些零星的故事，与刘秀不能组合为有机的情节系统。如岑彭的降汉，乃刘缜之力。其时岑彭被围宛城，城中食尽，岑彭"思死守徒殃百姓，乃出降汉"。诸将恨极，将欲诛之，刘缜曰："死守宛城，职也；降以救百姓，义也。今举大事，当表义士，不如封之，以劝其后。"与刘秀毫无关联。其余诸将之投奔刘秀，大都出于偶然的机缘，就中大约唯有冯异对刘秀"所到不劫掠，观其言语举止，非庸人也"有明确的认识；刘缜被刘玄屈杀以后，又是冯异一人察知刘秀的哀情，进言道："天下同苦王氏，思汉久矣。今更始诸将，从横暴虐，所至虏掠，百姓失望，无所依戴。今公专命方面，施行恩德。夫有桀纣之乱，乃见汤武之功；人久饥渴，易为充饱。宜急分遣官属，循行郡县，理冤结，布惠泽。"不啻为刘秀最大的知音。邓禹为中兴二十八将之首，年十三受业长安时就与刘秀相亲附，本来是可以演化出许多动人心目的故事来的，而此书却让他到第十五回方迟迟登场。至于那位在谢诏书中早早算定刘秀"真帝王之命也，二十一岁小旺，至三十八大旺"，到刘秀即位以后，与之共床偃卧，以足加其腹上的严光，此书连提也没有提。凡此种种，说明清远道人重视的是历史演进的真实序列，而无小说创作的形象体系的观念。

这一部《东汉演义》，对于读者固然也能产生相当的吸引力，但这种吸引力不是来源于作家重新构建的作为"第二历史"的艺术作品的感染作用，而是历史事变本身所蕴含的理性思辨，与谢诏的《东汉演义》，形成意趣迥异的鲜明对比。

还有一点应该指出的是，不论是宋元时代的《前汉书平话》《后汉书平话》，还是明代的《全汉志传》《两汉中兴开国志传》，乃至《西汉演义》，所叙史事都只限于两汉的"中兴"，唯独清远道人的《东汉演义》，是第一部把两汉历史构成为完整体系的小说。此书第一回“英君图治开三衅”中说：

> 前部《西汉演义》，但做到高祖得天下而止，读者费了数日功夫，只知得数年之事，其子孙坐了几年天下？孰为圣明？孰为昏暴？竟茫然不知，如看一两出戏文，热闹半天，还是有头无尾。至平帝如何失了国？王莽如何便篡了位？树必先朽而后虫生，做《东汉》的，更不叙明根源，这又叫个有尾无头，更是闷事。今重新演说光武中兴故事，顺便将西汉一代之事，约略补述在前，令读者于一代兴衰，了然在目。

作者的着眼点，乃在一代兴衰之迹。因此之故，也就把西汉凡二十五君、四百二十六年的历史统系，构筑完成了。一些为早期文言小说偶一叙及而为甄伟《西汉演义》所舍弃的如汉武帝的雄才大略而又信惑神怪，巡游无度，汉成帝的宠幸赵氏姊妹而淫乱后宫的故事，也是由清远道人第一次写进长篇通俗演义的。

至于东汉建立以后的史事，谢诏的《东汉十二帝演义》也大体上作了叙述。它以三卷的篇幅，历叙了明帝、章帝、和帝、殇帝、安帝、顺帝、冲帝、质帝、桓帝时事，杂叙了傅毅、班固、贾逵共校典书，梁鸿、孟光避世隐居，窦固征匈奴，班超入西域等故事，由于时间跨度过大，又远离了二十八宿的英雄传奇模式，只好大段抄录史书敷衍成篇，与前半部风格，殊不相配。对于桓、献二帝之事，则一笔带过，书末云：“灵帝即位之初，《三国传》于是编起，二帝之事，俱备其传，今但集其名，余悉不载。”看来作者是十分自觉地以《三国志演义》的继承者自居的，虽然小说所叙的历史，要比三国为早。

清远道人的《东汉演义》卷八，写的也是东汉立国以后的事。此卷共四回，前二回“二十八宿画云台”“三十六人平西域”，写东汉早、中期，主尚明而臣尚贤的治世。如明帝下诏：“今选举不实，邪佞未去，权门请托，残吏放手，百姓愁怨，情无告诉，有司明奏罪名，并正举者。”明帝后马氏，“常衣大练，裙不加缘，朔望诸姬主朝请，坐见后袍衣疏粗，反以为绮縠，就视乃笑。后辞曰：‘此缯特宜染色，故用之耳。’六宫莫不叹息。”故而天下又安，国家强盛，遂有窦固征匈奴，班超平西域的壮举。后二回“肃宗爱色容权戚”“桓帝诛贤宠宦官”，写章帝以下诸帝，复重蹈西汉宣帝、元帝、成帝三代之覆辙，朝政渐为外戚、宦官所把持，遂开子孙无穷之祸。结末云：“安帝、顺帝在位，皆十九年，桓帝二十二年，灵帝二十三年，献帝虽在位三十年，播迁之余，徒为曹操所挟以令诸侯耳。有《三国志》在，故灵帝以后，不复缕述。”其主题之一贯，通体之和谐，较之谢诏书来，是要略胜一筹的。

名家解读古典名著

# 历史小说(上)

## 解读《三国演义》

段启明 著

我国文学史上第一部章回体长篇历史小说《三国演义》的诞生，把我国小说史推向了新的发展阶段。无论是在国内还是在国外，它都产生了深远的影响。作者综合数百年来对这一古典名著的研究成果，介绍了它的作者和成书过程，解读了其中的主要人物形象，评述了它的艺术成就和社会价值。

《三国演义》是我国文学史上第一部章回体长篇历史小说，叙述的是汉末三国时期的历史故事。它的作者是元末明初的罗贯中。现在我们能看到的最早的版本，是明代嘉靖年间刊本，书名为《三国志通俗演义》；明清时期还有很多种版本，书名大同小异；我们现在阅读的《三国演义》，是经过清代康熙年间毛宗岗加工润色过的通行本。为了行文的方便，我们这本小书里提到的《三国演义》，一般都是泛指各种版本；而引文皆出自新中国成立后出版的通行本。

## 一　汉末三国的历史

按历史朝代的划分，“三国”是指从公元220年曹丕称帝，到280年晋武帝灭吴，这六十年的历史时期。而《三国演义》所写的内容，实际上是从184年黄巾起义开始的，所以，这是一部生动地描写了一百年间政治军事斗争的史诗式的伟大作品。

汉末三国，群雄割据。政治军事斗争异常复杂而生动。为《三国演义》写了很多评语的清朝人毛宗岗说：“三国者，乃古今争天下之一大奇局。”历史上“从未有六十年中，兴则俱兴，灭则俱灭，如三国争天下之局之奇者也”(《三国志演义·序》，毛宗岗撰，伪托金人瑞)。

同时，也正是在这争天下的“奇局”中，造就了一大批有才能、有胆识的人物，演出了生动感人的历史活剧。

东汉末年，政治腐败，民不聊生，爆发了以张角为领袖的黄巾起义。公元184年，黄巾起义被镇压，二十余万民众被屠杀；同时，东汉政权也动摇并趋于崩溃。在镇压黄巾起义的过程中，各地军阀发展了自己的势力，并相继控制着朝廷。189年，凉州军阀董卓进入洛阳，废少帝刘辩，立献帝刘协。从190年至196年，董卓及其手下将领李傕、郭汜，为所欲为，屠杀人民，又互相残杀，给中原造成极大破坏。这时，以袁绍为首，联合各路军阀，组成讨伐董卓的“关东军”。袁绍是一个“四世三公，门吏遍天下”的大贵族。讨董结束后，各路军阀间又发生激烈的战争。本来势力并不强大的曹操，居然战胜了袁绍，特别是200年袁、曹在官渡的决战，曹操大获全胜。到207年，曹操消灭了袁绍和他的弟弟袁术的势力，并北击乌桓，扫清了袁氏残余，基本上统一了中国北方。

就在这一年里，也是在镇压黄巾起义中发展起来的刘备，在湖北隆中会见了隐居的诸葛亮，从此得到了诸葛亮的辅佐。公元 208 年，曹操率领大军南下，吞并荆州刘表之后，直指江南的孙权。在这种形势下，孙权与刘备组成联军，在赤壁火烧曹军战船，取得赤壁之战的胜利。战后，刘备取得荆州、汉中，并于 214 年占领成都，219 年立为汉中王，与江南的孙权、北方的曹操，形成了三足鼎立之势。

220 年，曹操病死，其子曹丕废汉献帝，自称帝（即历史上的魏文帝）；221 年，刘备在成都建立蜀汉政权，也称帝（即历史上的汉昭烈帝）；222 年，孙权亦称“大帝”，正式形成了三国的局面。这时，在赤壁之战中建立起来的孙权与刘备的联盟，发生了变化，在关羽从江陵北击曹操的时候，孙权夺取了江陵并杀死关羽。222 年，刘备为了报仇，大举伐吴，但在猇亭被吴军打败，火烧联营，损失惨重，退回永安。223 年，病死于永安。

刘备死后，诸葛亮辅佐刘禅，主持国政，对外，逐步恢复联吴抗魏的政策；对内，休养生息，增强国力，并于 224 年攻打“南夷”，稳定了西南少数民族。从 227 到 234 年，统率大军，六出祁山伐魏，实际上是推行以攻为守的策略。234 年，诸葛亮在五丈原病死于军中。

诸葛亮死后，蒋琬、费祎主政，姜维治军，从 249 年到 262 年，姜维又八次出兵北伐，但无成果，且人心厌战，民力疲敝。这一时期，魏国的大权，已落入司马氏（司马懿及其二子司马师、司马昭）手中。263 年，司马昭派 18 万大军，由邓艾、诸葛绪、钟会分别统率，分三路进攻蜀汉。刘禅投降，蜀汉灭亡。

265 年，司马昭病死。其子司马炎逼曹奂让位。魏亡。司马炎称帝，是为晋武帝。279 年，司马炎发兵 20 万，六路攻吴，280 年占领建业，吴亡。至此，结束了三国纷争的历史。

从以上最简要的概述中，我们也可以看出汉末三国的历史，充满了多方面的矛盾冲突，而且富有戏剧性。西晋史学家陈寿的《三国志》，就是记载这一时期历史的“正史”；而这一时期的传说、故事，在三国之后，也广泛的流传于民间。

## 二　成书过程和作者

为了了解《三国演义》，我们必须了解这部书的成书过程和它的作者罗贯中，同时也要了解一点它的版本情况。为了叙述的方便，在这一章里也顺便介绍一下全书的结构和内容提要。

### (一) 成书过程

鲁迅在《中国小说史略》中说："罗贯中本《三国志演义》……凡首尾九十七年(184–280年)事实,皆排比陈寿《三国志》及裴松之注,间亦仍采小说,又加推演而作之。"这实际上就是对《三国演义》成书过程的概括。这里先从《三国志》谈起。

在陈寿的《三国志》成书之前,魏国和吴国都已有"国史",如王沈的《魏书》、韦昭的《吴书》、鱼豢的《魏略》。蜀国无史,而陈寿是蜀国人,他撰写了《蜀书》。这些史料,就成为陈寿写《三国志》的最基本的依据。

陈寿字承祚,巴西安汉(在今四川省)人,"元康七年(297年)病卒,时年六十五"。(《晋书·陈寿传》)是著名史学家谯周的弟子,他才华出众,受到司空张华的器重,在蜀国作过观阁令史,在晋朝做过著作郎、长广太守等官,但也一再遭到贬抑。他的父亲是马谡的参军,马谡为诸葛亮所斩,陈寿的父亲也受到惩罚。《晋书·陈寿传》说,因为这层关系,所以陈寿写《诸葛亮传》说"亮将略非长,无应敌之才",似乎包含了恩怨,这是不正确的。综观陈寿的《诸葛亮传》,应该说是充分写出了这个历史人物的真实全貌,对诸葛亮的品德与才干的崇敬赞美之情,溢于言表。"将略非长",并不是对诸葛亮的全面的评价,而只是对这一历史人物一个方面的看法,这不能说是故意的贬斥。

陈寿《三国志》,与司马迁《史记》、班固《汉书》和范晔《后汉书》一向被合称为前四史,是公认的正史中的优秀史籍。

《三国志》的缺欠,是内容还不够充实,这主要是因为陈寿当时见到的史料有限。这个缺欠,在获得裴松之的《注》以后,则得到很大的补就。

在陈寿死后约130多年,南北朝时期南朝宋人裴松之为《三国志》作注。裴注不是诠释性文字,而是把他掌握的有关三国历史的材料,以注的形式,大量补充进去。东晋以后,三国史料逐渐被发现,据统计,裴注中引用的魏晋人的著作多达210种,字数超过陈寿原著的三倍。这就极大地充实了《三国志》的内容。而且,由于裴注多采轶闻,往往异趣横生。例如《三国志·魏书·武帝纪》写曹操:

太祖少机警,有权数,而任侠放荡,不治行业,故世人未之奇也。

裴松之在这里加注说:

《曹瞒传》云："太祖少好飞鹰走狗，游荡无度，其叔父数言之于嵩（指曹操父亲曹嵩）。太祖患之，后逢叔父于路，乃阳败面㖞口（作脸歪嘴斜的样子）；叔父怪而问其故，太祖曰：'卒中恶风。'叔父以告嵩。嵩惊愕，呼太祖，太祖口貌如故。嵩问曰：'叔父言汝中风，已差乎？'太祖曰：'初不中风，但失爱于叔父，故见罔耳。'嵩乃疑焉。自后叔父有所告，嵩终不复信，太祖于是益得肆意矣。"

这段注文就使原著所说的"有权数"等等，有了具体的内容，而且增加了形象性。裴注中类似这样的内容，为后世《三国演义》的创作者大量采录。还应指出的是，裴注引用的史料著述，现已大多亡佚，十不存一了，因此，裴注还具有保存史料的意义。总之，在我们谈论《三国志》时，是绝对不能忽略裴注的意义和价值的，它使《三国志》的内容更加充实，史料价值更高了。

陈寿的《三国志》和裴松之的注文，作为正史，显然是后世了解和研究三国历史的最重要的依据。《三国演义》的创作，也首先是以此为据的。

除正史之外，两晋以来的文人学子，在笔记和各种著述中，对汉末三国的史实和传说，也多有采录。如《华阳国志》《世说新语》《搜神记》《语林》等。其中很多记载，也极有趣味。例如《世说新语（假谲第二十七）》：

魏武常谓人欲危己，己辄心动，因语所亲小人曰："汝怀刃密来我侧，我必说心动，执汝使行刑。汝但勿言其使，无他，当厚相报。"执者信焉，不以为惧，遂斩之。此人至死不知也。左右以为实。谋逆者挫气矣。

这段文字所记之事，无论是史实还是传说，都活画出曹操的奸诈和残忍。

三国故事在民间的流传更为广泛，很多民间艺术，都有以三国故事为题材者。《大业拾遗记》中有一段记载说，隋炀帝曾与群臣于曲水观看"水饰"（即放在水面上的各种木雕造型），其中就有"曹瞒浴谯水，击水蛟""魏文帝兴师，临河不济""吴大帝临钓台望葛玄""刘备乘马渡檀溪"等三国故事造型。这说明，这些人物故事在隋代已广泛流传，而且故事情节，人物形象都已有了一个较固定的模式。

晚唐诗人李商隐有一首《骄儿诗》，在描写那个"美秀无匹"的骄儿的活泼顽皮情态时，特别写他"或谑张飞胡，或笑邓艾吃"。"张飞胡"是说张飞的皮肤、脸色黑，"邓艾吃"是说邓艾说话口吃。儿童以此为戏谑，正是受了当时艺人表演的影响。这反映出唐代艺人在"说话"（也可能包括其他艺术形式）中讲说三国故事，已经非常鲜明地塑造了人物形象，人物形象的特征得到了突出的表现。

这些材料都告诉我们，隋唐时期三国故事在民间广为流传的情况。

到了宋代，三国故事的流传更为广泛，当时的各种民间艺术几乎都在表演。中国的戏曲，在宋代已经初具规模，有所谓“院本”。据元朝人陶宗仪在他的《南村缀耕录》中记载，“院本名目”中就有“赤壁鏖兵”“刺董卓”“襄阳会”“骂吕布”等三国故事的剧目。《宋史·范纯礼传》还写了一个因看三国戏而引发的故事，大意是：宋徽宗时有个老百姓，在戏场看了三国故事戏之后，大概是非常兴奋，在回家路上看到有个做木桶的匠人拿着桶，他就抢过来自己戴在头上，作为高冠，以模仿戏场上刘备的形象，还问别人，自己的样子像不像刘先主？结果被这匠人拿住，告他“谋变”（在封建社会，一个普通老百姓模仿帝王，是犯法的）。这事惊动了宋徽宗，幸亏有范纯礼向徽宗解释说，这不是谋变，只不过是“村野无知”。这才打了几棍子，了结了。

宋代的影戏十分兴盛，也大量表现三国故事。宋人高承的《事物纪原》一书中说：

宋朝仁宗时，市人有能谈三国事者，或采其说加缘饰作影人，始为魏、蜀、吴三分战争之像。

三国故事成为当时影戏的重要题材。张耒在《明道杂志》一书中还讲了一个有关影戏的故事，他说，“京师有富家子”，“甚好看弄影戏”，每当看到关羽被杀时，“辄为之泣下”。一日，演影戏的人和其他几个人一起戏弄这个“富家子”，说关羽是一员猛将，现在影戏中把他斩了，他会作祟的，须要祭祀一番才可免灾。于是这个“富家子”拿出很多银器，买了很多酒肉。结果这群人不光分享了酒肉，还把银器拿走了。这个故事中的“富家子”显然是一个糊涂人，做了傻事，但也可以想见，影戏表演的关羽故事，一定是十分生动感人的，否则就不会使这个“富家子”“辄为之泣下”，发生了上述故事。

在宋代的“说话”艺术中，三国故事更是极为重要的内容，甚至形成了一个专门的领域，叫做“说三分”。据宋人孟元老《东京梦华录》中记载，有一个艺人叫霍四究，就是最著名的“说三分”的专门家。“说三分”在社会上极有影响，苏轼的《东坡志林》说：

王彭尝云：“涂巷中小儿薄劣，其家所厌苦，辄与钱令聚坐听说古话，至说三国事，闻刘玄德败，颦蹙有出涕者，闻曹操败，即喜唱快……”

这不仅形象生动地告诉我们，宋代说三国故事的影响之大，而且说明了拥护刘备，贬斥曹操的倾向性，在宋代说话中已经非常明显了。

元代，是中国戏剧发展的黄金时代。元杂剧成为一代艺术的骄傲。三国故事，也成为元杂剧的重要题材。据《录鬼簿》《录鬼簿续编》《太和正音谱》《曲录》等书统计，有关三国故事的元杂剧约有六十种。现存二十一种。从内容上看，元杂剧中的三国戏可分成几个方面：一是写汉末群雄兼并，多与董卓、吕布二人有关，如《三战吕布》《连环计》；二是写曹操与汉臣矛盾的，如《千里独行》《勘吉严》；三是描述魏、蜀、吴之间的矛盾纠葛的，如《单刀会》《博望烧屯》；四是反映知识分子苦恼的，如《王粲登楼》。从艺术上看，人物形象鲜明突出，情节虽多夸饰而并不荒诞，语言也质朴晓畅，细节刻画也很成功。一些最著名的杂剧作家，如关汉卿、王实甫、高文秀、武汉臣、尚仲贤、石君宝、郑光祖等，都写了三国戏，而且，像关汉卿的《关大王单刀会》等作品，是公认的元杂剧中的优秀之作。还有些作品，为后世戏曲采用、改编，长久活在各种戏曲舞台上。总之，元杂剧中的三国戏，是三国故事发展流传中一个极重要的阶段。

宋人"说三分"的具体内容，今已不可详知。现在我们能看到的唯一的"说三分"的话本，就是元代至治年间（1321—1323年）建安虞氏刊印的《全相三国志平话》。此书八万多字，分上中下三卷，每卷二十三个题目。书中很多情节，如刘、关、张三人到太行山落草等，不仅与三国史实大相径庭，而且后来《三国演义》里也没有采纳。但是，从总体上来看，这部平话毕竟是长期流传的三国故事的写定本，基本上构成了《三国演义》的框架。从内容、结构以及全书的粗犷的风格等方面来看，我们可以判定它是一部宋元时代"说三分"的话本；但从全书每页皆上图下文的刊印形式来看，它又主要是供读者阅读的读物。正如鲁迅所说："观其简率之处，颇足疑为说话人所用之话本，由此推演，大加波澜，即可以愉悦听者，然页必有图，则仍亦供人阅览之书也。"由此看来，这部书本来是一部供艺人说话用的话本，甚至是一部提纲，但在流传中，经过了一定的修订（虽然还很粗疏），又配上图画，于是成了一部图文并重的读物。是纯粹的话本也好，是供人阅读的读物也好，总之，它是第一部三国故事的写定本，在伟大的历史小说《三国演义》的成书过程中，具有特殊重要的意义。

陈寿《三国志》及裴松之注的记载，由戏曲、平话等各种民间艺术形式表现的长期流传于民间的三国故事传说，构成了创作长篇小说的基础。元末明初的大文学家罗贯中正是在这个基础上，加以创造，写成了中国历史上第一部章回体长篇历史小说《三国志通俗演义》。明人高儒在《百川书志》中所说的“据正史、采小说，征文辞，通好尚”，正是对《三国演义》成书过程的概括（所谓“通好尚”，就是说这部书适应了三国故事在长期流传过程中形成的倾向性，具体来说，就是拥刘反曹的倾向性）。所以从某种意义上来说，《三国演义》是几百年来，人民大众包括历史学家、文人、艺人，共同的创作。

**(二) 作者罗贯中**

在中国文学史上，有一个永远无法弥补的遗憾，这就是一大批戏剧小说家，由于社会地位卑下。关于他们的生平事迹，记载甚少，流传下来的更少，使后人可能永远也无法对他们有更多的了解。关汉卿、王实甫、罗贯中、施耐庵、曹雪芹等等，莫不如此。相反，不少文坛末流，倒不乏传记、墓志铭，甚至年谱，原因是，他们做了官。

《三国演义》作者罗贯中，就是一位生平事迹资料极少的大作家。明朝人贾仲名在《录鬼簿续编》中说：

罗贯中，太原人，号湖海散人。与人寡合。乐府、隐语，极为清新。与余为忘年交，遭时多故，天各一方。至正甲辰复会，别来又六十余年，竟不知其所终。

这里说，他的籍贯是“太原”，但有人指出，应该是“东原”（山东东平县），亦有钱塘（杭州）、庐陵（吉安）等说法。贾仲名《书录鬼簿后》写于永乐二十年（1422 年），时年八十岁，则生于 1342 年。按一般习惯，“忘年交”者年龄相差当在二三十岁，或者更多，那么，按此推算，罗贯中约生于 1310 年。至正甲辰（1364 年）相会时，贾仲名二十二岁，罗贯中已是五十岁左右了。如果他活了七十岁，当卒于 1380 年左右。当然，这都是大体的推算。元朝亡于 1368 年，所以说罗贯中生活在元末明初。

明人王圻《稗文汇编》（卷一百三）中说，罗贯中、葛可久“皆有志图王者”，“而葛寄神医工，罗传神稗史”。这里说罗贯中还是一位颇有政治抱负的人。另外，清人顾苓的《塔影园集》，徐谓仁为徐炳所绘“水浒”一百单八将图所写的题跋中，都提到罗贯中作过元末与朱元璋争天下的张士诚的幕僚。如果这些记载是真实可信的，那么，他创作的戏曲小说多是敷衍政治军事斗争的作品就不是偶然的了。而《三国演义》恰恰是完整表现作者政治思想的巨著。

据《录鬼簿续编》著录，罗贯中创作了三种杂剧：《赵太祖龙虎风云会》

《忠正孝子连环谏》《三平章死哭蜚虎子》，现仅存《风云会》一种。他的最主要的文学成就，还是在小说创作方面。《西湖游览余志》等都说他“编撰小说数十种”。现存罗贯中署名的小说有《隋唐志传》《残唐五代史演义》《三遂平妖传》和最著名的《三国志通俗演义》。另外，他也参与了《水浒传》的创作。这些作品，大都以历史上改朝换代，争夺天下的政治军事斗争为题材。从书中可以看出，他对于王朝盛衰的原因和过程，帝王将相的思想和行为，农民起义的发展和结局，政治军事斗争的策略和计谋，都非常熟悉而且颇有研究。因此，他的作品在普及历史知识、总结历史经验等方面也都是有价值的。这或者都与他是个“有志图王者”密切相关，至少说明，他是一个有政治抱负、军事知识和历史见解的有思想的伟大作家。

《三国演义》的成书时间，当然只能说是在元末明初，而无法确指。我们现在所能看到的最早的版本，是明代嘉靖壬午（1522年）刻印本，书名是《三国志通俗演义》，题“晋平阳侯陈寿史传”“后学罗本贯中编次”；有弘治甲寅庸愚子（即金华蒋大器）的《序》和嘉靖壬午修髯子（即关西张尚德）的《引》，这两篇文字，对我们理解《三国演义》有一定的帮助；全书二十四卷，二百四十则。

在嘉靖本以后，明代还有几十种刻本，或改易书名，或增加评点，或改二百四十则为一百二十回。

清代康熙年间，毛宗岗对这部小说进行了一次较大的加工润色。不仅把二百四十则改为一百二十回，而且把回目都调整为对仗工整的七言或八言的对子；对书中的情节，特别是细节，作了一些修改，使之更加畅达；文字也更为简练；删去了一些不必要的引征。同时，又加写了带有评论性的《读法》和批语。从总体上来看，这部经过毛宗岗修改润色并加评语的《三国志演义》，比旧本的艺术水平有所提高，更便于阅读，因此成为流行最广的通行本。解放以后出版的《三国演义》，亦以此本为底本。

### （三）内容提要

八十万言的《三国演义》，“陈述百年，该括万事”。全书的纵向结构，是以时间为顺序的：横向结构，则主要是把并列的魏、蜀、吴三个系列交错在一起。因此，有人指出，《三国演义》的总体结构是“辫状结构”。为了叙述这“百年”“万事”的内容，似可按纵向结构把全书一百二十回大致合并为十二个大段落：

第一至二回：这是全书的序幕、引子。写出了汉末“十常侍”作乱，致使“朝政日非”，“人心思乱”，终于爆发了黄巾起义，由此引出群雄，集中写刘备、关羽、张飞的登场。

第三至十四回：写董卓进入洛阳，危害国家、屠杀人民的罪行及最后被消灭的过程，其中着意描写了吕布这个人物。

第十五至三十三回：写曹操与袁绍的斗争，以官渡之战为高潮，这是全书极为重要的段落。很多著名故事都发生在这一段落中，如青梅煮酒论英雄、击鼓骂曹、许田打围等，而关云长挂印封金、过五关斩六将、古城会等更是全书最精彩的部分，它成功地塑造了关羽的形象。

第三十四至四十回：写刘备投荆州和三顾茅庐。诸葛亮的出山，是《三国演义》中的大事。从此，刘备才成为独立存在的势力。如果说赤壁之战是全书的高潮，那么，这一段落，就是高潮到来之前的序曲。

第四十一至五十回：写曹操挥师南下，赤壁大战。这一段落，生动地描述了孙权、刘备联合抗曹、取得胜利的过程，其中特别精彩的是写出了孙吴政权内部主战与主和的矛盾，以及孙权、周瑜与刘备、诸葛亮之间又联合又斗争的关系。诸葛亮是最重要的人物，他舌战东吴群儒，批判了主和派的观点，坚定了孙权抗曹的决心；他以高度的智慧，破除了周瑜因嫉贤妒能而制造的障碍；他帮助周瑜制订了火攻曹军的决策；他妥善安排了对曹军的追击并扩大了刘备的势力。在这一战争过程中，许多人物都充分表现出忠勇和才智，构成了一幅人才济济、错综复杂的历史画面，成为全书的情节高潮。

第五十一至五十七回：写赤壁之战以后，孙刘两家又联合又斗争的关系。以刘备招亲为核心，以诸葛亮三气周瑜为线索，写周瑜用尽心机但均以失败而告终，最后只落得“赔了夫人又折兵”。

第五十八至七十四回：写刘备占领益州，夺取汉中。这一段落实际上是写刘备于赤壁大战之后在诸葛亮辅佐下不断地发展了自己的力量。在地域方面，进取西蜀；在人才方面，得到了马超、黄忠等大将，最后“进位汉中王”。

第七十五至八十五回：写关羽被杀，吴蜀绝交；曹操病死，曹丕篡权；刘备称帝，张飞遇害；刘备伐吴，惨败病死。主要的情节线索是刘备称汉中王之后，曹操用司马懿之计，挑起东吴与刘备、关羽的战争。关羽被害后，刘备完全放弃了联吴抗曹的方针，结果惨败。

第八十六至一百零四回：写诸葛亮南攻北伐的战绩及最后病死军中。诸葛亮通过对孟获的“七擒七纵”，取得了“攻心”的胜利，解除了后顾之忧。然后六出祁山、北伐曹魏。这里，写了失街亭、空城计、斩马谡以及自贬到病死等脍炙人口的情节，使诸葛亮这一人物形象得到了更完美的表现。有人指出，这是全书的又一个高潮。

第一百零五至一百一十五回：写姜维继承诸葛亮遗愿，继续北伐。姜维在战争中，有胜有负，但刘禅昏庸，终于被迫班师，而这时曹氏政权也为司马氏篡夺，建立了晋朝。

第一百一十六至一百一十八回：写晋兵攻蜀，刘禅投降。蜀亡。

第一百一十九至一百二十回：写晋兵灭吴，三分归一统。

## 三　明君仁政的理想

### (一) 三个政权的比较

《三国演义》五十回以前，即在赤壁之战以前，写出了中华大地上无数军阀割据的局面以及这些军阀各自消长沉浮的命运；五十回以后，则集中写魏、蜀、吴三个政权各自的发展及相互间的关系。但这个由“多极”到“三极”的变化，不是陡然发生的，而是在几十年的混战中逐渐演变而成，就是说，魏、蜀、吴这三个政权都各有自己形成的“历史”，因此，也各有自己的特殊形态。如果说《三国演义》敷衍的魏、蜀、吴三个政权各自的特殊形态，是基本符合历史真实的，那么，在“敷衍”中所显示的对这三个政权的褒贬爱憎，则正是作者政治理想的充分表现。

中国古代有所谓“政有三品”之说：

政有三品：王者之政，化之；霸者之政，威之；强者之政，胁之。夫此三种各有所施，而化之为贵矣（《说苑》卷七）。

《三国演义》中的魏、蜀、吴，当然不能完全按此“三品”划分，但从某种意义来说，他们各自的特殊形态确有“三品”中的某种倾向。

#### 1. 蜀汉政权

刘备的蜀汉政权，显然具有“王者之政”的风范。这主要表现在以下几个方面：

(1) 在《三国演义》作者的笔下，刘备是一个典型的明君形象。他的为人宗旨是“宁死不为负义之事”；他的战略方针是取得民众的支持。因此，作品中极写刘备爱民如子，同时，也得到人民的拥戴。例如，在他驻扎樊城，曹操率大军兵临城下时，他问计于孔明：

……孔明曰：“可速弃樊城，取襄阳暂歇。”玄德曰：“奈百姓相随许久，安忍弃之?”孔明曰：“可令人遍告百姓：有愿随者同去，不愿者留下。”先使云长往江岸整顿船只，令孙乾、简雍在城中声扬曰：“今曹兵将至，孤城不可久守，百姓愿随者，便同过江。”两县之民，齐声大呼曰：“我等虽死，亦愿随使君!”即日号泣而行。扶老携幼，将男带女，滚滚渡河，两岸哭声不绝。玄德于船上望见，大恸曰：“为吾一人而使百姓遭此大难，吾何生哉!”欲投江而死。左右急救止。闻者莫不痛哭。船到南岸，回顾百姓，有未渡者，望南而哭，玄德急令云长催船渡之，方才上马……

却说玄德同行军民十余万，大小车数千辆，挑担背包者不计其数……忽哨马报说：“曹操大军已屯樊城，使人收拾船筏，即日渡江赶来也。”众将皆曰：“江陵要地，足可据守。今拥民众数万，日行十余里，似此几时得至江陵？倘曹兵到，如何迎敌？不如暂弃百姓，先行为上。”玄德泣曰：“举大事者必以人为本。今人归我，奈何弃之?”百姓闻玄德此言，莫不伤感……玄德拥着百姓，缓缓而行……每日只走十余里便歇。

这就是著名的“刘玄德携民渡江”的故事。年轻的读者很可能会感到这个哭哭啼啼的刘备“善良”得有点“过分”，在那激烈的军事斗争环境里，带领十万百姓，日行十余里，是不可理解的。但作品告诉我们，刘备此举，意在得人心，成大事。携民渡江的实质，不是一次军事转移，而是一次意义深远的争得民心的政治行为，充分体现着中国传统的“民为贵”、水可以“载舟”也可以“覆舟”的政治观念。这正是典型的“王道”政治。

(2) 刘备和他的集团，终生奋斗的目标是“兴复汉室”。但刘备亦深知“汉室”已“倾颓”，这是他第一次见到诸葛亮时表明的看法。所以，“兴复汉室”对刘备来说，既是目标，也是口号，实质就是要统一天下。他向诸葛亮说的“欲伸大义于天下”就是这个意思。这个思想与诸葛亮的抱负正相一致，故一拍即合。诸葛亮在隆中纵论天下大势，提出了符合客观实际的总体战略，其核心是：

……今（曹）操已拥百万之众，挟天子以令诸侯，此诚不可与争锋。孙权据有江东，已历三世，国险而民附，此可用为援而不可图也……将军（指刘备）既帝室之胄，信义著于四海，总揽英雄，思贤若渴，若跨有荆、益，保其岩阻，西知诸戎……则命一上将将荆州之兵以向宛、洛，将军身率益州之众以出秦川，百姓有不箪食壶浆以迎将军者乎？诚如是，则大业可成，汉室可兴矣。

这个总体战略的实质，显然还是“王者之政”，因为其着眼点，或者说这个战略的基础，是“信义著于四海”，是老百姓“箪食壶浆以迎将军”，而且正是在这个基础上，确定了“外结孙权，内修政理”的策略。所以，我们可以十分清楚地看到，刘备、诸葛亮的战略思想，整个蜀汉政权的指导方针，是极其明确的理想的仁政。他们的统一天下的目标，就是建立在这样的基础之上的。历史本身告诉我们，刘备、诸葛亮的这个目标并没有达到，作为历史演义，自然不能凭空臆造。但全书的字里行间，都饱含着作者的期望与热情：作者希望这个蜀汉集团能够达到这个目标。

(3)《三国演义》里的蜀汉集团，还有一个特点，就是君臣（这里所说的君臣，并非指严格意义上的刘备称帝之后的君臣，而是泛指刘备作为“主公”与左右将领之间的关系）之间充满信任，情同手足。这一点，与史实并不相符，但《三国演义》却写得真切感人。这实际上是作者的一种政治理想的表现：在作者看来，理想的明君贤臣之间的关系，应该是兄弟般的关系。

刘、关、张桃园结义虽然发生在君臣关系之前，但是这种兄弟关系，并不曾由于后来形成的君臣关系而发生变化：至死是兄弟！他们结义的誓言是：

……虽然异姓，既结为兄弟，则同心协力，救困扶危；上报国家，下安黎庶；不求同年同月同日生，但愿同年同月同日死……

这里包含了我们中华民族传统的伦理文化的义气，也包含着报国安民的政治理想。这种义气和理想构成了刘、关、张三人在以后几十年风雨中同心同德的思想基础，这在刘备的“大业”中起了极大的积极作用。关羽、张飞他们本身都是肩负重任、立过大功的虎将，他们对刘备的主张和行动并不是百分之百的赞同的，但是，他们始终心甘情愿地接受刘备的约束，执行刘备的路线。而这一点，也正是保持蜀汉政权兴旺的关键之一。而关羽最后的失败，并导致蜀国大败于吴，也正是由于在对吴问题上关羽背离了刘备与诸葛亮共同制订的“外结孙权”的策略，作者似乎有意从反面说明，君臣之间一致则胜，相悖则败。

同样，刘备与诸葛亮的关系，虽无所谓“结义”之举，但他们之间的关系，也像兄弟一样。蜀汉政权的总体战略是诸葛亮提出的，刘备则完全接受并付之实行。几十年间，刘备对诸葛亮可谓言听计行。在智谋与胆识方面，特别是在对形势的预见性上，刘备都远逊于诸葛亮，但刘备的最大的“本领”却在于对诸葛亮完全的信任，因而能使诸葛亮竭思殚虑、鞠躬尽瘁，为蜀汉集团的事业奋斗终身。刘备对诸葛亮的信任是真诚的，否则以诸葛亮的睿智，岂能无所察觉。诸葛亮隐居隆中，正是为择主而事，只有在他确认了刘备的真诚信任之后才出山辅佐，这正是《三国演义》那样精心敷衍“三顾茅庐”的意义。刘备与诸葛亮的关系，是“信任”与“忠贞”。至于第八十五回所写刘备托孤事，刘备是真心还是假意？或亦真亦假？这要看其实质了。

……传旨召诸臣入殿，取纸笔写了遗诏，递与孔明而叹曰：“朕不读书，粗知大略。圣人云：‘鸟之将死，其鸣也哀；人之将死，其言也善。’朕本待与卿等同灭曹贼，共扶汉室，不幸中道而别。烦丞相将诏付与太子禅，令勿以为常言。凡事更望丞相教之！”孔明等泣拜于地曰：“愿陛下将息龙体！臣等尽施犬马之劳，以报陛下知遇之恩也。”先主命内侍扶起孔明，一手掩泪，一手执其手，曰：“朕今死矣！有心腹之言相告！”孔明曰：“有何圣谕?”先主泣曰，“君才十倍曹丕，必能安邦定国，终定大事。若嗣子可辅，则辅之；如其不才，君可自为成都之主。”孔明听毕，汗流遍体，手足失措，泣拜于地曰：“臣安敢不竭股肱之力，尽忠贞之节，继之以死乎!”言讫，叩头流血。先主又请孔明坐于榻上，唤鲁王刘永、梁王刘理近前，吩咐曰：“尔等皆记朕言：朕亡之后，尔兄弟三人，皆以父事丞相，不可怠慢。”言罢，遂命二王同拜孔明。二王拜毕，孔明曰：“臣虽肝脑涂地，安能报知遇之恩也!”

其中“若嗣子可辅，则辅之，如其不才，君可自为成都之主”一段文字，在《三国志·先主传》（刘备传）中虽然没有，但在《诸葛亮传》中却有之(只有个别文字不同)，说明这个情节并非《三国演义》的杜撰或虚构。然而，这件事却成了小小的公案：有人说，这是刘备故用心机，唯恐诸葛亮取刘禅而代之，故作此言，逼诸葛亮“表态”；也有人说，刘备很清楚，在当时的形势下，诸葛亮要取刘禅而代之，并不难，不如主动提出；还有人认为刘备明知诸葛亮不会取代刘禅，故作此言，以暖人心；第四种意见，认为这是刘备的真实思想，他从蜀汉政权的利益考虑，倘若诸葛亮“自为成都之主”，自然会强于刘禅。诸说纷纭。毛宗岗在此回评语中说：

或问先主令孔明自取之，为真语乎？为假话乎？曰：以为真则是真，以为假则亦假也。欲使孔明为曹丕之所为，则其义之所必不敢出，必不忍出者也。知其必不敢、必不忍，而故令之闻此言，则其辅太子之心愈不得不切矣。且使太子闻此言，则其听孔明，敬孔明之意愈不得不肃矣。陶谦之让徐州，全是真，不是假；刘表之让荆州，半是假，半是真；与先主之遗命，皆不可同年而语。

这也有几分道理。总之，似乎不能确定刘备当时的真实“心理”，但是，分析起来，有两点是确定无疑的：一是刘备至死对诸葛亮的才干是深信不疑的；二是不论诸葛亮会不会取代刘禅，刘备把蜀国大业完全交给了诸葛亮。这是问题的实质。陈寿在评论作为历史人物的刘备时说：

先主之弘毅宽厚，知人待士，盖有高祖（指刘邦）之风，英雄之器焉。及其举国托孤于诸葛亮，而心神无贰，诚君臣之至公，古今之盛轨也。

这个评价，显然也适合于《三国演义》中的刘备，他托孤于诸葛亮，应该说也是“心神无贰”的。这充分表现了蜀汉政权中，君主与丞相（最重要的臣子）之间彼此信任，完全一致，有着某种崇高境界的关系。

常山赵子龙，是刘备手下武艺高强的大将。刘备与他虽无结义之举，但可谓患难之交，他们之间也是情同手足的。请看第四十一回：

正凄惶时，忽见糜芳面带数箭，踉跄而来，口言“赵子龙反投曹操去了也！”玄德叱曰：“子龙是我故交，安肯反乎？”张飞曰：“他今见我等势穷力尽，或者反投曹操，以图富贵耳。”玄德曰：“子龙从我于患难，心如铁石，非富贵所能动摇也。”糜芳曰：“我亲见他投西北去了。”张飞曰：“待我亲自寻他去。若撞见时，一枪刺死！”玄德曰：“休错疑了。岂不见你二兄诛颜良、文丑之事乎？子龙此去，必有事故。吾料子龙必不弃我也。”张飞哪里肯听，引二十余骑，至长坂桥。

由此可见，刘备对赵云的忠贞是坚信不疑的，即使三弟张飞有疑惑，也不能动摇刘备的信心。这样的君臣关系，正是蜀汉政权赖以存在和发展的重要条件。这里也顺便说一下“刘备摔孩子”的问题：赵云为救甘、糜二夫人及阿斗，冲进乱军之中，几经苦战，才“怀抱后主，直透重围，砍倒大旗两面，夺槊三条，前后枪刺剑砍，杀死曹营名将五十余员”，“血满征袍”，最后赶上刘备，把正在怀中熟睡的阿斗“双手递与玄德”。

玄德接过，掷之于地曰：“为汝这孺子，几损我一员大将！”赵云忙向地下抱起阿斗，泣拜曰：“云虽肝脑涂地，不能报也！”

俗语说：“刘备摔孩子，邀买人心。”意思是说刘备假意掷孩子于地，以取得赵云之心。其实不然，刘备当时，作为一个集团的领袖，要成就大业，在他心目中，一员大将确实是比一个幼子更重要些的。他掷阿斗于地，是真实情感的爆发，并无邀买人心之意。

刘备的明君风范，诸葛亮的战略思想，君臣之间的兄弟之谊，构成了蜀汉政权“王者之政”的特点。

这里应该附带说明一点：鲁迅在《中国小说史略》中指出，《三国演义》在人物塑造方面，“亦颇有失，以致欲显刘备之长厚而似伪”，这是完全正确的。由于《三国演义》的作者，要通过刘备的形象表现自己的政治理想，所以，这个形象也就过于“理想”了，于是也就产生了“过犹不及”的缺欠。致使刘备的形象有了几分虚伪，这自然是《三国演义》“有失”之处。

2. 曹魏政权

与蜀汉政权相比，曹魏政权则具有鲜明的“霸者之政”的色彩。

(1) 曹魏集团，以曹操为主宰。历史上的曹操，是一位雄才大略的政治家。陈寿在《三国志·武帝纪》后“评曰”：

> 汉末，天下大乱，雄豪并起，而袁绍虎视四州，强盛莫敌。太祖运筹演谋，鞭挞宇内，揽申、商之法术，该韩、白之奇策，官方授材，各因其器，矫情任算，不念旧恶，终能总御皇机，克成洪业者，惟其明略最优也。抑可谓非常之人，超世之杰矣。

当然，由于《三国志》以曹魏为正统，对曹操的评价难免溢美讳恶，但这个评价，直到今天来看，还是很深刻的。对于历史上的曹操，后世有所褒贬，可以说是毁誉参半。这里不妨举两个例子。

唐太宗李世民，是公认的中国封建社会的英明君主，唐朝人作诗称颂他，就有“神武同魏主”的诗句，就是说唐太宗英明神武有如曹操，这是间接的对曹操的极高评价。

杜甫在赠给“曹将军”的诗中，有句云：“将军魏武之子孙。”这是说曹操是“曹将军”的祖宗，显然这也是以对曹操的充分肯定乃至崇敬为前提的。

在杜甫之后一千多年，出了一个大文学家曹雪芹，他的朋友敦诚在写给他的诗中说：“少陵昔赠曹将军，曾曰魏武之子孙。君又无乃将军后，于今环堵蓬蒿屯。”曹操又成了曹雪芹的祖先。这当然不是把曹操当做奸雄来看待的，否则岂不是说曹雪芹是奸雄的后裔！

诗歌往往反映着社会的观念，这些诗句，不仅表现了作者对曹操的评价，也反映了当时社会对曹操的普遍看法。由此可见，无论在《三国演义》成书前或成书后，对曹操都并非一味贬斥。

当然，极力贬斥曹操的也不乏其人。最有代表性的人物就是南宋的朱熹，他认为曹操“无容于天地之间”，应该是“人人得而诛之”。

总而言之，对历史上的曹操，一向有褒有贬，毁誉参半，所以实际上并不存在为曹操翻案的问题。

《三国演义》里的曹操，是一个以历史上的曹操为模特而塑造的文学形象。这个形象，一方面仍不失为一个有雄才大略的政治家，比如写他击败吕布，扫荡袁绍，统一北方，特别是在第十八回书中写郭嘉纵论曹操优于袁绍的十个方面，这些都是符合历史真实的；另一方面，这个形象的更为浓郁的色彩，则在于他奸诈残忍的性格，而这一方面，恰恰正是这个文学形象的灵魂。应予指出的是，《三国演义》写曹操的这种性格，也并非完全是依据传说，或纯属虚构，就是说，也确有很多真实的成分。唐代大史学家刘知几在《史通·暗惑》中曾举《三国志》裴注引《语林》所讲的一个故事（指曹操让崔琰代替自己接见匈奴使者，而自己握刀侍立，后问使者：“曹公何如?”使者说：“曹公美则美矣，而侍立者非人臣之相。”于是曹操追杀使者），认为这绝非事实：“虽愚暗之主犹所不为，况英略之君，岂其若是?”但是，为什么《语林》会有这样的记载，而且裴松之又引作正史之注呢?刘知几解释说：“盖曹公多诈，好立诡谋；流俗相欺，遂为此说。”这就是说，这些故事虽为“流俗相欺”之说，但其产生的根源，则在于曹公确实“多诈”，“好立诡谋”。刘知几是大史学家，他的深刻的见解，可以帮助我们理解和认识《三国演义》里对曹操奸诈残忍性格的刻画，即使是“流俗相欺”，也还是有根据的，这就是历史上的曹操本身确实是一个“多诈”的政治家。

《三国演义》里的曹操，有明确的“人生哲学”，这在全书开卷不远的第四回中，就暴露无遗了：他刺杀董卓未成，外逃，遭董卓通缉。他逃亡到父亲的好友吕伯奢家，吕家热情地杀猪款待；而多疑的曹操听到后堂有“缚而杀之，何如”的说话声以及磨刀之声，就以为要杀他，思忖道：“是矣，今若不先下手，必遭擒获。”于是拔剑而入，“不问男女，皆杀之，一连杀死八口”。当他“搜至厨下，却见缚一猪欲杀”时，才知道自己误杀了好人，立即出走。当他在路上遇见携果酒归来的吕伯奢时，居然又“挥剑砍伯奢于驴下”。与曹操同行的陈宫见此大惊，同曹操有如下的对话：

> 宫大惊曰：“适才误耳，今何为也?”操曰：“伯奢到家，见杀死多人，安肯干休?若率众来追，必遭其祸矣。”宫曰：“知而故杀，大不义也!”操曰：“宁教我负天下人，休教天下人负我。”陈宫默然。

这个杀吕伯奢的故事，其实并非《三国演义》杜撰。《三国志·武帝纪》

注中，就引了《魏书》《世语》、孙盛《杂记》三条记载，都涉此事。如果说前者误杀好人，是曹操多疑的性格所致，那么，后面残杀吕伯奢，则是恶劣品行的大暴露。“宁我负人，毋人负我”就是极端自私、损人利己的人生哲学。曹操的全部行动，都是建立在这个人生哲学的基础上的。

对自己的下属，曹操也往往施以残忍的诈术。《三国演义》第十七回写道：曹操率十七万大军进攻袁术，但在寿春之外，久围不下，军粮将尽。于是授意仓官王垕以小斛发粮。王垕恐士兵生怨，曹操则表示“吾自有策。”王垕照办后，果然军心浮动……

……操乃密召王垕入曰：“吾欲问汝借一物，以压众心，汝必勿吝。”垕曰：“丞相欲用何物？”操曰：“欲借汝头以示众耳。”垕大惊曰：“某实无罪！”操曰：“吾亦知汝无罪，但不杀汝，军必变矣，汝死后，汝妻子吾自养之，汝勿虑也。”垕再欲言时，操早呼刀斧手推出门外一刀斩讫，悬头高竿，出榜晓示曰：“王垕故行小斛，盗窃官粮，谨按军法。”于是众怨始释。

曹操的这种品格，正与刘备形成鲜明的对比，这两个人物的巨大的差异，对形成两个政治集团的各自的特色，当然起了极大的作用。

(2) 刘备集团以“兴复”汉室为目标，制订了总体战略；曹操也要统一天下，但他制订的总体战略是“挟天子以令诸侯”。曹操篡汉之心，人所共知。《三国演义》第二十回写的“许田打围”是最明显的例证。但是，曹操终于没有篡汉。这是因为曹操毕竟不是一个只想当皇帝的庸人，他是政治家，他以真正有利于实现他的统一天下的目标为出发点，把名存实亡的汉家天子当做一张王牌，号令天下，顺我者昌，逆我者亡。这比明显的形式上的篡汉有更实际的利益。曹操自己说，有人“见孤权重，妄相忖度，疑孤有异心，此大谬也……但欲孤委捐兵众，归就所封武平侯之国，实不可耳；诚恐一解兵柄，为人所害；孤败则国家倾危；是以不得慕虚名而处实祸也”。这就是说，皇帝可以暂时不当，兵权绝对不可“委捐”，而所谓“孤败则国家倾危”，则正是“孤即国家”心态的表白：他是实际上的天子。

兴复汉室也罢，挟天子以令诸侯也罢，实质都是要在扫平割据之后建立一家王朝，但是，他们采取的战略不同，因此两个政权的形态有别，前者“化之”，后者“威之”。

(3) 曹魏集团的内部关系，也表现出与蜀汉集团的不同。如前所述，蜀汉集团的君臣关系，以义为基础，建立起兄弟之情。而曹操与左右的关系则不是这样，曹操也是一个爱才的君主，而且也聚集了大批的人才，但是他的手段不是以信任吸引人才，而是以利诱、胁迫聚拢人才；在任用人才时，又充满了猜疑和欺诈。曹操的大谋士荀彧，对曹魏政权的发展，立过大功，对曹操本人，也竭忠效力。但是，当他劝阻曹操"加九锡"时，曹操即"深恨之，以为不助己也"。六十一回写道：

建安十七年冬十月，曹操兴兵下江南，就命荀彧同行。彧已知操有杀己之心，托病止于寿春。忽曹操使人送饮食一盒至。盒上有操亲笔封记。开盒视之，并无一物。彧会其意，遂服毒而亡。年五十岁。

第七十二回写杨修被杀，虽然原因较为复杂，但主要原因就是杨修往往看透了曹操的诈术。曹操久攻汉中不下，进退两难，适逢庖官进鸡汤，曹操见有鸡肋，则有感于鸡肋的"食之无肉，弃之有味"，正如在汉中的进退两难，于是，顺口传令当夜以"鸡肋"为号令（即口令）。聪明的杨修，凭此号令，立即猜中曹操的心境："进不能胜，退恐人笑，在此无益，不如早归"，于是，不仅自己收拾行装，还转告别人，准备撤退。曹操听说此事，大怒，以"乱我军心"之罪名，把杨修推出斩首。"乱我军心"可谓实情，但非实质；实质是他不能允许杨修（或任何别人）看透他的真实的心理状态。同样，曹操所谓"吾梦中好杀人"的把戏，也是被杨修揭穿的。好行诈术的人，最恨的就是识破其诈术的人。曹操与他手下的文武的关系，就是如此。

也许有人会问，既然如此，曹魏集团为什么还会聚集那么多的文臣武将呢？毛宗岗在为《三国演义》写的"回评"中说："人情未有不爱财与色者也；不爱财与色，未有不重爵与禄者也；不重爵与禄，未有不重人之推心置腹折节敬礼者也。曹操所以驾驭人才，笼络英俊者，恃此数者耳。"（第六十二回评语）这些议论，从本质上来说是庸俗的，但这里指出了曹操是靠利诱而"笼络英俊"，是完全符合《三国演义》的实际的。其中所谓"折节敬礼"，则是针对这一回书中曹操礼遇关羽的情节而言的（关于这个问题，后文将有专论）。

曹操的人生哲学，"挟天子以令诸侯"的战略，内部关系中的奸诈与残忍，构成了曹魏集团的特殊形态。《三国演义》的作者，对此予以无情的鞭挞，形成拥刘反曹倾向的主要内容。

### 3. 孙吴政权

据有江东的孙吴集团，既不同于蜀汉，又不同于曹魏，而有着自己的特殊形态。如果说蜀汉集团具有"王者之政"的倾向，曹魏集团具有"霸者之政”的倾向，那么，孙吴集团则更主要的是以追求实利为自己的特色。这种特殊形态，主要表现在以下两个方面：

(1)《三国演义》中的孙吴集团，既没有主宰一切的“曹操”，也没有几十年间辅佐“主公”、使两代君主言听计从的“诸葛亮”，这是一个没有“绝对权威”的政权。孙权，继承父兄开创的基业而“坐领江东”，与曹操、刘备相比，他的“江山”不是“打”出来的。在执政时，他也往往多方受制，吴国太姊妹、乔国老、旧臣张昭等，都可以制约他，使他难以按自己的意志作出果断的决策。当然，他本身的才识胆略也逊于曹操，因此，他也不可能有曹操那样的权威。

《三国志》作者陈寿，在评价作为历史人物的孙权时，一方面说他“屈身忍辱，任才尚计，有勾践之奇，英人之杰”，另一方面也指出他“性多嫌忌，果于杀戮，暨臻末年，弥以滋甚”。——显然有相当的“保留”。而《三国演义》对孙权的刻画，有些地方似乎更加突出了他的不足之处。有一个细节，值得一谈：《三国志·鲁肃传》中记载说，鲁肃见孙权后，提出了他对天下大势的看法，其内容与诸葛亮在隆中对刘备所言基本相同，只是鲁肃讲得更加明快。他认为“汉室不可复兴，曹操不可卒除”，建议孙权“剿除黄祖，进伐刘表，竟长江所极，据而有之，然后建号帝王以图天下”。

《三国演义》第二十九回也写了这个情节。但不同的是，《三国志》写孙权听到鲁肃这些话之后，表面上的反应是极其冷淡的：“权曰：‘今尽力一方，冀以辅汉耳，此言（指鲁肃所言）非所及也’。”但实际上，对鲁肃却“益贵重之”，张昭在孙权面前说了不少鲁肃的坏话，孙权亦“不以介意”。这或许就是陈寿所说的“性多嫌忌”。而《三国演义》所写，则是“孙权闻言大喜，披衣起谢；次日厚赐鲁肃……”。这“两个”孙权的形象——气质、修养、心机，就完全不同了：前者城府颇深，后者极为浅薄。《三国演义》的作者，为什么在这里不“据正史”，而作如此刻画，很难推断，但这样写的结果，孙权的形象却更加没有光彩了。

周瑜、鲁肃等人，虽亦可谓“风流人物”，但似昙花一现，从性格到才能，在很多方面都有明显的乃至致命的弱点。特别是周瑜，一方面“雄姿英发”，有胆有识，在赤壁之战中，统率千军万马，大败曹操。但另一方面，他又心胸狭窄，嫉贤妒能，最后惨败于诸葛亮的神机妙算。鲁肃的情况，较为复杂。按正史所记，鲁肃与周瑜都被评为“建独断之明，出众人之表”的“奇才”。鲁肃不仅对天下大势有明确的认识，而且在曹操大军南下时，他也提出了与刘备“同心一意，共治曹操”的策略思想，并付诸实践，到当阳长坂会见刘备，“劝备与权并力”。裴松之对这段记载提出异议，认为《诸葛亮传》中说孙权联刘抗曹的方针是诸葛亮提出并付诸实践的；这里又说是鲁肃提出的：于是批评《三国志》同出一人之书而“舛互若此，非载述之体”。其实这本可不必深究，诸葛亮与鲁肃，在不同的时间地点，是可能提出共同的主张的。总之，历史上的鲁肃，是一位有远见的政治家。但在《三国演义》里，鲁肃却被渲染成一位极其宽厚善良的长者。他周旋于周瑜、孔明之间，还时时遭到孔明的善意的嘲弄，实际上已成为陪衬周瑜、孔明的人物。

无论是孙权还是周瑜、鲁肃乃至张昭，他们个人的品格和才能，都没有达到曹操、刘备、诸葛亮那样，影响着一个政权的形态。当然，这并不是说孙吴集团没有人才，而且恰恰相反，这里可谓人才济济，这在《三国演义》第二十九回、三十八回中都有详细的交代。

(2) 孙吴集团没有一个十分明确的总体战略。例如，对曹魏集团，时而和好，时而宣战。这就是因为孙吴集团既没有北伐曹操的既定方针，也没有联合曹操的明确策略。当曹操“奏封孙权为将军，兼领会稽太守”时，孙权则“大喜”接受。当曹操侵犯它的时候，就表示抗争，比如曹操命孙权遣子“入朝随驾”，实际上是要“人质”，孙权又拒绝了；曹操率大军直逼江南，孙权终于决定对曹宣战了。但值得注意的是，这些决定都是在经过一番争论之后才作出的。在张昭与周瑜、鲁肃之间，就对曹政策问题，始终存在着分歧乃至激烈的对抗。同样，对待刘备集团也是如此，时而联合，时而破裂。这一切都表明，孙吴集团没有像诸葛亮那样明确提出的孙刘联合共拒曹操的方针。这个集团的一切行动，似乎都是以眼前的“利害”为出发点。

孙吴集团占据江东，“国险民附”，人杰地灵，这是蜀、魏都不具备的“地利”。这个集团实际上有着十分雄厚的实力，在三国角逐中，本应取得更大的成效，但由于上述原因，使整个集团缺乏进取精神，最后，实际上是在内乱的形势下为晋所灭。

### （二）拥刘反曹的实质

《三国演义》对上述三个政权的描写，显然形成了对比，其中，尤以蜀与魏的对比更为明显；再具体一点来说，这种对比更集中在刘备与曹操这两个人物身上。于是就形成了一个“拥刘反曹”的倾向。

对“拥刘反曹”的问题，一向有一种解释，认为这是封建的“正统”观念的反映，即因为刘备是“汉景帝玄孙”，“中山靖王之后”，是“正统”，所以就拥护他；反之，曹操不是“正统”，所以就贬斥他。这种解释，显然是不全面的。为了阐明这个问题，我们必须弄清楚究竟什么是“正统”。所谓“正统”，简单说来，“就是封建统治者为了巩固地位、欺骗人民，就说他们的统治政权是‘天命’的特权，因此不可反抗，张三家的天下，只有张三家的子孙才能接绪统治，李四就不行；这样传授、连接而成的‘合法’的统治系统，就是‘正统’。人民都该拥护‘正统’的政权，反对非正统的政权。如此而已。——这当然是极端荒谬的说法”（《三国演义·前言》1962年人民文学出版社）。

这是对“正统”最根本的意义的解说。但“正统”这个概念也有演变，即除了着眼于血缘关系外，在新旧朝代更替时，认为与旧王朝应属一脉相承的新王朝，也算是“正统”。这样，历史上的新政权，都争辩说自己是正统，并且往往根据本朝的需要，而对前朝的正统问题加以辩析。两晋以来，关于三国时代魏与蜀两个政权孰为正统的辩论，就是如此。陈寿在《三国志》中认为，曹魏是正统，这是因为陈寿是西晋人，西晋承魏而来，他自然必须确认魏“承”汉统：魏是正统。而东晋习凿齿在《汉晋春秋》中，又以蜀为正统。这与习氏生活在偏安江左的东晋有关。正如《四库全书总目提要》所说：“凿齿时晋已南渡，其事有类乎蜀，为偏安者争正统，此孚于当代之说者也。”意思是说，因为东晋与蜀有相似之处，都不在中原，习氏要为东晋争正统，也就必然以蜀为正统。

同样，北宋的司马光在《资治通鉴》里，以魏为正统，也是因为北宋政权是赵匡胤篡夺后周而立，近似于曹魏篡汉。而南宋朱熹等人极力主张以蜀为正统，这又显然是因为南宋“偏安江左，近于蜀，而中原魏地全入于金”（《四库全书总目提要》），“唯恐中原之争正统也”。（章学诚《文史通义·文德》）这种种情况表明，后人论证魏、蜀谁为正统，往往都是根据自己所处时代的政治需要而立论的。由此可以证明：第一，“正统”论的本身就是虚妄的，它并没有一个极其确定的客观标准；第二，“正统”论应属封建史学范畴，是一个陈旧的没有进步意义的历史概念。

元末明初的罗贯中，是一位文学家。从根本的意义上来说，他创作《三国演义》不是从某种历史概念出发，更不是为了辩析魏蜀吴孰为正统这个历史公案；而是在自己的政治理想的统照下，“据正史，采小说”，创作而成。这一点，应是研究《三国演义》的最基本的观念。罗贯中在创作《三国演义》

过程中，之所以完全接受了三国故事在民间流传中形成的拥刘反曹的倾向，并在一定程度上表现了蜀汉是“正统”的观念，那是因为这一切正符合了他要表现的政治理想。在他的心目中，一个理想的政权（即一个封建王朝），就应该像蜀国那样，以“王者之政”治国，为君者仁，为臣者忠，君臣之间，有手足之义；三分天下，应该由蜀国来统一。

《三国演义》是文学作品，罗贯中的上述理想，也就必然寄寓于艺术形象之中，于是，塑造了那样的刘备和那样的曹操。如果说史书对刘备、曹操的记载，侧重于他们在政治、军事角逐中的行为及其功过，那么，罗贯中的《三国演义》则从更深的层次塑造了他们的品格、人格，即道德方面的性格特征，而褒贬爱憎即寓于此。所以，《三国演义》中拥刘反曹倾向的实质，就是塑造了一个仁明的君主，鞭挞了一个狡诈的奸雄，从而表现了作者的理想。

当然，罗贯中并没有以理想代替历史本身。蜀国并没有统一天下，刘备的兴复汉室的目的并没有达到。因此，《三国演义》中蜀汉的覆灭，既是历史的真实再现，也是作者理想的破灭。如果说《三国演义》具有悲剧性，其含义即在于此。

## 四　忠义智勇的颂歌

《三国演义》是一部忠义智勇的颂歌。它以一系列栩栩如生的艺术形象，赞美了忠义智勇的品格。这里虽然有很强烈的封建色彩，但作为我们中华民族的传统道德，至今依然给读者以健康向上的积极影响。忠，作为一个道德的概念，主要表现为对一种信念与事业的献身精神。在封建社会里，由于民族、国家都与帝王、君主结合在一起，因此，对民族与国家的忠诚，往往表现为对帝王君主的忠贞（自然，也就往往掺杂了对帝王的愚忠）。但不管怎样，在封建社会里，忠，是一个最高层次的道德标准，忠与奸，是臣民们道德品格的最基本的分野。在封建社会中，义，是一个与利相对立的概念，在处理人际关系中的义，主要是指以道德原则为行为的指导。在《三国演义》里，往往表现为忠于友情，有恩必报，坚守誓言等等。智，是指人类活动中的智慧，在《三国演义》中，主要表现为对事物发展的预见性和处理复杂矛盾时随机应变的能力。勇，是指在对抗中的勇敢、勇猛，以及不怕牺牲的精神。在《三国演义》里，主要表现为在战斗中的勇往直前和在执行各种危险任务时的无所畏惧，不怕牺牲。《三国演义》通过对人物形象的刻画，充分表现了对这些品格的赞美和歌颂。

### (一) 忠贞多智的诸葛亮

诸葛亮作为历史上的一代名相，其高尚的品格，出众的才干，早已成为世代良臣的楷模，名垂千古。《三国演义》里的诸葛亮，以其感人的艺术魅力，赢得"家喻户晓"，"妇孺皆知"。他永远活在海内外华人的口头上、生活中。

当人们谈论诸葛亮时，往往侧重于这个形象的料事如神，未卜先知；但实际上，作为一个完整的文学形象，他的忠贞坚毅的品格，更具有感人的艺术魅力。

《三国演义》从第三十八回（写孔明正式"出场"）直到一百零五回（写孔明去世），这六十多回书中，孔明是最主要的角色。特别是在三顾茅庐、赤壁之战、六出祁山等情节中，诸葛亮的性格得到了充分的表现。

#### 1. 诸葛亮的出场

三顾茅庐的情节，在正史中的记载，不过是"先主诣亮，三往乃见"八个大字。（《三国志·诸葛亮传》）《三国演义》显然是有意识地大力敷衍。刘备为什么一而再，再而三地拜谒孔明，敬邀出山？主要是两个原因，一是刘备胸怀大志，要匡扶汉室，统一天下；二是为了达到这个目的，他必须有"人"，思贤若渴。所以，他能排除关羽张飞的反对，三顾草庐。而诸葛亮，又是为什么从拒绝，到回避，最后又终于答应了刘备呢？这里主要也有两个原因：一是他虽隐居隆中，但对天下大势了如指掌，他一方面对客观形势有科学的分析，另一方面，又坚信事在人为（这一切都集中表现在"隆中对"之中）。他是胸有成竹的政治家，他是必然要有一番作为的；二是既然要有所作为，就必须择主而事，所以他对刘备的邀请表现了极其谨慎的态度。《三国演义》第三十六回写道：

且说徐庶既别玄德，感其留恋之情，恐孔明不肯出山辅之，遂乘马直至卧龙冈下，入草庐见孔明。孔明问其来意，庶曰："庶本欲事刘豫州，奈老母为曹操所囚，驰书来召，只得舍之而往。临行时，将公荐于玄德，玄德即日将来奉谒，望公勿推阻，即展本生之大才以辅之，幸甚！"孔明闻言作色曰："君以我为享祭之牺牲乎？"说罢。拂袖而入。庶羞惭而退，上马趱程，赴许昌见母。

这种断然的回绝，实质就是一种谨慎。而当刘备两次造访时，诸葛亮显然又两次有意回避。应指出的是，这决非故作姿态，而是对刘备“思贤”的考验。总之，是择主的谨慎。一方是胸怀大志，思贤若渴；另一方是胸有成竹，择主而事。这样的双方，才能够“演出”这一幕“三顾”的活剧。

诸葛亮的一生，以智谋取胜的故事，屡见不鲜，但他的智谋的基础，是审时度势的谨慎。在择主问题上，就是最突出的表现。而这种谨慎，正是他对自己、对事业的负责精神，也是对自己将要为之献身的事业的忠诚！《三国演义》中，朝秦暮楚的谋士，可谓多矣，这些人物，都不可与诸葛亮同日而语。诸葛亮谨慎选择了刘备，就一生忠于这个“主公”，这个政权，这个匡扶汉室的事业，鞠躬尽瘁，死而后已。

《三国演义》如此浓墨重笔地敷衍三顾茅庐，目的就是通过悬念的设置，气氛的烘托，来渲染即将出场的人物的重要性。

首先是通过徐庶、司马徽的介绍：

……（徐）庶勒马谓玄德曰：“某因心绪如麻忘却一语，此间有一奇士，只在襄阳城外二十里隆中，使君何不求之？”……玄德曰：“此人比先生才德何如？”庶曰：“以某比之，譬犹驽马并麒麟、寒鸦配鸾凤耳。此人每尝自比管仲、乐毅；以吾观之，管、乐殆不及此人。此人有经天纬地之才，盖天下一人也。”玄德喜曰：“愿闻此人姓名。”庶曰：“此人乃琅琊阳都人，复姓诸葛，名亮，字孔明。乃汉司隶校尉诸葛丰之后。其父名珪，字子贡，为泰山郡丞，早卒。亮从其叔玄。玄与荆州刘景升有旧，因往依之，遂家于襄阳。后玄卒，亮与弟诸葛均躬耕于南阳。尝好为《梁父吟》。所居之地有一冈，名卧龙冈，因自号为‘卧龙先生’。此人乃绝代奇才。使君急宜枉驾见之。若此人肯相辅佐，何愁天下不定乎？”玄德曰：“昔水镜先生曾为备言：‘伏龙、凤雏，两人得一，可安天下。’今所云莫非即伏龙、凤雏乎？”庶曰：“凤雏乃襄阳庞统也。伏龙正是诸葛孔明。”玄德踊跃曰：“今日方知伏龙、凤雏之语。何期大贤只在目前，非先生言，备有眼如盲也！”（第三十六回）

……（司马）徽曰：“孔明与博陵崔州平、颍川石广元、汝南孟公威与徐元直四人为密友。此四人务于精纯，唯孔明独观其大略。尝抱膝长吟，而指四人曰：‘公等仕进可至刺史、郡守。’众问孔明之志若何，孔明但笑而不答。每常自比管仲、乐毅，其才不可量也。”玄德曰：“何颍川之多贤乎？”徽曰：“昔有殷馗善观天文，尝谓‘群星聚于颍分，其地必多贤士’。”时云长在侧曰：“某闻管仲、乐毅乃春秋、战国名人，功盖寰宇。孔明自比此二人，毋乃太过?”徽笑曰：“以吾观之，不当比此二人；我欲另以二人比之。”云长问：“哪二人?”徽曰：“可比兴周八百年之姜子牙、旺汉四百年之张子房也。”众皆愕然。徽下阶相辞欲行。玄德留之不住。徽出门仰天大笑曰：“卧龙虽得其主，不得其时，惜哉!”言罢，飘然而去。玄德叹曰：“真隐居贤士也!”（第三十七回）

因为司马徽、徐庶本身就是当代大贤，而他们又如此推崇孔明，因此，孔明虽未出场，已有了极大的感染力。在这里，也就形成了一个极大的悬念。

其次，写刘关张三顾草庐的过程。在刘备“一顾”时出现的农夫、童子的形象，虽寥寥几笔，亦颇有韵味，特别是写童子听玄德说“汉左将军宜城亭侯领豫州牧皇叔刘备来拜见先生”时，竟回答说：“我记不得许多名字。”这不仅表现了孔明身边人物的淡漠清高，同时，也是以刘备之“俗”来反衬孔明之“雅”。刘关张在返回新野的路上，遇崔州平的情节也是一种烘托：如此“容貌轩昂，丰姿俊爽”的人物，刘备以为“此必卧龙先生也”，其实不是，这只是孔明的朋友崔州平，可想而知，孔明将是何等的“轩昂”“俊爽”。刘备“二顾”草庐，是在一个“朔风凛凛，瑞雪霏霏”的冬天，遇见了孔明的几个亲友，仍未见到孔明：

……将近茅庐，忽闻路旁酒店中有人作歌。玄德立马听之……

二人歌罢，抚掌大笑。玄德曰：“卧龙其在此间乎?”遂下马入店。见二人凭桌对饮：上首者白面长须，下首者清奇古貌。玄德揖而问曰：“二公谁是卧龙先生?”长须者曰：“公何人? 欲寻卧龙何干?”玄德曰：“某乃刘备也。欲访先生，求济世安民之术。”长须者曰：“我等非卧龙，皆卧龙之友也；吾乃颍川石广元，此位是汝南孟公威。”玄德喜曰：“备久闻二公大名，幸得邂逅。今有随行马匹在此，敢请二公同往卧龙庄上一谈。”广元曰：“吾等皆山野慵懒之徒，不省治国安民之事，不劳下问，明公请自上马，寻访卧龙。”

玄德乃辞二人，上马投卧龙岗来，到庄前下马，叩门问童子曰：“先生今日在庄否?”童子曰：“现在堂上读书。”玄德大喜，遂跟童子而入。至中门，只见门上大书一联云：“淡泊以明志”“宁静而致远”。玄德正看间，忽闻吟咏之声，乃立于门侧窥之，见草堂之上，一少年拥炉抱膝，歌曰……

玄德待其歌罢，上草堂施礼曰：“备久慕先生，无缘拜会。昨因徐元直称荐，敬至仙庄。不遇空回。今特冒风雪而来，得瞻道貌，实为万幸!”那少年慌忙答礼道：“将军莫非刘豫州，欲见家兄否?”玄德惊讶曰：“先生又非卧龙也？”少年曰：“某乃卧龙之弟诸葛均也。愚兄弟三人：长兄诸葛瑾，现在江东孙仲谋处为幕宾。孔明乃二家兄。”玄德曰：“卧龙今在家否？”均曰：“昨为崔州平相约，出外闲游去矣。”玄德曰：“何处闲游？”均曰：“或驾小舟游于江湖之中；或访僧道于山岭之上；或寻朋友于村落之间；或乐琴棋于洞府之内；往来莫测，不知去所。”玄德曰：“刘备直如此缘分浅薄，两番不遇大贤！”均曰：“少坐献茶。”张飞曰：“那先生既不在，请哥哥上马。”玄德曰：“我既到此间，如何无一语而回？”因问诸葛均曰：“闻令兄卧龙先生熟谙韬略，日看兵书，可得闻乎？”均曰：“不知。”张飞曰：“问他则甚！风雪甚紧，不如早归。”玄德叱止之。均曰：“家兄不在，不敢久留车骑，容日却来回礼。”玄德曰：“岂敢望先生枉驾。数日之后，备当再至。愿借纸笔一书，留达令兄，以表刘备殷勤之意。”均遂进文房四宝。玄德呵开冻笔，拂展云笺，写书曰……

玄德写罢，递与诸葛均收了，拜辞出门。均送出，玄德再三殷勤致意而别。方上马欲行，忽见童子招手篱外，叫曰：“老先生来也。”玄德视之，见小桥之西，一人暖帽遮头，狐裘蔽体，骑着一驴，后随一青衣小童，携一葫芦酒，踏雪而来，转过小桥，口吟诗一首。诗曰：……

玄德闻歌曰：“此真卧龙矣！”滚鞍下马，向前施礼曰：“先生冒寒不易！刘备等候久矣！”那人慌忙下驴答礼。诸葛均在后曰：“此非卧龙家兄，乃家兄岳父黄承彦也。”玄德曰：“适间所吟之句，极其高妙。”承彦曰：“老夫在小婿家观《梁父吟》，记得这一篇，适过小桥，偶见篱落间梅花，故感而诵之。不期为尊客所闻。”玄德曰：“曾见令婿否？”承彦曰：“便是老夫也来看他。”玄德闻言，辞别承彦，上马而归。正值风雪又大，回望卧龙岗，怅怏不已。

**这曲曲折折的情节安排，目的都在于烘托孔明，正如毛宗岗在第三十七回的评语中所说：**

此卷极写孔明，而篇中却无孔明。盖善写妙人者，不如（于）有处写，正于无处写。写其人如闲云野鹤之不可定，而其人始远；写其人如威凤祥麟之不易睹，而其人始尊。且孔明虽未得一遇，而见孔明之居，则极其幽秀；见孔明之童，则极其古淡；见孔明之友，则极其高超；见孔明之弟，则极其旷逸；见孔明之丈人，则极其清韵；见孔明之题咏，则极其俊妙。不待接席言欢，而孔明之为孔明，于此领略过半矣！

**刘备第三次来隆中，终于见到了孔明，但首先见到的却是“昼寝未醒”**

的孔明。刘备侍立一个时辰之后，孔明才醒，于是共商大计，孔明决定出山。

卧龙岗的清幽淡远的环境，孔明身边飘飘欲仙的人物，构成了一幅水墨画的意境，这个意境，正映衬出孔明高远的志趣，博大的胸怀。就是在这样的艺术氛围中，诸葛亮作为《三国演义》的最主要的人物形象，出现在读者的面前。这个形象，以其超人的才智，在此后三十年的漫长岁月里，文韬武略，咤叱风云，集中体现了《三国演义》作者的崇高的理想。

2. 赤壁之战中的诸葛亮

孔明出山后，辅佐刘备火烧新野取得初胜之后，不久，就进入了赤壁之战的主要角色。在孔明出山以前，刘备没有明确的方向，时而依附袁绍，时而依附曹操。孔明提出的“跨有荆、益”的战略，使刘备有了主攻方向。而赤壁之战作为一个机运，正为刘备、诸葛亮实现其战略方针提供了条件。但是，如何利用这个机运，这就要看诸葛亮的才干了。因此，赤壁之战，是《三国演义》塑造诸葛亮形象的最主要的情节。

综观赤壁之战过程中的诸葛亮，其思想与行动，主要有以下几点：

(1)稳定孙吴抗曹决心

刘备“败走汉津口”之后，实力耗损已相当严重。曹操号称百万大军直逼江南，与孙权形成对峙的形势。这对刘备集团来说，首先要作出的决定，就是“参与”还是“躲避”。“躲避”是不行的，因为曹操的方针很明确，不论是与孙权联合，还是消灭孙权，下一步都要“伐刘备”。因此，刘备无可“躲避”；而要“参与”，依靠自身的实力已不可能。在这种形势下，诸葛亮明确的提出了积极的“参与”政策，但这个“参与”，不是靠自身的力量，而是靠孙吴的力量，并且，在“参与”中“取利”。他说得好：“使南北相持，吾等于中取利，有何不可?”

既然要依靠和调动孙吴的力量抗拒曹操，就必然使孙吴集团建立起坚定的抗曹决心，于是诸葛亮亲赴东吴，针对孙权、周瑜及群儒的不同情况，采取了不同的方式方法，进行了巧妙的说服工作。

诸葛亮首先舌战群儒，驳斥了以张昭为代表的降曹论：

……昭曰：“近闻刘豫州三顾先生于草庐之中，幸得先生，以为如鱼得水，思欲席卷荆襄。今一旦以属曹操，未审是何主见?”孔明自思张昭乃孙权手下第一个谋士，若不先难倒他，如何说得孙权，遂答曰：“吾观取汉上之地，易如反掌。我主刘豫州躬行仁义，不忍夺同宗之基业，故力辞之。刘琮孺子，听信佞言，暗自投降，致使曹操得以猖獗。今我主屯兵江夏，别有良图，非等闲可知也。”昭曰：“若此，是先生言行相违也。先生自比管、乐：管仲相桓公，霸诸侯，一匡天下，乐毅扶持微弱之燕，下齐七十余城；此二人者，真济世之才也。先生在草庐之中，但笑傲风月，抱膝危坐；今既从事刘豫州，当为生灵兴利除害，剿灭乱贼。且刘豫州未得先生之前，尚且纵横寰宇，割据城池；今得先生，人皆仰望；虽三尺童蒙，亦谓彪虎生翼，将见汉室复兴，曹氏即灭矣；朝廷旧臣，山林隐士，无不拭目而待；以为拂高天之云翳，仰日月之光辉，拯民于水火之中，措天下于衽席之上，在此时也。何先生自归豫州，曹兵一出，弃甲抛戈，望风而窜；上不能报刘表以安庶民，下不能辅孤子以据疆土，乃弃新野，走樊城，败当阳，奔夏口，无容身之地；是豫州既得先生之后，反不如其初也。管仲、乐毅，果如是乎？愚直之言，幸勿见怪！”孔明听罢，哑然而笑曰：“鹏飞万里，其志岂群鸟能识哉？譬如人染沉疴，当先用糜粥以饮之，和药以服之；待其腑脏调和，形体渐安，然后用肉食以补之，猛药以治之；则病根尽去，人得全生也。若不待气脉和缓，便投以猛药厚味，欲求安保，诚为难矣。吾主刘豫州，向日军败于汝南，寄迹刘表，兵不满千，将止关、张、赵云而已；此正如病势尪羸已极之时也。新野山僻小县，人民稀少，粮食鲜薄，豫州不过暂借以容身，岂真将坐守于此耶？夫以甲兵不完，城郭不固，军不经练，粮不继日，然而博望烧屯，白河用水，使夏侯惇、曹仁辈心惊胆裂；窃谓管仲、乐毅之用兵，未必过此。至于刘琮降操，豫州实出不知；且又不忍乘乱夺同宗之基业，此真大仁大义也。当阳之败，豫州见有数十万赴义之民，扶老携幼相随，不忍弃之，日行十里，不思进取江陵，甘与同败，此亦大仁大义也。寡不敌众，胜负乃其常事。昔高皇数败于项羽，而垓下一战成功，此非韩信之良谋乎？夫信久事高皇，未尝累胜。盖国家大计，社稷安危，是有主谋。非比夸辩之徒，虚誉欺人，坐议立谈，无人可及；临机应变，百无一能；诚为天下笑耳！”这一篇言语，说得张昭并无一言回答。

要达到稳定孙吴抗曹决心的目的，关键还在于说服孙权。而对孙权，自然又不能重复“舌战群儒”的方法，于是诸葛亮先用“激将法”，再继之以晓大义、陈利害：

……权曰：“足下近在新野，佐刘豫州与曹操决战，必深知彼军虚实。”孔明曰：“刘豫州兵微将寡，更兼新野城小无粮，安能与曹操相持？”权曰：“曹兵共有多少？”孔明曰：“马步水军，约有一百余万。”权曰：“莫非诈乎?”孔明曰，“非诈也。曹操就兖州已有青州军二十万；平了袁绍，又得五六十万；中原新招之兵三四十万；今又得荆州之军二三十万；以此计之，不下一百五十万。亮以百万言之，恐惊江东之士也。”鲁肃在旁，闻言失色，以目视孔明；孔明只做不见。权曰：“曹操部下战将，还有多少?”孔明曰：“足智多谋之士，能征惯战之将，何止一二千人!”权曰：“今曹操平了荆、楚，复有远图乎?”孔明曰：“即今沿江下寨，准备战船，不欲图江东，待取何地?”权曰：“若彼有吞并之意，战与不战，请足下为我一决。”孔明曰：“亮有一言，但恐将军不肯听从。”权曰：“愿闻高论。”孔明曰：“向者宇内大乱，故将军起江东，刘豫州收众汉南，与曹操并争天下。今操芟除大难，略已平矣；近又新破荆州，威震海内；纵有英雄，无用武之地：故豫州遁逃至此。愿将军量力而处之。若能以吴、越之众，与中国抗衡，不如早与之绝；若其不能，何不从众谋士之论，按兵束甲，北面而事之?”权未及答。孔明又曰：“将军外托服从之名，内怀疑贰之见，事急而不断，祸至无日矣。”权曰：“诚如君言，刘豫州何不降操?”孔明曰：“昔田横，齐之壮士耳，犹守义不辱；况刘豫州王室之胄，英才盖世，众士仰慕?事之不济，此乃天也，又安能屈处人下乎?”孙权听孔明之言，不觉勃然变色，拂衣而起，退入后堂。众皆哂笑而散。鲁肃责孔明曰：“先生何故出此言?幸是吾主宽宏大度，不即面责。先生之言，藐视吾主甚矣。”孔明仰面笑曰：“何如此不能容物耶!我自有破曹之计，彼不问我，我故不言。”肃曰：“果有良策，肃当请主公求教。”孔明曰：“吾视曹操百万之众，如群蚁耳!但我一举手，则皆为荠粉矣!”肃闻言，便入后堂，见孙权。权怒气未息，顾谓肃曰：“孔明欺吾太甚!”肃曰：“臣亦以此责孔明，孔明反笑主公不能容物，破曹之策，孔明不肯轻言。主公何不求之?”权回嗔作喜曰：“原来孔明有良谋，故以言词激我。我一时浅见，几误大事。”便同鲁肃重复出堂，再请孔明叙话。权见孔明，谢曰：“适来冒渎威严，幸勿见罪。”孔明亦谢曰：“亮言语冒犯，望乞恕罪。”权邀孔明入后堂，置酒相待。

数巡之后，权曰：“曹操平生所恶者：吕布、刘表、袁绍、袁术、豫州与孤耳。今数雄已灭，独豫州与孤尚存。孤不能以全吴之地，受制于人。吾计决矣。非刘豫州莫与当曹操者；然豫州新败之后，安能抗此难乎?”孔明曰：“豫州虽新败，然关云长犹率精兵万人；刘琦领江夏战士，亦不下万人。曹操之众，远来疲惫，近追豫州，轻骑一日夜行三百里。此所谓‘强弩之末，势不能穿鲁缟’者也。且北方之人，不习水战。荆州士民附操者，迫于势耳，非本心也。今将军诚能与豫州协力同心，破曹军必矣。曹军破，必北还，则荆、吴之势强，而鼎足之形成矣。成败之机，在于今日：惟将军裁之。”权大悦曰：“先生之言，顿开茅塞。吾意已决，更无他疑。即日商议起兵，共灭曹操。”遂令鲁肃将此意传谕文武官员，就送孔明于馆驿安歇。

孙权虽然接受了诸葛亮的观点，但张昭等群臣又使孙权动摇起来。这样，最后的决断，就在周瑜的身上。

周瑜本来是坚定的抗曹派，但他故弄心机，在孔明面前诈称决意降曹。如果说孔明“激”孙权，是为了激起孙权抗曹的决心和斗志，那么，孔明激周瑜，则是为了“激”周瑜收起降曹的假面，现出抗曹的真心。唯其如此，下一步才可能共商破曹大计，否则，周瑜继续弄虚作假，则无法共事。于是，孔明就在二乔的问题上作了一篇极妙的文章。

东吴乔公有二女：大乔、小乔，分别是孙策、周瑜的妻子。孔明装作不知这层关系，并告诉周瑜说，要降曹求和，最好的办法就是将二乔送与曹操，因为曹操引百万之众，虎视江南，“其实为此二女也”！当周瑜追问此说“有何证验”时，孔明则妙改《铜雀台赋》，背诵给周瑜听。于是，周瑜“勃然大怒，离座指北而骂曰：‘老贼（指曹操）欺吾太甚！’”

《铜雀台赋》原有句云：“连二桥于东西兮，若长空之蝃蝀。”这本是形容铜雀台建筑群中有桥连接着玉龙、金凤二台，有如杜牧《阿房宫赋》中“长桥卧波，未云何龙；复道凌空，不霁何虹”的意思。而诸葛亮在为周瑜背诵《铜雀台赋》时却改为“揽二乔于东南兮，乐朝夕之与共”。这对周瑜乃至江东来说，简直是奇耻大辱。周郎本是气盛之人，岂能容曹操如此欺辱。在怒不可遏的情势下，终于向孔明吐露抗曹真意，并表示“望孔明助一臂之力，同破曹操”。至此，诸葛亮完全占据了主动地位；他胜利了：坚定了东吴抗曹的决心。

(2)巧妙应付周瑜嫉妒

诸葛亮既然已经确定了要以东吴的力量抗拒曹操，那么，在稳定了东吴抗曹的决心之后，就必然要与东吴尽力合作，以达到战胜曹操的目的。但是由于东吴大都督周瑜天性嫉妒，时有除掉孔明之心，因此，孔明只得一面向周瑜献计献策，以求战胜曹操；一面又要时时提防周瑜对自己的陷害；同时，还要谋划、指挥刘备集团夺取在孙曹交战中能够夺取到的一切实利。面对如此复杂的形势，艰难的处境，孔明安如泰山，妥善应付，取得了极大的成功。

诸葛亮首先妥善处理了与周瑜的关系。在赤壁之战过程中，周瑜的一切计谋，诸葛亮本来都是了如指掌的。例如周瑜安排的蒋干中计、黄盖的苦肉计、庞统的连环计等，诸葛亮都十分明白。但是，他或者不露声色，或者略有表示，目的是，一则促使计成，二则亦不能让周瑜小视自己无智。例如蒋干中计，使曹操杀了蔡瑁、张允。周瑜对此十分得意，但也料到，“诸将不知此计，独有诸葛亮识见胜我，想此谋亦不能瞒也”。于是派鲁肃去探听孔明“看他知与不知”——

却说鲁肃领了周瑜言语，径来舟中相探孔明。孔明接入小舟对坐。肃曰：“连日措办军务，有失听教。”孔明曰：“便是亮亦未与都督贺喜。”肃曰：“何喜?”孔明曰：“公瑾使先生来探亮知也不知，便是这件事可贺喜耳。”唬得鲁肃失色问曰：“先生何由知之?”孔明曰：“这条计只好弄蒋干。曹操虽被一时瞒过，必然便省悟，只是不肯认错耳。今蔡、张两人既死，江东无患矣，如何不贺喜！吾闻曹操换毛玠、于禁为水军都督，则这两个手里，好歹送了水军性命。”鲁肃听了，开口不得，把些言语支吾了半晌，别孔明而回。孔明嘱曰：“望子敬在公瑾面前勿言亮先知此事。恐公瑾心怀妒忌，又要寻事害亮。”鲁肃应诺而去，回见周瑜，把上项事只得实说了。瑜大惊曰：“此人决不可留！吾决意斩之!”肃劝曰：“若杀孔明，却被曹操笑也。”瑜曰：“吾自有公道斩之，教他死而无怨。”肃曰：“以何公道斩之?”瑜曰：“子敬休问，来日便见。”

诸葛亮实言相告鲁肃，何尝不知道鲁肃会和盘托给周瑜，当然是知道的。他这样做的目的，就是要让周瑜知道：第一，诸葛亮不破坏周瑜的计策，因为共同的目的是抗曹；第二，周瑜的计谋，诸葛亮是一清二楚的，是瞒不了的。诸葛亮采取的这些步骤，这种态度，都是非常高明的。

当周瑜决计要除掉孔明时，孔明采取的办法则是既不能让周瑜得逞，又不能与周瑜形成公开的破裂。最典型的行动，就是草船借箭。

草船借箭的故事，正史无载。但在《三国志·吴主传》注中引《魏略》说：

权乘大船来观军，（曹）公使弓弩乱发，箭著其船，船偏重将覆，权因回船，复以一面受箭，箭均船平，乃还。

这与《三国演义》的描写有相似之处：

当夜五更时候，船已近曹操水寨。孔明教把船只头西尾东，一带摆开，就船上擂鼓呐喊……曹操寨中……尽皆向江中放箭；箭如雨发。孔明教把船吊回，头东尾西，逼近水寨受箭，一面擂鼓呐喊……

如果《魏略》所记属实，那么，《三国演义》显然是把孙权的“受箭”之事，移植在诸葛亮身上，并加以渲染，使之成为表现孔明智慧的绝妙故事。诸葛亮的这一行动，既挫败了周瑜，又帮助了周瑜：挫败了周瑜要加害孔明的阴谋，又以三十万支箭充实了周瑜的武器库。何以是“三十万”呢？毛宗岗在第四十六回书的评语中作过一次极有趣的计算，他说：

借箭之计，其利有三：使东吴得十万箭之用，一利也。既是十万箭之用，而又省造十万箭之费，是以二十万箭之利与江东也，二利也。……而又令曹军有十万箭之失，是以三十万箭之利与江东也，三利也。

正是由于诸葛亮有如此超人的智慧，才使周瑜加害孔明之计不能得逞，而又维系着联合抗曹的关系。孔明借东风之后的巧妙安排，也体现了这个思想，此不赘述。

(3)献计献策大破曹军

在赤壁大战中，正面攻打曹军，并获大胜的，当然是大都督周瑜统率下的东吴大军。但《三国演义》对战争的描述，在艺术手法上有一个突出的特点，就是写战争，但更着重写战前确定战略、战术的过程，表现各方之间智慧、谋略、计策的较量。在火烧曹军战船的战斗场面中，虽然没有刘备、诸葛亮的军队，但是在制订战胜曹军的战略、战术时，诸葛亮却起了决定性的作用。

第四十六回有如下一段描述：

……（周）瑜邀孔明入帐共饮。瑜曰：“吾主昨遣使来催督进军，瑜未有奇计，愿先生教我。”孔明曰：“亮乃碌碌庸才，安有妙计？”瑜曰：“某昨观曹操水寨，极其严整有法，非等闲可攻。思得一计，不知可否。先生幸为我一决之。”孔明曰：“都督且休言。各自写于手内，看同也不同。”瑜大喜，教取笔砚来，先自暗写了，却送与孔明，孔明亦暗写了。两个移近坐榻，各出掌中之字，互相观看，皆大笑。原来周瑜掌中字，乃一“火”字，孔明掌中，亦一“火”字。瑜曰：“既我两人所见相同，更无疑矣。幸勿漏泄。”孔明曰：“两家公事，岂有漏泄之理？吾料曹操虽两番经我这条计，然必不为备。今都督尽行之可也。”

这看来似十分轻松的场面，实际上是一次确定对曹作战基本策略和方案的“最高军事会议”。虽然周瑜与诸葛亮不谋而合，共同提出了“火攻”，但是正因为是“不谋而合”，或者说，周瑜的方案得到了诸葛亮的认可，所以才能够在轻松的气氛中作出了最重要的决定。诸葛亮的作用，具有决定性的意义。再深入探讨一下可以知道，这里虽然两人都确定火攻，但周瑜此时却还没有考虑到“风”的问题，而诸葛亮却已预知某日将有东风，因此，诸葛亮提出火攻，比周瑜有着更周详、更科学的依据。

经过了认真的准备，攻击曹军的战争就要开始了。然而，当“万事俱备”之时，周瑜突然发现“只欠东风”；而没有东风，则万事俱消。于是，有诸葛亮借东风的情节。

按《三国志·周瑜传》记载：

……瑜部将黄盖曰：“今寇众我寡，难与持久。然观操军船舰首尾相接，可烧而走也。”乃取蒙冲斗舰数十艘，实以薪草，膏油灌其中，裹以帐幕，上建牙旗，先书报曹公，欺以欲降。又预备走舸，各系大船后，因引次俱前。曹公军吏士皆延颈观望，指言盖降。盖放诸船，同时发火。时风盛猛，悉延烧岸上营落。顷之，烟炎张天，人马烧溺死者甚众，军遂败退，还保南郡。

裴注引《江表传》说：

至战日，盖先取轻利舰十舫，载燥荻枯柴积其中，灌以鱼膏，赤幔覆之，建旌旗龙幡于舰上。时东南风急，因以十舰最著前，中江举帆，盖举火白诸校，使众兵齐声大叫曰：“降焉！”操军人皆出营立观。去北军二里余，同时发火，火烈风猛，往船如箭，飞埃绝烂，烧尽北船，延及岸边营柴。瑜等率轻锐寻继其后，雷鼓大进，北军大坏，曹公退走。

这里说的是“时风盛猛”，“时东南风急”，“火烈风猛”，可见，在火烧曹军的过程中，东南风起了关键性的作用。《三国演义》正是在这个关键性的问题上，写出了诸葛亮的巨大贡献。筑坛祭风的情节本身是虚妄的，在那个时代，人类还不可能按照自己的意志，改变风的方向。但诸葛亮在草船借箭之后，对鲁肃说过一段话：“为将而不通天文，不识地利，不知奇门，不晓阴阳，不看阵图，不明兵势，是庸才也。亮于三日前已算定今日有大雾，因此敢任三日之限……”这段话，实际上已透露了“借东风”的实质，就是孔明凭自己的天文气象方面的知识，已预知十一月二十日甲子至二十二日丙寅，有东南大风，因此，选定这个时间火攻曹军，就可以凭借风势而获大胜。从这个意义上来说，孔明的学识对赤壁之战的胜利，当然起了最关键的作用。没有孔明，也就没有赤壁之战的胜利。攻击曹军的主力是东吴的将帅、士卒，但在确定策略，选定战机等问题上，诸葛亮则发挥了决定性的作用。这正是诸葛亮致力于与东吴联合破曹的具体而生动的表现。

(4)智胜周瑜巧夺五郡

诸葛亮联合孙吴，是为了战胜曹操，为刘备集团争得地盘。前者是手段，后者是目的。因此，曹操败北之后，留下的“空白”就成为诸葛亮与周瑜争夺的目标。这就是《三国演义》中五十一至五十七回所写的“三气周瑜”的内容。

诸葛亮在与周瑜争夺南郡等地的较量中，全用智取。例如，几乎不伤一兵一卒而占领南郡：他首先与周瑜约定，由周瑜先攻南郡，若攻不下，则由刘备自取。周瑜表示：“吾若取不得，那时任从公取。”这实际上已经中计了，因为，先取，就意味着首先去与南郡守将曹仁交战厮杀，而曹仁是曹操手下勇不可当的战将。由于周瑜骄横自傲，在诸葛亮面前，犯了“意气”用事的错误，在对待曹仁的问题上又犯了轻敌的错误，这两个错误，使周瑜陷于被动，结果与曹仁之战，不利。虽然最后打败曹仁，但自己损兵折将，本人竟中毒箭负重伤。而这时，诸葛亮利用曹仁出南郡的机会，由赵云一举占城，并迅速凭借在南郡得到的兵符，调出了荆州、襄阳的曹方守将，由张飞、关羽分别占领。此后的一系列行动，都是凭借机智、巧用战机，而不断取得胜利。

赤壁之战，作为《三国演义》全书情节发展的高潮，深刻地刻画了诸葛亮这一形象，充分表现了这一形象的智慧与才干。而他的智慧与才干，在很多方面都体现着我们民族历史上积累的政治斗争、军事斗争的经验。我们赞美诸葛亮的才智，也正是赞美我们民族的才智！因此，“诸葛亮”成了智慧的代名词，永远流传在人民之中。

3.“六出祁山”中的诸葛亮

《三国演义》自九十二回至一百零三回，主要写诸葛亮六出祁山的情节，又一次充分展示了诸葛亮的高风亮节和高超的才智。

历史上的六出祁山，是指从建兴五年（227年）至建兴十二年（234年），诸葛亮数次率兵北伐的事迹：

三年春，亮率众南征，其秋悉平。军资所出，国以富饶，乃治戎讲武，以俟大举。五年，率诸军北驻汉中，临发，上疏曰：……遂行，屯于沔阳。

六年春，扬声由斜谷道取郿，使赵云、邓芝为疑军，据箕谷，魏大将军曹真举众拒之。亮身率诸军攻祁山，戎陈整齐，赏罚肃而号令明，南安、天水、安定三郡叛魏应亮，关中响震。魏明帝西镇长安，命张郃拒亮，亮使马谡督诸军在前，与郃战于街亭。稷违亮节度，举动失宜，大为郃所破。亮拔西县千余家，还于汉中，戮谡以谢众。上疏曰："臣以弱才，叨窃非据，亲秉旄钺以厉三军，不能训章明法，临事而惧，至有街亭违命之阙，箕谷不戒之失，咎皆在臣授任无方。臣明不知人，恤事多闇，《春秋》责帅，臣职是当。请自贬三等，以督厥咎"。于是以亮为右将军，行丞相事，所总统如前。

冬，亮复出散关、围陈仓，曹真拒之，亮粮尽而还。魏将王双率骑追亮，亮与战，破之，斩双。七年，亮遣陈式攻武都、阴平。魏雍州刺史郭淮率众欲击式，亮自出至建威，淮退还，遂平二郡。诏策亮曰："街亭之役，咎由马谡，而君引愆，深自贬抑，重违君意，听顺所守。前年耀师，馘斩王双；今岁爰征，郭淮遁走；降集氐、羌，兴复二郡，威镇凶暴，功勋显然。方今天下骚扰，元恶未枭，君受大任，干国之重，而久自挹损，非所以光扬洪烈矣。今复君丞相，君其勿辞。"

九年，亮复出祁山，以木牛运，粮尽退军，与魏将张郃交战，射杀郃。十二年春，亮悉大众由斜谷出，以流马运，据武功五丈原，与司马宣王对于渭南。亮每患粮不继，使已志不申，是以分兵屯田，为久驻之基。耕者杂于渭滨居民之间，而百姓安堵，军无私焉。相持百余日。其年八月，亮疾病，卒于军，时年五十四。及军退，宣王案行其营垒处所曰："天下奇才也！"(《三国志·诸葛亮传》)

《三国演义》的敷衍，基本上依据了正史的记载，但情节更加生动。

按诸葛亮的说法："不伐贼，王业亦亡。唯坐而待亡，孰与伐之？"这样看来，六出祁山的实质是以攻为守。这也是符合当时蜀国的实际情况的，因为，从实力来说，蜀国当时确实不具备北伐曹魏，战而胜之，兴复汉室，统一天下的条件。很多史学家，也多持此说。但是，在六出祁山的过程中，也确实出现过某些时机，倘能进一步发展，北伐事业也是可能有所成就的。例如，建兴六年，在取得南安、天水、安定三郡的形势下，诸葛亮扬言出斜谷取郿城，而实际上，要占领街亭（秦岭西侧的交通要道)，然后直逼长安。——这个方案如果能够实现，就会产生了不起的影响。长安地位的重要性，自不待言，倘若蜀兵能兵围长安城下，整个形势就会发生巨大的变化。诚如孔明在隆中的预言："率益州之众出于秦川，百姓孰敢不箪食壶浆以迎。"但是，街亭之战，蜀兵大败，于是整个形势也就逆转，因此，可以说街亭之战实在是六出祁山的关键。《三国演义》着重描写了这次战役的前前后后，并成为全书中最精彩的段落之一，诸葛亮的形象、性格，也在这里得到了进一步的塑造。

诸葛亮对街亭的重要意义，是有充分认识的。他听说司马懿引兵出关，就预料到必取街亭。他说："街亭虽小，干系甚重，倘街亭有失，吾大军皆休矣。"他虽然错误地答应了马谡守街亭的要求，但同时也作了周密的部署，以防不测。马谡、王平等到街亭不久，王平就给诸葛亮送来了"图本"。诸葛亮立即发现了马谡的"无知"，预感到街亭将失，于是又立即采取了周密的措施，大至调兵遣将，小至差人到冀县搬取姜维老母，送入汉中。这就使由于街亭失守所造成的危险和损失，降到最低限度。紧接着，就发生了最精彩、最富有戏剧性的空城计的故事。

孔明分拨已定，先引五千兵退去西城县搬运粮草。忽然十余次飞马报到，说司马懿引大军十五万，望西城蜂拥而来。时孔明身边并无大将，只有一班文官，所引五千军，已分一半先运粮草去了，只剩二千五百军在城中。众官听得这个消息，尽皆失色。孔明登城望之，果然尘土冲天，魏兵分两路望西城县杀来。孔明传令，教将旌旗尽皆藏匿；诸将各守城铺，如有妄行出入，及高声言语者，立斩；大门四开，每一门上用二十军士，扮作百姓，洒扫街道，如魏兵到时，不可擅动，吾自有计。孔明乃披鹤氅，戴纶巾，引二小童携琴一张，于城上敌楼前，凭栏而坐，焚香操琴。

却说司马懿前军哨到城下，见了如此模样，皆不敢进，急报与司马懿。懿笑而不信，遂止住三军，自飞马远远望之。果见孔明坐于城楼之上，笑容可掬，焚香操琴。左有一童子，手捧宝剑；右有一童子，手执麈尾。城门内外，有二十余百姓，低头洒扫，旁若无人。懿看毕大疑，便到中军，教后军作前军，前军作后军，望北山路而退。次子司马昭曰："莫非诸葛亮无军，故作此态？父亲何故便退兵？"懿曰："亮平生谨慎，不曾弄险。今大开城门，必有埋伏。我兵若进，中其计也。汝辈岂知？宜速退。"于是两路兵尽皆退去。孔明见魏军远去，抚掌而笑。众官无不骇然。乃问孔明曰："司马懿乃魏之名将，今统十五万精兵到此，见了丞相，便速退去，何也？"孔明曰："此人料吾生平谨慎，必不弄险；见如此模样，疑有伏兵，所以退去。吾非行险，盖因不得已而用之。此人必引兵投山北小路去也。吾已令兴、苞二人在彼等候。"众皆惊服曰："丞相之机，神鬼莫测。若某等之见，必弃城而走矣。"孔明曰："吾兵止有二千五百，若弃城而走，必不能远遁。得不为司马懿所擒乎？"……言讫，拍手大笑，曰："吾若为司马懿，必不便退也。"遂下令，教西城百姓，随军入汉中，司马懿必将复来。于是孔明离西城望汉中而走。天水、安定、南安三郡官吏军民，陆续而来。

却说司马懿望武功山小路而来。忽然山坡后喊杀连天，鼓声震地。懿回顾二子曰："吾若不走，必中诸葛亮之计矣。"只见大路上一军杀来，旗上大书："右护卫使虎翼将军张苞。"魏兵皆弃甲抛戈而走。行不到一程，山谷中喊声震地，鼓角喧天，前面一杆大旗，上书："左护卫使龙骧将军关兴。"山谷应声，不知蜀兵多少；更兼魏军心疑，不敢久停，只得尽弃辎重而去。兴苞二人皆遵将令，不敢追击，多得军器粮草而归。司马懿见山谷中皆有蜀兵，不敢出大路，遂回街亭。此时曹真听知孔明退兵，急引兵追赶。山背后一声炮响，蜀兵漫山遍野而来，为首大将，乃是姜维、马岱。真大惊，急退军时，先锋陈造已被马岱所斩。真引兵鼠窜而还。蜀兵连夜皆奔回汉中。

……

却说司马懿分兵而进，此时蜀兵尽回汉中去了。懿引一军复到西城，因问遗下居民及山僻隐者，皆言孔明止有二千五百军在城中，又无武将，只有几个文官，别无埋伏。武功山小居民告曰："关兴、张苞，只有各三千军，转山呐喊，鼓噪惊追，又无别军，并不敢厮杀。"懿悔之不及，仰天叹曰："吾不如孔明也！"

由于诸葛亮用人（马谡）不当，造成街亭失败，使蜀军处于极其危险的境地。但是，由于诸葛亮的周密部署，巧妙安排，蜀军化险为夷，安全退回汉中。一个军事统帅才能的高下，当然首先看他是否能夺取胜利，然而，更严峻的考验，则是如何处理失败。在失败的形势下，指挥若定，有条不紊，使失败造成的损失降低到最低限度，这对一个军事统帅来说，则是最困难、最艰巨的任务。诸葛亮在街亭失败之后，就卓越地完成了这个任务。而空城计中，一生谨慎的诸葛亮在不得已的情况下，走了一步险棋却居然获得了失败中的胜利；相反，取得街亭之后的司马懿，在西城，千虑一失，竟然遭到了胜利中的失败！作为小说中的情节，这里充满了艺术的辩证法，人物性格，也就在这里得到了深刻的表现。

马谡刚愎自用，言过其实，纸上谈兵，造成失败，论罪当诛（更何况当初立了军状）。孔明虽然一向与马谡"义同兄弟"，但为了"明正军律"，以法治军，不能不斩。感情与理智在孔明心目中，泾渭分明，决不以感情代替理智。他"挥泪""斩"马谡，就是感情和理智的统一。与此同时，诸葛亮严于律己，以用人不当，"请自贬三等"，并认真总结教训，保持清醒的头脑，"以为后图"：

……孔明受诏贬降讫，（费）祎恐孔明羞赧，乃贺曰："蜀中之民，知丞相初拔四县，深以为喜"。孔明变色曰："是何言也！得而复失，与不得同。公以此贺我，实足使我愧赧耳。"。祎又曰："近闻丞相得姜维，天子甚喜。"孔明怒曰："兵败师还，不曾夺得寸土，此吾之大罪也。量得一姜维，于魏何损？"祎又曰："丞相现统雄师数十万，可再伐魏乎？"孔明曰："昔大军屯于祁山、箕谷之时，我兵多于贼兵，而不能破贼，反为贼所破，此病不在兵之多寡，在主将耳。今欲减兵省将，明罚思过，较变通之道于将来；如其不然，虽兵多何用？自今以后，诸人有远虑于国者，但勤攻吾之阙，责吾之短，则事可定，贼可灭，功可翘足而待矣。"费祎诸将皆服其论。费祎自回成都。孔明在汉中，惜军爱民，励兵讲武，置造攻城渡水之器，聚积粮草，预备战筏，以为后图。

六出祁山，是诸葛亮一生政治军事生涯中最重要的一步，也是最后的一步。为了蜀汉政权的生存和发展，他采取了以攻为守的策略，竭思殚虑，苦心经营，鞠躬尽瘁，死而后已，这就是对蜀汉政权和兴复汉室事业的最大的忠诚。为了事业，他运筹帷幄，巧设奇谋，调兵遣将，战场指挥，结友拒敌，内修政理，攻心得人，以法治军，表现了他的超人的才智。在六出祁山的战斗中，他的超人的才智的确又得到了充分的发挥，但是，也就是在这北伐的壮举中，他最后病死军中。至此《三国演义》也完成了塑造这一千古贤相的任务。

《三国演义》的作者，对诸葛亮表现了极其深沉的热爱和崇敬，但也许正因如此，在艺术手法上，也出现了"过犹不及"的欠缺。为了表现诸葛亮的智慧，掺杂了迷信的成分，正如鲁迅先生明快而深刻地指出的"状诸葛之多智而近妖"，这自然是《三国演义》存在的不足之处。

### （二）义重如山的关云长

《三国演义》里，武将如云。在蜀国，也有张飞、赵云、马超、黄忠等，与关羽同被封为"五虎上将"。那么，为什么独有关羽被称为"绝伦逸群"，与曹操、诸葛亮并列为"三绝""三奇"呢？

作为一个文学形象，关羽富有特殊的气质和精神。这就是义重如山的性格和神威壮美的形象。关羽这一人物形象所具有的"义"，既不同于儒家的"仁义"，也不同于庸俗的"意气"，而是一种具有崇高、正义、神勇意义的"义气"——正义之气。具体表现在以下几个方面：

1. 正气凛然

关羽与刘备、张飞结义起事时，就立下誓言："上报国家，下安黎庶。"在当时，"上报国家"的具体内容，就是匡扶汉室。他对于有心篡汉的"贼臣"，义愤填膺，表现了对邪恶行为的不可容忍。在"许田打围"情节中关羽的表现，便是最生动的证明。第二十回书写曹操"引十万之众，与天子猎于许田"，"操与天子并马而行，只争一马头"，在射猎时——

……转过土坡，忽见荆棘中赶出一只大鹿。帝连射三箭不中，顾谓操曰："卿射之。"操就讨天子宝雕弓、金纰箭，扣满一射，正中鹿背，倒于草中。群臣将校，见了金纰箭，只道天子射中，都踊跃向帝呼万岁。曹操纵马直出，遮于天子之前以迎受之。群皆失色。玄德背后云长大怒，剔起卧蚕眉，睁开丹凤眼，提刀拍马便出，要斩曹操。玄德见了，慌忙摇手送目。关公见兄如此，便不敢动。玄德欠身向操称贺曰："丞相神射，世所罕及!"操笑曰："此天子洪福耳。"乃回马向天子称贺，竟不献还宝雕弓，就自悬带。围场已罢，宴于许田。宴毕，驾回许都。众人各自归歇。云长问玄德曰："操贼欺君罔上，我欲杀之，为国除害，兄何止我?"玄德曰："'投鼠忌器'。操与帝相离只一马头，其心腹之人，周回拥侍；吾弟若逞一时之怒，轻有举动，倘事不成，有伤天子，罪反坐我等矣。"云长曰："今日不杀此贼，后必为祸。"

在关羽看来，曹操如此"欺君罔上"，就应诛杀，毫无妥协可言。这种对邪恶势力的仇恨和斗争，就是义气的表现。

关羽是武将，但作品写他熟读《春秋》，深明大义，即使在最困难的条件下，他也能表现出大义凛然的精神状态。关羽在下邳城外被曹军围困，处境极其危险之时，曹操派张辽前来说降，而关羽则慨然表示："吾今虽处绝境，视死如归!"最后，张辽以"兄今即死，其罪有三"说服关羽，而关羽则以三事为约：

一者，吾与皇叔设誓，共扶汉室，吾今只降汉帝，不降曹操；二者，二嫂处请给皇叔俸禄养赡，一应上下人等，皆不许到门；三者，但知刘皇叔去向，不管千里万里，便当辞去；三者缺一，断不肯降。

这"三事"，"首言归汉，次言保嫂，末言寻兄"，既有原则，又有策略；而把降汉、降曹之辨，列为首事，正表明关羽即使在如此危急之际，依然坚持正义，而无妥协。

当然，在这个问题上，还很有深入辨析的必要。就当时的实际情况而论，所谓“汉”，实已不存，降汉亦即降曹，所以曹操对此完全可以接受，因为他的逻辑是“吾为汉相，汉即吾也”。但关羽在当时的情势下，为了保护二位嫂夫人，为了等待刘备的消息，他必须设法留下来，因此，降汉不降曹之说，是当时唯一可以采取的立场。而且更重要的是，暂归曹操之后，关羽无一日不思寻兄，确确实实毫无降曹的意思，所以，事实可以有力地说明，关羽降汉不降曹的原则，并非一时的说辞，更非降曹的掩饰。曹操的逻辑，不属于关羽！

在暂归曹操的时期里，关羽的思想和行动可以从三个方面来分析：

一是拒绝了曹操的一切利诱。曹操为了收服关羽，极尽利诱之能事：

……次日设大宴，会众谋臣武士，以客礼待关公，延之上座；又备绫锦及金银器皿相送。关公都送与二嫂收贮。关公自到许昌，操待之甚厚：小宴三日，大宴五日；又送美女十人，使侍关公。关公尽送入内门，令伏侍二嫂。

曹操之所以一心要收服关羽，除了欲得一将之外，也包含了对关羽的爱慕。毛宗岗说：“曹操一生奸伪，如鬼如蜮，忽然遇着堂堂正正，凛凛烈烈，皎若青天，明若白日一人，亦自有珠玉在前，觉吾形秽之愧，遂不觉爱之敬之，不忍杀之。此非曹操之仁，有以容纳关公，乃关公之义，有以折服曹操耳。”（第二十六回评）这种解释，虽未必正确，但作为一种分析，也还是确认了曹操对关羽的爱慕。而问题的关键在于关羽的言行，确有凛然不可侵犯的气势。所谓“折服”，大概就是对这种气势的威力，或者说是一种精神的威力。

曹操对关羽的礼遇，表现在赠袍、赠马以及铸印封侯等情节中。但这一切，都不能改变关羽的意志，他依然日夜思考着如何寻找到刘备。

二是明确表示要为曹操立功而后去寻找刘备。关羽在下邳战败，暂归曹操，他们之间的关系，本是敌我关系；归曹之后，虽受礼遇，但又无意降附，于是又形成一种收服与反收服的关系。这两层关系，都是对抗性的。一般而言，这样的双方是无所谓立功报恩的。但是，关羽在这样的处境中，却表示了“必立功以报曹公，然后去”的态度，于是发生了斩颜良、诛文丑的情节。

关羽之所以采取这样的态度和行动，思想基础还是一个“义”字。在他看来，自己败于曹操，而又受到恩礼，这是必须报答的，即所谓有恩必报。在这种思想支配下，他既不考虑与曹操的对抗性关系，也不考虑诛杀袁绍大将的利弊，义字压倒一切。当然，关羽这样做，也是以最终脱离曹操、追随刘备为目的的。关羽为人一向堂堂正正，他要摆脱曹操也只能是堂堂正正地摆脱，而决不会采取其他的形式。“立功而后去”就是堂堂正正摆脱曹操的办法。他说：“新恩（指曹操对他的礼遇）虽厚，旧义（与刘备的恩义）难忘。”于是，对“新恩”就要报答，而对“旧义”更要坚定。报答“新恩”正是为了履行“旧义”，这就是关羽“必立功以报曹公，然后去”的思想方法。

三是追随刘备的意志没有丝毫的动摇。与刘备的“旧义难忘”，是关羽全部活动的支撑点。面对曹操的利诱，张辽的游说，关羽明白而坚定地表示，“吾受刘皇叔厚恩，誓以共死，不可背之。”张辽说：“倘玄德已弃世，公何所归乎?”关羽斩钉截铁地回答：“愿从于地下！”正是这种坚定的意志，才演出了义气感人的活剧：

一日，操见关公所穿绿锦战袍已旧，即度其身品，取异锦作战袍一领相赠。关公受之，穿于衣底，上仍用旧袍罩之。操笑曰：“云长何如此之俭乎?”公曰：“某非俭也：旧袍乃刘皇叔所赐，某穿之如见兄面，不敢以丞相之新赐而忘兄长之旧赐，故穿于上。”操叹曰：“真义士也！”然口虽称羡，心实不悦。

忽一日，操请关羽宴。临散，送公出府，见公马瘦，操曰：“公马因何而瘦?”关公曰：“贱躯颇重，马不能载，因此常瘦。”操令左右备一马来。须臾牵至。那马身如火炭，状甚雄伟。操指曰：“公识此马否?”公曰：“莫非吕布所骑赤兔马乎?”操曰：“然也。”遂并鞍辔送与关公。关公再拜称谢。操不悦曰：“吾累送美女金帛，公未尝下拜；今吾赠马，乃喜而再拜，何贱人而贵畜耶?”关公曰：“吾知此马日行千里，今幸得之，若知兄长下落，可一日而见面矣。”操愕然而悔。

按照封建道德标准来说，关羽如此忠于刘备，当然是非常崇高的；而这种情意，在曹操面前，不加丝毫的掩饰，更表现出光明磊落、胸怀坦荡的品格，尤其令人肃然起敬。

当关羽终于得到刘备的确实消息之后，那义无反顾的精神，则更加感人：

关公看书（刘备的信）毕，大哭曰：“某非不欲寻兄，奈不知所在也。安肯图富贵而背旧盟乎?”（陈）震曰：“玄德望公甚切，公既不背旧盟，宜速往见。”关公曰：“人生天地间，无终始者，非君子也。吾来时明白，去时不可不明白。吾今作书，烦公先达知兄长，容某辞却曹操，奉二嫂来相见。”震曰：“倘曹操不允，为之奈何?”公曰：“吾宁死，岂肯久留于此！”震曰：“公速作回书，免致刘使君悬望。”关公写书答云：

窃闻义不负心，忠不顾死。羽自幼读书，粗知礼义，观羊角哀、左伯桃之事，未尝不三叹而流涕也。前守下邳，内无积粟，外无援兵；欲即效死，奈有二嫂之重，未敢断首捐躯，致负所托；故尔暂且羁身，冀图后会。近至汝南，方知兄信；即当面辞曹公，奉二嫂归。羽但怀异心，神人共戮。披肝沥胆，笔楮难穷。瞻拜有期，伏惟照鉴！

陈震得书自回。关羽入内告知二嫂，随即至相府，拜辞曹操。操知来意，乃悬回避牌于门。关公怏怏而回，命旧日跟随人役，收拾车马，早晚伺候，吩咐宅中，所有原赐之物，尽皆留下，分毫不可带去。次日再往相府辞谢，门首又挂回避牌。关公一连去了数次，皆不得见；乃往张辽家相探，欲言其事，辽亦托疾不出。关公思曰："此曹丞相不容我去之意。我去志已决，岂可复留?"即写书一封，辞谢曹操。书略曰：

羽少事皇叔，誓同生死，皇天后土，实闻斯言。前者下邳失守，所请三事，已蒙恩诺。今探知故主现在袁绍军中，回思昔日之盟，岂容违背？新恩虽厚，旧义难忘。兹特奉书告辞，伏惟照察。其有余恩未报，愿以俟之异日。

写毕，封固，差人去相府投递；一面将累次所受金银，一一封置库中，悬汉寿亭侯印于堂上，请二夫人上车。关公上赤兔马，手提青龙刀，率领旧日跟随人役，护送车仗，径出北门。门吏挡之，关公怒目横刀，大喝一声，门吏皆退避。关公既出门，谓从者曰："汝等护送车仗先行，但有追赶者，吾自挡之，勿得惊动二位夫人。"从者推车，望官道进发。

关羽暂归曹操时，有"三事"之约；离开曹操时，有数次辞别，不得见，又修书辞别。的确是"来得明白，去得明白"。他明知袁绍是曹操的大敌，但却明白告诉曹操，因为刘备在袁绍处，自己也必须去袁绍处；他明明为曹操诛杀了袁绍的大将颜良、文丑，得罪了袁绍，但因为刘备在袁绍处，自己必须冒死去袁绍处；他明知从许昌出发保护二位嫂嫂，投奔刘备，一路上要经历多少艰难，但为了"寻兄"，一切置之度外，毅然前往。所有这一切，都非常生动地表现了关羽的气度、精神，使这一个正气凛然的将军，与其他武将，有了极大的不同，显示出"绝伦逸群"的独特性。

### 2. 英雄主义

义重如山的关羽，一生中表现了强烈的英雄主义精神。他无所畏惧，藐视敌人（甚至达到了犯错误的地步），义勇兼具，武艺超群。

关羽辞谢曹操，投奔刘备的事迹，史有所载，但极简略：

……（关）羽尽封其所赐，拜书告辞，而奔先主于袁军。左右欲追之，

曹公曰：“彼各为其主，勿追也。”（《三国志·关羽传》）

在《三国演义》中，把这一史实，敷衍为“过五关斩六将”的生动情节，表现了关羽的英雄气概和大智大勇。这一情节，与一般的描写一场战争是不同的，它不是一次对阵厮杀以决胜负。从关羽这方面来说，他并没有夺关斩将的目的性，他并不想杀害这五关诸将。如果这五关守将对关羽采取放行的态度，那么，关羽是没有攻击目的的。只是由于守将们阻挡了关羽寻兄的行动，所以才有厮杀。这是此一情节的特点之一；其二，关羽在这次行动中，有一个特殊的“负担”，就是要保二位嫂嫂，整个行动中，“因欲护送车仗，不敢纵马”，只能“按辔徐行”，这就更不同于一般的对阵厮杀或穷追猛打；其三，从许昌到汝南，要闯过五关，这也是一种特殊性。闯过一两个关隘，那还可以凭借一时的智勇；但要闯过五关，则非常人所能。这里除了一般的智勇之外，还要有极为坚定的百折不挠的意志。关羽，正是因为有坚定的投奔刘备的意志，所以才能闯过五关，斩杀六将。这些特殊性，使这一情节，不仅充满了传奇性，而且使关羽的英雄主义精神，得到了完美的表现。

关羽虽然勇不可挡，但也绝非常胜将军，因为，真正的“常胜”将军是不存在的。关羽在水淹七军，活捉于禁之后，威镇华夏，孙曹胆寒。但就在这时，却被曹仁毒箭射中落马。于是有刮骨疗毒的壮举。《三国志·关羽传》中记载说：

羽尝为流矢所中……医曰：“矢镞有毒，毒入于骨，当破臂作创，刮骨去毒，然后此患乃除耳。”羽便伸臂令医劈之。时羽适请诸将饮酒相对，臂血流离，盈于盘器，而羽割炙引酒，言笑自若。

《三国演义》第七十五回，基本上就是按照这段记载生动描写了“关云长刮骨疗毒”的情节：

忽一日，有人从江东驾小舟而来，直至寨前。小校引见关平。平视其人：方巾阔服，臂挽青囊；自言姓名：“乃沛国谯郡人：姓华，名佗，字元化。因闻关将军乃天下英雄，今中毒箭，特来医治。”平曰：“莫非昔日医东吴周泰者乎？”佗曰：“然。”平大喜，即与众将同引华佗入帐见关公。时关公本是臂疼，恐慢军心，无可消遣，正与马良弈棋；闻有医者至，即召入。礼毕，赐坐。茶罢，佗请臂视之。公袒下衣袍，伸臂令佗看视。佗曰：“此乃弩箭所伤，其中有乌头之药，直透入骨；若不早治，此臂无用矣。”公曰：“用何物治之？”佗曰：“某自有治法——但恐君侯惧矣。”公笑曰：“吾视死如归，有何惧哉？”佗曰：“当于静处立一标柱，上钉大环，请君侯将臂穿于环中，以绳系之，然后以被蒙其首。吾用尖刀割开皮肉，直至于骨，刮去骨上箭毒，用药敷之，以线缝其口，方可无事——但恐君侯惧耳。”公笑曰：“如此，容易！何用柱环？”令设酒席相待。

公饮数杯酒毕，一面仍与马良弈棋，伸臂令佗割之。佗取尖刀在手，令一小校，捧一大盆于臂下接血。佗曰：“某便下手，君侯勿惊。”公曰：“任汝医治。吾岂比世间俗子，惧痛者耶？”佗乃下刀，割开皮肉，直至于骨，骨上已青：佗用刀刮骨，悉悉有声。帐上帐下见者皆掩面失色。公饮酒食肉，谈笑弈棋，全无痛苦之色。

须臾，血流盈盆，佗刮尽其毒，敷上药，以线缝之。公大笑而起，谓众将曰：“此臂伸舒如故，并无痛矣，先生真神医也！”佗曰：“某为医一生，未尝见此，君侯真天神也！”

……关公箭疮既愈，设席款谢华佗。佗曰：“君侯箭疮虽治，然须爱护。切勿怒气伤触。过百日后，平复如旧矣。”关公以金百两酬之。佗曰：“某闻君侯高义，特来医治，岂望报乎？”坚辞不受，留药一帖，以敷疮口，辞别而去。

这里写了一个惊心动魄的场面，写了一个顶天立地的男子汉！“刮骨疗毒”显示了关羽的英雄气概，显示了我们民族的英雄气概。

关羽的英雄主义精神，还表现在身处险境之中，而能以威武的气势压倒敌人。著名的“单刀赴会”的故事，就是一例。

《三国演义》六十六回写的“关云长单刀赴会”，就情节本身而言是极简单的：鲁肃向孙权献计，约关羽过江，讨还荆州，“若云长肯来，以善言说之；如其不从，伏下刀斧手杀之。如彼不肯来，随即进兵，与决胜负，夺取荆州便了”。结果，云长应邀而至，而且是只用亲随十余人，独驾小舟而来。酒席间，鲁肃讨取荆州，云长严辞拒绝。忽然——

周仓在阶下厉声曰：“天下土地，唯有德者居之。岂独是汝东吴当有耶？”云长变色而起，夺周仓所捧大刀，立于庭中，目视周仓而叱曰：“此国家之事，汝何敢多言！可速去！”仓会意，先到岸口，把红旗一招。关平船如箭发，奔过江东来。云长右手提刀，左手挽住鲁肃手，佯推醉曰：“公今请吾赴宴，莫提起荆州之事。吾今已醉，恐伤故旧之情。他日令人请公到荆州赴会，另作商议。”鲁肃魂不附体，被云长扯至江边。吕蒙、甘宁，各引本部军欲出；见云长手提大刀，亲握鲁肃，恐肃被伤，遂不敢动。云长到船边，却才放手，早立于船首，与鲁肃作别。肃如痴似呆，看关公船已乘风而去。

情节是简单的，而气氛是紧张而惊险的。在这里，关羽大无畏的精神，威严的气势，巧妙的安排，都得到了充分的表现。在《三国演义》成书之前，元人杂剧中已有《关大王独赴单刀会》。这本杂剧最成功之处，也正是塑造了关羽的豪迈、威严而神勇的气概。关羽唱道：

折莫他雄赳赳排着战场，威凛凛兵屯虎帐，大将军智在孙、吴上，马如龙、人似金刚，不是我十分强，硬主张，但提起厮杀呵磨拳擦掌，排戈甲，列旗枪，各分战场。我是三国英雄汉云长，端的是豪气有三千丈。（第三折《剔银灯》）

大江东去浪千叠，引着这数十人驾着这小舟一叶。又不比九重龙凤阁，可正是千丈虎狼穴。大夫心别，我觑这单刀会似赛村社。（第四折《双调新水令》）

水涌山叠，年少周郎何处也？不觉的灰飞烟灭，可怜黄盖转伤嗟。破曹的樯橹一时绝，鏖兵的江水由然热，好教我情惨切！（云）这也不是江水，（唱）二十年流不尽的英雄血！（第四折《驻马听》）

却怎生闹炒炒军兵列，休把我当拦者！（云）当着我的，呵呵！（唱）我着他剑下身亡，目前流血。便有那张仪口、蒯通舌，休那里躲闪藏遮。好生的送我到船上者，我和你慢慢的相别。（第四折《搅筝琶》）

这些带有抒情意味的唱段，都十分形象地表现了关羽的豪气。与《三国演义》所塑造的关羽正相符合。

3. 形象壮美

《三国演义》为了表现关羽的义重如山和英雄气概，还赋予这一人物以壮美的形貌。作品描写他“身长九尺，髯长二尺；面如重枣，唇若涂脂；丹凤眼，卧蚕眉，相貌堂堂，威风凛凛……”这正是一个忠义神勇的大将的形貌。在有关关羽的情节中，凡有可能，都要描写他的威武形貌，而且，把他身着绿袍，坐下赤兔马，手持青龙刀作为一个整体，多次描绘，创造出一个富有我们民族审美特征的壮美形象。

尤其值得一提的是作品中还多次描绘出关羽的动态形象，更显示出他的威武豪迈。例如第二十七回写关羽挂印封金保护二嫂上路之后，曹操赶来赠袍：

……操笑曰：“云长天下义士，恨吾福薄，不得相留。锦袍一领，略表寸心。”令一将下马，双手捧袍过来。云长恐他有变，不敢下马，用青龙刀尖挑锦袍披于身上，勒马回头称谢曰：“蒙丞相赐袍，异日更得相会。”遂下桥往北而去。

这个刀尖挑袍的动作，既谨慎沉着，又高傲庄严，活画出一幅壮美的图画。

威武豪壮的关羽，一生中义重如山、正气凛然，作者正是通过这个形象，表达了对义气的赞美。但是，关羽重义的思想和行为在超乎界限之后，义的原则就成为一种束缚。例如，曹操赤壁大败之后，于华容道遇到关羽。关羽是在与诸葛亮立下军令状之后，专为捉拿曹操而来到华容小路的，但是，作品写道：

言未毕，一声炮响，两边五百校刀手摆开，为首大将关云长，提青龙刀，跨赤兔马，截住去路。操军见了，亡魂丧胆，面面相觑。操曰："既到此处，只得决一死战！"众将曰："人纵然不怯，马力已乏，安能复战？"程昱曰："某素知云长傲上而不忍下，欺强而不凌弱；恩怨分明，信义素著。丞相旧日有恩于彼，今只亲自告之，可脱此难。"操从其说，即纵马向前，欠身谓云长曰："将军别来无恙！"云长亦欠身答曰："关某奉军师将令，等侯丞相多时。"操曰："曹操兵败势危，到此无路，望将军以昔日之情为重。"云长曰："昔日关某虽蒙丞相厚恩，然已斩颜良、诛文丑，解白马之危，以奉报矣。今日之事，岂敢以私废公？"操曰："五关斩将之时，还能记否？大丈夫以信义为重。将军深明《春秋》，岂不知庾公之斯追子濯孺子之事乎？"云长是个义重如山之人，想当日曹操许多恩义与后来五关斩将之事，如何不动心？又见曹军惶惶皆欲垂泪，一发心中不忍。于是把马头勒回，谓众军曰："四散摆开。"这个分明是放曹操的意思。操见云长回马，便和众将一齐冲将过去。云长回身时，曹操已与众将过去了。云长大喝一声，众军皆下马，哭拜于地。云长愈加不忍。正犹豫间，张辽骤马而至。云长见了，又动故旧之情；长叹一声，并皆放去。

在这里，"义"已经"束缚"了关羽的正常的思考与行动！孙、刘两家为了消灭曹操，付出千军万马的代价，但在此关键时刻，关羽却完全"忘却"了曹操是敌人，是威胁着他的集团的主要敌人。报恩的思想，旧日的情义，使关羽模糊了最起码的敌我界线。

《三国演义》如此写华容小路上的故事，本意显然还是赞美关羽，赞美关羽义重如山。因此得到毛宗岗的好评：

或疑关公之于操，何以欲杀之于许田，而不杀之于华容？曰：许田之欲杀，忠也；华容之不杀，义也。顺逆不分，不可以为忠；恩怨不明，不可以

为义。如关公者，忠可干霄，义亦贯日：真千古一人。（第五十回书评语）

这里正表现出作为封建社会的作家和评论家思想上的局限性。当然，就表现人物形象的性格特征和内心世界来说，这个情节是生动而深刻的。

另外，关羽的气盛高傲，不讲策略，从某种意义上来说，也是义气发展到超乎寻常界线之后的产物。例如，他对东吴的态度，就有很多过分高傲、不讲策略之处。第七十三回书中写孙权派人向关羽求亲，虽然这求亲的本身是计，但是，关羽傲气凌人，毫无策略：

（孙权）遣诸葛瑾为使，投荆州来。入城见云长，礼毕。云长曰："子瑜此来何意?"瑾曰："特来求结两家之好。吾主吴侯有一子，甚聪明，闻将军有一女，特来求亲。两家结好，并力破曹。此诚美事，请君侯思之。"云长勃然大怒曰："吾虎女安肯嫁犬子乎！不看汝弟之面，立斩汝首！再休多言。"遂唤左右逐出。瑾抱头鼠窜，回见吴侯，不敢隐匿，遂以实告。权大怒曰："何太无礼耶!"便唤张昭等文武官员，商议取荆州之策。

这一情节自然会使读者联想起第五十四回书中所写刘备招亲的故事：周瑜以许孙权之妹为计，要"幽囚"刘备，换取荆州；而诸葛亮却将计就计，大作文章，使孙权周瑜"赔了夫人又折兵"，那是何等巧妙高超的手段！关羽自然不能与诸葛亮相比，但即使是拒绝孙权的求亲也可以采取其他方式，做到有理有利，何必以"虎女""犬子"之说，陷于被动局面呢？高傲，作为一种性格缺欠，使关羽走向失败。

如果说关羽对东吴的高傲，还有拒外侮的意义，那么，在内部的人际关系中，争强好胜，傲视别人，就毫无可取之处了。例如，第六十五回书中写关羽听说刘备收了马超，并知道马超武艺高强，于是就要从荆州入川来与马超比试高下。幸亏诸葛亮致书说服，才免此举。这件事情，还并非《三国演义》之虚构，正史亦有记载：

……（关）羽闻马超来降，旧非故人，羽书与诸葛亮，问（马）超人才可谁比类。亮知羽护前，乃答之曰："孟起（马超）兼资文武，雄烈过人，一世之杰，黥、彭（指汉高祖的大将黥布、彭越）之徒，当与益德（张飞）并驱争先，犹未及髯之绝伦逸群也。"羽美须髯，故亮谓之髯。羽省书大悦，以示宾客。（《三国志·关羽传》）

同样，当刘备做了汉中王，封关羽与张飞、赵云、马超、黄忠并列为"五虎大将"时，关羽又不服气：

……汉中王（刘备）即差前部司马费诗为使，赍捧诰命投荆州来。云长出郭，迎接入城。至公廨礼毕。云长问曰："汉中王封我何爵?"诗曰："'五虎大将'之首。"云长问："哪五虎将?"诗曰："关、张、赵、马、黄是也。"云长怒曰："翼德吾弟也；孟起世代名家；子龙久随吾兄，即吾弟也：位于吾相并，可也。黄忠何等人，敢与吾同列！大丈夫终不与老卒为伍!"遂不肯受印。诗笑曰："将军差矣。昔萧何、曹参与高祖同举大事，最为亲近，而韩信乃楚之亡将也；然信位为王，居萧、曹之上，未闻萧、曹以此为怨。今汉中王虽有"五虎将"之封，而与将军有兄弟之义，视同一体。将军即汉中王，汉中王即将军也。岂与诸人等哉？将军受汉中王厚恩，当与同休戚、共祸福，不宜计较官号之高下，愿将军熟思之。"云长大悟，乃再拜曰："某之不明，非足下见教，几误大事。"即拜受印绶。

当然，这两个情节中，也同时表现了关羽坦荡的胸怀，一方面毫不掩饰自己争强好胜的心理，另一方面，孔明的一封信，费诗的一席话，讲明了道理，关羽也就立即取消了自己的不合理的要求。这里也有值得注意的一笔：诸葛亮的信中，毕竟肯定了关羽高于其他几人；费诗的话中也点明了"将军理。

关羽最后大意失荆州，走麦城的悲剧结局，都与他高傲的性格有着直接的关系。

作为一个文学形象，关羽的性格十分鲜明突出，在中国文学史人物画廊中占有重要的地位，长久流传在民间，受到民众的喜爱。但封建统治者，利用关羽这个形象所体现的义气和在人民群众中的影响，以封王封帝，给他带上"大帝"、"圣君"桂冠的手段，故意神化关羽，使之成为封建统治者恫吓人民，束缚群众的工具，这也是中国封建文化史上一个值得研究的现象。

《三国演义》是一部赞美忠义智勇的颂歌。它塑造的每一个英雄人物，都从不同侧面唱出了这部颂歌的主题。张飞的勇猛、豪爽和可爱的天真；赵云的忠肝义胆，武艺超群；黄盖的自我牺牲的献身精神；周瑜的少年有为，足智多谋；鲁肃的宽厚机警、顾全大局……无数英雄人物所具有的优秀品格，汇聚成我们民族群星灿烂的光辉，这正是《三国演义》问世以来受到百代读者喜爱的主要原因。

## 五　历史演义的典范

《三国演义》是我国历史上第一部章回体长篇历史小说，而且是最优秀的一部：无论其思想内容和艺术形式，都堪称典范。我们这里则着重从艺术方面来讨论一下其典范性。

### (一) 七分事实与三分虚构

无论古今，创作历史小说首先遇到的一个问题，就是如何处理史实与虚构的关系。无视史实，则不成其为“历史”小说；没有虚构，更不成其为历史“小说”。在中国封建社会里，小说一向是不能登大雅之堂的，特别是通俗小说，则更为封建士大夫阶层所鄙视。而历史著述，乃“四部”之一，高文典册，小说自然不可与之同日而语。所以，当通俗历史小说出现的时候，为了取得社会的承认，则必须与历史著述求得一个结合点，或者说，必须求得对历史著述的依附，于是，有所谓“羽翼信史而不违”之说。这实际上就是说历史小说必须依附于“信史”并辅助信史的传播才有存在的价值。但是，历史小说毕竟是文学，是后世作者写前代历史的故事，这样，作者就无法摆脱“此时此地”的诸多社会生活影响，特别是社会思潮、文学思潮的影响。所以，完全信守正史的历史小说是不存在的；虚构，艺术构思，势不可免。问题的关键在于如何处理史实与虚构二者的关系。在这个关键的问题上，《三国演义》的处理则具有典范性。

《三国演义》中的人物和情节，绝大多数都是有历史依据的，特别是书中写到的三四百个人物，除少数人之外，都可见诸史籍。但是，《三国演义》也有大量的虚构，特别是情节的虚构。《三国演义》的虚构，大致有以下几种情况：

一是正史上完全没有记载，纯属虚构的情节、人物。例如有关诸葛亮的情节中，“舌战群儒”就是虚构，诸葛亮本传中只有说服孙权的简要记载，而并无“群儒”之事；七星坛借东风，当然更无正史的依据，智激周瑜，柴桑吊孝，也都是虚构；马谡失街亭是史实，但诸葛亮以“空城计”吓走了司马懿，则又是虚构。关于关羽的情节中，“秉烛达旦”“过五关斩六将”“华容道义释曹操”，都是于史无证的，然而，恰恰是这些纯属虚构的情节，却最充分地表现了关羽的性格。还有，《三国演义》开端第一回写的“桃园结义”，也是虚构。总之，《三国演义》中，很多引人入胜、广泛流传的故事，恰恰都于史无证，纯属虚构。

二是正史上有简略的记载，《三国演义》中即大加渲染和夸张的人物、情节。例如刘备请诸葛亮出山辅佐，正史上只有几个字的记载，而《三国演义》则据此史实，吸取传说，敷衍出三顾茅庐的情节；正史有建兴三年诸葛亮“率众南征，其秋悉平”的记载，裴注引《汉晋春秋》，对此事颇有补充，但《三国演义》却写成七擒孟获的著名故事；《三国志·吕布传》记载说：“（董）卓常使（吕）布守中阁，布与卓侍婢私通，恐事发觉，心不自安”，遂与王允等共同密谋，最后，“手刃刺卓”，《三国演义》把这一史实大加渲染，写成第八、第九两回书中“大闹凤仪亭”的故事。凡此种种，举不胜举，在《三国演义》中，绝大多数情节，均属这种情况。

三是“张冠李戴”，“移花接木”，即把正史记载中某人所为之事移作他人所为。例如第二回书中所写的“怒鞭督邮”的故事，按《三国志·先主传》载，把督邮捆起来，痛打二百杖的，不是张飞，而是刘备：

……先主……除安喜尉，督邮以公事到县，先主求谒，不通，直入缚督邮，杖二百，解绶系其颈着马柳，弃官亡命。

裴注引《典略》曰：

……督邮至县，当遣（刘）备，备素知之。闻督邮在传舍，备欲求见督邮，督邮称疾不肯见备，备恨之，因还治，将吏卒更诣传舍，突入门，言“我被府君密教收督邮”。遂就床缚之，将出到界，自解其绶以系督邮颈，缚之著树，鞭杖百余下，欲杀之。督邮求哀，乃释去之。

这里说的是刘备，不是张飞。督邮这一官职，是郡太守手下专门督察郡属各县官吏的，有监察、司法的职权。这里写的这个督邮到安喜县来，是为了执行朝廷的规定：淘汰以军功获封的官吏。刘备当时的“安喜尉”这个官儿，就是因讨黄巾有军功而得到的。督邮此来大权在握，勒索贿赂，傲慢无礼，刘备不行贿，不礼拜，自知将被淘汰，于是发生了这件事情。

《三国演义》以移花接木的手法，把鞭打督邮的事移在张飞身上，原因很明显，一是张飞采取这样的行动，更符合他的性格；二是作为宽厚仁明的刘备，此举不甚适当。

同样，著名的“温酒斩华雄”的故事，在《三国志·孙破虏传》中明确记载着，是孙坚“大破（董）卓军，枭其都督华雄等”。但在《三国演义》里却成为显示关羽英勇豪迈、武艺高强的情节：

忽探子来报：“华雄引铁骑下关，用长竿挑着孙太守赤帻，来寨前大骂搦战。”绍曰：“谁敢去战？”袁术背后转出骁将俞涉曰：“小将愿往。”绍喜，便著俞涉出马。即时报来：“俞涉与华雄战不三合，被华雄斩了”。众大惊。太守韩馥曰：“吾有上将潘凤，可斩华雄。”绍急令出战。潘凤手提大斧上马。去不多时，飞马来报，“潘凤又被华雄斩了。”众皆失色。绍曰：“可惜吾上将颜良、文丑未至！得一人在此，何惧华雄?”言未毕，阶下一人大呼出曰：“小将愿往斩华雄头，献于帐下！”众视之，见其人身长九尺，髯长二尺，丹凤眼，卧蚕眉；面如重枣，声如巨钟；立于帐前。绍问何人。公孙瓒曰：“此乃玄德之弟关羽也。”绍问见居何职。瓒曰：“跟随刘玄德充马弓手。”帐上袁术大喝曰：“汝欺吾众诸侯无大将耶？量一弓手，安敢乱言！与我打出！”曹操急止之曰：“公路息怒，此人既出大言，必有勇略；试教出马，如其不胜，责之未迟。”袁绍曰：“使一弓手出战，必被华雄所笑。”操曰：“此人仪表不俗，华雄安知他是弓手?”关公曰：“如不胜，请斩某头。”操教酾热酒一杯，与关公饮了上马。关公曰：“酒且斟下，某去便来。”出帐提刀，飞身上马。众诸侯听得关外鼓声大振，喊声大举，如天摧地塌，岳撼山崩，众皆失惊。正欲探听，鸾铃响处，马到中军，云长提华雄之头，掷于地上，其酒尚温。

这里不仅把孙坚之事安在关羽身上，而且写得有声有色，耐人寻味，既表现了关羽的英雄形象，又讽刺了袁绍、袁术的偏见。可以说是《三国演义》开卷后第一个最精彩的情节。

凡此种种，无论是无史实而纯属虚构，还是改史实而张冠李戴，或是据史实而铺张渲染，都反映了《三国演义》处理史实与虚构二者关系的准则和手法。这些准则与手法，归纳起来不外两个方面：一是有利于表现人物性格和使情节引人入胜；二是有利于美化蜀汉集团，正符合整个作品拥护刘备、贬低孙曹的倾向。

《三国演义》对史实与虚构的处理之所以具有典范性，实际上并不是指它在实与虚的“数量”上的比例安排，而是指从总体上的把握：即《三国演义》的总体上的构思（包括情节线索的发展，历史人物的命运、结局），是符合汉末三国历史事实本身的；而在这总的发展线索中，又出现了无数的“旁逸斜出”，曲曲折折。有如大江大河，从西北流向东南，是“史实”，而在它奔流的过程中，出现了许多弯曲、迂回，这就是“虚构”。这是一个主干与附属的关系，主流与支流的关系。二者密切地交汇在一起，是不能用数量的相加来分辨的。正因为如此，它的“主流”——史实——决定了它具有历史的真实性，它的“支流”——虚构——决定了它具有艺术的真实性。史实与虚构的交汇，就体现了历史真实与艺术真实的结合。

清人章学诚说：

……凡演义之书，如《列国志》《东西汉》《说唐》及《南北宋》，多纪实事；《西游》《金瓶》之类，全凭虚构：皆无伤也。惟《三国演义》，则七分实事，三分虚构，以致观者，往往为所惑乱，如桃园等事，学士大夫直作故事用矣。故演义之属，虽无当于著述之伦，然流俗耳目渐染，实有益于劝惩。但须实则概从其实，虚则明著寓言，不可虚实错杂如《三国》之淆人耳(《章氏遗书外编·丙辰札记》)。

这是对《三国演义》的指责，指责其“七分事实，三分虚构”，“惑乱”了观者。然而，谁也无法否认，《三国演义》是一部成功之作。因此，如果它确是“七分事实，三分虚构”，那么，这种指责正从反面说明“七实三虚”是正确的，产生了极大的艺术感染力，以致使“学士大夫”都被“惑乱”，以为“桃园等事”都是事实！我们对章学诚的“七实三虚”之说，也不应作机械的理解。这里所谓的“七”与“三”，实际上也就是主体与附属，主流与支流。如果这种理解是正确的，那么，章氏作为一代学者，其“七实三虚”之说，显然表现了他的深刻的观察力，但否定则显然欠妥。

**(二）战争描写与计谋艺术**

《三国演义》是一部描写汉末三国时期政治军事斗争的作品。斗争的方式，主要表现为战争，作品里描写了大大小小无数次战争，特别是赤壁之战、官渡之战、彝陵之战等中国历史上著名的战例，在《三国演义》里都有极其生动的描写。因此，有人认为，《三国演义》是一部辉煌的军事文学作品。

《三国演义》的战争描写，有一个极其突出的特点，这就是极力描写参战各方的计谋。战争不仅是力量的较量，更是智慧与计谋的较量。《三国演义》描写了大大小小无数次战争，也就描写了无数个计谋。有人作过统计：

《三国》从开篇第一回宦官曹节弄权陷忠良，到篇终百二十回晋都督杜预诈退败吴兵，设计伏谋共达四百余处。不仅于此，作者在计谋描写的类型上还不受前人所拘，另有一番创新：除多次准确恰当地展现了围魏救赵、借刀杀人、声东击西、暗渡陈仓、调虎离山、金蝉脱壳、美人计、反间计等古人以《易经》中具有朴素辩证法思想的阴阳变理而推演和归纳整理的三十六计以外，还先后出现了驱虎吞狼、掘坑待虎、减兵添灶，疑兵计、诈降计、骄兵计、缓兵计、韬晦之计、将计就计等（《明清小说研究》1989年第1期)。

除此之外，还有很多以上引文中尚未提到的充满智慧与心机的计谋。我们不妨以赤壁之战的前前后后为例，看看作品是如何描写计谋的。

赤壁之战中，真正的战争场面的描写，文字是很少的。第四十五回写过一次规模不大的交战，第四十九回，正面描写了赤壁大战的场面，那也是很简练的。但从四十三回至五十回，则全部是描写围绕赤壁之战展开的计谋的较量：

孔明智激孙权、周瑜，是计，蒋干中计，当然是计中之计；黄盖受刑，是苦肉计；阚泽献书，是诈降计；庞统到曹营，是巧授连环计……一个计谋接一个计谋，直到最后的战场上的较量。

蒋干到江东，是要说降周瑜的，这本身也是一计，可谓劝降计。但周瑜识破了蒋干之计，反而设下计谋，让蒋干向曹操提供了假情报，结果曹操中计，杀了蔡瑁、张允。

曹操为了能获得东吴的情报，派蔡中、蔡和到江东当奸细，这也是以计谋对计谋。

蒋干第二次到东吴，周瑜巧妙地安排他与庞统见面，于是蒋干第二次中计：推荐庞统到曹营，并取得曹操的信任。结果庞统向曹操巧授连环计，曹操把大小战船牢牢连在一起，又中一计，致使后来遭到火攻时无法分散。

周瑜为战胜曹操，与黄盖共同施行了苦肉计，以使黄盖诈降，能取得曹操信任。

但黄盖的苦肉计能否奏效，关键在于阚泽向曹操下诈降书能否成功。曹操看到诈降书时是非常疑惑的。但正在这时，蔡中、蔡和的情报来了，“证明”了阚泽、黄盖降曹的“真实性”，于是曹操相信了阚泽的降书。但是，二蔡的情报是假的，他们又中了东吴的计谋，他们提供的假情报，又使曹操中计。

东吴正是由于这一系列计谋的成功，才获得了最后的胜利；而曹操方面，却由于一再中计，而导致最后的失败。赤壁之战胜败的关键正在于双方计谋的较量。

计谋的实质，表现为两个方面，一是对事物发展的预见性。诸葛亮的很多成功的计谋，都是预见性的表现，例如“草船借箭”“借东风”等。二是随机应变。利用一些偶然性的条件，将计就计，例如“蒋干中计”等。总体来说，则都是人的智慧、心机的表现。描写计谋，远远超过了仅写战场厮杀，而达到了更高的艺术境界，形象地表明了决定战争胜负的主要因素在于“人”，而不在于“物”。这种写法，也在一定程度上积累和总结了中国古代军事斗争的经验；对读者来说，这种写法，不是仅仅提供一种较为低级的“热闹”，而是调动着读者的思辨能力，使读者获得了较为高级的审美享受。

### (三) “文不甚深，言不甚俗”

《三国演义》是描写历史的小说，而中国的史学著作，汗牛充栋。因此，历史小说就必须以其自身的独特之处，与历史著作严格区别开来。这种区别，表现为很多方面，当然，其最根本的区别，即文学与史学。而语言上的区别，也是一个极其重要的方面。因此，讨论历史小说的语言问题，前人往往以历史著作为参照，并在对比中明显地看出，历史著作文字深奥，不利普及；历史小说语言通俗，容易普及。《三国演义》的语言也基本符合这个一般的规律；但是，它又有自己的独特的成就。

嘉靖本《三国志通俗演义》收有修髯子（张尚德）的《引》，以答客问的形式写道：

客问于余曰：“刘先主、曹操、孙权各据汉地为三国，史已志其颠末，传世久矣。复有所谓《三国志通俗演义》者，不几近于赘乎？”余曰：“否，史氏所志，事详而文古，义微而旨深，非通儒夙学，展卷间，鲜不便思困睡。故好事者，以俗近语檃括成编，欲天下之人，入耳而通其事，因事而悟其义，因义而兴乎感……”

这就非常明确地指出了由于历史著作“义微而旨深”，所以令人读起来想睡觉；而演义“以俗近语”写成，读者很快就读懂了，并受到启发。这里强调的《三国演义》的通俗性是符合《三国演义》的实际的。

《三国志通俗演义》还收有另一篇序文，即庸愚子（蒋大器）的《序》，就语言问题又发表了见解：

然史之文，理微义奥，不如此，乌可以昭后世？语云：“质胜文则野，文胜质则史。”此则史家秉笔之法。其于众人观之，亦尝病焉。故往往舍而不之顾者，由其不通乎众人，而历代之事，愈久愈失其传。前代尝以野史作为评话，令瞽者演说，其间言辞鄙谬又失之于野，士君子多厌之。

若东原罗贯中，以平阳陈寿传，考诸国史，自汉灵帝中平元年，终于晋太康元年之事，留心损益，目之曰《三国志通俗演义》，文不甚深，言不甚俗，事记其实，亦庶几乎史。盖欲读诵者，人人得而知之，若诗所谓里巷歌谣之义也。书成，士君子之好事者，争相誊录，以便观览，则三国之盛衰治乱，人物之出处臧否，一开卷，千百载之事，豁然于心胸矣。

这篇序文的意见，显然更为深刻了。它指出，与“理微义奥”的“史之文”相比，《三国演义》当然是通俗化了，但是，《三国演义》的通俗化，又不失之于“野”，并进而以八个字概括了全书语言的特点，即“文不甚深，言不甚俗”。因此，可以“人人得而知之”。这个看法，抓住了《三国演义》的语言特点，即不是一味地浅显通俗，而是有文思而不深奥，有敷衍而不过俗，两个“甚”字，用得很有分寸，恰恰点出了特色。

当然，庸愚子的话是针对嘉靖本而说的，但从总体上来说，也适合于作为通行本的毛宗岗修订本，只是毛本更加文雅规范一些，同样是雅俗共赏的语言。

《三国演义》的这种语言风格特点，带来了以下几个方面的艺术效果：

首先，由于浅易文言的运用，使整个作品既具有文言的简练和典雅，又不古奥难读，使具有中等文化程度的读者，都能读懂，并得到不同程度的审美享受。

其次，使作品中人物的语言与叙述故事的语言和谐一致：为了使人物语言充分性格化，往往要有与人物性格相符合的口语，这是至关重要的。要作到这一点，就不能一味地运用文言，更不能运用古奥的文言；另外，为了使作品不失之于“野”，叙述性语言又要尽量简练。《三国演义》的“文不甚深，言不甚俗”的语言风格，正好满足了这两个方面的要求，并达到和谐一致。

再次，使书中征引的历史文献与全书语言风格相谐调。书中征引了不少历史文献，而历史文献的语言，自然是文言；如果全书的语言，特别是大量的叙述性语言完全是白话，那么就显得与历史文献的语言不谐调了。《三国演义》全书的“文不甚深，言不甚俗”的语言，就避免了这种不谐调，而使二者如出一辙。这里不妨举一个例子来说明。第三十八回写诸葛亮在隆中向刘备陈说天下大势及基本战略方针，即有名的“隆中对”。《三国演义》中的这段文字，与正史《诸葛亮传》的记载是基本相同的。而在《三国演义》中，这段“隆中对”的语言，与其前后的叙述语言和人物（诸葛亮）的语言，都是很谐调的，并没使读者感到这段“隆中对”是另外征引的文献，与前后的语言相割裂，就是说，这段“隆中对”，就像诸葛亮这个人物的其他的富有性格特点的语言一样，确实是这个人物“说”出来的。

《三国演义》在我们中华民族文化发展史上占有重要地位，产生了深远的影响。它以自己独特的艺术成就，弘扬了我们民族传统中的英雄主义精神，鼓舞人民战胜敌人、克服困难。同时，它以真实的艺术描写，积累了古代政治军事斗争的经验，也给明清两代人民反抗封建统治的斗争提供了参考战例，如明末著名农民起义领袖张献忠，就“日使人说《三国》《水浒》诸书，凡埋伏攻袭咸效之”（清·刘銮《五石瓠》）。《三国演义》里的有些思想和内容，在今日仍能给我们以启发，例如作品中强调人才的重要性，强调天文地理知识的重要性，强调处理问题时的策略性，强调治军治国的法治精神和鞠躬尽瘁，死而后已的献身精神等等，对我们今天的生活，都是有积极意义的。

《三国演义》是我国历史上第一部历史小说，它本身在中国文学史上的重要地位，是无可争议的。与此同时，正是在《三国演义》的“引导”之下，中国文学史上产生了一大批历史小说，无论是通史演义、断代史演义或贤臣名将的英雄传奇，无不受到《三国演义》的影响。尽管在它之后的这些历史小说，在思想内容和艺术水平上都没有超过它，但是，毕竟成为中国小说史上极其重要的创作实绩，极大地丰富了中国文学史。此外，《三国演义》的人物、情节，为我们的戏曲、说唱、绘画，直至今天的影视文学，都提供了大量的题材。而且，正是由于它题材本身的特点，决定了这些文艺作品不同程度地表现了民族风格，成为人民大众喜闻乐见的中国艺术。

《三国演义》作为中国封建社会的文学作品，它不可避免地存在着种种局限性，例如作品中宣扬的唯心主义和封建迷信思想。同时，《三国演义》更以艺术的手段，把历史人物加以神化，为封建统治者提供了思想统治的武器。例如，神化后的关羽，就成了宣扬忠君、压抑人民的偶像。《三国演义》中的种种消极因素是客观存在，我们必须看到它，而且应该给予科学的分析和批判。当然，指出其消极因素，并无损于这部伟大的文学名著。它依然不愧为我们中国文学的瑰宝，并且早已走向世界，成为世界性的文学名著。